Knaur

Von Deanie Francis Mills ist außerdem erschienen:

Die Hüter des Bösen

Über die Autorin:

Deanie Francis Mills lebt mit ihrem Ehemann und zwei Kindern auf einer kleinen Ranch im Westen von Texas. Sie ist Mitglied der International Association of Crime Writers, der Mystery Writers of America und der Sisters in Crime. Mittlerweile hat sie neun Spannungsromane geschrieben.

DEANIE FRANCIS MILLS

Drahtseilakt

Roman

Aus dem Amerikanischen von
Yvonne Hergane

Knaur

Die amerikanische Originalausgabe erschien 1999
unter dem Titel *Tightrope* bei Penguin, New York

Besuchen Sie uns im Internet:
www.droemer-weltbild.de

Deutsche Erstausgabe Juni 2000

Redaktion Ingola Lammers
Umschlaggestaltung Agentur Zero, München
Umschlagabbildung The Image Bank, München
Satz MPM, Wasserburg
Druck und Bindung Ebner Ulm
Printed in Germany
ISBN 3-426-61061-2

2 4 5 3 1

Meinem Bruder, Brad Henderson,
der schon immer mein Champion,
Held und Freund war,
und der soviel Vernunft besessen hat,
meine College-Zimmergenossin
und Seelenverwandte Pam zu heiraten –
in Liebe
euch beiden gewidmet.

Poker: *Kartenspiel, das ursprünglich nur in Kreisen gewissenloser Personen verbreitet war. Ziel des Spiels ist es, ein besseres Blatt als die Mitspieler zu bekommen oder diese zu bluffen, man habe ein besseres Blatt, damit sie aus dem Spiel aussteigen.*

Nur indem wir unser Ich von einer Stunde zur anderen aufs Spiel setzen, leben wir überhaupt. Und oft genug bewirkt nur unser vorwegnehmender Glauben an ein nicht bescheinigtes Ergebnis, daß dieses Ergebnis wirklich eintritt.

WILLIAM JAMES

Under the gun: *Situation, in der ein Spieler entscheiden muß, ob er setzen, spielen oder aussteigen soll, bevor ein anderer dies tut.*

Alles Gute und Ausgezeichnete auf der Welt steht in jedem einzelnen Augenblick auf des Messers Schneide und muß mühsam erkämpft werden.

THORNTON WILDER, *The Skin of Our Teeth*

TEIL 1

Der Deal

Dealers' Choice: *Pokerrunde, in der der Geber das Recht hat zu bestimmen, welche Art von Poker gespielt werden soll.*

Es gibt demnach kein Entrinnen vor der Wahl, die man treffen muß.

BERTRAND RUSSELL

1. KAPITEL

Das Spiel beginnt. März 1997

Dominic Antonio war noch nie vom Boss persönlich in die Penthouse-Suite zitiert worden, und er konnte sich nicht entscheiden, ob er nervös oder freudig erregt sein sollte. Nur wenige von ihnen hatten überhaupt jemals das Penthouse gesehen, und noch weniger gar eine Einladung zu einer Privataudienz erhalten. Vielleicht würden er und der alte Mann einen Drink nehmen, und dann würde er befördert werden. Vielleicht würden sie aber auch einen Drink nehmen, und dann würde er gefeuert werden.

Der Aufzug hatte Türen aus rostfreiem Stahl, die auf Hochglanz poliert waren. Es war Dominic unmöglich, sich selbst nicht anzustarren, als er den Fahrstuhl allein betrat und auf den obersten Knopf drückte. Seine Krawatte hing schief. Während der Aufzug lautlos nach oben glitt, rückte er sie zurecht, dann strich er sich das gelockte dunkle Haar mit einer Hand zurück, die nur durch die vielen Jahre der Übung so ruhig war. Er verspürte ein kaltes kleines bebendes Loch in seiner Magengrube, während die Nummern auf der Digitalanzeige über der Tür vorüberflogen.

Schließlich hielt der Fahrstuhl abrupt an, und die Türen öffneten sich automatisch auf einen breiten Flur. Himmelblaue Wände, tapeziert mit handgemalten Wandbildern, die Cherubim und andere engelsgleiche, mit gewundenen Blumengirlanden geschmückte Figuren zeigten, wuchsen zu einer hohen Decke zusammen. Funkelnde Kristall-Kronleuchter hingen von der gewölbten Decke herab, die mit Blattgold überzogen war. Ludwig-VI.-Sessel gaben sich zu beiden Seiten der Aufzugtüren die Ehre. Perserteppiche in Creme-, Gold-, Rotkehlchenaugenblau- und Muschelschalenrosatönen bedeckten den schimmernden roségeäderten Marmorboden. Die Klänge einer Sonate von Chopin schallten aus einer unsichtbaren Quelle auf den Flur hinaus.

Es war, als beträte man einen Palast.

Oder ein Bordell, dachte Dominic trocken. Sein beiläufiger Blick in mehrere Ecken offenbarte ihm keine Kameras, obwohl er wußte, daß sie da waren. Gerade als er vor dem Eingang des Appartements ankam, aber noch bevor er auf den Klingelknopf drücken konnte, öffnete der Boss die Tür.

»Kommen Sie rein, kommen Sie rein, Dom.« (Der Boss war Dominics Wissen nach der einzige, der ihn Dom nannte.) »Sie kommen genau richtig.«

»Danke für die Einladung, Sir«, erwiderte Dominic mit der genau richtig dosierten Mischung aus Höflichkeit und Respekt. Der Boss konnte Kriecher und Speichellecker nicht ausstehen. »Schön haben Sie es hier.«

»Vielen Dank! Vielen Dank!« sagte der Boss mit einem Ausdruck ehrlichen Entzückens im Gesicht und deutete mit einer Hand auf den Flur, während er die Tür hinter Dominic zumachte. »Ich habe einen Maler aus Italien einfliegen lassen, damit er mir diese Wandgemälde macht.«

»Ich bin beeindruckt«, sagte Dominic wahrheitsgemäß.

Er folgte seinem Arbeitgeber an einer atemberaubenden Fensterfront vorbei, die New Yorks Wolkenkratzer rund um den Central Park wie ein Nachtfilmprogramm vorführte. Keine

Spur von den fleischigen Bodyguards, die den Boss sonst begleiteten.

Dominic war ein Baum von einem Mann, knapp zwei Meter groß und über neunzig Kilo schwer, und die zierlichen, antiken französischen und englischen Möbel bereiteten ihm Unbehagen. Es ließ sich nicht vermeiden, daß er mit dem Fuß im Vorbeigehen an einem Schaukelstuhl hängenblieb und das Ding meterweit hinter sich herschleifte.

»Oh... tut mir leid«, stammelte er und rückte den Stuhl wieder an seinen Platz. Dabei identifizierte er das Möbel als einen der Schaukelstühle des verstorbenen John F. Kennedy, die auf einer Auktion für ein kleines Vermögen gehandelt worden waren.

»Ist ja nichts passiert«, erwiderte sein Gastgeber freundlich und führte ihn in eine gemütliche Bibliothek. Der Raum war mit handgeschnitztem Mahagoni vertäfelt. Deckenhohe Regale, offenbar angefüllt mit ledergebundenen Erstausgaben, strahlten einen aromatischen, männlichen Tabakduft aus.

»Zigarre?« fragte der Boss und hielt Dominic eine hin. Selbstverständlich nahm er sie an, obwohl er Zigarren noch nie besonders gemocht hatte.

»Es sind kubanische«, fügte der Boss überflüssigerweise hinzu, während er Dominic einen Zigarrenclip reichte. »Cohiba Robusto, Fidel Castros persönliche Lieblingszigarre, bevor er das Rauchen aufgab.«

Dominic folgte dem Beispiel seines Arbeitgebers und knipste das Ende der Zigarre ab, schmauchte sie an und zupfte sich diskret die Tabakkrümel von der Zunge.

Der Boss setzte sich an seinen schweren Schreibtisch aus Mahagoni, goß sich und Dominic aus einer Kristallkaraffe Vintage-Portwein ein und bedeutete seinem Angestellten, in einem tiefen, burgunderrot gepolsterten Ledersessel gegenüber Platz zu nehmen.

»Es heißt, die besten Zigarren sind die, die zwischen den weichen Schenkeln eines kubanischen Bauernmädchens gerollt wurden«, fügte er hinzu, und als er den Wein einschenkte, blitzten die Diamanten der Ringe an seinen Fingern im flackernden Kaminfeuer auf. »Aber das glaube ich nicht.« Er kicherte.

Dominic nahm an, daß der in der Nähe stehende, aus der Zeit Jakobs I. stammende Schrank eine hochmoderne Computeranlage verbarg. *In diesem Zimmer könnte man problemlos sechs Monate zubringen, ohne jemals rauszumüssen*, dachte er.

Immer noch hatte er keine Ahnung, warum er hierher bestellt worden war. Ein Dutzend Bemerkungen die Arbeit betreffend schossen ihm durch den Kopf, aber er beschloß, den Mund zu halten, bis er erfuhr, worum es bei dieser Unterredung ging.

»Dom, über welche Eigenschaft sollte ein Angestellter Ihrer Meinung nach unbedingt verfügen?«

Dominic blinzelte den Boss an. Fangfragen konnte er zehn Meilen gegen den Wind riechen. Wo war der Haken?

»In welcher Hinsicht, Sir?«

Durch einen Zigarrenrauchkringel sah er den Boss mit den Schultern zucken. »Welche Tugend, glauben Sie, sollte ein Angestellter seinem Unternehmen entgegenbringen?« Der Boss heftete seine scharfen blauen Augen auf Dominics Gesicht.

Kleine Nadeln der Unsicherheit traktierten Dominics Unterarme, und er spürte, wie er unter seiner Anzugjacke, der Weste und dem gestärkten weißen Baumwollhemd zu schwitzen begann. Der Boss hatte natürlich kein Interesse an Dominics Meinung, sondern an der Meinung, die Dominic für die des Bosses hielt.

Ohne die Augen abzuwenden, sagte Dominic: »Loyalität.«
Ein zustimmendes Lächeln machte sich auf dem hageren, attraktiven Gesicht des Bosses breit. »Sie haben vollkommen recht, Dom. In diesen schwierigen Zeiten ist nichts wichtiger als Loyalität. Man muß sich auf die Leute verlassen können, die für einen arbeiten, so einfach ist das.«
»Ja, Sir.«
»Denn wenn man sich nicht auf sie verlassen kann ...« Er kniff die Augen zusammen.
»Was wollen Sie mir damit sagen, Mr. ...?«
Der Boss hielt ruhegebietend eine Hand hoch. »Jetzt passen Sie mal auf.«
Er drückte auf einen Knopf irgendwo unter seiner Schreibtischplatte, und plötzlich glitt eines der Regale, die die Wand säumten, zur Seite und gab den Blick auf eine Geheimkammer frei.
»Ich möchte Ihnen etwas zeigen«, sagte der Boss. Er stand auf und betrat das verborgene Zimmer hinter dem Bücherregal.
Eine Welle der Panik überkam Dominic, und er kämpfte nach Kräften dagegen an. Was zum Teufel ging hier vor? Sollte er ins Jenseits befördert und in dieses makabre Geheimkabuff verfrachtet werden wie in einer dieser verrückten Geschichten von Edgar Allan Poe?
Das zerbrechliche Weinglas immer noch in der Hand, weil er nicht wußte, was er sonst damit machen sollte, folgte er seinem Arbeitgeber widerstrebend, hielt sich aber möglichst nahe am Ausgang der Kammer und achtete darauf, den Boss immer vor sich zu haben. Er spähte in den hellerleuchteten, gewölbeartigen, fensterlosen Raum, der gut dreieinhalb mal dreieinhalb Meter groß sein mochte. Die Kammer barg eine zweite, kleinere Kammer.
Dieser innere Raum bestand ganz aus Plexiglas und schwebte

wie ein riesiger Eiswürfel innerhalb eines Käfigs aus kupfernem Maschendraht etwa fünfzehn Zentimeter über dem Boden. Dominic fiel die Kinnlade herunter. »Sie haben einen *Faradayschen Käfig?*« stieß er hervor.

Sein Boss strahlte ihn an wie ein kleiner Junge. »Meine kleine Seifenblase. Komplett abgeschirmt gegen jegliche Funkwellen«, prahlte er.

»Ich hab mal von so was gelesen«, sagte Dominic ehrfürchtig. »Aber gesehen hab ich so ein Ding noch nie.«

Der Boss entriegelte eine Tür aus Kupfergeflecht, die die drahtverkleideten Glaswände abdeckte, und zog dann eine darunterliegende, dicke, durchsichtige Plexiglasabschirmung auf. Er klopfte auf das Glas. »Vakuumversiegelt«, sagte er.

Die Neugier drängte Dominics Zweifel in den Hintergrund, und er spürte, wie er unwillkürlich in den kleinen Raum hineingezogen wurde. Zwei Stühle und ein Tischchen standen darin – alles aus durchscheinendem Kunststoff gebaut. Der Boden war hell erleuchtet. Dominic mußte sich bücken, um durch die Tür zu passen, und stand dann geduckt in dem engen Raum. Angesichts der durchsichtigen Wände und Möbel um ihn herum hatte er das merkwürdige Gefühl, als würde er in der Luft schweben.

Der Boss zog die Tür hinter ihnen beiden zu. »Setzen Sie sich, Dom, sonst kriegen Sie noch einen steifen Rücken.«

Als die Tür hinter ihm ins Schloß fiel, bekam Dominic einen plötzlichen Anfall von Platzangst. Es spielte keine Rolle, daß die Wände durchsichtig waren. Dies war eine luftdicht versiegelte Kammer, was bedeutete, daß von draußen keine Luft hereindringen konnte. Sie würden mit dem Sauerstoff auskommen müssen, der beim Schließen der Tür im Raum gewesen war. Nicht das leiseste Geräusch war zu hören. Die Stille

war so vollkommen, daß Dominic sich atmen hören konnte. Es jagte ihm eine Gänsehaut über den Rücken.
Der Boss nahm grinsend ihm gegenüber Platz. »Dieser Raum ist hundertprozentig abhörsicher«, sagte er, und seine Stimme hallte in der engen Kammer nach. »Das Plexiglas hat auf der Innenseite eine Schicht Acryl. Jedes elektronische Bauteil, welcher Art auch immer, wäre sofort sichtbar. Und die Außenwände aus Beton sind mit phasenverschobenen Rauschgeneratoren ausgestattet.«
»Was ist mit den elektrischen Leitungen?« fragte Dominic und sah sich nervös um. Es war heiß in dem kleinen abgeschlossenen Raum, und er schwitzte bereits ziemlich stark. »Schließlich ist es hier sehr hell.«
»Isolierte Transformatoren.«
Dominic nickte. Dann deutete er auf ein Buch, das wie zufällig auf dem durchsichtigen Acryltisch zwischen den beiden Stühlen lag. »Ein Tonbandgerät-Detektor?«
»Jep«, erwiderte der Boss stolz.
Dominic konnte sich ein Grinsen nicht verkneifen. »Und der Füllfederhalter in Ihrer Tasche?«
»Ein Wanzenmelder.« Der Boss platzte beinahe vor Stolz.
»Dachte ich mir schon.« Dominic schüttelte den Kopf.
»Wie gesagt, die Wände sind absolut schalldicht. Man könnte hier drin jemanden umbringen, und keiner würde etwas davon mitbekommen.«
Dominic hatte einen Kloß im Hals, und er bemühte sich nach Kräften, sich die Angst nicht anmerken zu lassen. Es war schon gespenstisch genug, in dieser Kiste eingesperrt zu sein wie eine Mumie in ihrem Sarkophag, aber noch schlimmer war die Ungewißheit, was in aller Welt in dem kleinen paranoiden Gehirn seines Arbeitgebers vorging und warum der beschlossen hatte, Dominic diese Geheimkammer überhaupt zu zeigen.

Der Boss beugte sich mit verschwörerischer Miene nach vorn. Reines Theater, wenn man bedachte, daß sie hier keiner hören konnte, aber Dominic beugte sich ebenfalls vor.
»Es geht um Joe Dalton«, sagte der Boss, und seine Stimme klang auf einmal kalt und tot.
Ein eisiger Schauer kroch Dominic den Rücken hoch. Joe Dalton hatte etwa einen Monat für die Firma gearbeitet und war dann verschwunden. Keiner hatte nach ihm gefragt, denn Fragen dieser Art wurden in diesem Unternehmen nicht gern gesehen.
O Himmelherrgott, dachte Dominic, *hat dieser Kerl Joe etwa umgebracht?* Und dann schoß ihm ein noch schlimmerer Gedanke durch den Kopf: *Scheiße, hat er Joe hier reingeschleppt, um ihn umzulegen?* Er unterdrückte ein Stöhnen.
»Joe Dalton war nicht loyal«, sagte der Boss. »Und jetzt ist er weg.« Er lehnte sich zurück und fixierte Dominic mit seinen eisblauen Augen.
Schweißperlen bildeten sich auf Dominics Oberlippe, und er war dankbar für seinen dichten Schnurrbart, der sie versteckte. Er würde es im Notfall problemlos mit dem alten Mann aufnehmen können, aber wie weit würde er kommen? Die Bodyguards waren sicher ebenso gut verborgen wie die Überwachungskameras.
Er mußte etwas sagen, aber sein Gehirn war wie eingefroren. *Denk nach*. Schließlich streckte er die langen Beine zu beiden Seiten des Tischchens aus und rang sich ein arrogantes Lächeln ab. »Tja, gut, daß wir ihn los sind«, sagte er. »Eines habe ich während meiner Footballzeit gelernt: Man kann nur als Team gewinnen. Dalton wollte sich nicht an die Teamregeln halten, also mußte er gehen.«
Der Boss lächelte zurück. »Ich hatte gehofft, daß Sie es so sehen würden, Dom. Ich dachte, es wäre wichtig, Sie wissen zu

lassen, was mit Dalton passiert ist, für den Fall, daß Sie sich wundern sollten.«

Klar, dachte Dominic, *und dafür mußten wir in dieses abhörsichere Kabuff steigen.*

Es war bizarr, aber an diesem Job war so ziemlich alles bizarr.

Es kostete Dominic jeden Funken seiner Willenskraft, in diesem muffigen Glaskasten ruhig sitzen zu bleiben.

Beam me up, Scotty, dachte er. *Beam mich zum Teufel hier raus.*

Am Morgen war es immer am schlimmsten.

Nach dem, was sie im Fernsehen und in den Filmen über das Leben im Gefängnis gesehen hatte, hatte Max immer angenommen, die Nächte würden am schwierigsten werden, wenn die Dunkelheit das Schluchzen der anderen Insassen dämpfte und gewisse Tätigkeiten verschleierte, die am besten in den Schatten verborgen blieben. Sie hatte, vor allem nach der Untersuchungshaft, die sie im Bezirksgefängnis in Erwartung des Gerichtsverfahrens abgesessen hatte, mit einer Dauerbeleuchtung als ständigem Beweis spannungsgeladener Wachsamkeit und ansteckender Angst gerechnet.

Von solchen Zuständen gingen die meisten am Anfang aus. Aber das Federal Prison Camp in Bryan, Texas, war eine Einrichtung mit einem Mindestaufwand an Sicherheitsmaßnahmen, die eher einem College als einem Gefängnis ähnelte, jedenfalls oberflächlich betrachtet. Die Tage vergingen mit Arbeiten (wofür sie mit vierzig Cents pro Stunde entlohnt wurde), sozialen Beratungen, Gruppentreffen, Unterrichtsstunden und anderen Aktivitäten, die alle darauf abzielten, die Frauen auf die Welt draußen vorzubereiten. Wenn Max abends auf ihre Pritsche fiel – eines der vier Betten in der etwa dreieinhalb mal vier Meter großen Zelle –, war sie normaler-

weise überraschend müde und lag nur selten noch lange wach.
Manchmal erschien ihr Gaby in ihren Träumen, Gaby mit ihrem weichen kleinen Gesichtchen, wie sie über beide Bakken strahlte, wie ihre blauen Augen blitzten, ihr blondes Haar hinter ihr her wehte, wenn sie sich in die Arme ihrer Mutter stürzte. Die Umarmung schien Max so wirklich, so körperlich spürbar, daß sie dann oft dachte: *Das ist überhaupt kein Traum. Es ist Wirklichkeit,* und ihr Herz machte vor Freude darüber einen Satz.
Und dann wachte sie auf.
Die Schlaflosigkeit plagte sie in Gestalt plötzlichen Erwachens vor dem Morgengrauen, lange bevor das Gefängnis – oder auch nur eine von Max' Zellengenossinnen – erwachte. Irgendwie konnte sie nie zurück in den Schlaf finden. Und es gab nie einen Zweifel daran, wo sie sich befand.
Manchmal gelang es ihr beinahe, zu vergessen, wenn sie draußen im Treibhaus arbeitete oder den weichen, sorgsam gepflegten Rasen innerhalb des Gefängniskomplexes mähte. Die Bundesregierung hatte das Gebäude, das ursprünglich ein Jungeninternat gewesen war, sieben Jahre zuvor gekauft. Nun beherbergten die cremefarben gestrichenen, aus Adobeziegeln gebauten Blöcke mit den braunen Zierleisten an Fenstern und Dach etwa achthundert weibliche Häftlinge. Gepflegte Blumenbeete säumten die weitläufigen Rasenflächen ebenso wie zerzauste Bäume, Lauben, in denen sich die Frauen gern zum Rauchen trafen, und farbenfrohe Spiel- und Picknickeinrichtungen für die Besuchstage.
Auch die Sachen, die sie alle tragen mußten – khakifarbene Baumwollhosen und Hemden und hohe Arbeitsstiefel –, ähnelten eher normalen Arbeitskleidern denn einer Knastkluft. Oft brausten Wärter mit ihren elektrischen Wägelchen die

Wege zwischen den einzelnen Gebäuden entlang. Die meisten Inhaftierten durften sich frei auf dem ganzen Gelände bewegen und ihrer Arbeit nachgehen. Den Frauen, die keine Gewaltstraftaten begangen und sich als vertrauenswürdig erwiesen hatten, war es sogar erlaubt, eine Arbeit in der Stadt anzunehmen.

Manchmal schaffte es Max, sich auf solche Gedanken zu konzentrieren und zu vergessen, daß sie im Gefängnis saß.

Aber nur bis zum Morgen.

Die Schlafquartiere der Frauen waren höhlenartige, zweigeschossige Zementgebäude, deren nackte Betonböden sich zu einem großen zentralen Bereich hin öffneten, in dem ein paar Metalltische aufgebaut waren. Keine Zelle besaß irgendeine Art von Tür, sondern nur eine rechteckige Öffnung, die den Blick freigab auf dicke Betonplattenwände bar jeglicher persönlicher Gegenstände; an jeder Seitenwand der Zelle stand ein Etagenbett, an der hinteren Wand vier Metallspinde, je einer für die vier Frauen, die sich einen Raum teilten. Familienfotos und ähnliche Dinge wurden im Spind eingesperrt, zusammen mit dem einen Kleidersatz zum Wechseln, den Hygieneartikeln und einer beschränkten Anzahl persönlicher Sachen. Zwischen den Betten standen ein kleiner Tisch und ein Stuhl vor dem einzigen Fenster, das mit Maschendraht vergittert war.

Es gab keinen Fernseher, kein Radio, keine Bücher und keine anderen heimeligen Dinge, die die Zellen gemütlicher oder erträglicher hätten machen können. Dies war ein Gefängnis, und jeder, der daran zweifelte, mußte nur aus der texanischen Sonne da draußen in den vergleichsweise düsteren Schein des Zellenblocks eintreten und sich den neugierigen Augen der Schließer, Sozialberater und Aufseher aussetzen, dann wußte er wieder Bescheid.

Jedesmal wenn Max vor dem Sechs-Uhr-Weckruf die Augen öffnete und in das perlmuttweiße Licht der Morgendämmerung blinzelte, das durch die Metalljalousie am Fenster hereinsickerte und den Boden neben Max' Bett mit Streifen überzog, überfiel sie die vertraute Verzweiflung – nur in Schach gehalten von ein paar kläglichen Träumen von dem Kind, das sie seit fast sieben Jahren nicht mehr gesehen hatte –, und legte sich ihr schwer auf die Brust wie eine wilde Bestie, die nichts anderes wollte als ihr das Leben aus dem Leib herauszupressen.

Und obwohl sie immer ein-, zweimal tief einatmete, kam es ihr vor, als bekäme sie nie genug Luft in die Lungen. Ihre Brust schmerzte, ihre Augen brannten, und sie fragte sich – an jedem, absolut jedem Morgen ihres Lebens –, wie in aller Welt sie bloß einen weiteren Tag überstehen sollte.

Die Einsamkeit war meist der einzige echte Gefährte, den Max hatte. In einem Gefängnis, das Häftlinge aus sechsundvierzig verschiedenen Bundesstaaten beherbergte, legte man keinen großen Wert auf Small talk. Das Leben der Frauen bestand oft aus einer Aneinanderreihung von Krisen. Viele waren Mütter, manche von ihren Familien durch Hunderte oder gar Tausende von Meilen getrennt – oder durch den Willen nachtragender Ehemänner oder den Beschluß eines Gerichts; und jedesmal, wenn sie zu Hause anriefen, was meist mehrmals pro Woche der Fall war, erfuhren sie von einer neuen Krise, die sie völlig durcheinanderbrachte. Ein Sohn im Gefängnis. Eine Tochter im Krankenhaus. Ein fremdgehender Mann. Eine Hochzeit oder ein anderes wichtiges Ereignis, das sie mal wieder nicht miterleben würden. Daß es ihnen unmöglich war, bei ihren Familien zu sein, bedeutete vielen Frauen schon Strafe genug.

Manche der Sträflinge logen ihre Kinder an, machten ihnen weis, daß Mommy aufs College ginge. Aber egal, was sie ihren

Kleinen auch immer erzählten, häufig weinten die Kinder am Telefon und flehten ihre Mütter an, wieder nach Hause zu kommen – oder schlimmer noch, weigerten sich, überhaupt mit ihnen zu sprechen.

Vieles von dem, was die Frauen erzählten, waren traurige Geschichten von persönlichem Versagen. Einige waren im Gefängnis gelandet, weil sie sich mit den falschen Männern eingelassen hatten, aber bei den meisten war es eine Folge von Drogenabhängigkeit oder Drogenhandel oder beidem. Ein paar waren wegen Geldunterschlagung und Steuerbetrugs hinter Gitter, aber zum größten Teil waren die Häftlinge einfach nur Frauen, die aus dem einen oder anderen Grund nicht in der Lage zu sein schienen, ihr tägliches Leben auf die Reihe zu bekommen.

Max hatte schon immer das Gefühl gehabt, daß sie anders war als die meisten anderen inhaftierten Frauen. Ihre Schulbildung, ihre Berufserfahrung und allgemein ihr Lebenshintergrund, eben die Dinge, die sie von den anderen Häftlingen unterschieden, versetzten sie sozusagen eher in die Liga des Gefängnispersonals – aber natürlich würde sie sich nie mit jemandem aus den Reihen der Aufseher wirklich anfreunden können. Also blieb sie meist für sich allein, hörte der einen oder anderen unglücklichen Zellennachbarin mitfühlend zu, wenn es nötig war, teilte sich beim Mittagessen einen Tisch mit ihren Arbeitskolleginnen, aber gehörte nirgends wirklich dazu.

Und so war sie sehr überrascht, als sie eines Tages aufschaute und Trudy Barkowski mit eiligen Schritten quer über den Gefängnishof auf sich zumarschieren sah. Sie kniete gerade neben einem Blumenbeet und pflanzte Blumensetzlinge ein, die sie zuvor vorsichtig zerteilt und über Nacht in Wasser gelagert hatte.

An diesem Tag sollte sich ihr Leben für immer verändern. Sie bekam keine Vorwarnung – aber schließlich war das eigentlich immer so.

Es hatte noch nie eine Vorwarnung gegeben, weder an dem Tag, als ihr Vater getötet wurde, noch als sie ihren geliebten großen Bruder Brand verloren hatte. Auch an dem Tag, als sie im Höschen ihres zweijährigen Kindes Blut gefunden hatte, war sie nicht vorgewarnt worden. Es hatte nie auch nur das geringste Anzeichen dafür gegeben, daß der gutaussehende, vornehme, hochintelligente Bundesrichter, der ihr Ehemann war, ein Kind sexuell belästigen würde.

Also war Max an diesem trügerisch warmen Märztag, als sie mit den jungfräulichen Setzlingen in der Hand neben dem Blumenbeet kniete, nicht mehr auf eine einschneidende Veränderung ihres Lebens gefaßt als an irgendeinem anderen Tag.

Trudy war schon fast genauso lange im Camp wie Max. Wie etwa siebzig Prozent der Inhaftierten saß Trudy wegen eines Drogendelikts. Als ihr Schatten über Max fiel, rang Trudy nach Luft, was sie noch aufgeregter erscheinen ließ als sie ohnehin schon war.

»Max!« stieß sie zwischen zwei Atemzügen hervor. »Du hast Besuch.«

Max verlagerte das Gewicht auf die Fersen, blinzelte zu Trudy hoch und schirmte sich mit der Hand die Augen gegen die frühmorgendlichen Sonnenstrahlen ab. Wie so viele der Frauen, die im Camp einsaßen, hatte Trudy den gequälten, resignierten Gesichtsausdruck eines Menschen, der im Leben nie die freie Entscheidung gehabt hatte, außer, immer wieder die falschen Entscheidungen zu treffen. Wie immer zappelte sie auch jetzt nervös herum, als sie da neben Max stand.

»Ich hab's eben erfahren«, sagte Trudy, die Augen blitzend

vor Neugierde. »Kam gerade den ganzen Weg vom *Büro der Direktorin* her.«

Eine plötzliche Angst durchzuckte Max und umklammerte ihr Herz mit eisiger Hand. *Gaby.*

Sie ließ die Setzlinge zu Boden fallen, sprang auf die Füße und machte sich hastig auf den Weg zum Bürogebäude. Sie war nicht sicher, wohin genau sie gehen sollte. Mit ihrer Mutter traf sie sich an Besuchstagen fast immer an den Picknicktischen.

Es mußte was mit Gaby sein. Etwas Schreckliches. Ein Autounfall vielleicht oder ... Gabe? Hatte er sie nun doch gefunden? Beim bloßen Gedanken, ihr Exmann könnte ihre gemeinsame Tochter wieder in die Hände bekommen haben, geriet Max' Herz ins Stolpern.

Ganz ruhig, dachte sie. *Sie ist kein Baby mehr. Sie ist jetzt beinahe zehn Jahre alt.* Und dennoch, wenn er sie gefunden hatte ...

Oder ihre Mutter! Vielleicht war ihrer Mutter etwas zugestoßen!

Max fing an zu laufen, ignorierte die abgesteckten Wege und sprintete quer über den Rasen. Sie konnte sich ihr Leben ohne ihre Mutter nicht vorstellen – ihre Mom, die sie an jedem einzelnen Wochenende seit ihrer Inhaftierung treusorgend besucht und ihr zur Erleichterung der endlosen Wochen immer wieder lustige kleine Karten und Briefchen geschickt hatte. Ohne ihre Mutter hätte sie es nicht geschafft, da war sich Max sicher.

»Hey, hey, hey! Immer schön langsam.« Mike Jackson, einer der Gefängnisaufseher, die der Direktorin zur Seite standen, tauchte neben ihr auf und legte ihr sanft, aber bestimmt eine Hand auf den Arm. Er war groß und gutaussehend und trug wie immer Anzug und Krawatte. Einige der Frauen versuchten immer wieder mit ihm zu flirten, aber er schien immun gegen ihr Gekicher und die koketten Seitenblicke. Max gegenüber war er stets korrekt und höflich.

»Trudy sagte, ich hätte Besuch.« Max keuchte vor Angst und von der Anstrengung des Laufens, und sie konnte nicht verhindern, daß Besorgnis in ihrer Stimme mitschwang. »Ist etwas mit meiner Mutter? Oder ...«

»Nein, nein. Nichts Derartiges.«

»Dann ... Wer ...? Was ...?«

Er lächelte sie an. Er hatte wirklich hübsche braune Augen. »Nun, es ist zwar gegen die Regeln, Besuche an einem Wochentag zuzulassen, aber er ist den ganzen Weg von New York hergeflogen und bleibt nur einen Tag hier.«

Max runzelte die Stirn. »New York? Ich kenne niemanden in New York, Mr. Jackson.«

Er hielt ihr die Tür auf, wie ein Gentleman einer Dame eben die Tür aufhält, und sie war ihm dankbar dafür. Sie warf ihm ein warmes Lächeln zu und betrat vor ihm das Gebäude, wobei sie den Kopf aufrecht zu halten versuchte, statt wie üblich gebeugt zu schlurfen.

Als die Tür leise hinter ihnen zugefallen war, zögerte Jackson. »Vielleicht möchten Sie ... sich die Hände waschen, bevor Sie ... Ihren Besuch empfangen.«

Sie sah auf ihre Hände hinab, die immer noch voller Blumenerde waren.

»Max ... es geht um ein Stellenangebot. Dieser Mann hat den ganzen Weg hierher nur gemacht, um Ihnen einen Job für die Zeit anzubieten, wenn Sie hier rauskommen.«

»Einen Job?« Sie klang aufgeregt, und sie senkte ihre Stimme. »Das verstehe ich nicht.«

Er zuckte mit den Schultern. »Sie wissen doch, daß Sie immer wieder in den Medien auftauchen. Ihr Fall hat ziemlich viel Wirbel verursacht.«

»Ja, und?«
»Na ja, der Mann hat von Ihnen gehört. Er sagt, er bewundert Ihren Mut und Ihre Zähigkeit und ist von Ihrem Hintergrund beeindruckt.«
Sie blinzelte, bis ihre Augen sich an das helle Neonlicht im Flur gewöhnt hatten. »Und aus welcher Branche stammt er?«
»Das erzählt er Ihnen am besten selbst. Bitte ...«, er deutete auf die Damentoilette, »... ich warte hier draußen, und dann bringe ich Sie zu ihm.«
Da sie nicht wußte, was sie sonst hätte tun sollen, verschwand sie im Waschraum, wusch sich die Hände mit Seife und betrachtete sich dann im Spiegel.
Pathetisch.
Man hatte ihr erlaubt, das lange Haar zu behalten, aber sie mußte es sich jeden Tag zu einem strengen Knoten hochbinden. Natürlich trug sie keinerlei Make-up, und obwohl sie selbst um eine Arbeit im Freien gebeten hatte, zeigten sich die Auswirkungen des zurückliegenden langen, kalten Winters und des Mangels an Sonneneinstrahlung auf ihrem bleichen Gesicht, das schon von Natur aus ziemlich blaß war. Sie konnte sich kaum noch an Zeiten erinnern, als sie keine Augenringe gehabt hatte, und das khakifarbene Arbeitshemd ließ ihre einst unternehmungslustig blitzenden, je nach Lichteinstrahlung unterschiedlich schimmernden haselnußbraunen Augen farblos erscheinen.
Sie spritzte sich kaltes Wasser ins Gesicht und befeuchtete die blonden Strähnen, die sich aus dem Griff der Haarnadeln gelöst hatten. Es war wirklich hoffnungslos. Gleichgültig, was sie auch tat, man sah ihr immer an was sie war: eine Gefangene.
Nicht gerade die beste Voraussetzung für ein Vorstellungsgespräch.

Ein *Job*. Es klang wie ein vergessenes Wort in einer Sprache, die sie einst beherrscht, dann aber wieder verlernt hatte. Während sie Mike Jacksons breitschultriger Gestalt den Flur entlang zu einem der Besprechungsräume folgte, versuchte Max die Fragen, die in ihrem Kopf hämmerten, zu zügeln.

Ein Job bedeutete Zukunft.

Max hatte all die Jahre überlebt, indem sie alles vergessen hatte, was mit Zukunft zu tun hatte, und sie sich gezwungen hatte, in einer einzigen Dimension zu existieren: im Hier und Jetzt. An etwas anderes auch nur zu denken, kostete zuviel Kraft und verursachte mit tödlicher Sicherheit große Schmerzen. Es gab in Max' Spind keinen Kalender, an dem sie die Tage durchstrich; das am weitesten in der Zukunft liegende Ereignis, an das zu denken sie sich erlaubte, war der nächste Besuch ihrer Mutter.

Jackson blieb vor der Tür stehen, öffnete sie und wich dann einen Schritt zurück, um Max eintreten zu lassen. Auf einmal wollte sie von einem Job nichts mehr wissen; alles, was sie tun wollte, war Setzlinge einpflanzen.

Jackson lächelte sie ermutigend an, als wollte er sagen: »Ist schon gut. Kein Grund zur Panik.«

Aber das hatte Max sich in der Vergangenheit schon öfter gedacht, und wohin hatte es geführt?

Der Mann, der am Tisch saß, stand auf, als Max den Raum betrat. Er war gut über sechzig und attraktiv, hatte einnehmende blaue Augen und dichtes, silbriges, gewelltes Haar, das perfekt frisiert war. Der marineblaue Nadelstreifenanzug stammte sicher von einem guten Herrenschneider, die purpurrote Seidenkrawatte war ordentlich gebunden, und die Hand, die der Mann Max entgegenstreckte, sorgfältig manikürt.

»Sie müssen Rebekah Maxfield sein«, sagte er in einer kultivierten, feinen Art.

»Nennen Sie mich bitte Max.«
Sein Händedruck war kräftig und sicher. »Garrett Sharp. Bitte nehmen Sie doch Platz.« Er schob ihr einen Stuhl hin, und nachdem sie sich gesetzt hatte, hörte sie, wie hinter ihr leise die Tür zuging. Sie sah über ihre Schulter zurück. Jackson war verschwunden.
»Es ist mir eine Freude, Sie endlich kennenzulernen«, sagte Sharp. Anders als die meisten Männer seines Alters trug er keine Brille, und seinen scharfen Augen schien nichts zu entgehen, als er Max prüfend musterte.
Sie wußte nicht, was sie erwidern sollte. Die vergangenen sechseinhalb Jahre hatten sie, was Small talk anbelangte, offenbar zu einer absoluten Niete gemacht.
»Sie sind viel größer als ich erwartet hatte«, fuhr er fort.
»Einssiebenundsiebzig«, sagte sie schwach und bemerkte am Rande, daß der Mann offensichtlich eine Vorliebe für Schmuck hatte, denn er trug zwei diamantbesetzte Ringe.
»Soweit ich weiß, ist Ihre Zeit hier bald zu Ende.«
»Ja.« Sie sah auf ihre eigenen Hände herab, auf die ungepflegten, rissigen Fingernägel. Sie knickte die Finger ein, damit er sie nicht sehen konnte.
Er holte ein goldgraviertes Visitenkartenetui aus der Innentasche seines Jacketts, klappte es auf, entnahm ihm eine schwarze Hochglanzkarte mit goldener Prägebeschriftung und reichte sie Max.

COVERTCOM. Elektronische Abhörgerätdetektoren

New York. Washington, D.C. Beverly Hills. Miami.
Austin. London. Paris. Kairo. Moskau.

Garrett Sharp. 1-800-SPYSHOP.

Max' Herz begann unwillkürlich schneller zu klopfen. Sie sah auf.
»Ich weiß vieles über Sie«, sagte Sharp mit einem rätselhaften Lächeln.
»Davon bin ich überzeugt, Mr. Sharp.« Sie gestattete sich ein kleines Grinsen.
»Ich verfolge Ihren Fall nun schon seit einiger Zeit. Ich glaube, es war die *Newsweek*, die als erste die Geschichte darüber brachte, wie Sie Ihre Kenntnisse über die Abwehr elektronischer Abhöreinrichtungen dazu nutzten, sich Ihrem Ehemann über ein Jahr lang zu entziehen, während Sie mit Ihrer kleinen Tochter versteckt lebten.«
Sie zuckte mit den Achseln. »Vielleicht war es auch der *National Enquirer*.«
Sharp lehnte sich zurück und bedachte sie mit einem gespenstisch wirkenden Lächeln. »Ich hätte eigentlich gedacht, Richter Gabe Griswold hätte alles Nötige zur Verfügung gehabt, um jede nur erdenkliche Quelle anzuzapfen auf der Suche nach seiner Frau und seiner Tochter.«
Max schwieg.
»Aber schließlich sind Sie doch in die Falle gegangen. Wie kam das?«
»Ein Leben auf der Flucht taugt nicht für ein dreijähriges Kind.«
»Sie wissen doch, daß Ihr Strafmaß wesentlich milder ausgefallen wäre, wenn Sie Ihre Tochter Ihrem Mann anvertraut hätten.«
»Er ist mein *Ex*-Mann, Mr. Sharp, und ich würde mich eher auf den elektrischen Stuhl setzen als ihm mein Kind auch nur für eine Sekunde zu überlassen.«
»Ja, das glaube ich Ihnen.« Er beugte sich nach vorn. »Sie sind genau die Sorte Mensch, die ich gern in meiner Firma hätte,

Max. Sie sind mutig, stur und vorsichtig. Von Ihrer hohen Intelligenz ganz zu schweigen.«

Max' Hände begannen zu zittern, und sie verschränkte sie ineinander. »Ich bin schon lange raus aus dem Geschäft, Mr. Sharp. Alle anderthalb Jahre verdoppelt sich die Menge an Informationen, die es über elektronische Technologien gibt, das ist Ihnen sicher bekannt. Mein Wissen ist hoffnungslos veraltet.«

Er machte eine abwehrende Geste. »Selbstverständlich sind Sie etwas ins Hintertreffen geraten, was die neuesten technologischen Entwicklungen angeht, aber ich bezweifle nicht im mindesten, daß Sie den Rückstand innerhalb kürzester Zeit wieder aufholen würden. Nun, ich möchte Ihnen einen Job anbieten. Ich möchte, daß Sie möglichst bald anfangen, nachdem Sie aus dem Gefängnis entlassen sind und sich etwas erholt haben.«

Das Herz klopfte ihr bis zum Hals. Sie schluckte.

»Sie würden in der Filiale in Austin anfangen, gründlich eingearbeitet werden, die potentiellen Kunden kennenlernen, Ihre Kenntnisse über die modernsten Abhöranlagen auffrischen.« Er schenkte ihr ein strahlendes Lächeln. Seine Zähne waren schneeweiß. »Ihr Einstiegsgehalt wäre zwar ziemlich bescheiden, nur fünfzigtausend Dollar jährlich, aber Sie bekämen einen Dienstwagen und Bekleidungszuschüsse, dazu natürlich von Zeit zu Zeit einen monetären Bonus. Später würden wir Sie in unsere Filiale nach Washington versetzen, wo Sie bei unserer Spy-Squad-Elite ausgebildet würden ...«

»Spy Squad?«

»Unser Team zum Aufspüren der Abhörgerätschaften.«

»Oh.«

»Mit dieser Versetzung wäre selbstverständlich eine Anhebung Ihrer Bezüge auf fünfundsiebzigtausend verbunden, und wenn Sie komplett ausgebildet sind, schicken wir Sie in unsere Hauptniederlassung nach New York, wo Ihr Gehalt bei hunderttausend beginnt – mögliche Zusatzvergütungen nicht eingeschlossen –, und Sie insgesamt betrachtet die Möglichkeit hätten, innerhalb kurzer Zeit eine Menge Geld zu verdienen.«

Sie starrte ihn an. Der Mann schien vergessen zu haben, daß sie während der letzten sechs Jahre vierzig Cents pro Stunde verdient hatte und der gefängniseigene Laden die einzige Möglichkeit bot, das bißchen Geld auch auszugeben. Schon die fünfzigtausend Dollar kamen ihr vor wie ein Vermögen ... und dann noch der Dienstwagen und die Kleiderzuschüsse ... die Gehaltserhöhungen, die Zusatzvergütungen ...

»Wo ist der Haken?« stieß sie hervor.

Er runzelte die Stirn. »Wie bitte?«

Max fühlte sich, als wäre ihr das Herz bis in den Hals hochgewandert und hätte sich unterhalb ihres Kehlkopfs eingenistet. Sie konnte kaum sprechen. »Es tut mir leid, Mr. Sharp. Ich möchte nicht rüde oder undankbar sein, wirklich nicht. Es ist nur ... wenn man so lange unter Knastschwestern lebt ... nun, dann lernt man, keiner Sache zu trauen, die zu gut klingt, um wahr zu sein.«

»Und dafür halten Sie mein Angebot?« Seine Augen blitzten unter den silbernen Augenbrauen.

»Tja, ehrlich gesagt ... ja. Ich bin hier seit beinahe sieben Jahren eingesperrt, und nun kommen Sie und bieten mir diesen Job an und dieses viele Geld ... Es erscheint mir alles so unwirklich.«

Er lachte. Es war ein weiches, feines Lachen. »Ich versichere Ihnen, es gibt keinen Haken. Dies ist ein seriöses Stellenangebot. Sie müssen wissen, unsere Kunden gehören zu den wohlhabendsten und bekanntesten Leuten der Welt. Generaldirektoren. Filmstars. Politiker. Menschen mit gleichermaßen reichen wie mächtigen Feinden. Sie müssen sich darauf verlassen können, daß wir von CovertCom hundertprozentig diskret und professionell agieren und die Besten der Branche sind. Glauben Sie mir, die Kunden erwarten sehr viel, denn sie *bezahlen* sehr viel, und deswegen kann ich gar nicht genug betonen, daß die Summen, die ich Ihnen vorhin genannt habe, wirklich nur den Anfang darstellen.«

Sie warf ihm einen mißtrauischen Blick zu. »Eben deswegen – warum sollten Sie einen Ex-Häftling einstellen wollen? Würde das nicht die Kundschaft verschrecken?«

Er schüttelte entschieden den Kopf. »Absolut nicht. Sie sind eine Mutter, die ihr Kind bis zum Äußersten beschützt hat. Sie haben sich mit Erfolg vor einem wohlhabenden, einflußreichen Mann versteckt, einem Bundesrichter, Sie haben Ihre Haft ohne zu murren abgesessen, und bis heute weiß niemand, wo Ihre kleine Tochter ist, richtig?«

Max nickte.

»Nun, dann sind Sie doch immer noch außerhalb seiner Reichweite. Sie können die Bedürfnisse unserer Kunden besser als jeder andere einschätzen, und das wissen sie. Außerdem – Ihr Studienabschluß im Bereich Ingenieurswesen schadet bestimmt auch nicht.«

Max konnte gar nicht mehr aufhören zu zittern. Das war doch unglaublich! Einfach unfaßbar! Die Chance ihres Lebens! Ein Neubeginn. Und mit soviel Geld – was konnte sie da alles für Gaby tun!

Also warum, oh, warum wurde sie bloß diese gräßlichen Zweifel nicht los, die sich in den dunklen Ecken ihres Gehirns festsetzten und an ihr nagten? *Umsonst ist nur der Tod, und der kostet das Leben.*

Ob Instinkt oder Selbsterhaltungstrieb – Max hatte schon vor langer Zeit gelernt, auf die leisen Warnungen ihrer inneren Stimme zu hören, selbst wenn es dafür keinen rationalen Grund gab. Beinahe gegen ihren Willen schob sie Garrett Sharp die glänzende Visitenkarte über den Tisch wieder zu.

»Danke, daß Sie den langen Weg auf sich genommen haben, um mit mir zu sprechen, Mr. Sharp. Aber ich bin nicht soweit, über das nachzudenken, was ich mache, wenn ich entlassen werde. Noch nicht.«

Sie hatte erwartet, daß er die Karte nahm und wieder einsteckte, aber statt dessen schob er sie mit einem manikürten Finger zurück zu Max. »Sie brauchen Zeit zum Überlegen«, sagte er. »Das ist auch ganz richtig so. Ich verstehe, daß Sie mir nicht sofort eine Antwort geben können. Aber bitte behalten Sie die Karte. Der Job wird immer noch da sein, wenn Sie sich entschieden haben.«

Er stand auf, und sie folgte seinem Beispiel. Es fiel ihr schwer, ihm in die scharfen blauen Augen zu sehen. Sie kam sich dumm vor, daß sie auch nur daran gedacht hatte, sein Angebot abzulehnen. Dies war eine Gelegenheit, die jenseits aller Vorstellungen lag, die die meisten Frauen innerhalb der Camp-Mauern überhaupt hegen konnten. Also warum vollführte sie keinen Freudensprung? Sie sollte diesem Mann den Diamantring küssen statt ihn auf diese Weise hinauszukomplimentieren.

Und da dämmerte es ihr. Aber natürlich. Warum war es ihr bloß nicht schon früher aufgefallen?

Sie wollte kein Stellenangebot – oder sonst irgendwas – von Garrett Sharp annehmen, weil er sie viel zu sehr an Gabe Griswold erinnerte. Wie Sharp war auch Gabe ein weicher, kultivierter, gutaussehender, teuer gekleideter und erfolgreicher Mann. Als er sie damals gebeten hatte, seine Frau zu werden, schien es ihr, als würde ein Traum Wirklichkeit.

Nur daß sie bis heute nicht aus dem Alptraum aufgewacht war, in den der Traum sich verwandelt hatte.
Als Max das Zimmer verließ, den Kopf hoch erhoben, ließ sie die Visitenkarte auf dem Tisch liegen.
Sie pflanzte immer noch Setzlinge, als das FBI sie holen kam.

2. KAPITEL

Special Agent Jack Underwood konnte sein Glück kaum fassen. Er ließ Garrett Sharp seit über sechs Monaten beschatten, und dies war der allererste richtige Durchbruch.
Noch nie hatte Underwood es mit einem frustrierenderen Fall zu tun gehabt. Zwei voneinander unabhängige Versuche, Undercover-Agenten bei CovertCom einzuschleusen, waren fehlgeschlagen. Es sah so aus, als würde die Branche, die ihren Kunden die Paranoia verkaufte, selbst unter einer kräftigen Dosis ebendieser Krankheit leiden. Underwoods erster Spion war von Anfang an als FBI-Agent erkannt worden, der zweite nach knapp einem Monat entlarvt – und zwar mit Hilfe unbekannter Hilfsmittel, die Underwood erst noch eruieren mußte.
In den Lagerräumen oder Büros oder Privathäusern der CovertCom-Leute Wanzen zu installieren war ein schlechter Witz. Egal, wie geschickt die FBI-Männer vorzugehen versuchten, sie wurden immer auf die eine oder andere Weise aufgespürt. Verflucht, jeder zweite bei CovertCom war früher mal selber Agent gewesen – sie kannten alle Tricks.
Underwood war nichts anderes übriggeblieben als Sharp zu überwachen, Leute einzusetzen, die ihn Tag und Nacht beschatteten, in der vagen Hoffnung, er würde einen falschen

Schritt tun, der vor Gericht als Beweismittel bestehen könnte. Doch seit Sharp seinen eigenen Privatjet und Bodyguards und eine kugelsichere Limousine besaß, war auch diese Aufgabe immer schwieriger zu erfüllen gewesen.

Die Herrschaften in der FBI-Zentrale wurden langsam unruhig, und Underwood wußte, wenn er nicht bald etwas vorweisen konnte, würde er unversehens seine Versetzung zu irgendeiner Außenstelle in der Hand halten, in ein verdammtes Kaff wie Del Rio, Texas, wo er mit den anderen Ausgemusterten Papierstapel von einer Seite des Schreibtischs auf die andere schieben konnte.

Oder schlimmer noch, Alptraum aller Alpträume! Er würde in der FBI-Zentrale landen, für immer in den Windungen der Bürokratie verloren. Er hatte schon mehrmals von Leuten erfahren, die dahin versetzt worden waren – nie wieder hatte man etwas von ihnen gehört.

Es gab keinen Zweifel daran, daß dies der wichtigste Fall seiner Karriere war. Sollte Underwood diesen Fall erfolgreich abschließen, würde er sich für den Rest seines Berufslebens auf seinen Lorbeeren ausruhen können; er würde sich die Fälle in Zukunft selber aussuchen können, vielleicht sogar auf den Management-Zug aufspringen und den ganzen Weg zum besten Job des FBI im Eiltempo durchlaufen: zum SAC, sprich Special Agent, der nur mit den Crème-de-la-crème-Sachen betraut wurde.

Doch wenn er die Geschichte nicht aufklären konnte, würde er wie diese armen Teufel enden, die an dem Unabomber-Fall arbeiteten. Manche von ihnen verbrachten praktisch ihr ganzes Berufsleben damit, dem Phantom dieses Einsiedlers hinterherzujagen, und gingen irgendwann verbittert in Rente, wobei sie nie darüber hinwegkamen, daß sie nicht in der Lage gewesen waren, ihm das Handwerk zu legen, und daß sie sich würden mit ansehen müssen, wie das ein anderer Kollege übernahm.

Aber das würde Jack Underwood mit Sicherheit nicht passieren.

Vor allem nicht jetzt. Underwood hatte ein paar gute Leute da draußen, und sie brauchten nicht einmal eine Stunde, nachdem Sharp seinen Besuch in dem texanischen Gefängnis beendet hatte, um herauszufinden, was er dort getan hatte. Durch einen beinahe unglaublichen Glücksfall hielt Underwood sich zu der Zeit gerade in dem Büro in San Antonio auf, um mit einigen Agenten zu sprechen, die die CovertComs-Filiale in Austin im Auge behielten – was Teil der großangelegten »Operation Lauschangriff« war.

Obwohl auch im Gefängnis mehrere Agenten saßen, die sich mit Rebekah Maxfield hätten unterhalten können, wollte Underwood dies doch lieber selbst tun. Die Sache war zu wichtig, als daß er sie einem jungen Kerl überlassen konnte, der gerade frisch von der Academy kam. Bevor er nach Bryan aufbrach, ließ Underwood sich Maxfields Akte zufaxen und las sie dann unterwegs, während sein Kollege zwischen den vielen Lkws hin- und herhüpfte, und zwar mit einer Geschwindigkeit, die Underwood lieber nicht genau wissen wollte. Die Akte stellte sich als äußerst interessante Lektüre heraus.

Obwohl die meisten Fälle der Kindesentführung in die Zuständigkeit der einzelnen Bundesstaaten übergeben wurden, und die meisten Ankläger eher auf Bewährungsstrafen denn auf Gefängnis für die schuldigen Eltern plädierten, hatte Maxfield eine Anklage wegen »Betrugs und verwandter Delikte in Zusammenhang mit persönlichen Dokumenten« aufgehalst bekommen, da sie über ein Jahr lang mit ihrer kleinen Tochter auf der Flucht durch mehrere Bundesstaaten gewesen war,

wofür sie unter anderem auch gefälschte Ausweise verwendet hatte.
Als Maxfield sich geweigert hatte, das Kind dem Vater auszuhändigen oder mitzuteilen, wo das Mädchen sich aufhielt, hatte der Richter die Anklage um den Punkt Mißachtung des Gerichts erweitert und ihr schließlich die Höchststrafe für Betrug aufgebrummt: sieben Jahre Haft.
Underwood hätte gern gewußt, ob der Richter ein Freund des Kindsvaters – des Bundesrichters Gabe Griswold – gewesen war. Nach der absoluten Strenge, die das Gericht an den Tag gelegt hatte, war Underwood versucht, zu glauben, die Antwort auf seine Frage laute ja.
Er hätte wetten können, das Gericht habe gedacht, schon ein paar Wochen im Gefängnis würden die Frau so fertigmachen, daß sie zusammenbrechen und den Aufenthaltsort des Kindes verraten würde, um ihre Freiheit zurückzubekommen. Offensichtlich hatten sie falsch gedacht.
Rebekah Maxfield war jedem Interview mit Medienvertretern aus dem Weg gegangen, genau wie ihre Familie und Freunde. Sie hatte durch ihren Anwalt höflich darum bitten lassen, von Hilfsangeboten jeglicher Rechtsberater verschont zu bleiben. Nach der Verurteilung war die ganze Geschichte zwar erst einmal durch die Presse gegangen, später aber war es still geworden um Rebekah Maxfield.
Auf dem Foto in ihrer Akte sah sie abgekämpft und traurig aus, wie ein gefangenes Tier – nicht aufsässig wie so viele andere Häftlinge. Aber auf einem alten Bild, das im *People* abgedruckt worden war, sah man ihr an, was sie einst gewesen war: eine echte Schönheit mit blondem Haar bis zu den Hüften und der Größe sowie der Figur eines Fotomodells.
Doch sie war kein Model. Aus dem bißchen an Information, das ihm zur Verfügung stand, konnte Underwood ersehen,

daß sie so was wie ein Elektronik-Crack war – was unter anderem erklären würde, warum Garrett Sharp sich für sie interessierte.

Und wenn Garrett Sharp an Rebekah Maxfield interessiert war, dann auch das FBI. Es war wichtig, daß Underwood sie schnell zu sehen bekam. Er wollte Maxfield frühzeitig mit ins Spiel hineinziehen, bevor sie Zeit hatte, darüber nachzudenken.

Die Direktorin des Federal Prison Camp, Janet Sinclair, war eine nüchterne Schwarze von einzigartiger Anmut und Würde, und sie schenkte Underwood einen Blick, der besagte, sie habe zwar schon so ziemlich alles erlebt, sei aber dennoch überrascht, daß ihr Büro voller FBI-Leute war. Es sah so aus, als hätte Garrett Sharps Charme bei ihr ebenso eingeschlagen wie bei so vielen anderen, die es eigentlich hätten besser wissen müssen.

Nach einem kräftigen Händedruck und der Frage, ob er einen Kaffee wollte – was Underwood verneinte –, sagte Janet Sinclair: »Es fällt mir schwer zu glauben, daß Rebekah Maxfield in Schwierigkeiten geraten sein soll, Agent Underwood. Sie war immer eine vorbildliche Strafgefangene und ihren Mithäftlingen ein leuchtendes Vorbild, und ihre Zeit bei uns ist bald zu Ende.«

»Sie ist nicht in Schwierigkeiten geraten, Mrs. Sinclair. Wir brauchen sie nur als wichtige Zeugin in einem Fall, der mit ihrem eigenen nichts zu tun hat. Und das ist alles, was ich derzeit darüber zu sagen befugt bin.«

Die Direktorin runzelte die Stirn, und ihre dunklen Augen ließen Underwood keine Sekunde los. »Hat dies etwas mit dem Herrn aus New York zu tun, der sie neulich besucht hat? Wie hieß er doch gleich ... Garrett Sharp. Soweit ich es verstanden habe, hat Mr. Sharp ihr für die Zeit nach ihrer Entlassung eine Stelle angeboten.«

Underwood lächelte sie an. Sie lächelte nicht zurück. Als er nicht antwortete, fuhr sie fort: »Ich nehme an, Sie möchten mit Max sprechen?«

»Max?«

»So möchte sie genannt werden. Wir haben uns alle angewöhnt, ihrem Wunsch zu entsprechen.«

»Es klingt nur so ... Eine sehr vertrauliche Anrede zwischen Gefängnisdirektion und einem Häftling.«

Janet Sinclair lehnte sich zurück und verschränkte die Arme vor der Brust. Ihre Körpersprache gab ihm deutlich zu verstehen, daß sie ihn und das, was er tat, gleichermaßen wenig guthieß.

Was Underwood allerdings nicht weiter störte. Er war daran gewöhnt.

»Max ist keine typische Strafgefangene, Agent Underwood, und wenn Sie sie kennenlernen, werden Sie verstehen, was ich damit meine. Sie ist gebildet und kultiviert und ...«

»Und sie hat ein Verbrechen begangen.«

Die Direktorin schürzte die Lippen. »Rechtlich gesehen ja. Und sie hat ihre Schuld der Gesellschaft gegenüber hundertprozentig abbezahlt, vielleicht sogar mehr als das. Ich möchte allerdings hinzufügen, daß man ihr Verbrechen durchaus auch als Heldentat betrachten könnte – es kommt eben darauf an, wie man die Sache sieht.«

»Das werde ich mir merken.«

Sie sah aus, als würde sie noch etwas sagen wollen, überlegte es sich dann aber anders und stand auf. »Ich werde Mike bitten, Max hereinzubringen. Sie können in mein Büro gehen, wenn Sie möchten.«

»Ein sehr großzügiger Vorschlag, Mrs. Sinclair, den ich durchaus zu schätzen weiß, aber wenn es Ihnen nichts ausmacht, würde ich mit ihr zur Befragung lieber an einen neutralen Ort gehen.«

»Einen neutralen Ort? Sie meinen ... so was wie eine Polizeistation?«
»Ich meine einen Ort, an dem wir uns vollkommen ungestört unterhalten können.«
Die Direktorin zuckte angesichts der versteckten Beleidigung zusammen, erwiderte aber nur: »Das ist höchst ungewöhnlich, Agent Underwood. Es gibt bestimmte Formalitäten, die geregelt werden müssen, bevor ein Häftling Freigang bekommen kann.«
»Ich werde dafür sorgen, daß das FBI-Hauptquartier Ihnen die Genehmigung dafür zufaxt.«
Sie zögerte. »In Ordnung. Tun Sie das.«
Underwood nickte einem der anderen Agenten zu, der sich sofort auf den Weg machte, um die notwendigen Anrufe zu erledigen.
Während er wartete, tätigte Underwood selber ein paar Anrufe, und zwar aus seinem Wagen, um sein Vorgehen bei seinen Vorgesetzten abzusichern. Schließlich brachte der große Kerl, der offenbar die rechte Hand der Direktorin war, Rebekah Maxfield zu Underwoods Wagen, der neben einem Van geparkt war.
Sie war groß – größer als er selbst, dachte er nicht ohne erhebliche Verärgerung, und so dünn, daß alle Knochen hervorstachen. Wie allen Gefängnisinsassen hing ihr eine Haltung unendlicher Erschöpfung an, aber ihre Augen sprachen eine andere Sprache.
Wenn Polizisten und Knastis überhaupt etwas gemeinsam hatten, dann den Ausdruck in ihren Augen: hart, zynisch, aufmerksam, mißtrauisch, ein ewiger Hab-Acht-Ausdruck, den der eine beim anderen stets wiedererkannte, was zum Teil dafür verantwortlich war, daß Agenten manchmal so gute Undercover-Leute abgaben. Aber in Rebekah Maxfields Au-

gen fand sich dieser Ausdruck nicht, und das wirkte auf Underwood regelrecht entwaffnend.
Sie verfügte auch über die ätherische Schönheit, die für manche Blondinen typisch war, bei denen die makellose Haut über den hohen Wangenknochen spannte und Wimpern wie Augenbrauen einen eleganten, sanften Schwung besaßen. Ihre Augen waren von einer undefinierbaren Farbe, aber groß und mandelförmig. Underwood dachte im ersten Augenblick, sie habe sich das Haar schneiden lassen, aber dann sah er, daß sie es nur hochgesteckt hatte.
Sie trug keine Handschellen, und ihr Begleiter schien das völlig selbstverständlich zu finden, also fragte Underwood nicht danach. Sie kam auf sein Auto zu, aber Underwood legte ihr eine Hand auf den Ellbogen und führte sie zum Van, wo sofort eine Schiebetür aufglitt. Sie stiegen ein und setzten sich auf zwei dick gepolsterte Sitze, die von Kameras mit enormen Objektiven und weiteren Überwachungsgerätschaften umgeben waren. Derselbe Agent, der Underwood zum Gefängnis gebracht hatte, fuhr den Van durch das Eingangstor und hielt auf einen Highway zu, der aus der Stadt hinausführte.
»Hat das Ganze mit meiner Tochter zu tun?« fragte Maxfield, noch bevor Underwood sich vorstellen konnte. Die Intensität ihres Blickes, als sie das fragte, brachte ihn einen Augenblick aus der Fassung.
»Nein ... es hat überhaupt nichts mir Ihrem Fall zu tun.«
»Mein Ex-Mann? Hat er Sie hergeschickt?«
Interessante Frage. Underwood schüttelte den Kopf. »Wie gesagt, nein. Mein Name ist Jack Underwood, und ich bin gekommen, um mit Ihnen über Garrett Sharp zu sprechen.«
Bei seinen ersten Worten hatte sie sich etwas entspannt im Sitz zurückgelehnt, aber nun beugte sie sich wieder vor. »Was ist

mit ihm? Ich habe ihn eben erst kennengelernt. Er hat mir einen Job angeboten. Das ist alles, was ich über ihn weiß.«

»Was für einen Job?«

Max sah ihn argwöhnisch an. »Ich weiß nicht so genau, ehrlich gesagt.«

»Aber es geht darum, daß Sie im Kundenauftrag nach Abhöranlagen suchen, stimmt's?«

»Ich soll wohl dazu ausgebildet werden, so habe ich es jedenfalls verstanden.«

Er nickte und gab sich alle Mühe, keine Regung zu zeigen. Das war gut. Wirklich sehr gut.

»Ich habe abgelehnt.«

Underwood zuckte zusammen. »Warum?«

Sie seufzte. Es war ein schwerer Seufzer, als wäre sie der ganzen Welt überdrüssig. »Ich traue ihm nicht, deswegen.«

Underwood musterte ihr Gesicht. Die Frau war ja noch schlauer als er gedacht hatte.

»Warum trauen Sie ihm nicht? Hat er irgendwas gesagt, was Ihnen Grund zu dieser Annahme geben würde?«

Max schüttelte den Kopf. »Nein, nichts dergleichen. Es war nur ... Das Ganze klingt einfach zu gut, um wahr zu sein.« Sie rieb sich die gerunzelte Stirn. Ihre Fingernägel waren kurz und gänzlich unmanikürt. »Haben Sie vielleicht zufällig ein Aspirin? Ich habe mörderische Kopfschmerzen.«

»Klar, ich denke schon.« Underwood suchte eine Weile und fand schließlich ein Tablettenröhrchen in der Ablage zwischen den beiden Vordersitzen. Er nahm zwei Tabletten heraus und gab sie Max.

»Ich möchte Ihnen nicht zu viele Umstände machen, aber ich hab den ganzen Tag im Garten gearbeitet und habe großen Durst. Könnte ich vielleicht einen Schluck Wasser haben?«

Diesmal war es an Underwood, zu seufzen. Er lehnte sich nach vorn und wies den Fahrer an, an einer Tankstelle zu halten und eine Flasche Wasser zu kaufen.

»Tut mir leid«, sagte Max und vergrub das Gesicht in den Händen. »Ich wußte es«, murmelte sie. »Ich hätte mir keine Hoffnungen machen dürfen.« Als würde sie sich über sich selber ärgern, rieb sie sich plötzlich heftig die Augen, bis sie rot waren. Als der Fahrer mit einer Flasche Mineralwasser zurückkam, trank sie gierig daraus und spülte die Aspirintablette herunter. Sie machten sich wieder auf den Weg zum Highway, und Max wandte den Blick aus dem Fenster. Underwood hatte sie die ganze Zeit beobachtet, ohne ein Wort zu sagen.

»Er hat Dreck am Stecken, nicht wahr?« sagte sie schließlich. »Er steht wegen irgendwelcher schmutzigen Geschäfte unter Beobachtung.«

»Sagen wir mal, wir behalten ihn im Auge«, erwiderte Underwood. »Und Sie können uns dabei helfen.«

»Was soll das heißen?« Sie wirbelte herum und starrte ihn an.

»Wir wollen, daß Sie den Job annehmen, den Mr. Sharp Ihnen angeboten hat. Daß Sie alles tun, was er von Ihnen verlangt.«

»Sie wollen, daß ich als Ihre Informantin arbeite?« stieß sie hervor. »Sind Sie verrückt? Vergessen Sie's.«

Sie begann an einem Fingernagel zu kauen, und sah dabei so selbstvergessen aus wie ein kleines Mädchen.

»Nein«, sagte sie. »Es ist zu gefährlich.«

»Es ist überhaupt nicht gefährlich«, log Underwood.

Sie verdrehte die Augen.

Nach einer Weile sagte er: »Soweit ich weiß, waren sowohl Ihr Vater als auch Ihr Bruder bei Sondereinheiten der Army.«

Max sah weg. »Ein anderer Bruder von mir ist immer noch bei den Green Berets.«

»Ihr Vater ist umgekommen, als er neunundsiebzig die iranischen Geiseln zu befreien versucht hat.«

»Ein Hubschrauberabsturz während eines Sandsturms in der Wüste«, sagte sie tonlos.
»Und Ihr älterer Bruder ...«
»Brand. Ist beim Unternehmen Wüstensturm gestorben. Eine Rakete hat seinen Hubschrauber erwischt.«
»Also stammen Sie aus einer tapferen Familie. Eine Familie von Patrioten und Helden.«
Max starrte lange auf ihre im Schoß gefalteten Hände herunter. Das war ein billiger Trick gewesen, das wußte Underwood, aber er mußte einfach alles probieren.
»Was erwarten Sie von mir?« fragte sie schließlich.
»Sharp hat Ihnen ein verdammt gutes Angebot unterbreitet, soweit ich weiß. Wir wollen, daß Sie den Job annehmen, soviel Geld verdienen, wie Sie können – das können Sie natürlich alles behalten –, und alles tun, was er von Ihnen verlangt. Wenn Sie uns in diesem Fall behilflich sind, soll es Ihr Schaden nicht sein.«
»In welchem Fall?«
»Ich bin nicht befugt, Ihnen das zu erklären.«
»Hören Sie doch mit dem Scheiß auf.«
Sie starrten einander an.
»Sie wollen, daß ich meinen Arsch für Sie riskiere«, sagte Max mit eisigem Blick. »Dann müssen Sie mir aber auch sagen, worum zum Teufel es geht, damit ich mich nicht dabei umbringe.« Ihre Wangen waren nun gerötet, ihre Augen blitzten, und Underwood konnte ahnen, wie wunderschön sie in Wirklichkeit war.
»Okay«, sagte er nach einer langen Pause. »Sie werden es früh genug erfahren, ganz sicher. Von Sharp selber. Das ist der einzige Grund, warum er eine ehemalige Strafgefangene engagiert.«
»Ach so, ich verstehe. Sie meinen, er hat mir nur den Job

angeboten, weil er mich dazu bringen will, ein Verbrechen zu begehen«, sagte sie bitter.
Er zuckte mit den Schultern.
Max nahm einen großen Schluck aus der Wasserflasche.
»Wir ermitteln aufgrund von Anzeigen, die von mehreren CovertCom-Kunden aufgegeben wurden. Es wird behauptet, daß der ›Spy Squad‹, wie Sharps Truppe sich nennt, bei der angeblichen Suche nach Abhörgerätschaften selber Wanzen installiert. Dann verkaufen sie die so gewonnenen Informationen an die Feinde ihrer Kunden oder verwenden sie dazu, die Kunden zu erpressen.«
»Anzeigen. Sie meinen, Sie haben in Wirklichkeit nicht den kleinsten Beweis dafür, daß dies alles wirklich abläuft?«
Underwood schwieg.
»Oh, jetzt wird mir alles klar! Deswegen brauchen Sie mich – weil Sie ansonsten überhaupt keinen Fall hätten.«
Sie schüttelte den Kopf und tippte mit ihren langen Fingern gegen den Wasserbehälter. »Ihr Kerle seid schon ganz schön schwierig, wissen Sie das?« Sie rieb sich die Stirn. »Keine Chance. Sie müssen sich Ihren Fall schon anderweitig konstruieren. Ich bin keine Klatschtante.«
Er hatte befürchtet, daß es so laufen würde. Nun, eigentlich hatte er es nicht auf die Spitze treiben wollen, aber sie ließ ihm keine andere Wahl. Ohne den Blick von ihr abzuwenden, sagte er: »Ihre Tochter ist sozusagen immer noch auf der Flucht, nicht wahr?«
Max erbleichte, als wäre sie geschlagen worden.
»Also befinden Sie sich rechtlich gesehen immer noch im Zustand einer Gesetzesübertretung, Mrs. Maxfield. Mag sein, daß Sie die Höchststrafe abgesessen haben, die das Gesetz für solche Fälle vorsieht, aber Ihr Ex-Mann hat immer noch elterliche Rechte, denen nicht Genüge getan wird.«

Sie war so aschfahl geworden, daß Underwood schon befürchtete, sie würde gleich in Ohnmacht fallen. Er bereitete sich darauf vor, sie aufzufangen, falls sie vom Sitz stürzen sollte.
»Das würden Sie nicht tun«, sagte sie, und ihre Lippen bewegten sich dabei kaum.
»Das FBI ist weltweit die beste und reichste Organisation zur Durchsetzung rechtlicher Belange, Mrs. Maxfield. Wenn wir alle Möglichkeiten der Suche ausschöpfen würden, würden wir Ihr Kind finden, das versichere ich Ihnen.«
Sie begann so heftig zu zittern, daß die kleinen Haarsträhnen, die ihr Gesicht umrahmten, ebenfalls bebten.
Underwood wünschte, er hätte nicht so weit gehen müssen, aber er brauchte diesen Fall, und dazu brauchte er Rebekah Maxfield, und er würde nicht den ganzen Tag um sie herumscharwenzeln. Er zog ein zusätzliches As aus dem Ärmel. »Also, Sie können Mr. Sharps vorzügliches Stellenangebot annehmen und eine Menge Geld verdienen; oder Sie können das Angebot ablehnen und im Gefängnis bleiben in der Gewißheit, daß das FBI alle Hebel in Bewegung setzt, um Ihr kleines Mädchen aufzuspüren. Aber das ist noch nicht alles.«
Sie sah richtig krank aus. Er hoffte, sie würde nicht in den Van kotzen, sonst würde er den Gestank nie mehr loswerden.
»Ich fürchte, es sind ein paar neue Anklagepunkte aufgetaucht, Mrs. Maxfield, die Ihren Aufenthalt im Camp verlängern könnten ... auf unbestimmte Zeit.« Er setzte ein gespielt bedrücktes Gesicht auf.
»Was? Was für neue Anklagepunkte?« schrie sie und erhob sich halb von ihrem Sitz. Der Fahrer des Vans sah in den Rückspiegel. Er schaute Underwood an, als würde er sagen wollen: »Schalten Sie einen Gang runter, bevor sie uns den Wagen ruiniert.«

Zitternd ließ sie sich wieder in den Sitz fallen. »Sie Bastard«, stieß sie hervor. »Sie verfluchter Hurensohn.«
Obwohl er es niemals zugegeben hätte, fühlte Underwood sich wirklich schuldig wegen dem, was er dieser Frau antat. Verflucht, er hatte doch selber Kinder, und nach allem, was er in Rebekah Maxfields Akte gelesen hatte, schien ihr Ex-Mann ein richtiges Arschloch zu sein.
Aber Garrett Sharp setzte sich zu unverfroren über das Gesetz hinweg, er erpreßte Leute und nahm sie aus, war verantwortlich für Geschäftsverluste, die in die Millionen gingen, und während des ganzen Treibens machte er dem FBI eine lange Nase. Sie mußten ihn aufhalten, und dies war der einzige Weg dazu.
Außerdem, so schlecht war der Deal gar nicht, sagte er sich. Maxfield würde frühzeitig das Gefängnis verlassen können, und am Ende viel mehr Kohle absahnen als er. Sie mußte sich nur ein wenig kooperativ zeigen. Sobald Sharp per Gerichtsbeschluß hinter Schloß und Riegel gebracht war, würde sie ihr ganzes Geld packen und mitsamt ihrer Tochter verschwinden können.
Er sah, wie sie ihn mit unverhohlenem Haß anstarrte. Dies war sein Job, er mußte ihn tun, so einfach war das. Als er ihrem Blick standhielt, sank sie in ihren Sitz zurück, schloß die Augen und lehnte den Kopf resigniert gegen die Kopfstütze. Eine einzelne Träne rollte ihr langsam über die Wange.
In diesem Augenblick hätte er beinahe nachgegeben. Hätte beinahe gesagt: »Zum Teufel damit!« Er war doch kein Unmensch, aber verdammt, er brauchte sie, um den Fall zu lösen! Ohne die Munition, die sie ihm liefern konnte, ohne ihre Aussage hatte er nichts in der Hand.
Er wartete.
Dann sagte Max, so leise, daß er sie über das Geräusch des Motors und der Reifen auf dem Asphalt hinweg kaum hören

konnte: »Also gut. Okay. Meine Mom wird sich jedenfalls darüber freuen.«

Alarmiert wandte er ein: »Sie dürfen ihr nichts darüber sagen, was wir vorhaben. Kein Mensch darf davon erfahren. Meinetwegen können Sie ihr alles über Ihren Job bei CovertCom erzählen, aber was die Ermittlungen betrifft, bin ich der einzige, mit dem Sie über die Operation reden dürfen.«

Sie schlug die Augen auf und blitzte ihn an. Ihre Stimme klang sarkastisch, als sie sagte: »Oh, keine Sorge, Agent Underwood. Es würde mir nicht im Traum einfallen, etwas über Ihre kleine *Operation* zu verraten.«

Underwood bedeutete dem Fahrer, wieder zum Gefängnis zurückzufahren. »Man wird Sie zu einem anderen Zeitpunkt genauer in alles einweisen, Mrs. Maxfield. Im Moment möchte ich nur, daß Sie Mr. Sharp anrufen und ihm mitteilen, daß Sie es sich überlegt haben und den Job nun doch annehmen wollen.« Er griff in die Innentasche seines Jacketts und holte die Visitenkarte heraus, die Max nach ihrem Treffen mit Sharp liegengelassen hatte.

Sie starrte die Karte an. Ohne sich zu rühren sagte sie: »Ich hab die Nummer im Kopf, klar? Behalten Sie die verdammte Karte.«

Underwood unterdrückte einen Seufzer. Dies würde ein verflucht langwieriger Fall werden.

3. KAPITEL

Olivia – Liv – Maxfield war überglücklich zu erfahren, daß ihre schöne, tapfere, leidgeprüfte Tochter Rebekah (sie nannte sie nie Max) nicht nur bald nach Hause kommen würde, sondern daß Gott sie endlich für ihre Geduld und ihren Mut belohnt hatte, indem er ihr Mr. Sharp schickte, der ihr eine

Arbeit und ... *alles* anbot. Gottes Wege, Wunder zu tun, waren eben wirklich unergründlich.
Es gab soviel zu tun und so wenig Zeit, alles zu schaffen! Liv mußte das Gästezimmer vorbereiten, eine Torte bestellen, ein paar neue gelbe Bänder kaufen ...
Gelbe Bänder. Zuerst hatte Liv gedacht, sie würden die Bänder entfernen, wenn Rebekah nach Hause zurückkehrte, aber mit der Zeit war ihr klargeworden, daß sie sie niemals würden abnehmen können, nicht solange die kleine Gaby immer noch da draußen war, durch ein grausames Schicksal von ihrer Familie getrennt.
Alles im Leben konnte sich so schnell verändern! Im Bruchteil einer Sekunde war alles anders, und man brauchte den Rest seines Lebens, um zu versuchen, darüber hinwegzukommen.
Liv gab es nur ungern zu, aber monatelang hatte sie sich geweigert zu glauben, was Rebekah ihr erzählt hatte – daß Gabe dem Baby etwas so unaussprechlich Schreckliches angetan hatte. Wie hätte man auch glauben sollen, daß ein Mann wie er – umwerfend gutaussehend, weltmännisch und erfolgreich – zu so etwas in der Lage wäre? Liv konnte auch jetzt noch kaum daran denken, ohne daß ihr sofort übel wurde.
Womöglich hätte Liv ihrer Tochter nie geglaubt – wenn sie nicht einmal dabeigewesen wäre, als Gabe an einem Besuchswochenende kam, um die Kleine abzuholen. Gaby hatte angefangen zu weinen und hatte sich schon an Rebekah geklammert, als Gabe noch nicht einmal die Auffahrt zum Haus hochgekommen war. Und als er nach ihr griff ... Liv würde nie den Gesichtsausdruck des Mädchens vergessen. Entsetzen, grenzenloses Entsetzen. Gaby hatte sich am Hals ihrer Mutter festgekrallt und in ihrer Angst und Verzweiflung so schrill geschrien, daß es Liv allein bei der Erinnerung daran eiskalt den Rücken hinunterlief.

Was hatte sie eigentlich von ihrem Schwiegersohn erwartet? Beruhigende Worte, eine Entschuldigung, vielleicht auch Vorwürfe gegenüber Rebekah, sie habe der Kleinen die Angst vor dem Vater eingeimpft. Aber er hatte nichts dergleichen von sich gegeben. Er hatte nur nach dem Kind gegriffen und es ruhig aus den Armen seiner Mutter gelöst, und sein Gesicht dabei war ... leer.

Gabys Schreie waren noch lange zu hören, auch nachdem Gabe sie in den Kindersitz gepackt und die Wagentür geschlossen hatte – ja selbst als sie die Straße entlang davonfuhren. Rebekah hatte sich ins Bett geflüchtet und den ganzen restlichen Tag geweint. Es war ein schreckliches Erlebnis gewesen, etwas, das Liv bis zum letzten Atemzug nicht mehr vergessen würde.

Es war so hart gewesen, mitzuerleben, wie Rebekah all die Jahre leiden mußte, eingesperrt wie eine Schwerverbrecherin, obwohl sie sich nicht das Geringste hatte zuschulden kommen lassen! Und dann die Trennung von Gaby, die Gewißheit, daß sie nicht würde mit ansehen dürfen, wie das Kind aufwuchs. Es war so ungerecht, und es wurde noch schlimmer, als sie Richard und Brand verloren. Es schien, als gäbe es jedesmal, wenn die Familie zu Weihnachten oder anderen Gelegenheiten zusammenkam, mehr leere Stühle am Eßtisch.

Liv wußte, daß es nicht richtig war, über andere Leute zu urteilen, aber sie hoffte inständig, Gott würde einen besonderen Platz in der Hölle für alle Gabe Griswolds der Welt reservieren.

Max hatte sich nie erlaubt, sich mental auf den Tag ihrer Entlassung vorzubereiten, und so kam ihr, als es soweit war, alles wie ein Traum vor, als würde es nicht ihr, sondern jemand anderem passieren, und sie wäre nur ein Beobachter.

Die Gefängnisdirektorin legte zum Abschied ihre Hand auf die zerfurchte, abgearbeitete von Max. »Ich wünsche Ihnen alles nur erdenklich Gute für Ihr weiteres Leben, Max«, sagte sie. »Unter uns gesagt, ich wußte von Anfang an, daß Sie nicht hierhergehören, aber Sie haben sich immer tadellos benommen, und wir werden Sie sehr vermissen.«

»Tja, was ich andersrum kaum behaupten kann«, scherzte Max mit einem nervösen Lachen.

»Das kann ich mir vorstellen«, erwiderte Mrs. Sinclair lächelnd.

Während ihre Mutter am Eingang die notwendigen Papiere unterschrieb, packte Max ihre paar persönlichen Sachen zusammen und stopfte sie hastig in einen Karton.

»Ich trag sie Ihnen bis zum Auto«, bot sich Mike Jackson eifrig an, wie ein Junge, der seiner Flamme auf dem Schulweg die Bücher abnehmen will. Obwohl die Kiste nicht schwer war, überließ Max sie ihm verlegen. Mike war ein netter Mann, der die meisten Inhaftierten mit großem Respekt behandelte, aber er war und blieb ein Mann, und Max fühlte sich plötzlich ganz unbeholfen – wie seinerzeit in der Schule, als sie alle Jungs in der Klasse um Haupteslänge überragt hatte und alle sie wegen ihrer blonden Haare »Kanarienvogel« genannt und dumme Sachen zu ihr gesagt hatten, zum Beispiel, sie möge einen Arm hochhalten, damit der Radioempfang besser würde.

Offensichtlich mußte man sich an das wirkliche Leben genauso erst gewöhnen wie an ein neues Paar steife Lederschuhe.

Ihre Mutter fuhr durchs Tor und in das wildwuchernde Städtchen Bryan hinein. Das Gefängnis befand sich inmitten einer etwas heruntergekommenen Mittelklassegegend, aber Max kamen die Häuser alle unwirklich vor. Sie hatte immer noch das Gefühl, zu träumen.

»Ich kann es gar nicht glauben, daß ich dich endlich nach Hause bringen kann«, sagte ihre Mutter.
»Ich auch nicht.«
»Du hast keine Ahnung, wie glücklich ich darüber bin, daß dir eine gute Stelle angeboten wurde. Es wird ein komplett neuer Anfang für dich.«
Max starrte aus dem Autofenster.
»Übrigens – zu Hause wartet eine Überraschung auf dich.«
Max sah zu ihrer Mutter hinüber und unterdrückte einen Seufzer. Sie wollte keine Überraschungen mehr. Sie wollte nur noch in ein großes, weiches Bett schlüpfen und die nächsten neun Jahre durchschlafen.
Die Fahrt nach Austin dauerte länger, als Max erwartet hatte. Wolken und Nebel hatten sich mit dem frühen März verbündet und tauchten die normalerweise saftig grüne texanische Hügellandschaft in ein verträumtes Grau, das die Fahrt nur noch unwirklicher erscheinen ließ. Max kam es vor, als wären ihre Gefühle von ihr losgelöst, beinahe unzugänglich. Hatte sie sich schon so lange von ihnen abgeschnitten, daß sie nie wieder in der Lage sein würde, etwas zu empfinden?
Ihre Mutter redete über dies und das, aber Max beteiligte sich kaum am Gespräch. Sie kannte die Leute nicht, von denen Liv erzählte, und sie machte sich auch nichts aus ihnen. Sie wußte, daß sie ihre Mutter dadurch verletzte, und daß man von ihr erwartete, glücklich zu sein, weil sie dem Gefängnis entronnen war. *Wenn Mom wüßte!* dachte Max. *Ich bin doch nur vom Regen in die Traufe geraten.*
Ihre Mom hatte es bestimmt nicht leicht gehabt – Woche für Woche, Jahr für Jahr hatte sie den langen Weg von Austin nach Bryan auf sich genommen und hatte Max besucht. Aber was sollte Max denn nun sagen? Sie kam gerade frisch aus dem Gefängnis und würde jetzt wieder täglich zur Arbeit gehen

und ein »normales« Leben führen – wie alle anderen. Aber sie würde nie wirklich zu ihnen gehören. Sie war ein Ex-Knacki, und was den neuen Job anging, über den ihre Mutter sich so freute – Max würde dort als Spionin fungieren, als Spionin, die die Spione ausspionierte.

Sie würde wohl bis zum bitteren Ende eine Außenseiterin bleiben, eine Seiltänzerin hoch über den Köpfen der Menge.

Es war beinahe dunkel, als sie Austin erreichten, das in den vergangenen Jahren eine Bevölkerungsexplosion erfahren hatte und zu einem Zentrum der boomenden Computerbranche sowie zu einer Art zweitklassigem Mekka für Erleuchtungsuchende und abgekämpfte Yuppies geworden war. Max war überwältigt von dem Hochgeschwindigkeitsverkehr und der verwirrenden Anzahl der Schnellstraßenausfahrten, aber sie erkannte auch vieles, das Austin für alle Zeiten unverwechselbar machen würde – die sanften, baumbestandenen Hügel, die Brücken, die sich über die schmalen Flüsse spannten, die stattlichen alten Anwesen. Während Liv die Scheinwerfer einschaltete und den Scheibenwischer in Gang setzte, spähte Max durch den Nebel, und eine Spur häuslichen Friedens schlich sich in ihre Seele.

Aber sie fühlte sich alt, sehr alt.

Ihre Mutter wohnte in einem unscheinbaren Drei-Zimmer-Ziegelhaus inmitten eines bescheidenen Gebäudeareals. Es »zu Hause« zu nennen wäre Max unmöglich gewesen. Ihre Mutter war ungefähr zu der Zeit hier eingezogen, als Max mit ihrer Tochter untergetaucht war, also gab es kaum etwas in dem Haus, was ihr ein Gefühl von Heimat vermittelt hätte. Aber es konnte keinen Zweifel daran geben, welches von den vielen Häusern in der Reihe ihre Mutter bewohnte: An jedem Baum rund um das kleine Ziegelgebäude flatterten gelbe Bänder, und ein verwaschenes, auf Butterbrotpapier gepinseltes

Schild hing quer über dem Eingang: WILLKOMMEN ZU HAU.

Zum ersten Mal seit vielen Monaten warf Max den Kopf in den Nacken und lachte. »›Willkommen zu Hau‹? Was soll das denn sein, Mom?«

Ihre Mutter schürzte die Lippen. »Es hieß natürlich mal ›Willkommen zu Hause‹, aber der Regen hat die letzten Buchstaben abgewaschen.«

»Herrlich«, erwiderte Max und stieg aus dem Auto. »Und die gelben Bänder – das ist wirklich lieb. Es muß dich einen ganzen Tag gekostet haben, sie festzubinden.«

»Ich hatte Hilfe«, sagte ihre Mutter und öffnete die Eingangstür.

Als Max über die Schwelle trat, schaltete Liv das Deckenlicht ein, und ein vielstimmiger Chor brüllte Max entgegen: »Überraschung!«

»O mein Gott, ich kann es nicht fassen, daß ihr alle da seid!« stieß Max hervor, und Freudentränen rannen ihr die Wangen hinab.

Keiner von ihren Brüdern lebte in Austin, und bis auf einen einzigen – Clark, der Anwalt und mit vierzig der älteste der Geschwister war – hatten sie sich alle sogar außerhalb des Bundesstaates angesiedelt. Clark war nun mit seiner Frau Jennifer und den zwei Kindern aus Dallas angereist, und mit seinem silbern gesträhnten, haselnußbraunen Haar sah er ihrem Vater bei ihrem letzten Treffen so ähnlich, daß Max zumute war, als umarme sie einen Geist. Clark hatte vor Gericht den Fall seiner Schwester vertreten, und er hatte sich nie verziehen, daß er verloren hatte. Max hatte ihn seit Jahren nicht mehr gesehen, und sie drückte ihn länger als notwendig an sich, als Zeichen ihrer Zuneigung und Vergebung. Als er sich schließlich von ihr löste, hatte er Tränen in den Augen.

Brett, der mit seinen siebenunddreißig Jahren drei Jahre älter war als Max, war mit seiner Ehefrau Nummer drei, Janice, aus Fort Bragg, North Carolina, angereist. Wie üblich war Max nicht auf seinen Anblick vorbereitet. Als eineiiger Zwilling sah er Brand so ähnlich, daß es Max vorkam, als würde sie Brand wiedersehen, als hätten sie ihn überhaupt nicht verloren. Aber es war ein merkwürdiges Gefühl, nur einen der beiden in die Arme schließen zu können. Brett war ein kräftiger Kerl, ganz so, wie man sich einen Elitesoldaten vorstellte, und als er Max umarmte, tat er es so heftig, daß ihre Knochen knackten und sie nach Atem rang. Aber sie konnte es ihm nicht übelnehmen.

Zane, mit dreißig der Jüngste, sah immer noch wie ein schlaksiger Teenager aus. Er war der einzige von den Geschwistern, der ihrer zierlichen Mutter ähnlich sah, und genau wie Liv war er sogar kleiner als Max. Brett und Brand waren immer schon groß und blond gewesen wie Max, und Brett sah auch heute noch wie ein Wikingerfürst aus, während Zane schmächtig war, dünnes rotes Haar hatte, das er zu einem Pferdeschwanz gebunden trug, und immer noch unter den Aknenarben aus seiner unglücklichen Jugend litt. Zane hatte jung geheiratet und sich immer noch jung scheiden lassen. Ein zweites Mal hatte er sich nicht mehr vor den Standesbeamten gewagt, und bewohnte nun, als eingefleischter Computerhacker, ein mit den neuesten elektronischen Apparaturen vollgestopftes Appartement im kalifornischen Silicon Valley.

Aber Zane hatte keineswegs Grund, sich seinen älteren Geschwistern unterlegen zu fühlen, war er doch als einziger mit den Leuten in Kontakt, die sich um Gaby kümmerten. Er blieb über den Computer mit ihnen in Verbindung, und er sorgte dafür, daß Gaby nicht vergaß, wie sehr ihre Mutter sie liebte.

»Liebe Grüße von Gaby«, flüsterte er.
Max, vor Rührung unfähig zu sprechen, nickte und umarmte ihn einen Augenblick länger als die anderen. Als sie einen Schritt zurücktrat, bemerkte sie unwillkürlich, wie sehr sich Zanes Kleidung von der der anderen Geschwister unterschied. Während Max' ältere Brüder in ihren Anzügen gesetzt und konservativ wirkten, sah Zane mit seinem Dreitagebart, dem ausgeblichenen T-Shirt, auf dem das Logo einer berühmten, im Untergrund operierenden Hacker-Zeitschrift prangte, und seiner verkehrt herum aufgesetzten Baseballkappe wie ein Computer-Freak aus der Oberstufe aus.
Als hätte er Max' Gedanken gelesen, schnappte sich Brett die Baseballmütze seines Bruders, schwenkte sie über seinem Kopf und reichte sie dann an Clark weiter. »Wann läßt du dir endlich mal die Haare schneiden, Zany?« stichelte er und benutzte dabei den Spitznamen, den Zane von Herzen haßte.
Zane setzte ein sardonisches Grinsen auf. »Ach, sobald du aufhörst, zu vergewaltigen und zu plündern und Kinder umzubringen, würde ich sagen.«
»Du kleiner Mistkerl ...«, begann Brett und lief rot an.
»Kommt schon, Jungs. Nicht hier im Wohnzimmer«, ging Liv dazwischen und machte sich auf den Weg in die Küche.
Zum zweiten Mal an diesem Tag lachte Max lauthals los. Alles war so albern, so ... ganz ihre Familie. Clark stimmte in ihr Gelächter mit ein, die Ehefrauen folgten seinem Beispiel, und schließlich lachten auch Zane und Brett.
Während Liv in der Küche zauberte, saß Max, von ihren Brüdern und Schwägerinnen und lautstarken Nichten und Neffen umringt, im Wohnzimmer. Clarks Kinder waren erst nach ihrer Inhaftierung zur Welt gekommen und waren ihr

noch aufregend fremd. Sie krabbelten unter dem Tisch herum und ärgerten Sarge, Livs greisenhafte Bulldogge. Alle Familienmitglieder plapperten munter durcheinander.
Jemand tippte Max auf die Schulter, und sie wirbelte herum. Es war Zane. »Ich hab dir etwas mitgebracht«, sagte er und reichte ihr einen zusammengefalteten Computerausdruck.
Max faltete das Papier auseinander. Es war ein grobkörniger Abzug eines Fotos, das in den Computer eingescannt, per Modem übertragen und dann vom Empfänger ausgedruckt worden war. Ein etwa zehnjähriges Mädchen, das blonde Haar zerzaust, das Lächeln warm und bezaubernd, sah Max von dem Bild an. Die beiden oberen Schneidezähne waren länger als die anderen, und ihr schmales Gesicht zeigte die unbeholfene Schönheit eines Menschen, der erst noch in seine Züge hineinwachsen muß.
Max rang nach Luft.
Die Gespräche um sie herum verstummten.
»Oh, Zane ...« Sie fand die richtigen Worte nicht. Tränen trübten ihren Blick.
»Na ja, es ist ziemlich gefährlich, Bilder per Mail zu verschicken, weißt du«, sagte er verlegen. »Die FBI-Leute könnten einem auf die Spur kommen.«
»Was ist denn hier los?« Liv bahnte sich einen Weg durch die Schar ihrer Kinder und Enkel, die auf das Bild auf dem Wohnzimmertisch starrten.
»Es ist ein Foto von meiner Gaby, Mom«, antwortete Max, und ihre Stimme zitterte. »Sie ist so wunderschön!«
»Was?« Liv schlug sich die Hand vor den Mund, während Brett ihr das Bild reichte. »Zane, wo hast du das her? Du bist doch hoffentlich kein Risiko eingegangen, oder?«
Zane seufzte. »Mom, ich hab's aus dem Computer. Gaby hat ihr Foto eingescannt und es mir über Modem übermittelt. Sie

oder die Leute, die sich um sie kümmern. Ich mußte es nur noch runterladen und ausdrucken.«
»Aber man könnte das doch trotzdem zurückverfolgen«, wandte Clark ein. »Riskante Sache.«
Zane zuckte mit den Schultern. »Auch nicht riskanter als jede andere Mitteilung zwischen uns. Und es ist doch bloß ein einziges Bild, um Himmels willen, kein verdammtes komplettes Fotoalbum!«
»Laß es mich noch mal sehen«, sagte Max und wischte sich ungeduldig die Tränen aus dem Gesicht. Sie griff mit zittrigen Fingern nach dem Blatt und betrachtete ihr kleines Mädchen. »Sie ist so groß geworden«, murmelte sie. »Mein süßes kleines Baby.«
Jemand legte ihr die Hand auf die Schulter, und Clarks Frau Jennifer sagte: »Das war wirklich nett von dir, Zane.«
»Ja«, gab Max ihr recht. »Vielen, vielen Dank.« Sie schlang ihrem Bruder einen Arm um die Hüfte und drückte ihn an sich. All die Jahre, die sie im Gefängnis verbracht hatte, hatte sie von Gabys Bild gezehrt, das sie in ihrem Herzen hatte. Sie war erst drei Jahre alt gewesen, als sie sie zum letztenmal gesehen hatte. Und jetzt – was war sie doch für ein großes Mädchen geworden!
Die altvertraute Traurigkeit schlich sich in Max' Herz, die Verbitterung über die verlorenen, sinnlosen, vergeudeten Jahre. Sekundenlang verstummten alle, als ihre gemeinsamen Erinnerungen die Worte verdrängten.
»Mama, ich muß Pipi«, durchbrach schließlich Clarks vierjährige Tochter Hannah das Schweigen.
Alle Umstehenden brachen in nervöses Gelächter aus, und die Spannung wich. Jennifer begleitete Hannah zur Toilette, während Bretts Ehefrau Jan mit Liv in die Küche ging. Die Brüder zogen sich ihre Stühle heran und setzten sich an den Eßtisch.

Irgendwann schlug jemand vor, sie sollten zur Feier des Tages eine Runde Poker spielen. Max hatte die Wahl des Spiels, und einer ihrer Brüder ging los, um den riesigen, mit Pennies gefüllten Krug zu holen, die ihnen als Einsatz dienen sollten. Clark riß einen nagelneuen Kartensatz auf und begann virtuos zu mischen. Plötzlich wurde es Max klar, wo sie sich befand – zum erstenmal seit sieben Jahren war sie wieder da, wo sie hingehörte.

Zu Hause.

Und der Abend hätte so schön weitergehen können, wenn ihre Mutter sich nicht ausgerechnet diesen Augenblick ausgesucht hätte, um zu verkünden, daß sie ihr Haus an die Gemeinde verkauft habe, weil ohnehin eine neue Schnellstraßentrasse durch das Viertel geplant sei – und daß sie mit Max zusammenziehen wolle.

4. KAPITEL

Dominic Antonio hatte bislang keine Ahnung gehabt, daß die Spielzeugbranche so mörderisch war.

Er spähte über den langen Glastisch hinweg, fing Evans Blick auf und hob fragend eine Augenbraue. Evan zwinkerte ihm unter seinen buschigen roten Brauen kaum wahrnehmbar zu. Der streng militärische Haarschnitt täuschte beinahe über das Feuerrot hinweg, das Evan von seiner irischen Mutter geerbt hatte, aber seine stahlgrauen Augen blitzten vor ungezähmter Wildheit. Obwohl Dominic sich nicht sicher sein konnte, hatte er die dringende Vermutung, daß Evan einer Splittergruppe der IRA immer wieder Geld zukommen ließ, um Terroraktionen gegen die Briten zu unterstützen.

Evan Ryder war der Elektriker des Spy Squad. Gab es irgendwo im Wirrwarr von Drähten, Schaltern und Anschlüssen, die in einem Raum oder einem Gebäude angebracht waren, auch nur die winzigste Abhörinstallation – Evan spürte sie auf. Er bewahrte seine Kollegen auch davor, bei lebendigem Leibe gebraten zu werden, wenn sie hinter Wänden, inmitten eines Kabelsalats oder an sonstigen brenzligen Plätzen auf der Suche nach Wanzen herumschnüffelten. Bei solchen Suchaktionen war es immer Evan, der jedes einzelne Teil der benötigten elektronischen Ausrüstung durchcheckte, vom einfachsten Spannungsmesser über die etwas komplexeren Spektrumanalysegeräte, hochempfindliche Tonempfänger und Oszilloskope bis hin zur höchstkomplizierten Röntgenausrüstung und ähnlichem Spielzeug.

Evan und Dominic hatten sich mit allen anderen Teammitgliedern im Konferenzraum von CovertComs New Yorker Hauptniederlassung eingefunden, um mit zwei nervösen neuen Kunden eine bevorstehende Suchaktion zu besprechen. Die Kunden arbeiteten in der Produktentwicklung von Imagitoys Inc., einer kleinen, noch jungen Firma, die sich wie David gegen die etablierten Goliaths namens Mattel, Hasbro, Fisher-Price und Kenner durchzusetzen versuchte.

Die beiden Männer waren unglaublich jung, hatten zotteliges Haar und trugen Jeanshemden, comicgemusterte Krawatten und Shorts. Die Rollerblades, auf denen sie zur Besprechung angeschossen gekommen waren, lagen in einer Ecke. Die beiden hatten die enervierende Angewohnheit, sich gegenseitig fragend anzusehen, bevor sie ein Wort sagten. Es würde nicht schwer werden, sie um den Finger zu wickeln.

»Die großen Spielzeugfirmen haben ihre Spione überall«, sagte der Bärtige der beiden, ein drahtiger Mann namens Jason Crandall. »Sobald sie von einem heißen Produkt Wind bekommen, das woanders entwickelt wird, setzen sie sofort ihre Leute auf die Sache an und versuchen die Newcomer auf dem Markt auszutricksen. Kleine Unternehmen haben keine Chance, mit dem vielen Geld der Großen mitzuhalten. Die Giganten puschen das gestohlene Produkt mit einem Blitzkrieg an Werbeaufwand und Marketing-Kinkerlitzchen.« Er sah zu seinem Partner hinüber, einem Japano-Amerikaner mit glänzendem schwarzem Haar und dem widersinnigen Namen Osamu Smith.

Osamu nickte. »Toyland – so nennen wir die Spielzeugindustrie – ist voll von den Überresten kleiner Betriebe, die eine hervorragende Geschäftsidee hatten, dann aber aus dem Rennen gedrängt wurden und zusehen mußten, wie die Großen mit ihrer Idee ein Vermögen machten.«

»Gibt's dagegen keine rechtliche Handhabe?« fragte Dominic.

Die beiden Kunden nickten energisch. »Doch«, sagte Osamu. »Patentdiebstahl, Warenzeichenfälschungen, unlauterer Wettbewerb – man kann gegen alles Klage einreichen. Aber wenn man den Prozeß verliert, ist man im Handumdrehen bankrott.«

»So ist es Coleco ergangen«, fügte Jason hinzu. »Mitte der Achtziger hat einer der Spielzeuggiganten mit ihrer Idee von den Cabbage Patch Kids jährlich einen Umsatz von über einer Milliarde Dollar gemacht.«

»Also, wie können wir Ihnen behilflich sein?« fragte Dominic.

Die beiden Männer wechselten einen Blick. Schließlich sagte Jason: »Osamu und ich – wir haben eine neue Spielzeugidee entwickelt, die Toyland unserer Meinung nach von Grund auf erschüttern wird.«

Osamu nickte. »Die jährliche Spielzeugmesse findet im Februar statt, hier in New York. Sie ist nicht nur in ihrer Art einzigartig auf der Welt, sondern auch der perfekte Ort, um eine Sache groß rauszubringen. Wir möchten unsere neue Idee dort als große Überraschung präsentieren, und wir möchten schon in Produktion sein, wenn dies geschieht, damit wir gegenüber den großen Nachahmern einen Vorsprung haben.«

»Februar ... das ist ja noch fast ein Jahr bis dahin«, murmelte Dominic.

»Richtig«, sagte Osamu. »Wir müssen ganz im Geheimen operieren, damit nicht vorzeitig etwas durchsickert. Und als allererstes müssen wir unseren Sitzungsraum abhörsicher machen.«

Jason rutschte auf seinem Stuhl hin und her. »In ein paar Wochen wollen wir unsere Idee dem Imagitoys-Vorstand vorstellen, der Presse- und Marketingabteilung – also allen führenden Köpfen der Firma.«

»Und Sie möchten, daß CovertCom vorher Ihren Konferenzraum durchsucht.«

»Was wir eigentlich am liebsten hätten, wäre, daß das ganze Haus überprüft und jeder Mitarbeiter genau unter die Lupe genommen würde – aber das können wir uns nicht leisten, also müssen wir erst einmal mit dem Sitzungssaal anfangen«, erklärte Jason nervös.

»Welche anderen Sicherheitsmaßnahmen haben Sie schon in die Wege geleitet?« fragte Hakeem Abdul, der Telefonspezialist des Spy Squad. Er war ein exotisch aussehender, attraktiver Mann, der seinen Spitzbart pedantisch pflegte und gern teure, maßgeschneiderte Anzüge trug. An weiblicher Begleitung mangelte es ihm jedenfalls nie.

Jason und Osamu wechselten wieder einen Blick. »Nun, wir haben dreifach verschlossene Türen, zu denen es nur drei Schlüsselsätze gibt«, sagte Osamu schließlich. »Und niemand weiß, wer gerade im Besitz der Schlüssel ist.«

»Die Fenster im Werkbereich sind mit Papier abgeklebt«, fügte Jason hinzu. »Und alle Angestellten sind zur Geheimhaltung verpflichtet.«
Hakeem schenkte ihnen ein mitleidiges Lächeln. »Die Königliche Familie Großbritanniens kann bestimmt ein Lied davon singen, daß diese Maßnahmen alles andere als ausreichend sind.«
Jason errötete, während Osamu Hakeem mit unverhohlenem Mißfallen ansah. »Die Firma gehört uns nicht, Mr. Abdul«, sagte er eisig. »Diese Sicherheitsmaßnahmen sind das einzige, was in unserer Macht steht.«
»Was ist mit der Zeit nach der Konferenz?« mischte sich Sebastian Taylor ein, einer der Spy-Squad-Experten für Radioempfangsgeräte. Wie alle, die für Garrett Sharp arbeiteten, trug auch Sebastian sein strohblondes Haar kurzgeschoren, aber seine Augen waren so blau, daß Dominic sich oft fragte, ob er farbige Kontaktlinsen benutzte. Eitel genug wäre er dafür jedenfalls.
»Was meinen Sie damit?« hakte Jason nach.
»Na ja, nehmen wir mal an, Ihr neues Spielzeug schlägt ein wie eine Bombe, und alle verlassen den Sitzungssaal begeistert und eifrig darauf bedacht, sofort mit der Arbeit loszulegen. Sie werden doch untereinander darüber reden müssen, oder?«
»Nun, ja...«
»Wenn Sie sich also Sorgen machen, daß der Konferenzraum verwanzt sein könnte – wie können Sie ausschließen, daß die Räume der PR- oder Marketingabteilung nicht ebenso verwanzt sind?«
Dies war der Teil des Verkaufsgesprächs, der Dominic immer wieder in Erstaunen versetzte. Intern wurde so etwas »Steigerung der Paranoia des Kunden« genannt. CovertCom warb zwar damit, daß es auf Wunsch auch gern einzelne Räume

»säuberte«, aber sobald Sebastian und die anderen anfingen, sich mit den Kunden zu unterhalten, war es nur eine Frage der Zeit, bis die geplante Suchaktion sich auf das ganze verdammte Gebäude ausweitete – was für das Spy Squad natürlich viel zeitaufwendiger und für den Kunden viel teurer war.

»Ich weiß nicht«, sagte Osamu zweifelnd. »Ich meine, Sie haben natürlich recht, aber wie gesagt, eine Durchsuchung des ganzen Hauses können wir uns wohl nicht leisten.«

»Ja«, stimmte Jason zu, »wir sind von seiten unseres Chefs nur dazu befugt, eine Säuberung dieses einen Raumes in Auftrag zu geben.«

Evan riß in gespieltem Entsetzen die Augen auf. »Das haben Sie aber hoffentlich nicht im Büro Ihres Chefs besprochen?«

Die beiden Neukunden starrten sich unbehaglich an. Jason rutschte wieder auf seinem Stuhl hin und her. »Nun ... doch, natürlich.«

Das gesamte Spy-Squad-Team schüttelte beinahe synchron den Kopf.

»Wieso?« fragte Osamu besorgt.

»Wenn das Gebäude verwanzt ist, hätten Sie damit Ihren Konkurrenten ebensogut öffentlich mitteilen können, daß Sie eine wirklich heiße Sache am Laufen haben. Woraufhin sie ihre Anstrengungen verdoppeln werden, der Geschichte auf die Spur zu kommen«, erklärte Evan.

»Wußten Sie, daß es Tonempfänger gibt, die nicht größer sind als ein Reiskorn?« fragte Sebastian.

»Nicht nur das«, fügte Hakeem hinzu. »Es gibt mittlerweile auch modernste Transmitter, mit denen Ihre Feinde *von überall auf der Welt* Ihre Telefonleitungen anzapfen und damit jedes Gespräch mithören können, das im betreffenden Raum geführt wird – nicht nur die Telefonate!«

Jason und Osamu rissen verdattert die Augen auf.

»In jeden Gegenstand – vom Briefbeschwerer über die Brieftasche bis hin zum Füller – kann eine Wanze installiert werden«, berichtete Dominic.
»Das soll wohl ein Witz sein!« rief Jason aus.
»Einen Sitzungssaal vor einer geplanten Konferenz säubern zu lassen ist eine hervorragende Idee«, sagte Evan. »Aber wenn man sich nicht intensiv mit der Abwehr elektronischer Abhöranlagen beschäftigt, und zwar bezogen auf das gesamte Unternehmen, schiebt man das Unausweichliche höchstens eine Weile hinaus.«
Osamu biß sich auf die Lippe. »Das wird bestimmt teuer ...«, murmelte Jason.
»Kann aber sicherlich aufgefangen werden, wenn Sie mit Ihrem großartigen neuen Spielzeug den Markt ausschöpfen. Denken Sie nur daran, was die Power Rangers ihren Erfindern eingebracht haben.«
Als die beiden jungen Männer wieder einen Blick wechselten, wußte Dominic, daß CovertCom den Großauftrag im Sack hatte. »Okay«, sagte Jason schließlich. »Dann mal los.«
Dominic lächelte. Man mußte nur an die Gier der Menschen appellieren – es funktionierte jedesmal. »Sehr gut. Als erstes brauchen wir die Baupläne des gesamten Gebäudes ...«
»Wozu das denn?« unterbrach ihn Osamu.
»Vielleicht müssen wir Teile der Wände, Decken oder Böden entfernen, um alles gründlich abzusuchen. Anhand der Baupläne wissen wir zum Beispiel, welche Wände tragend sind.«
»Und ich möchte die Schaltpläne haben«, sagte Evan. »So wird mir jeder Draht, der nicht dazugehört, sofort ins Auge springen.«
»Ooookay«, erwiderte Jason gedehnt und machte sich eifrig Notizen.
»Die Pläne der umgebenden Gebäude brauchen wir auch«,

fügte Sebastian hinzu, »um jeden Lüftungsschacht, jeden Kanal, jedes Rohr und so weiter überprüfen zu können – alles, was der Tonübertragung aus dem Zielgebiet dienlich sein könnte.«

»Und ich will alle Informationen haben, die es über Ihr Telefonsystem gibt«, warf Hakeem ein. »Vor allem über Zubringerleitungen aus dem Zentralbüro, Nebenstellenanlagen, Verteilerkästen, Faxsystem und ähnliches. Wir müssen uns auch Ihre firmeninterne Sprechanlage ansehen. Dann möchte ich mit dem Mann reden, der bei Ihnen für die Kommunikationsanlagen zuständig ist. Schaltpläne und allgemeine Informationen kriegen wir von der Telefongesellschaft, aber alle anderen Details können wir nur intern eruieren.«

»Ja, und dann noch eines«, sagte Dominic. »Sprechen Sie *niemals* innerhalb der Firmengebäude über die bevorstehende Suchaktion, mit niemandem, das könnte Ihre Kontrahenten sonst vielleicht veranlassen, ihre Abhörgerätschaften bis nach der Durchsuchung abzustellen, was es uns erschweren würde, sie zu lokalisieren.«

Bis auf das Kratzen von Jasons Füllfeder auf dem Papier war kein Laut zu hören. Osamu sah verängstigt drein.

»Am besten, wir führen vor der eigentlichen Suchaktion einen Testlauf durch«, fuhr Dominic fort. »Damit stellen wir fest, welches Equipment wir konkret brauchen und ob die tatsächlichen Gegebenheiten mit den Bauplänen übereinstimmen.«

»Sie werden uns bei dem Testlauf behilflich sein müssen«, sagte Evan. »Aber sprechen Sie uns bloß nicht darauf an. Überlassen Sie uns die ganze Arbeit. Wenn wir Sie brauchen, damit Sie uns etwa eine Tür aufschließen, werden wir Ihnen eine Nachricht zukommen lassen, ohne die eigentliche Suchaktion dadurch in Gefahr zu bringen.«

Die jungen Männer nickten. Sie sahen aus wie Erstsemester,

die soeben ihren ersten Seminarschein erhalten hatten. Dominic taten sie leid. Sie waren jetzt so eingeschüchtert, daß sie bereit waren, ihr junges Unternehmen um eine schöne Stange Geld zu erleichtern. Aber schließlich waren sie freiwillig gekommen. Industriespionage war ein kostspieliges Geschäft, und alle Beteiligten wußten das.

Es klopfte an der Tür, und jeder im Raum sah hoch. Rose Peterson, die Sekretärin des Chefs, winkte Dominic zu sich her.

»Tut mir leid, Sir«, flüsterte sie, nachdem Dominic zur Tür gekommen war. »Aber Mr. Sharp möchte Sie kurz sprechen.«

Dominic nickte, bedeutete Evan, die Sache mit Jason und Osamu zu übernehmen, und schlüpfte aus dem Zimmer.

Garrett Sharps Büro hatte, genau wie sein Penthouse, deckenhohe Fenster, nur daß diese auf den East River hinausschauten. An der Wand hinter seinem Schreibtisch hing ein riesiges modernes Gemälde, das im wesentlichen aus wilden Farbklecksen bestand. Für Dominic sah es so aus, als hätte der Künstler den Inhalt von ein paar Farbeimern auf die Leinwand gekippt.

Sharp sah von den Papieren auf seinem Tisch auf und bedeutete Dominic, in einem S-förmigen Sessel aus Chrom und schwarzem Leder Platz zu nehmen. Dominic fand den Stuhl entsetzlich unbequem, aber er setzte sich trotzdem, denn so war das nun mal, wenn man für Garrett Sharp arbeitete: Man tat alles, was der Boss sagte.

»Dom, ich werde Sie in unsere Filiale nach Texas versetzen.«

»Entschuldigung, Sir?« Dominic versuchte sich die aufwallende Panik nicht anmerken zu lassen.

Sharp lachte. »Keine Sorge! Es ist nicht für immer. Ich möchte nur, daß Sie für ein paar Wochen da runterfahren. Danach werden Sie nach Washington versetzt und schließlich wieder hierher.«

Die entnervende Angewohnheit seines Arbeitgebers, seine Leute vor vollendete Tatsachen zu stellen, machte Dominic ganz wahnsinnig. Es brachte einen immer wieder völlig aus dem Konzept – was natürlich genau beabsichtigt war.
»Darf ich fragen warum, Sir?«
»Ich habe jemand Neuen angeworben, und ich möchte, daß Sie sie persönlich einarbeiten.«
»Sie?« stieß Dominic hervor. CovertCom war normalerweise ein ziemlich sexistischer Laden.
»Oh, sie ist wirklich ein Juwel«, ereiferte sich Sharp. »Sie wird frischen Wind in die Firma bringen. Vielleicht haben Sie ja schon von ihr gehört – Rebekah Maxfield.«
Dominic überlegte, aber obwohl ihm der Name bekannt vorkam, konnte er ihn nicht auf Anhieb einordnen.
»Sie ist mit ihrem Kind vor ihrem perversen Ehemann geflüchtet – einem Bundesrichter namens Griswold – und hat sich über ein Jahr versteckt gehalten. Einer seiner Berufskumpane hat sie schließlich zu sieben Jahren Knast verdonnert, nachdem sie aufgeflogen war, aber den Aufenthaltsort des Kindes hat sie trotzdem nie preisgegeben.«
»O ja! Ist lange her.«
»Sie ist jetzt wieder auf freiem Fuß, und ich hab sie engagiert. Sie wird sich für das Image der Firma bestimmt sehr gut machen.«
Dominic war da nicht so sicher, aber er würde den Teufel tun, mit seinem Boss darüber zu streiten. »Hat sie eine Ahnung von Elektronik?«
Sharp runzelte die Stirn. »Lesen Sie keine Zeitung? Die Frau ist ein absoluter Crack, was die Abwehr von Abhöranlagen angeht. Wie sonst hätte sie sich so lange vor einem Richter verstecken können? Eins dieser Fernsehmagazine hat damals eine Geschichte über sie gebracht.« Er kicherte. »Sie wollten

im Gefängnis ein Interview mit ihr machen, aber sie hat sie zum Teufel geschickt.«

»Sieben Jahre sind eine lange Zeit, Sir«, gab Dominic zu bedenken.

»Verdammt richtig. Und deswegen möchte ich, daß Sie sich um ihre Einarbeitung kümmern.«

Dominic gab sich alle Mühe, sich seinen Frust nicht anmerken zu lassen. »Wie lange wird das Ihrer Meinung nach dauern?«

Der Boss lächelte ihn an, als könne er seine Gedanken lesen. »Tja, Dom, das hängt ganz von Ihnen ab. Je besser Sie als Ausbilder sind, desto besser wird die Lady als Schülerin sein.«

Nichts hängt jemals wirklich von mir ab, dachte Dominic. Er stand auf und streckte seinem Arbeitgeber über den Tisch hinweg die Hand hin. »Ich werde mein Bestes geben, Sir.«

Sharp schüttelte ihm die Hand. »Aber hetzen Sie sie nicht«, warnte er seinen Angestellten. »Sie wird eine Zeitlang brauchen, um zu lernen, wie bei uns der Hase läuft.«

Dominic mußte nicht nachfragen, wie er das meinte. Das wußte er schon, und zwar nur zu gut. Jemand Neuen in die Firma zu bringen war immer mit einem gewissen Risiko verbunden. Es bestand immer die Gefahr, daß ein Neueinsteiger die ganze Sache auffliegen ließ. Oder sich als FBI-Spitzel entpuppte und plötzlich verschwand. Obwohl niemand mit Sicherheit wußte, wohin Dalton entschwebt war, ging das hartnäckige Gerücht, daß er ein FBI-Agent gewesen und vom Boss entlarvt worden sei.

Dominic wollte lieber nicht genauer darüber nachdenken.

Nun wollte Sharp also eine Frau ins Netz ihrer geheimen kleinen Organisation einschleusen, und das bereitete Dominic jetzt schon Kopfzerbrechen. Wie gut diese Frau auch sein

mochte, sie gehörte nicht zu CovertCom, davon war Dominic überzeugt.
Aber er würde nicht das mindeste dagegen tun können, daß sie kam.

Max trat so kräftig auf die Bremse wie möglich, und der Saturn kam ruckartig zum Stehen. Der Sicherheitsgurt drückte schmerzhaft gegen ihr Schlüsselbein, während vor ihr ein langhaariger Radfahrer vorbeischoß, sich zwischen den wartenden Autos hindurchschlängelte und im Labyrinth der Nebenstraßen verschwand, die vollgepackt mit buntgewürfelten Gebäuden, die zum Campus der University of Texas gehörten, waren.
»Du fährst immer zu schnell, Rebekah«, schimpfte ihre Mutter vom Beifahrersitz aus. »Diese jungen Leute kurven wie die Wahnsinnigen hier herum, und man muß höllisch aufpassen, um ihnen auszuweichen.«
Max biß die Zähne zusammen.
»Ich verstehe sowieso nicht, wieso du unbedingt hierher ziehen wolltest«, fuhr Liv fort, während Max um die Ecke bog und nach einigen hundert Metern in ihre Auffahrt fuhr. »Wir hätten es uns leisten können, in ein hübsches, sicheres Appartementgebäude zu ziehen.«
»*Du* hättest es dir leisten können, Mom, ich nicht.« Max seufzte. »Es ist schon schlimm genug, daß ich mir das Geld für diesen Wagen von dir leihen mußte. Außerdem mußt du doch nicht hier wohnen, weißt du. Du könntest doch in eine eigene Wohnung ziehen.«
Sieben Jahre lang hatte ihre Mutter ihr zur Seite gestanden. Mit welchem Recht schleuderte sie ihr nun solche Gemeinheiten ins Gesicht? Die Wahrheit über CovertCom konnte sie ihr jedenfalls nicht sagen, also welche Ausrede sollte sie dafür

erfinden, daß sie ausgerechnet hierher gezogen war? Außerdem – wäre es fair gewesen, von ihrer Mutter zu erwarten, daß sie in ihrem Alter noch allein lebte?

»Jemand muß doch aufpassen, daß du nicht in Schwierigkeiten gerätst«, neckte Liv sie.

Max stieg aus dem Auto, öffnete den Kofferraum und holte die vollen Einkaufstüten heraus. Ihre Mutter folgte ihrem Beispiel. »Ich verstehe einfach nicht, wie du so stolz sein kannst, Rebekah. Dein Chef wird doch sicher so großzügig sein, dir einen Vorschuß auf dein Gehalt zu gewähren. Was willst du überhaupt an deinem ersten Arbeitstag anziehen?«

»Du weißt doch genauso gut wie ich, daß ich noch einen Haufen Sachen von früher habe, Mom.« Max folgte ihrer Mutter ins Haus, wo der alte Sarge, der schnarchend in der Ecke lag, bei ihrem Eintreten hochschaute und so verlegen dreinsah, als würde er sich dafür schämen, daß sein Gehör nicht mehr so gut war wie früher.

Liv hatte den Rücken kerzengerade durchgestreckt, ein sicheres Zeichen dafür, daß sie nicht mit ihrer Tochter einverstanden war. Seit Wochen schon gab es immer wieder Streit zwischen den beiden, über den Umzug, über die Auswahl der Möbel, über die dünnen Wände dieser billigen Wohnung ...

»Ja, und sie werden an dir *runterhängen*, wie an einem abgemagerten Flüchtling. Außerdem sind die Sachen doch hoffnungslos unmodern«, wandte Liv ein. »Ich wünschte wirklich, du würdest mit mir einkaufen gehen!« Sie stellte die Einkaufstüte auf der Arbeitsfläche ab, die die vollgestopfte, schmale Küchenzeile von Max' kleinem, schwach beleuchteten Arbeitszimmer abtrennte.

Max begann die Cola-Dosen in den Kühlschrank zu packen. »Also gut, Mom«, sagte sie matt.

Das Gesicht ihrer Mutter hellte sich auf. »Heißt das, wir gehen Kleider kaufen?«
Max rang sich ein schiefes Lächeln ab. Es war ein offenes Familiengeheimnis, daß ihre Mutter eigentlich diejenige war, die Fürsorge brauchte. In ihrem tiefsten Inneren war Liv Maxfield immer ein Kind gewesen und würde es immer sein.
»Wenn es dich glücklich macht«, sagte Max, »gehen wir eben einkaufen – aber nur Sachen, die ich für die Arbeit brauche, und auch nur, wenn du einverstanden bist, daß ich dir das Geld später zurückzahle.«
»Oh, das wird lustig, du wirst schon sehen!« Ihre Mutter führte in der Küche einen kleinen Freudentanz auf. »Wir haben schon so lange nichts mehr zusammen unternommen. Es hat mir wirklich gefehlt.«
Max lächelte. Liv hatte recht. Max hatte sich seit ihrer Entlassung wirklich schrecklich benommen. Sie konnte ihre Freiheit nicht genießen, wußte sie doch, wie hoch der Preis dafür war. Und es machte sie verdammt wütend, daß sie sich keiner Menschenseele anvertrauen konnte.
Aber das darf ich nicht ausgerechnet an Mom auslassen, dachte sie. *Nicht nach all den Jahren, in denen sie mir beigestanden hat.* Sie ging auf ihre Mutter zu und schloß sie in die Arme. Das zierliche Persönchen schien mit jedem Jahr noch zierlicher zu werden.
»Du warst schon immer so unabhängig, weißt du«, sagte ihre Mom, als sie sich aus Max' Umarmung gelöst hatte. »Als du klein warst, hast du immer gesagt: ›Selber machen will, Mom. Selber machen will.‹«
Max verdrehte die Augen. Wie oft hatte sie die Geschichte schon gehört? »Ich war in der letzten Zeit ziemlich gemein zu dir, entschuldige.«
»Schon gut.«

»Wenn ich mal eine größere Wohnung habe, holen wir ein paar von deinen eingelagerten Sachen rein, ich versprech's. Dann kannst du zwischen deinen eigenen Möbeln wohnen.«

Ihre Mutter tätschelte ihr die Hand. »Darüber mache ich mir keine Sorgen«, erwiderte sie. »Ich war lange mit einem Soldaten verheiratet. Möbel sind nur Gegenstände, sie bedeuten mir nichts.« Sie machte sich am Spülbecken zu schaffen. »Nur du bedeutest mir etwas, mein Mädchen. Du und Gaby und deine Brüder und ihre Familien.«

Warum tut sie mir bloß immer wieder so was an? dachte Max. *In der einen Sekunde könnte ich sie umbringen, und in der nächsten liebe ich sie so sehr, daß ich für sie sterben könnte.*

Als Liv die Spülmittelflasche und den Schwamm in die Hand nahm, protestierte sie: »Ich mach das, Mom.«

Aber ihre Mutter schüttelte den Kopf. »Nein, du ruhst dich schön aus, meine Süße. Du siehst schon wieder so müde aus.«

So ungern sie es auch zugab, wußte Max doch, daß ihre Mutter recht hatte. Sie hatte es unterschätzt, wie sehr die sieben Jahre Gefangenschaft sie ausgelaugt hatten. Obwohl sie nun seit fast zwei Monaten draußen war, konnte sie immer noch kaum genug Schlaf bekommen.

»Ich könnte wirklich ein Nickerchen gebrauchen«, murmelte sie, schlurfte durch das kleine Arbeitszimmer und über den kurzen Flur in ihr Schlafzimmer, das wie der Rest des Hauses mit billigen, bunt zusammengewürfelten Möbeln ausgestattet war. Es war wirklich eine Schande, ihre Mutter an solch einen Ort zu zwingen, aber es war ja nur vorübergehend. Mr. Sharp hatte doch gesagt, daß sie in etwa drei Monaten nach Washington versetzt werden würde.

»Ich mach alles wieder gut, Mom«, flüsterte sie noch, bevor sie sich auf das Bett fallen ließ.

Wie immer vor dem Einschlafen stürmten auch jetzt die Erinnerungen auf sie ein. Während sie auf der Flucht waren, hatten Max und ihre Tochter einmal ein paar Monate auf einer abgelegenen Farm in der Prärie von Oklahoma gelebt. An einem warmen Sommertag hatte es in Strömen geregnet, und Gaby war in den Regen hinausgerannt, barfuß und im Höschen, und hatte den Kopf in den Nacken gelegt, um die Tropfen mit der Zunge aufzufangen.

»Mommy! Komm spiel mit mir!« hatte sie gerufen, und Max war schließlich zu ihr hinausgelaufen, hatte das Kind herumgewirbelt und mit ihm zum Rhythmus des Regens getanzt. Ihr Gelächter hatte in der endlosen Prärie widergehallt – es waren Augenblicke reiner, vollkommener Lebensfreude.

Doch wie immer, wenn sie sich langsam sicher fühlten, hatte jemand angefangen, zu viele Fragen zu stellen, und sie hatten wieder wegziehen müssen.

Spielzeug und Bücher waren ein Luxus für ein Kind, das sich auf der Flucht befand. Gaby durfte nicht mehr davon besitzen, als man in größter Eile zusammenraffen konnte. Gabys Lieblingsbuch war »Wo die wilden Kerle wohnen« von Maurice Sendak, und abends, egal wo sie gerade waren, kuschelten Max und ihre Tochter zusammen und lasen darin.

Freunde waren auch selten. Sie hätten auch beide kaum Zeit für sie gehabt, außerdem bargen Freundschaften auch immer ein Risiko. Also spielte Max viel mit Gaby, saß mit gekreuzten Beinen auf dem Boden, neben sich einen altersschwachen Pu der Bär, und sie taten so, als gäben sie eine Teegesellschaft, mit nicht vorhandenen Tassen und nicht vorhandenem Tee, und ihre Welt war vollkommen in Ordnung.

Doch dann kam eine Zeit, als Max das ewige Weglaufen und Verstecken zuviel wurde, und eines Tages lag sie weinend auf dem Sofa in einer der vielen in Eile angemieteten anonymen Behausungen. Gaby schlief gerade – oder zumindest hatte

Max das angenommen –, aber auf einmal schlug Max die Augen auf, und das Mädchen stand mit besorgtem Gesicht vor dem Sofa. »Mommy, bist du so traurig? Oder hast du Kopfweh?«

Max schloß ihre Tochter in die Arme, weinte hilflos und suchte verzweifelt nach Worten des Trostes, aber sie fand keine, denn sie war unsäglich traurig, und sie hatte Kopfschmerzen.

Mehr als sieben Jahre waren seit jenem Tag vergangen, und die kleine Gaby war längst kein Kleinkind mehr. Sie hatte die Milchzähne verloren und dafür neue bekommen, die noch zu groß für ihr Gesicht schienen. Sie war in die Schule gekommen und konnte »Wo die wilden Kerle wohnen« längst selber lesen. Für spielerische Teegesellschaften war sie auch schon zu groß.

Aber Max – auch jetzt noch, sieben Jahre später, war unsäglich traurig und hatte Kopfschmerzen.

Die CovertCom-Filiale in Austin war überraschend bescheiden. Max konnte sich einfach nicht an die endlosen Autoschlangen gewöhnen, die nun jede Straße zu verstopfen schienen. Nachdem sie die richtige Schnellstraßen-Ausfahrt verpaßt, sich mehrmals verfahren und drei entgegenkommende Wagen auf halsbrecherische Art geschnitten hatte, um auf den CovertCom-Parkplatz zu gelangen, war sie angeschlagen, wütend und mit den Nerven völlig am Ende.

Eigentlich wollte sie doch überhaupt nicht hier sein.

Sie flüchtete sich in den erstbesten Waschraum und überprüfte ihr Äußeres. Obwohl sie immer noch ziemlich blaß aussah, mußte sie doch zugeben, daß ihre Mutter hinsichtlich der Kleider recht gehabt hatte. Das neue Kostüm, das Max zur großen Freude von Liv trug, schimmerte in einem pfaugrünen

Ton und brachte ihre schmale Taille bestens zur Geltung. Ihre Augen, deren Farbe immer entsprechend der Kleiderfarbe changierte, reflektierten den sanften Grünton wie zwei Smaragde.
Nicht, daß Max sich wirklich viel aus ihrem Outfit machte. Schließlich würde sie inmitten eines Haufens von Verbrechern arbeiten.
Ein Blick auf ihre Armbanduhr verriet ihr, daß sie bereits zehn Minuten zu spät war. Sie verließ den Waschraum, betrat den nächsten Aufzug und drückte auf den Knopf für den vierten Stock. Sie würde also gleich am ersten Tag eine Viertelstunde zu spät kommen. Ihr Vater hätte so etwas in seinem militärischen Umfeld niemals toleriert.
Das Büro des Direktors lag am Ende des Flurs. Max hastete über den Korridor, die neue lederne Schultertasche fest umklammert. Sie wünschte sich nichts sehnlicher, als das Gebäude schleunigst wieder verlassen zu können, und doch war sie neugierig und wollte ihre Aufgaben korrekt erledigen – der Fluch jedes leistungsorientierten Menschen.
Die Empfangsdame, eine überraschend junge Frau mit sympathischen Wangengrübchen, sah auf, als Max hereinkam, und schenkte ihr ein strahlendes Cheerleader-Lächeln.
»Mein Name ist Rebekah Maxfield«, sagte Max nervös und brachte nur ein halbes Lächeln zustande.
»Oh, natürlich! Wir haben Sie bereits erwartet, Mrs. Maxfield. Nur einen Augenblick bitte, ich sage Mr. Antonio Bescheid, daß Sie hier sind.« Sie sprang auf, zwinkerte Max ermunternd zu und verließ fluchtartig das Zimmer.
Um den Anblick dieser Frau auszuhalten, braucht man ja eine Sonnenbrille! dachte Max und wandte sich ab. Unruhig durchschritt sie das Zimmer und betrachtete die teuren Gemälde, die taubengraue Textiltapete und die geschmackvollen

Pflanzenarrangements. Echte Pflanzen, solche, die Pflege brauchten. *Das Blumengießen muß wohl zu Miss Zwinkers wichtigen Aufgaben hier gehören,* dachte sie.

Sie schalt sich selbst für ihre bösartigen Gedanken, aber sie konnte einfach nicht anders – es half ihr, die eigene Kraft zu bewahren.

Und sie würde jede Menge Kraft brauchen, um zu überleben.

Obwohl die Schritte ihres neuen Vorgesetzten durch den dichten Teppichbelag gedämpft wurden, drang seine Stimme wie durch einen Nebel zu ihr herüber. »Sie müssen Rebekah Maxfield sein. Mein Name ist Dominic Antonio.«

Später konnte Max sich nicht mehr daran erinnern, sich zu ihm umgedreht zu haben. Sie wußte nur noch, daß ihr Mund so trocken geworden war, daß sie kein Wort herausbrachte, kein einziges Wort, nicht einmal: »Bitte nennen Sie mich Max.«

Er war schlicht und ergreifend der bestaussehende Mann, den sie je zu Gesicht bekommen hatte, und sie fühlte sich auf der Stelle unwiderstehlich und mit jeder Faser zu ihm hingezogen.

Als er ihr die Hand schüttelte, raste ihr ein Kribbeln wie ein elektrischer Impuls den Arm hoch und breitete sich dann warm in ihrem ganzen Körper aus.

Der Mann war groß, um einiges größer als sie, und als Max endlich den Blick zu ihm hob, spürte sie, wie sie rot anlief. Sie hatte Angst, er könnte ihr die Gedanken vom Gesicht ablesen.

Alles, woran sie denken konnte, war: *Ich hab seit fast zehn Jahren keinen Sex gehabt. O lieber Gott, steh mir bei.*

Während sie sich verzweifelt bemühte, das Chaos in ihrem Kopf wieder zu ordnen, schickte sie einen Fluch in Richtung Agent Underwood. *Er hat mir versprochen, daß dieser Job nicht gefährlich ist.*

Sie hätte nur zu gern gewußt, in welchen Punkten er sie noch angelogen hatte.

5. KAPITEL

Er wartete auf sie in der Tiefkühlabteilung, und er entdeckte sie lange bevor sie ihn ausmachen konnte. Die Veränderung, die mit ihr stattgefunden hatte, war bemerkenswert. Sie trug schwarze Pumps und ein rubinrotes, auf Taille geschnittenes Kostüm mit schwarzen Aufschlägen – dieses Rot hätte eine Blondine vielleicht bleich aussehen lassen, aber sie sah darin einfach umwerfend aus. Als sie vor einem Regal stehenblieb und nach einer Flasche Salatdressing griff, fiel ihr das unglaublich lange Haar wie ein Wasserfall über den Rücken.

Rapunzel im Büro-Outfit.

Sie hatte nun wieder etwas Farbe im Gesicht, einen sanften, natürlichen Ton. Sie strich einen Punkt auf ihrer Einkaufsliste durch, und eilte dann den Mittelgang hinunter. Ihr Blick streifte ihn kurz, wie er gegen die Eistruhe gelehnt dastand, dann sah sie in einem Blitz plötzlichen Wiedererkennens noch einmal hin.

Ihr Gesicht verdüsterte sich augenblicklich, und er seufzte.

»Underwood, verfolgen Sie mich etwa?« stieß sie hervor. »Haben Sie noch nie was von einem Telefon gehört?«

Er bedeutete ihr, ihm durch eine Tür zu folgen, auf der *Nur für Angestellte* stand, und als sie hinter ihm an den Paletten mit Toilettenpapier und Dosenfutter entlanglief, konnte er ihre Absätze wie einen wütenden Trommelwirbel auf dem Zementboden klacken hören.

Sie verließen den Laden durch den Hinterausgang. Underwood hatte seinen Wagen in einer schmalen Straße hinter dem Supermarkt geparkt, und er hielt Max die Tür auf. Sie stieg ohne ein Wort ein und machte sich nicht die Mühe, auf den Knopf zu drücken, der auch die Tür auf der Fahrerseite automatisch geöffnet hätte.

»Sie schauen sich zu viele Krimis an, Underwood«, sagte sie, als er hinters Steuer schlüpfte und den Motor anließ.
»Man kann nicht vorsichtig genug sein.« Er fuhr los, in Richtung eines Parks, wo sie hinter ein paar Bäumen ungestört würden reden können.
»Sie haben Glück, ich hab mein geheimes Ringmikrophon nämlich zu Hause vergessen.«
Der Eingang zum Park war nur ein paar Straßen vom Supermarkt entfernt. Innerhalb von fünf Minuten hatten sie die kleine Baumgruppe erreicht. Underwood ließ den Motor laufen, damit die Klimaanlage sich nicht abschaltete. In Texas war es schon ziemlich heiß, und er wollte nicht das Risiko eingehen, das Fenster offen zu haben, solange sie sprachen.
»Also, wie läuft's?« Er drehte sich zu Max um.
»Ich bin erst seit einer Woche bei CovertCom, Underwood. Was soll ich denn in so kurzer Zeit schon herausgefunden haben?«
»Wer ist für Ihre Einarbeitung zuständig?« Er holte einen kleinen Spiralblock und einen Stift aus seiner Jackentasche.
»D-Dominic Antonio.«
Das Stottern war beinahe unhörbar gewesen, aber Underwood bemerkte es und sah hoch. »Großer Kerl? Dunkelhaarig? Schnurrbart?«
Sie nickte. »Woher kennen Sie ihn?«
Er zuckte die Achseln. »Gehört zu meinem Job, jeden zu kennen.«
»Ach, richtig. Ich vergaß. Sie sind ja beim Efff-Biii-Aiii.«
»Hören Sie, die ganze Sache wäre erheblich einfacher, wenn Sie endlich Ihre Abneigung gegen mich überwinden könnten. Ich versuche Ihnen doch nur zu helfen.«
Max' Lachen klang sarkastisch und unnatürlich. »Nein, das tun Sie nicht! Sie versuchen Ihren Fall zu lösen und Ihre

Karriere voranzubringen, indem Sie mich als persönlichen Schnüffler benutzen. Wie kommen Sie bloß darauf, *Sie* würden *mir* helfen?«

Er hatte beinahe vergessen, wie schlau sie war. Konnte immer seinen nächsten Zug vorhersehen, während die meisten anderen Informanten normalerweise nicht mal genug Grips hatten, um einen korrekten Satz zu formulieren. Er würde auf der Hut bleiben müssen.

»Erstens«, begann er, »biete ich Ihnen den Schutz des Efff-Biii-Aiii an.«

»Schutz wovor?«

»Vor den bösen Kerlen, mit denen und für die Sie arbeiten.«

»Wenn die also gemein zu mir sind ... kommen Sie als mein großer Bruder mit Ihrem SWAT-Team reingestürmt oder was?«

»Wenn es sein muß ...« Er hielt ihrem durchdringenden Blick stand. Er konnte förmlich sehen, wie ihr Gehirn arbeitete.

»Sie können mich nicht dazu bringen, Sie zu mögen, Underwood.«

»Es interessiert mich einen Dreck, ob Sie mich mögen oder nicht.«

»Tja, Sie können mich auch nicht dazu bringen, Ihnen zu trauen.«

Er zuckte mit den Schultern.

Max senkte als erste den Blick und starrte durch die Windschutzscheibe. Ein paar Jungs rasten vorbei, und sie zuckte zusammen, was ihre Nervosität verriet.

»Erzählen Sie mir von Antonio.«

Sie drehte den Kopf weg, so daß er unmöglich ihren Gesichtsausdruck sehen konnte. »Was wollen Sie wissen?« fragte sie. »Ich kenne ihn doch erst seit ein paar Tagen.«

»Ich will alles wissen, was Sie über ihn herausfinden können.

Ich will wissen, woher er stammt und wie es kommt, daß er für Garrett Sharp arbeitet – jedes Detail über seinen Hintergrund. Vor allem möchte ich wissen, worin seine Aufgabe besteht. Was er Ihnen über das Geschäft erzählt, wer wofür zuständig ist, wer was tut. Und sobald Sie sehen, daß er an irgendwas Bestimmtem sitzt oder irgendeinen Coup plant, will ich folgende Fragen beantwortet haben: wer, was, warum, wann, wo und wie. Ich will jede Information. Ich will Details.«
Sie verzog den Mund zu einem ironischen Grinsen. »Ist das alles?«
Er schüttelte den Kopf. »Beweise. Unterlagen. Akten. Formulare. Disketten. Alles, was Sie in die Finger kriegen können.«
»Aber das würde doch auffallen!« rief sie aus. »Wenn ich dabei erwischt werde, wie ich im Büro herumschnüffle, wissen die doch sofort Bescheid.«
Underwood lächelte. »Kommen Sie schon, Max. Sind Sie dafür nicht ein bißchen zu schlau?«
»Was soll das denn heißen?«
»Na ja, Sie arbeiten doch im Spionagebereich, oder nicht?«
»Na und?«
»Na ja, dann spionieren Sie doch ein wenig. Es muß doch für Sie Tausende von Möglichkeiten geben, an Informationen zu gelangen, ohne Verdacht zu erregen oder Spuren zu hinterlassen.«
»Und wenn ich doch auffliege?«
»Ich glaube kaum, daß das passieren wird.«
»Was macht Sie so sicher?«
»Der Einsatz. Es steht zuviel auf dem Spiel.«
»Für Sie vielleicht, aber nicht für mich«, entgegnete Max. »Ich kann höchstens gefeuert werden, mehr nicht.« Sie kniff die Augen zusammen. »Warten Sie mal. Wollen Sie mir etwa drohen?«

Underwood schwieg.
Sie musterte ihn eindringlich, und ihre Wangen färbten sich immer dunkler. »Ich bin nicht Ihre verdammte Marionette«, stieß sie leise hervor. »Ich werde nicht nach Ihrer Pfeife tanzen.«
»Je mehr Informationen Sie uns beschaffen«, sagte er, »desto mehr wird das auf Dauer auch für Sie von Vorteil sein. Und je eher Sie das kapieren, desto besser.«
»Fein«, sagte Max und griff nach dem Türknauf. »Wenn Sie mich für heute genug schikaniert haben – ich muß noch meine Einkäufe erledigen und nach Hause fahren, sonst macht meine Mutter sich Sorgen. Außer natürlich, Sie wollen sie auch schikanieren.«
Underwood legte mit einem müden Seufzer die Hand auf den Schalthebel. »Ich fahre Sie zurück.«
»Sie können mich mal.« Sie kletterte aus dem Auto und schlug die Tür so heftig hinter sich zu, daß der ganze Wagen zitterte. Als sie davonstapfte, verfing sich eine Windböe in ihrem Haar, so daß sie aussah, als zöge sie mit wehenden Fahnen in die Schlacht.
Underwood rieb sich die schmerzenden Schläfen. Es wurde Zeit, zu seinem Motel zurückzufahren, seinen Bericht zu schreiben, ein halbes Dutzend Telefonate und all die anderen Kleinigkeiten zu erledigen, die ein Agent eben erledigen mußte, wenn er auf einen Fall angesetzt war.
Aber unterwegs hielt er an einem Spirituosengeschäft und kaufte eine Flasche Chivas Regal. Sie bot die einzige Möglichkeit, die ihm einfiel, um sich davon abzuhalten, zuviel nachzudenken.

Seit der High-School war Max sich nicht mehr so bescheuert vorgekommen.
Sie hätte ihre Mutter am liebsten umgebracht.

Nicht nur, daß Liv ihre Tochter in der Arbeit überraschend besucht hatte, nein, sie hatte auch noch ihren Vorgesetzten zum Abendessen eingeladen.
Irgendwie war es Max' Mutter gelungen, das vollgestopfte kleine Haus wohnlich und einladend ausschauen zu lassen. Auf dem Eßtisch und dem Kaminsims standen frische Blumen. Duftkerzen waren in der ganzen Wohnung verteilt, und ihr angenehmer Geruch vermischte sich mit den verlockenden Essensdüften, während leise Jazzmusik die Stimmung perfekt machte.
Aber es half alles nichts. Max war nervlich ein Wrack. Wie hatte ihre Mutter bloß diesen Mann nach Hause einladen können? Es war schon schlimm genug, jeden Tag im Büro oder im Aufzug neben ihm stehen zu müssen und seinen männlichen Duft einzuatmen (er roch einfach himmlisch).
Sie starrte in den Spiegel. »Du wirst mit diesem Mann nicht im Bett landen oder – Gott bewahre – dich gar in ihn verlieben. Das darfst du nicht. Er ist ein Mistkerl. Ein Verbrecher. Ein böser Bube. Du mußt ihn ausspionieren. Also laß die Finger von ihm!« redete sie sich gut zu.
Es klingelte an der Tür, und sie zuckte erschrocken zusammen.
»Rebekah! Dominic ist da!«
Max trug enge Jeans und ein Sweatshirt mit Kapuze in einem so strahlenden Türkis, daß es ihre Augen blitzen ließ. Bei einem letzten prüfenden Blick in den Spiegel mußte sie zugeben, daß sie ... scharf aussah.
Als sie ins Wohnzimmer kam, stand er schon da, die Hände auf dem Rücken verschränkt, und sah sich ein Foto von den Zwillingen an, während Max' Mutter neben ihm stand und unaufhörlich leise auf ihn einredete. Er trug eine Jacke aus schokoladenbraunem, weichem Leder und darunter ein wei-

ßes Sporthemd, dessen oberster Knopf offen war, so daß ein paar vorwitzige dunkle Haare sichtbar waren.
»Ich wußte gar nicht, daß Sie aus einer Soldatenfamilie stammen.« Dominic wirbelte herum, als Max den Raum betrat. »Ihre Mutter hat mir gerade alle Verwandtschaftsbeziehungen erklärt.«
Liv winkte Max zu und verschwand in der Küche. »Das kann ich mir vorstellen«, erwiderte Max. »Darf ich Ihnen die Jacke abnehmen?«
»Vielen Dank.« Er schlüpfte aus der Jacke und reichte sie ihr. Der warme Lederduft erinnerte sie an ihren Vater.
»Ich hab selber im Marine Corps gedient«, erzählte Dominic. »In der Wüste haben wir auch mal einige Zeit verbracht.«
»Ja, die Zwillinge haben immer gezetert, daß die Air-Force-Leute in sauberen Räumen mit Klimaanlage wohnen dürfen, während die Jungs von der Marine und der Infanterie sich mit Sandflöhen und Skorpionen herumplagen müssen.« Sie lächelte.
Als Dominic lachte, zierten sympathische Fältchen seine Augenwinkel. »Da haben die beiden ganz recht gehabt.« Dann wurde er wieder ernst. »Es tut mir leid wegen Ihres Bruders und Ihres Vaters. Ich hatte auch einen Bruder. Er ist in Vietnam gefallen, ich weiß also, wie Sie sich fühlen.«
Sie nickte. Ihre Blicke trafen sich für den Bruchteil einer Sekunde, dann sah Max hastig weg.
Liv rief aus der Küche und bat Dominic, den Wein zu öffnen. Während Max die Jacke an die Garderobe hängte, murmelte sie immer wieder tonlos vor sich hin: *Er ist ein Verbrecher. Er ist ein Verbrecher.*
Dann ging sie zu Dominic und Liv in die Küche, die sich offenbar prächtig unterhielten. »Oh, Brand und Brett waren die überfürsorglichsten großen Brüder, die man sich nur vor-

stellen kann. Rebekah, weißt du noch, wie Brand sich auf dem Rücksitz versteckt hat, als du zu deinem ersten Date gefahren bist?«

»O ja.« Max lächelte. »Den ganzen Abend hatten wir keine Ahnung, daß er da war. Und als mein Verehrer schließlich mit mir auf einen ruhigen Parkplatz fuhr ...«

Ihre Mutter nahm den Faden auf. »... richtete Brand sich auf dem Rücksitz zu voller Größe auf und polterte«, an dieser Stelle fiel auch Max wieder ein, *»laß gefälligst die Pfoten von meiner Schwester!«*

Sie lachten alle lauthals los. Dominic wischte sich sogar ein paar Lachtränen aus den Augen. »Und was haben Sie dann getan?«

»Ich bin ausgestiegen, hab meinen Bruder aus dem Auto gezerrt und ihn windelweich geprügelt«, erzählte Max.

Als die Küche erneut von dem ohrenbetäubenden Gelächter widerhallte, wurde Max auf einmal klar, daß dies seit langem das erste Mal war, daß dieses Haus fröhliches Lachen erlebte. Max hatte sich ihrer Mutter gegenüber unfair benommen – konnte doch die arme Liv gar nicht wissen, was es mit Covert-Com auf sich hatte.

Sie beschloß sich zu entspannen und den Abend zu genießen. Ihre Mutter hatte sich ein paar unbeschwerte Stunden redlich verdient. »Laßt uns einen Toast ausbringen«, schlug sie vor.

»Ausgezeichnete Idee.« Dominic, der den mitgebrachten Chianti Classico bereits entkorkt hatte, goß jedem Wein ein und hob dann das Glas. Er sah Max direkt in die Augen und sagte: »Auf die Zukunft.«

Ein heißes, verlangendes Prickeln breitete sich auf Max' Haut aus. »Auf die Zukunft«, sagte sie und führte das Glas zum Mund.

Zu dem köstlichen Abendessen, bestehend aus Linguini mit

Livs selbstgemachter Tomatensauce, Salat und knusprigem Weißbrot, machte sich der Wein besonders gut – und hielt nicht lange an, so daß Max' Mutter bald eine weitere Flasche aus dem Kühlschrank holen mußte. Max stand auf und wollte die leeren Teller in die Küche bringen, aber Liv schüttelte den Kopf. »Nein, laß«, sagte sie entschieden. »Das mache ich morgen früh.« Dann gähnte sie und hielt sich die Hand vor den Mund. »Ach du meine Güte, Entschuldigung. Wein macht mich immer müde.« Sie zwinkerte Max zu. »Ich glaube, ich gehe lieber schlafen. Ich wünsche euch noch einen schönen Abend.«

Dominic erhob sich besorgt. »Ich sollte wohl besser gehen. Ich möchte Sie auf keinen Fall stören.«

Liv machte eine abwehrende Handbewegung und tat so, als würde sie die wütenden Blicke nicht bemerken, mit denen Max sie bombardierte. »Nein, bleiben Sie. Ich habe einen tiefen Schlaf. Nicht einmal ein Erdbeben würde mich aufwecken.«

Hilflos mußte Max mit ansehen, wie ihre Mutter das Zimmer verließ. Das war's. Jetzt war sie allein mit Dominic. »Äh ... Sollen wir den Wein mit ins Wohnzimmer nehmen?«

»Klar, warum nicht.«

Max setzte sich aufs Sofa, und er nahm langsam wie eine anmutige Katze neben ihr Platz, den Arm leicht auf die Rückenlehne gelegt. Seine Fingerspitzen berührten Max' Nacken wie ein zarter Lufthauch.

Sie wagte nicht, ihn anzusehen, sondern hielt den Blick starr auf ihr Weinglas gerichtet und verfluchte sich dafür, daß sie zuviel getrunken hatte.

»Ich bin froh, daß Ihre Mutter uns allein gelassen hat«, sagte Dominic. »Denn da gibt es etwas, das ich schon den ganzen Abend habe sagen wollen.«

Max riskierte einen Blick in sein Gesicht, sah dann aber hastig wieder weg.
»Als ich erfahren habe, daß wir zusammen arbeiten würden, habe ich mich ein bißchen über Sie informiert. Ich weiß, was Sie durchgemacht haben, Max, die Sache mit Ihrem kleinen Mädchen und alles. Und seit ich Sie das erste Mal sah, wollte ich Ihnen schon sagen, daß Sie der tapferste Mensch sind, der mir je begegnet ist.«
Max schwieg. Was hätte sie auch erwidern können?
»Sie sind durch die Hölle und zurück gegangen, aber Sie haben niemals aufgegeben. Sie haben nie zugelassen, daß die Mistkerle Sie fertigmachen. Ich hab im Krieg jede Menge Soldaten kennengelernt, die im Vergleich zu Ihnen Weicheier sind.«
Sie zuckte mit den Schultern und unterdrückte einen plötzlichen Impuls, den Kopf an seine Schulter zu lehnen und zu weinen.
»Sie haben mich überrascht«, fuhr Dominic fort. »Sie sind ganz anders als ich erwartet hatte.« Und dann fügte er leise hinzu: »Sie bringen mich um den Verstand.«
Sie stellte das Weinglas behutsam auf den kleinen Tisch vor sich ab und atmete ganz langsam aus.
»Und ich habe das Gefühl, ich müßte sterben, wenn ich Sie nicht auf der Stelle küsse.« Dominics Stimme war heiser.
Sie wandte sich ihm zu und sah ihm tief in die Augen.
Dominic ließ seine Finger sanft durch ihr Haar gleiten, dann nahm er ihr Gesicht in beide Hände, zog sie an sich und küßte sie so zart, als hätte ein Schmetterling ihre Lippen gestreift. Unwillkürlich rückte Max näher an ihn heran, und er nahm sie so fest in die Arme, daß es ihr beinahe den Atem raubte. Der Kuß wurde so leidenschaftlich, daß es Max vorkam, als hätte sich ihr Körper von ihrem Verstand gelöst.

Dann ließ Dominic auf einmal von ihr ab, nicht abrupt oder brutal, sondern mit einem Ausdruck unausgesprochenen Widerwillens und Bedauerns im Gesicht.
»Du bist so schön, daß es weh tut«, flüsterte er und lehnte seine Stirn gegen ihre. »Ich wünsche mir nichts mehr, als dich die ganze Nacht lieben zu können.«
Max nickte. Die Zeiten, wo sie etwas hätte leugnen können, waren vorbei. Es gab kein Zurück mehr. Es war so lange her, daß sie mit einem Mann geschlafen hatte.
»Aber wir arbeiten zusammen, Max«, fuhr er fort und strich ihr übers Haar. »Ich bin dein Ausbilder, sozusagen dein Vorgesetzter. Ich bin für deine Einarbeitung verantwortlich. Es ist schön, mit dir zu arbeiten, und das möchte ich nicht aufs Spiel setzen.« Er hatte sichtlich Mühe, seine Gefühle in den Griff zu kriegen. »Es würde Mr. Sharp bestimmt nicht gefallen, wenn er annehmen müßte, ich wäre hinter dir her oder so. Ich glaube, es wäre besser, wenn wir uns außerhalb der Arbeit nicht mehr sehen.«
Max war, als würde sich eine riesige Last auf ihre Seele senken, und sie hatte einen Kloß im Hals. Sie brachte kein Wort heraus. Nun, er hatte doch absolut recht. Es war sicher keine gute Idee, sich privat zu treffen – aus vielerlei Gründen.
Einen Moment lang hatte sie das verrückte Bedürfnis, Dominic die Arme um den Nacken zu schlingen und ihn mit all dem Verlangen zu lieben, das sich in der ganzen Zeit in ihr aufgestaut hatte. *Zum Teufel mit Underwood! Zum Teufel mit Sharp! Ich hab's verdient!*
Aber statt dessen sagte sie nur: »Sie haben recht. Wir sollten uns wirklich lieber nur in der Firma sehen.«
Mehr gab es dazu nicht zu sagen.
Dominic seufzte und blieb noch einen Augenblick sitzen. Dann gab er sich einen Ruck und stand auf.

Max holte seine Jacke von der Garderobe, und der Duft des Leders machte sie halb wahnsinnig, aber sie reichte sie Dominic und sagte: »War schön, daß Sie da waren.«
»Richten Sie bitte Ihrer Mutter aus, daß ich das Abendessen sehr genossen habe, und danke für die Einladung«, erwiderte er.
Max nickte. »Ich werd's ihr sagen.«
»Sie ist eine tolle Frau. Aber Sie scheinen überhaupt eine tolle Familie zu haben.«
Wenn du wüßtest, dachte sie.
Sie begleitete ihn zur Tür. Es war eine merkwürdige Situation, und Max hatte keine Ahnung, was sie sagen sollte.
Dominic schien genauso verlegen zu sein. »Bis Montag«, sagte er, dann hastete er hinaus, als hätte er Angst, sie noch einmal zu berühren.
Der Frühlingsabend war mild, und der schwache Windhauch streichelte Max' Haut. Der Motor von Dominics silbernem Mercedes sprang an, und innerhalb von Sekunden war von ihm nichts mehr zu sehen außer den strahlend roten Rücklichtern.
Max blieb noch lange auf der Türschwelle stehen und starrte in die Dunkelheit hinaus, den Geschmack von Dominics Kuß noch auf den Lippen, und fragte sich, wie es wohl hatte passieren können, daß ihr Leben so traurig geworden war.

TEIL 2

Wild Card

Kiebitz: *unerwünschter Nicht-Mitspieler, der den anderen in die Karten schaut und »weise« Ratschläge gibt oder durch Mimik und Gestik die Karten der anderen verrät.*

Es dürfte überflüssig sein, zu betonen, daß der Einsatz selbst einer einzigen Wild Card das Bild in beträchtlicher Weise verändert.

TED THACKERY, jr.

6. KAPITEL

Juni

Die Washingtoner CovertCom-Filiale lag an der Eleventh Avenue, nur einen Steinwurf vom festungsähnlichen Gebäude der FBI-Zentrale entfernt.

Dominic liebte Washington, diese multikulturelle, anmutige, schöne Stadt mit ihren überraschend freundlichen Bewohnern, sogar noch mehr als New York, besonders jetzt im Frühsommer, bevor die Luftfeuchtigkeit unerträglich wurde.

Im Augenblick allerdings saßen Dominic und Max in dem fensterlosen Konferenzraum von CovertCom fest, zusammen mit ihrem neuesten Kunden, einem gedrungenen Mann in den Fünfzigern, mit graumeliertem Haar, einer goldgerahmten Brille und Zahnspange. Dominic versuchte nicht auf den sichtlich unbequemen, ungewöhnlichen Zahnschmuck zu starren, und der Kunde, Paul Zwibeck, versuchte nicht auf Max zu starren.

»Bis vor ein paar Jahren«, sagte Zwibeck, »war Opco eines der erfolgreichsten Unternehmen für Fiberglasoptik hierzulande. Wir waren auf dem besten Weg, einen Milliardenvertrag mit den Chinesen abzuschließen, als eine französische Firma aus heiterem Himmel auftauchte und in letzter Sekunde ein Angebot ablieferte, welches das unsrige um Längen unterbot. Also machten die Franzosen den Deal, und als Folge verlor

Opco *die Hälfte* all seiner Aufträge, und wir mußten *Dreiviertel* unserer Belegschaft entlassen.« Er seufzte. »Ich kann Ihnen gar nicht sagen, wie demoralisierend das war. Unsere Firma betrachtet ihre Angestellten als Familienangehörige. Sie entlassen zu müssen war entsetzlich. Aber wenn wir es nicht getan hätten, wären wir noch vor Jahresende bankrott gewesen.«

Max, die in ihrem schmalen schwarzen Kostüm umwerfend aussah, nickte. »Sie wurden von der DGSE geschlagen.«

Zwibeck blinzelte. »Das war nicht der Name der französischen Firma.«

»Nein.« Sie lächelte. »Ich spreche von der Direction Générale de la Sécurité Extérieure.«

»Tut mir leid, ich kann kein Französisch.« Der arme Mann hatte einen Sprachfehler, wahrscheinlich durch die Zahnspange verursacht, und beim Wort »Französisch« prasselte ein Speichelregen auf seine Zuhörer herab.

Max tat so, als hätte sie es nicht bemerkt. »Das ist das Ministerium für Nationale Sicherheit. Die französische Regierung subventioniert und kontrolliert viele ihrer High-Tech-Firmen direkt. Sie führen routinemäßig Industriespionage in amerikanischen Unternehmen durch – mit dem Ziel, französischen Firmen ökonomische Vorteile zu verschaffen.«

»Kann denn die CIA oder sonst irgend jemand nichts dagegen tun?« stieß Zwibeck hervor.

»In einer freien Marktwirtschaft wie der unseren ist das nicht so einfach«, antwortete Max. »Die Regierung der Vereinigten Staaten kann sich nicht offen einmischen, hat aber mehrere Gesetze erlassen, wonach Industriespionage und jede Beihilfe dazu ein Verbrechen ist. Sie hat auch bei der französischen Seite protestiert und etliche Franzosen des Landes verwiesen, die sich der Industriespionage verdächtig gemacht hatten.«

»Ja, ich glaube, darüber hab ich mal was gelesen«, murmelte Zwibeck.
»Aber nicht nur die Franzosen haben in diesem Bereich Dreck am Stecken, wissen Sie«, fuhr Max eindringlich fort. Dominic verkniff sich ein Lächeln. Er sah ihr unheimlich gern dabei zu, wie sie einen Kunden bearbeitete. »Auch die Israelis, die Japaner und Dutzende anderer Länder, einschließlich Rußlands, durchforsten unsere High-Tech-Industrie nach Informationen, die ihnen eine Menge Zeit sowie Recherche- und Entwicklungskosten in Milliardenhöhe ersparen oder ihnen helfen sollen, US-Unternehmen bei wichtigen Geschäftsabschlüssen zu unterbieten.«
Zwibeck nickte. »Und da haben wir schon das Problem. Wir haben ein paar neue Technologien entwickelt, die Opco gegenüber der Konkurrenz einen Lichtjahre-Vorsprung verschaffen könnten – wenn wir es hinkriegen, auf dem Markt als erste damit rauszukommen.«
Spielzeug für große Kinder, dachte Dominic.
»Und ich hab eine verdammte Angst, daß irgend jemand uns die Erfindungen klaut. Dann wären wir nämlich komplett raus aus dem Geschäft. Deswegen bin ich zu Ihnen gekommen.« Er zögerte. »Ich habe niemandem Bescheid gesagt, was ich vorhabe, nicht mal meinen Vizepräsidenten oder dem Vorstand. Ich weiß ja gar nicht mehr, wem ich vertrauen kann und wem nicht.«
Max nickte dem Mann mitfühlend zu. »Das muß schrecklich für Sie sein. Ich weiß, daß Sie die Firma zusammen mit Ihrem College-Freund aus dem Nichts aufgebaut haben. Und jetzt müssen Sie sich Sorgen machen, ob nicht sogar er die Geheimnisse preisgeben würde.«
Eines mußte man Max lassen – sie machte immer ihre Hausaufgaben. Selbst Dominic hatte diese Details über Zwibecks

Firma nicht gekannt. Er sah, wie der Kunde die Schultern sinken ließ. Es gab bei CovertCom jede Menge technischer Genies, aber niemand konnte mit Max' großem menschlichen Einfühlungsvermögen mithalten. Während er zuhörte, wie sie Zwibeck den Unterschied zwischen *offenem* Diebstahl (durch Mitarbeiter, die die Informationen an andere Firmen verkauften) und *verstecktem* Diebstahl (Daten, die durch Abhöranlagen und andere verborgene Gerätschaften gewonnen wurden) erklärte, schweiften Dominics Gedanken ab.

Nach dem denkwürdigen Abend, den er in Austin bei Max und ihrer Mutter verbracht hatte, hatten Dominic und Max weiterhin problemlos zusammengearbeitet – jedenfalls oberflächlich betrachtet. Beide taten so, als wäre nichts vorgefallen. Max hatte genug damit zu tun, sich auf den neuesten Stand der Technik zu bringen; sieben Jahre waren in der Elektronikbranche eine verflucht lange Zeit. Aber Max hatte eine so schnelle Auffassungsgabe, daß Dominic sich manchmal vorkam, als müßte *er* mit *ihr* Schritt halten. Gleichgültig, wieviel Material er ihr auch auf den Tisch warf, nichts wurde ihr zuviel.

»... kein Problem«, hörte er sie weiter ausführen. »Dafür haben wir unsere tragbare Röntgenanlage. Sie wiegt nur neun Kilogramm und durchdringt jede nichtmetallische Oberfläche auf der Suche nach Mikrofonen.«

»Was ist mit der Filmentwicklung?« fragte Zwibeck.

»Wir benutzen Polaroid-Radiographie-Filme und den entsprechenden Prozessor, so daß wir innerhalb von Minuten detaillierte Röntgenbilder erhalten. Die meisten Mikrofone haben einen oder mehrere metallische oder elektronische Bestandteile. Sollte zum Beispiel ein Mikro in einem Schreibtisch installiert sein – wir spüren es auf.«

»Und Mikros mit Halbleiter-Bestandteilen? Oder mit Plastikmembranen?«

»Nun, da Sie schon von der Existenz von Plastikmembranen wissen – denn ich versichere Ihnen, die meisten Leute haben noch nie davon gehört –«, sagte Max mit einem Lächeln, das von Zwibeck eifrig erwidert wurde, »wird Ihnen sicherlich auch bekannt sein, daß Mikros mit dieser Ausstattung extrem selten vorkommen. Sie werden fast ausschließlich bei Aktionen verwendet, die von der Regierung gesteuert werden.«
»Stimmt.« Zwibeck überlegte einen Augenblick. »Und wie spüren Sie Radiofrequenzen auf?«
»Wow, Sie sind aber gut!« schmeichelte ihm Max. »Okay, es gibt da verschiedene Möglichkeiten. Man kann Kurzentfernungsdetektoren benutzen, Rückkoppelungsmelder, Breitband-Tuner, Spektrumanalyse-Geräte ...«
Überzeugt, daß sie die Situation perfekt in der Hand hatte, schaltete Dominic sich wieder aus. Max war absolut erstaunlich. Sie schien Informationen nur so zu absorbieren – über Wärmebildkameras, Infrarotlampen, handtaschentaugliche Stimmenentzerrer, Bombenaufspürgeräte, die praktisch sehen, hören und riechen konnten, Überwachungsanlagen, die man in jeder gewünschten Form, vom Sprinklerkopf bis zur Brieftasche, haben konnte ... Jeden Abend und jedes Wochenende nahm Max schwere Kartons mit Lehrmaterial und Disketten mit nach Hause. Dominic hätte erwartet, daß sie sich über das große Pensum beschweren oder um eine Pause bitten würde, aber statt dessen benahm sie sich wie ein Kind im Süßwarenladen. Alles Neue begeisterte sie.
Dominic sah zu, wie sie einen Radiokassettenrecorder – eine typische »Boom-Box« – vor Zwibeck auf den Tisch stellte. »Darf ich Ihnen den TRN-300 vorstellen«, sagte sie und drückte auf einen Knopf. Einige Augenblicke lang hörten sie dem Soundtrack zur *Beatles-Anthology* zu. (Sogar die Musik

war perfekt gewählt, fand Dominic. Zwibeck war sicher ein Alt-Achtundsechziger.)

»Wie Sie sehen, ist das Gerät ein einwandfrei funktionierender Recorder«, sagte Max. »Aber es ist darüber hinaus auch ein Störsender. Der TRN-300 sendet Störwellen bis zu zweieinhalb Metern Entfernung und innerhalb eines Sechzig-Grad-Winkels aus.«

Zwibeck beugte sich vor. Die Begeisterung war ihm deutlich anzusehen. »Oh, Mann, das ist cool«, sagte er. »Wenn ich also, sagen wir mal, mit einem Kollegen zusammensitze und wir über unsere neuen Technologien reden und er versucht, unsere Unterhaltung heimlich aufzuzeichnen ...«

»... würde der TRN-300 die Aufzeichnung verhindern«, nahm ihm Max das Wort aus dem Mund. »Er stört jede Aufzeichnung im menschlichen Sprech- und Hörbereich zwischen dreihundert Hertz und drei Kilohertz, sofern ein Mikro verwendet wird.«

»Und wie funktioniert das Ding?«

»Aufgrund einer phasenverschobenen Modulationstechnik. Es sendet einen konstanten Impuls aus, der die Mikrofone der Aufzeichnungsgeräte stört. Und das ist noch nicht alles«, fügte Max mit einem sexy, verschlagenen Lächeln hinzu.

Zwibeck beugte sich fasziniert noch ein Stück weiter vor.

»Sehen Sie hier auf der Rückseite – wenn Sie den Stecker Ihrer Telefonanlage hier in diese Buchse einstöpseln, ist es Ihren Feinden so gut wie unmöglich, Ihre Telefonleitung anzuzapfen.«

Zwibeck starrte Max an, und in seinen Augen blitzte unverhohlene Lust auf. Dominic kannte diesen Blick, und er mußte sich beherrschen, den Kunden nicht wütend anzublinzeln. Diese Frau war ein absoluter Technik-Crack – und wie viele Frauen konnten das schon von sich behaupten? Aber sie hatte

noch so viele andere umwerfende Eigenschaften, die herauszufinden dieser Dummkopf nie die Zeit haben würde.
Dominic fehlte es nie an weiblicher Gesellschaft, vor allem nicht in Washington, wo es von intelligenten und attraktiven Geschäftsfrauen nur so wimmelte. Manche waren belesen, manche Moralapostel, manche verrückt, manche nette, angenehme Begleiterinnen. Einige nahm er mit ins Bett, aber nicht sehr häufig, und niemals dieselbe Frau zweimal.
Und das lag nicht daran – trotz allem, was Dominic Max erzählt hatte –, daß er sich Gedanken darüber machte, was Garrett Sharp davon halten oder dazu sagen würde. Es hatte schlicht und ergreifend damit zu tun, daß Dominic Antonio jeden einzelnen Tag seines Lebens mit einer gefährlichen Lüge lebte.
Und solange das so war, konnte er zwar eine Frau in sein Bett holen, nicht aber in sein Leben.
Jeden Tag, wenn er Max anschaute, konnte er nicht umhin, sich zu fragen, wie es wäre, mit ihr zu schlafen. Aber Max stand ihm jetzt schon, allein durch ihre gemeinsame Arbeit, näher als jede von den Frauen, mit denen er ins Bett gegangen war. Mit ihr würde er den großen Verschwindetrick nicht machen können. Und er war sich nicht mal sicher, ob er es wollen würde.
Schlimm genug, daß er die Lüge seines Lebens vor ihr verbergen mußte. Er fürchtete den Tag, an dem sie die Wahrheit herausfinden würde. Sie würde ihren Respekt für ihn verlieren, da war er sicher. Und er haßte den Gedanken, sich ihren Respekt zu verscherzen, denn er respektierte sie mehr als jeden anderen Menschen.
Der Boss schien zu denken, nur weil Max im Gefängnis gewesen war, würde sie perfekt in die Firma passen; aber der Boss war ein Arschloch, der eine Klassefrau nicht ein-

mal dann erkennen würde, wenn sie auf seinem Schoß säße. Und genau das bereitete Dominic am meisten Sorgen. Was, wenn Max nicht »in die Firma paßte«? Immer wieder mußte er an den Faradayschen Käfig in Sharps Penthouse denken, und an den verschwundenen Joe Dalton, der nicht loyal gewesen war. Was würde ihm selber passieren? Und was würde passieren, wenn Max, sollte sie einmal die Wahrheit über CovertCom herausfinden, beschließen würde auszusteigen?

Diese ersten paar Wochen und Monate, besonders die Zeit seit der Versetzung nach Washington, kamen Dominic wie Flitterwochen vor. Max wußte immer noch nicht alles. Also hatten sie und Dominic einen eigenen Rhythmus rund um die Arbeit entwickelt, einen eigentümlichen Tanz. Wie Fred Astaire und Ginger Rogers schwebten sie um die Kunden herum und lullten sie ein. Manchmal aßen sie zusammen in einem Bistro oder teilten sich ein Sandwich in einem der vielen Parks der Stadt, und manchmal begleitete er sie zum Auto, wenn es wieder mal spät geworden war. Aber bis auf die kleinen Berührungen, wenn er ihren Ellbogen nahm oder ihr die Hand reichte, um ihr aus dem Wagen zu helfen, kam es zu keinerlei körperlichem Kontakt.

Bei der Arbeit war Max die nüchterne Professionalität in Person; wenn sie allein waren, konnte sie dagegen warmherzig und unglaublich witzig sein. Dominic spürte, daß die Anziehungskraft zwischen ihnen gegenseitig war, aber Max ließ sich nie etwas anmerken, und dafür war er dankbar. Die Dinge waren schon kompliziert genug, und seine Selbstbeherrschung auch nicht unendlich.

In der Zwischenzeit hatte Max den Deal mit Paul Zwibeck perfekt gemacht. Nicht nur, daß der Kunde einer kompletten Spy-Squad-Durchsuchung der Opco-Büros und -Laboratorien zugestimmt hatte – er hatte auch noch einen TRN-300 und etliche andere Spielsachen bestellt, die ihn ein kleines Vermögen kosten würden. Als Zwibeck sich über den Tisch beugte, um den Vertrag zu unterschreiben, fing Max Dominics Blick auf und zwinkerte ihm teuflisch zu. Er schenkte ihr ein großes Glückwunsch-Lächeln und formte mit den Lippen: *Gut gemacht.*

Schließlich ließ Dominic Max und Zwibeck, der sich ganz offensichtlich nicht zum Gehen aufraffen konnte, allein und machte sich auf den Weg in sein Büro. Er versuchte ein paar der Aktenstapel auf seinem Tisch abzuarbeiten, aber die späte Junisonne fiel so verführerisch durch sein Fenster, daß er den Kopf in die Hände stützte und ins Tagträumen kam.

Max verließ die Firma vor ihm, und in einem unvernünftigen Anflug von Ärger fragte er sich, ob sie sich etwa mit Mr. Zahnspange zu einem Drink verabredet hatte.

Dominic machte sich erst auf den Weg nach Hause, als die Sonne bereits über dem Potomac unterging und das Ufer mit einem rotgoldenen Band säumte. Er beschloß einen kleinen Spaziergang zu machen und landete schließlich am Lincoln Memorial, gerade als die Scheinwerfer eingeschaltet wurden und den früheren Präsidenten in einen sanften Schein tauchten, so daß er aussah, als sei er erleichtert, von einer unglaublichen Traurigkeit und der Last der Verantwortung befreit zu sein. Auf Dominic wirkte die Statue wie immer irgendwie tröstlich, aber diesmal war er nicht hier, um Lincoln einen Besuch abzustatten. Er ging den sanften Abhang hinunter, auf dem das Denkmal stand, an den Souvenirhändlern vorbei, die gerade ihre Waren einpackten, und den Bürgersteig entlang zu seinem eigentlichen Ziel.

Ein paar Minuten später war er von Tausenden und Abertausenden toter Soldaten umgeben. Nicht von den echten Soldaten natürlich, sondern von ihren Namen, so viele, daß man sie kaum an einem Tag hätte zählen können – obwohl Dominic wußte, daß es 58132 waren –, eingemeißelt in das Stein gewordene nationale Gewissen, um all die, die hier Souvenirs kauften und Schnappschüsse machten und Postkarten verschickten, daran zu erinnern, daß für die Freiheit, ebendies zu tun, mit Blut bezahlt worden war.

Dominic wußte schon lange, wo der Name seines Bruders stand. Er war schon oft hier gewesen, hatte die Inschrift mit einem Bleistift auf Papier abgepaust, als Erinnerung für seine Mutter. Wie immer streckte er die Hand aus und berührte die Buchstaben, ließ die Finger zärtlich an ihnen entlanggleiten.

Das Vietnam-Veteranen-Denkmal war ein merkwürdiger Ort. Taktlose Touristen gingen mit ihren Nikon-Kameras und ihren Rucksäcken nah an die Mauer heran und ließen sich mit einem idiotischen Grinsen im Gesicht fotografieren, während weißhaarige Mütter der Gefallenen ungesehen am Rand standen und weinten. Teenager, zu jung, um es besser zu wissen, rissen lautstark Witze über die Opfer posttraumatischen Stresses, während alternde Veteranen in stiller Resignation und hartnäckigem Stolz das Denkmal anstarrten. Für Dominic war es immer wieder überwältigend schwer. Beim erstenmal hatte er geweint wie ein Kind.

Aber spätabends war es leichter. Nirgends konnte er seinem gefallenen Bruder näher sein als hier, seinem Bruder, der ihn auf den Schultern getragen, mit ihm im Hinterhof Basketball gespielt und die Geister aus seinem Kleiderschrank verbannt hatte. Und jetzt war sein Bruder selbst ein Geist. Und doch fühlte Dominic sich ihm hier so verbunden, daß es ihm half, einen klaren Kopf zu bekommen und seine Prioritäten zu ordnen.

Er war schon wieder auf dem Weg zurück, als er auf einmal Max' Stimme hörte. Den Ton, der darin mitschwang, konnte er auf der Stelle identifizieren: Wut.

Er sah in die Richtung, aus der die Stimme kam, und da sah er Max. Sie stand neben dem kleinen Gebäude, in dem die Parkangestellten während der Öffnungszeiten als Ansprechpartner für Touristen dienten. Obwohl die Schatten der Nacht immer dichter wurden, konnte Dominic genug sehen, um zu erkennen, daß Max mit einem Federal Agent sprach.

Dominic erstarrte. Es war, als würde sich sein Blut in Eis verwandeln. Er vergaß sogar zu atmen.

Was zum Teufel tut sie da eigentlich?

Dominic kannte den Agenten nicht beim Namen, aber er wußte, daß er beim FBI war. Er hatte ihn schon mal in der Gegend gesehen.

»Warum verschwinden Sie nicht einfach, Underwood?« schrie Max.

»Leise«, murmelte der Agent und sah sich hastig um. Dominic duckte sich hinter die Statue der drei Soldaten, die zusammen patrouillierten.

»Ich habe Ihnen nichts zu sagen«, stieß Max hervor, ohne sich Mühe zu geben, leiser zu werden.

»Es sind jetzt schon fast vier Monate«, beharrte Underwood mit eiskalter Stimme.

»Lassen Sie mich in Ruhe.« Zu Dominics Bestürzung stapfte Max in Richtung der Statue davon. Über kurz oder lang würde sie ihn entdecken; es gab keinen anderen Ort, an dem er sich verstecken konnte.

Der Agent trabte hinter ihr her und packte sie am Arm. Sie versuchte sich aus seinem Griff zu befreien, und Dominic trat aus seinem Versteck hervor und baute sich vor den beiden auf. Er richtete sich zur vollen Größe auf, kreuzte die Arme vor der

Brust, starrte auf den wesentlich kleineren Underwood herab und donnerte: »Max? Belästigt dieser Kerl Sie etwa?«

Ein Blitzstrahl aus heiterem Himmel hätte Max nicht mehr überraschen können. Sie spürte das Blut aus ihrem Gesicht weichen, als sie plötzlich zwischen Agent Underwood und ihrem Vorgesetzten von CovertCom auf dem dunklen Pfad stand.

Eines hatte sie während der sieben Jahre im Gefängnis gelernt: Jede gute Lüge enthielt auch ein Körnchen Wahrheit. Und so sagte Max beinahe ohne zu zögern: »Ehrlich gesagt, Dominic, ja, der Mann belästigt mich, und ich bin froh, daß Sie gekommen sind.«

Es war unmöglich, den Gesichtsausdruck von Underwood, der unbeweglich hinter ihr stand, zu deuten. »Das ist Agent Jack Underwood vom FBI. Und das ist mein Ausbilder, Dominic Antonio.«

Underwood nickte Dominic zu, während Dominic ihn bloß anstarrte, ohne ihm auch nur die Hand zu reichen.

»Agent Underwood versucht mich unter Druck zu setzen. Scheinbar glaubt das FBI, daß ich, obwohl ich meine Gefängnisstrafe für Kindesentzug abgesessen habe, meine Tochter jetzt ihrem Vater ausliefern sollte, damit der seine perversen elterlichen Rechte an ihr ausüben kann.«

Dominic sah zwischen Underwood und Max hin und her. »Stimmt das?«

Der Agent zuckte die Schultern. »Mr. Griswolds Ansprüche sind noch nicht befriedigt, ja.«

»Also wollten Sie Max hier und jetzt dazu zwingen, Ihnen den Aufenthaltsort ihres Kindes zu verraten?«

Ohne mit der Wimper zu zucken, antwortete Underwood: »Auf lange Sicht wäre das für Mrs. Maxfield sicher das Beste.«

Dominics Gesicht war eine starre Maske. Seine Augen funkelten, und in diesem Augenblick wurde Max klar, wie gefährlich er sein konnte.
»Die Tatsache, daß ihr Exmann Bundesrichter ist, hat nicht zufällig etwas damit zu tun, daß Sie Mrs. Maxfield hier einzuschüchtern versuchen, oder?« sagte Dominic.
»Ganz und gar nicht«, erwiderte Underwood.
»Hm. Nun, Mr. FBI, dann lassen Sie sich gesagt sein, daß diese Frau sich eher die Pulsadern aufschlitzen würde als zuzulassen, daß Sie das Kind in Ihre schmierigen Finger kriegen. Sie wird in dieser Angelegenheit *niemals* mit Ihnen kooperieren.« Er machte einen bedrohlichen Schritt auf Underwood zu. »Und da Sie im Augenblick keine gesetzliche Handhabe besitzen, schlage ich vor, daß Sie aus ihrem Leben verschwinden.«
Max hätte vor Freude am liebsten aufgeschrien. Nicht nur, daß Dominic ihr offensichtlich glaubte – die Geschichte war auch nicht wirklich gelogen, und es machte Max Spaß, zuzusehen, wie Dominic diesem Underwood Angst einjagte. Das hatte sie schon seit Monaten selber tun wollen.
Der Agent schluckte. »Mr. Antonio, versuchen Sie mir etwa zu drohen?«
Dominic lächelte, aber seine Augen blieben eisig. »Das können Sie sehen, wie Sie wollen.«
Die beiden Männer starrten einander an, aber dann war Underwood derjenige, der als erster den Blick senkte.
»Also gut«, sagte er. Er sah zu Max hinüber, als würde er etwas sagen wollen, aber dann überlegte er es sich anders und wandte sich ab. Max und Dominic sahen ihm nach, als er ging, die letzten Reste seines Stolzes in den wütend hochgereckten Schultern gesammelt. Schließlich verschwand er zwischen den Bäumen.

Max sah zu Dominic hoch. »Schätze, er wird neue Unterwäsche brauchen«, sagte sie mit einem kleinen Lächeln.
Dominic lachte. »Das hoffe ich doch.«
Zusammen machten sie sich auf den Weg zurück zum Washington Monument, das sich hell gegen den dunklen Nachthimmel abhob.
»Warum haben Sie mir denn nichts davon erzählt, daß dieser Kerl Ihnen nachstellt?« fragte er. »Dann hätte ich ihm schon früher den Hintern versohlt.«
»Ich dachte, ich könnte selber damit fertigwerden. Mom sagt immer, ich würde so viel Wert auf Unabhängigkeit legen, daß es kaum auszuhalten wäre.«
»Wo sie recht hat, hat sie recht.« Sie gingen schweigend ein Stück weiter, dann hakte er noch einmal nach: »Sind Sie sicher, daß da nicht noch mehr ist?«
Max musterte ihn irritiert. »Was meinen Sie damit?« Im Halbdunkel des nächtlichen Parks war in seinem Gesicht kaum etwas zu lesen.
»Ich meine, sind Sie sicher, daß der Kerl nicht auch noch etwas anderes von Ihnen will? Etwas, wovon ich nichts weiß?«
Max' Herz fing wild an zu pochen, und ihr Mund wurde trocken. Vielleicht hatte Dominic doch mehr gehört als sie dachte. Vielleicht war ihre Lüge doch nicht so überzeugend gewesen, wie es den Anschein gehabt hatte. Wenn die Sache durch Max' Schuld jetzt aufflog, was würde Agent Underwood dann wohl mit Gaby machen? Und würde er seine Drohung wahrmachen, Max zurück ins Gefängnis zu stecken?
»Ich verstehe nicht ganz«, brachte sie schließlich heraus.
Dominic schürzte die Lippen. »Ich habe mich gefragt, ob Ihr Exmann vielleicht noch etwas anderes von Ihnen will – ob er einen weiteren Grund hat, Ihnen die FBI-Leute auf den Hals zu schicken.«

Max atmete tief durch, darauf bedacht, sich die Erleichterung nicht allzusehr anmerken zu lassen. Also verdächtigte er sie gar nicht der Spionage bei CovertCom! Gott, was für ein Schrecken! Von jetzt an würde sie vorsichtiger sein müssen.
»Sie kennen meinen Exmann nicht. Er hat Gaby nie geliebt. Er hat sie nur *besessen*. Das ist etwas anderes.«
Er nickte. »Und Sie haben ihm seinen Besitz gestohlen.«
»Genau.«
»Aber trotzdem kann ich mir nicht vorstellen, daß er deswegen seine Bluthunde auf Sie ansetzt.«
Sie seufzte. »Wenn Sie wüßten ...«
Dominic blieb stehen und sah ihr in die Augen. »Sie sind doch nicht etwa in Gefahr, oder? Ich meine, Griswold hat Sie doch nicht bedroht oder so?«
Max schenkte ihm ein trauriges Lächeln. »Nein. Ich habe ihn seit meiner Verhaftung nicht mehr gesehen. Glauben Sie mir, die FBI-Leute auf mich anzusetzen ist mir Bedrohung genug.«
Sie gingen weiter. »Griswold ist doch ziemlich reich, oder?« sagte Dominic. »Also warum heuert er nicht einen der besten Detektive an, um Ihre Tochter zu finden?«
»Oh, ich mache mir jeden Tag Sorgen darüber, daß er das mal tun könnte. Aber Gaby ist gut versteckt.«
»Im Ausland?«
Max schwieg.
»Oh, tut mir leid«, entschuldigte sich Dominic. »Ich wollte Sie nicht aushorchen.«
»Schon gut«, beruhigte sie ihn. »Es ist nur natürlich, neugierig zu sein.« Sie zögerte. »Ich vermisse sie jeden einzelnen Tag meines Lebens.«
Er legte ihr einen Arm um die Schultern und drückte sie an sich. »Sie haben das Richtige getan.«
»Manchmal zweifle ich daran. Ich hatte so viele Träume, so

viele Wünsche für sie ...« Ihre Stimme verebbte, und Max sah zur Seite und blinzelte die Tränen weg.
»Warum gehen Sie nicht zu ihr?« fragte Dominic nach einer Weile.
Max schüttelte den Kopf. »Zu riskant. Die Gefahr, daß ich damit Gabe oder seine Helfer auf ihre Spur bringen könnte, wäre zu groß.«
Er musterte sie eingehend. »Also müssen Sie ... warten, bis sie achtzehn ist, damit Sie sie wiedersehen können?«
»So in der Richtung.«
»Es tut mir leid, Max.« Dominic schälte sich aus seiner Jacke, legte sie sich über den Arm und rollte sich die Hemdsärmel hoch. »Ich weiß nicht, was ich sonst sagen soll.«
»Schon okay. Ich habe gelernt, damit umzugehen. Sobald ich anfange, mich selber zu bemitleiden, stelle ich mir vor, wie es erst gewesen wäre, wenn ich Gaby meinem Exmann von Anfang an ausgeliefert hätte.« Max erschauerte.
Sie hatten das Washington Monument längst hinter sich gelassen, und ein gutes Stück vor ihnen ragte die Kuppel des Capitol wie ein Mond über die dunkle Linie der Baumwipfel hinaus. Die Nachtluft war schwer vom Duft frisch gemähten Grases und bunter Blumenpflanzungen.
Das Adrenalin, das durch Max' Adern geschossen war, als Dominic sie mit dem FBI-Mann erwischt hatte, hatte ihre Sinne geschärft und ein Prickeln auf ihrer Haut hinterlassen. Es war ein Wagnis, mit Dominic an einem so sinnlichen Sommerabend durch den Park zu spazieren, ihre Gedanken ein einziges Durcheinander, ihr Verlangen nach Dominic eine süße Qual.
»Was haben Sie eigentlich an der Gedenkmauer gemacht?« fragte Dominic.
Sie zuckte die Schultern. »Es klingt bestimmt dumm.«

»Versuchen Sie's trotzdem.«
»Na ja . . . dort fühle ich mich meinem Dad nahe. Er war auch ein Vietnam-Veteran, auch wenn er nicht dort gefallen ist. Und ich fühle mich Brand näher, obwohl er am Golf und nicht in Vietnam dabei war. Ich . . . ich fühle, daß sie da sind. Es ist schwer zu erklären.«
Dominic schwieg so lange, daß sie schon dachte, sie hätte ihn irgendwie verletzt. Plötzlich griff er nach ihr und umarmte sie auf eine eher zärtliche denn sinnliche Art. Es fühlte sich an wie das Selbstverständlichste auf der Welt, und Max lehnte den Kopf an seine Schulter. Er legte ihr sanft die Hand auf den Hinterkopf, und sie fragte sich, ob er wohl ihren Herzschlag spüren konnte, so wie sie den seinen.
Es tat so verdammt gut, endlich wieder von einem Mann umarmt zu werden. Von einem Augenblick wie diesem hatte Max schon geträumt, seit Dominic an jenem Abend ihr Haus verlassen hatte, aber es war ein bittersüßer Augenblick, und sie wußten es beide, wenn auch aus unterschiedlichen Gründen.
Aber selbst jetzt, als die Zeit den Atem anzuhalten schien, als Dominic sich zwar von ihr löste, aber ihre Hand in die seine nahm, konnte Max nicht umhin, sich zu fragen, ob Agent Underwood irgendwo da draußen stand und sie beobachtete.

Gott sei Dank ist der Kalte Krieg vorbei, dachte Agent Jack Underwood, während er sich hinter einen Baumstumpf duckte. *Jetzt haben wir dieses ganze coole Spionagezeug von den Russen.* Er nahm seine Brille ab und hob das NKWD-Fernglas, diese kongeniale Konstruktion aus Prismen und Linsen, ans rechte Auge. Mit seinem 46-mm-Objektiv und der Fähigkeit, jedes Ziel innerhalb einer Reichweite von tausend Metern auf das Zehnfache zu vergrößern, war das handliche

Fernglas vom NKWD zu Spionagezwecken benutzt worden, und zwar vornehmlich im schwachen Licht der Dämmerung oder altersschwacher Straßenlaternen. Praktischerweise paßte das kleine Ding auch noch hervorragend unter Underwoods Trenchcoat.

Gutes Spionagegerät und guten Wodka haben sie – das muß man den Russen lassen.

Underwood kauerte im Schatten der Bäume. *Man müßte schon ein Nachtsichtgerät haben, um mich auszumachen,* dachte er. Ein Glück, daß Dominic Antonio und Rebekah Maxfield von seiner Anwesenheit keine Ahnung hatten.

Er beobachtete, wie sie nebeneinander hergingen, die Köpfe zusammengesteckt im leisen Gespräch, und er hätte viel für ein parabolisches oder – noch besser – ein Richtmikrofon gegeben. Es waren nicht viele Leute im Park unterwegs, und mit so einem kleinen Ding hätte er jede Silbe, jeden Seufzer mithören können.

Aber natürlich hatte er diese Überwachungsübung nicht geplant gehabt, und natürlich wäre es auch schwer geworden, die sperrige Abhöranlage mitsamt Stativ unter seinem Trenchcoat zu verstecken. Wer hätte gedacht, daß Antonio an einem Wochentag nach der Arbeit ausgerechnet zur Gedenkmauer für die Vietnam-Veteranen gehen würde? Underwood würde in Zukunft vorsichtiger vorgehen müssen, seine Treffpunkte mit Max mehr mit Bedacht wählen müssen. Er hätte fast einen Herzanfall bekommen, als Antonio aufgetaucht war.

Eines mußte man der Dame lassen: Sie hatte die Situation mit Bravour gemeistert. Etliche FBI-Leute hätten bestimmt weniger professionell reagiert.

Als die beiden Zielpersonen sich immer mehr entfernten, mußte Underwood sein Versteck verlassen und hinter einem

Baum weiter vorne Stellung beziehen. Er wußte, über kurz oder lang würde er es riskieren müssen, sich auf offenes Gelände zu begeben, um sie im Auge zu behalten, aber sie sahen vollkommen entspannt aus und schienen von seiner Nähe nichts zu ahnen.
Während er so unauffällig wie möglich aus dem Baumschatten hervortrat und dem Paar folgte, wurde ihm auf einmal klar, daß sich zwischen den beiden mehr abspielte als er anfangs gedacht hatte. Auf Höhe des Museum of Natural History duckte sich Underwood hinter ein Polizeiauto, das am Madison Drive geparkt war, und nahm die Zielpersonen genau ins Visier.
Und so sah er auch, wie Antonio Max in die Arme nahm. Underwood riß die Augen auf, und das Fernglas wäre ihm beinahe aus der Hand gefallen. Max schien die lange, innige Umarmung zu erwidern.
»Sieh mal einer an«, raunte Underwood.
Und in diesem Augenblick fügten sich alle Puzzle-Stücke zu einem kompletten Bild zusammen: Max' Angewohnheit, zu erröten und herumzustammeln, sooft Underwood mit ihr über Antonio sprach, ihr sichtlicher Widerwille, Informationen preiszugeben, die ihrem Ausbilder schaden könnten, die Das-ist-meins-Attitüde, die Antonio dem Agenten gegenüber an den Tag gelegt hatte ... Natürlich, auf einmal ergab alles einen Sinn. Die beiden hatten was miteinander.
Verdammt, dachte Underwood. *Das könnte die ganze Sache kaputtmachen.*
Er hätte es wissen sollen. Es war riskant gewesen, eine Informantin statt eines Undercover-Agenten einzusetzen. Aber was hatte er schon für eine Wahl gehabt?
Er setzte seine Brille wieder auf und wirbelte herum, wobei er gegen die Stoßstange des Polizeiwagens prallte. Seine Kopf-

schmerzen machten ihn rasend, und er hatte die Nase gestrichen voll von Spionagespielchen. Er war müde. Punkt. Sein Chef machte ihm die Hölle heiß, weil all die Kosten und Mühen, die sie bisher in den Fall gesteckt hatten, nichts anderes gebracht hatten als eine dünne Akte, die Underwood mit all seinem erzählerischen Talent zu etwas Größerem aufzubauschen versucht hatte.

Underwoods Ehefrau Abby moserte Tag und Nacht herum, weil er nie zu Hause war und sich nie um die drei gemeinsamen kleinen Töchter kümmerte – auch wenn sie schon vor der Hochzeit gewußt hatte, worauf sie sich einließ, wenn sie einen FBI-Agenten heiratete. In elf Jahren Ehe waren sie viermal umgezogen, obwohl es kaum eine Rolle spielte, wo sie wohnten, da er ohnehin ständig unterwegs war. Er hatte Bethanys Geburt verpaßt, und Abby sorgte seitdem dafür, daß er das ja nicht vergaß. Selbst wenn er einmal zu Hause war, steckte er bis über die Ohren in Arbeit oder dachte zumindest immer an seinen Job. In letzter Zeit hatten Abbys Bemerkungen immer verbitterter geklungen; nichts konnte er ihr recht machen. Sie hatte sich die Haare ganz kurz schneiden lassen und gab sich überhaupt keine Mühe mehr, für ihren Mann sexy zu sein. Underwood mußte zugeben, daß es angesichts seiner mangelnden Hilfe für sie nicht einfach war, drei Kinder großzuziehen, die allesamt in den ersten sechs Ehejahren geboren worden waren. Außerdem hatte Abby ihre vielversprechende Karriere als Zeitungsverlegerin aufgegeben, um sich um die Mädchen zu kümmern, aber das war schließlich ihre freie Entscheidung gewesen, oder nicht? Es war ja nicht so, daß er sie an die Kinderzimmertür gekettet hätte.

Underwood verstaute das Fernglas unter seinem Trenchcoat und machte sich auf den langen Weg zurück zu seinem Wa-

gen. Es war wieder richtig spät geworden, und Abby würde wieder gräßlichster Laune sein.
Und Max hatte ein Techtelmechtel mit ihrem Chef.
Na großartig, dachte er.

7. KAPITEL

Liv gefiel ihr neues Leben in Washington ausgesprochen gut. Die geräumige Wohnung in der Nähe der George Washington University war kein Vergleich zu der kleinen Behausung, die sie in Austin bewohnt hatten. Rebekah konnte mit der Metro zur Arbeit fahren, was bedeutete, daß sie nur ein Auto brauchten, und Liv sah sich gern die Stadt an, die sie vor so vielen Jahren mit ihrem jungen Ehemann entdeckt hatte.
Ab und an, wenn sie sich sehr um Rebekah sorgte, machte Liv einen kleinen Abstecher zum Arlington National Cemetery, um mit Richard darüber zu sprechen. Sie hatte auch versucht, ihre Tochter zu einem Besuch auf dem Friedhof zu bewegen, aber Max hatte mit der Begründung abgelehnt, das würde sie zu sehr aufwühlen. »Ich habe meine eigenen Plätze, wo ich Dad finden kann«, hatte sie gesagt. Liv hatte beschlossen, nicht weiter in sie zu dringen, denn Rebekah schien ohnehin von vielen Sorgen geplagt zu sein. Es bekümmerte Liv, daß ihre Tochter die Sorgen nicht mit ihr teilen wollte. Sie hatten sich doch immer so nahe gestanden, und nun kam es Liv vor, als würde sie plötzlich aus Rebekahs Leben ausgeschlossen.
Es war ein milder Juniabend, und die untergehende Sonne tauchte den unteren Rand der Wolken in ein dramatisches Purpur. Liv saß mit einem Glas Wein auf ihrer kleinen Terras-

se und genoß die letzten Minuten, bevor die Moskitos sie ins Haus treiben würden.
Immer wieder traf Rebekah merkwürdige Vereinbarungen, begab sich zu mysteriösen Treffen, über die sie nichts sagen wollte. Liv wußte nicht viel über CovertCom, aber sie vermutete, daß einiges von dem, was die Firma tat, im Geheimen ablaufen mußte. Sie würde ihre Tochter nicht darüber auszuhorchen versuchen.
Doch als nun wieder Stunde um Stunde verging, ohne daß Rebekah nach Hause kam oder ihrer Mutter eine Nachricht zukommen ließ, begann Liv sich doch Gedanken zu machen. Immer wieder marschierte sie in der Wohnung von einem Fenster zum anderen, als könnte dies die Heimkehr ihrer Tochter beschleunigen.
Sie ist erwachsen, redete sie sich selbst gut zu, *sie kann auf sich selber aufpassen.*
Gegen zehn Uhr abends ging sie ins Bett und nahm ein Buch mit, aber sie mußte jeden Abschnitt dreimal lesen und nahm doch nicht richtig wahr, was darin stand. Schließlich griff sie nach der Fernbedienung und schaltete den Fernseher ein.
Um halb elf hörte sie, wie sich der Schlüssel im Schloß drehte, und sie atmete erleichtert auf. *Danke, lieber Gott*, flüsterte sie.
Rebekah erschien auf der Türschwelle von Livs Schlafzimmer, die Wangen gerötet, die Augen blitzend vor Vergnügen. Sie lächelte ihre Mutter an. »Hi, Mom!«
Liv klopfte neben sich auf das Bett. »Komm her und erzähl mir, wo du gewesen bist, du böses Mädchen. Deine alte Mutter hat sich Sorgen gemacht.«
»Ich war nur spazieren«, erwiderte Rebekah und setzte sich auf die Bettkante.
»Allein?«
»Na ja, nicht so ganz...« Sie sah weg.

Liv grinste. »Du warst mit Dominic unterwegs!«
»Ach, Mom, es war nur ein Spaziergang, sonst nichts.« Rebekah stand auf und machte sich auf den Weg zur Tür. »Dominic hat übrigens gefragt, ob du übermorgen mit uns zu Mittag essen möchtest.«
»Ich?« Liv riß überrascht die Augen auf.
»Ja, er möchte dich gern wiedersehen. Er findet dich cool, stell dir vor.« Rebekah verdrehte die Augen.
»Aber ich möchte mich nicht aufdrängen ...«
Rebekah warf den Kopf zurück und lachte lauthals los.
»Was ist?« fragte Liv.
»Als hätte dich das jemals aufgehalten ...«, sagte Rebekah über die Schulter, während sie den Flur entlang zu ihrem Zimmer ging.
»He, komm zurück!« rief Liv ihr nach. »Ich hab da etwas für dich.« Sie öffnete die Nachttischschublade.
Rebekah tauchte wieder auf der Türschwelle auf.
Ihre Mutter hielt ihr das Geschenk hin.
Rebekah ließ sich wieder auf die Bettkante sinken. »Du sollst mir doch nicht immer was kaufen.« Lächelnd riß sie das Geschenkpapier auf.
Es war der Computerausdruck von Gaby – nunmehr ordentlich eingerahmt.
»Oh, Mom!« rief Rebekah aus, die Augen voller Tränen. »Wunderschön! Aber ob das wirklich so eine gute Idee ist? Wenn jemand das Bild sieht ...«
Liv tätschelte ihren Arm. »Keine Sorge. Man kann daraus keine Rückschlüsse auf ihren Aufenthaltsort ziehen. Aber wenn es dir Sorgen macht, kannst du es auch irgendwo in einer Schublade oder so verstecken.«
»Nein.« Rebekah schüttelte den Kopf. »Ich will, daß es neben meinem Bett steht.«

»Wir haben ja sonst so wenige Bilder von ihr. Und auf keinem davon ist sie älter als drei.«
»Glaubst du, sie ist glücklich?« fragte Rebekah nachdenklich.
»Sie sieht jedenfalls sehr zufrieden aus, als wäre sie mit sich im reinen. Sie sieht genauso aus wie du in dem Alter.«
Rebekah seufzte. »Ich habe diese ... Schnappschüsse ... in meinem Kopf. Im Gefängnis habe ich sie mir oft angeschaut, wenn ich allein war oder nachts im Bett lag.«
»Ich weiß, was du meinst«, sagte Liv. »Das mache ich mit den Bildern von euch Kindern auch. Ich vermisse die Zeit, als ihr noch klein wart und euer Vater noch lebte. Das Haus war damals immer so voller Leben, voller Kraft.«
»Wir hatten eine schöne Zeit«, erwiderte Rebekah. »Wir hatten zwar nicht immer Zeit, Freunde zu finden an den Orten, an die Dad versetzt wurde, aber wir hatten ja einander.«
»Du und Brett und Brand – die drei Musketiere. Ständig habt ihr den kleinen Zane geärgert.«
»Keine Sorge, der kleine Zane hat ganz schön zurückgeschlagen«, entgegnete Rebekah lächelnd.
»Und Clark ...« Liv kicherte.
»Hat uns herumkommandiert wie ein General.«
»Na ja, einer mußte mir doch dabei helfen, euch unter Kontrolle zu halten.«
Rebekah legte ihrer Mutter die Hand auf den Arm. »Es war ein gutes Leben, Mom«, sagte sie leise.
Liv nickte. »Ja, das war es.« *Und manchmal,* fügte sie in Gedanken hinzu, *wenn die Traurigkeit kaum zu ertragen ist, ist die Vergangenheit das einzige, woran ich mich festklammern kann.*

Am Morgen, nachdem Dominic mit Rebekah Hand in Hand spazierengegangen war, nahm er den Shuttle-Flieger nach

New York und machte mit Hakeem zusammen einen ersten Schnupperbesuch bei Imagitoys Inc.
Sie erklärten Jason Crandall und Osamu Smith, daß Hakeem Antiabhörvorrichtungen in der Telefonanlage installieren würde. Den anderen Angestellten sollte gesagt werden, Dominic und Hakeem seien von der Telefongesellschaft und würden die Anlagen im Haus aufrüsten.
Als sie bei Imagitoys eintrafen, trugen die beiden auch die üblichen Handwerker-Overalls und hatten Werkzeug dabei, und so nahm niemand besonders von ihnen Notiz, als sie sich an die Arbeit machten. Hakeem schraubte jede Telefondose aus der Wand, und Dominic reichte ihm dann immer etwas, das aussah wie eine modernisierte Telefondosen-Variante.
Doch in Wirklichkeit baute Hakeem jedesmal einen hochtechnisierten Sender ein. Er bezog den Strom direkt aus der Telefonleitung und verfügte daher über eine unbegrenzte Laufleistung. Ein spezieller Regler sorgte dafür, daß während der Telefonate jedes Wort an CovertCom übertragen wurde. Mehr noch – wenn der Hörer aufgelegt war, registrierte ein Sensor den Spannungsunterschied und begann automatisch alle Gespräche zu übertragen, die im Raum geführt wurden. Mit anderen Worten: CovertCom konnte nicht nur jedes aus- und eingehende Telefonat mithören, sondern auch jede Unterhaltung, die innerhalb von Imagitoys vonstatten ging.
Bevor sie gingen, sollten Dominic und Hakeem eine Wanze in einer Blumenvase plazieren – um sie dann zu »entdecken«, wenn sie später als Spy Squad die Firma durchsuchten.
Während sie noch an der Arbeit waren, kam Jason Crandall vorbei. »Wie läuft's?« konnte er sich nicht verkneifen zu fragen.
Hakeem runzelte die Stirn.

»Bestens«, erwiderte Dominic. »Wir sind in ein paar Minuten fertig.«
»Schon gut«, sagte Crandall. »Lassen Sie sich ruhig Zeit.« Vor sich hin pfeifend ging er davon.
Wie ein Lamm, das zur Schlachtbank geführt wird, dachte Dominic. Er rieb sich den verspannten Nacken. Mit Hilfe der eben installierten Technik würde CovertCom innerhalb eines Monats die meisten Informationen gewonnen haben, die mit dem geheimen neuen Spielzeug zu tun hatten. Was mit den Informationen dann geschehen würde, war Garrett Sharps Angelegenheit. Und Garrett Sharps Angelegenheiten machten sich für seine Angestellten sehr, sehr gut bezahlt.
»Fertig«, brummte Hakeem. Sie packten ihr Werkzeug zusammen und verließen das Gebäude, ohne mit jemandem ein Wort zu wechseln. Als sie schweigend den Werkzeugkasten in den Van packten, kam ein Mann auf sie zu.
»Entschuldigung, haben Sie vielleicht einen Vierteldollar für mich? Jemand hat mir die Brieftasche gestohlen, und ich hab nicht mal mehr Kleingeld, um meine Frau anzurufen.«
»Verpiß dich.« Hakeem warf die Autotür zu und wandte sich ab.
»Ich bin kein Bettler«, sagte der Mann, sichtlich niedergeschlagen. »Ich schwöre, ich brauche nur einen Vierteldollar, um meine Frau anzurufen.«
Dominic hatte seinen Geldbeutel in der Hosentasche, unter dem Overall. Der Mann kam ihm völlig normal vor, weder verrückt noch bedrohlich. Was wäre schon dabei, ihm einen Vierteldollar zu geben? Dominic begann seinen Reißverschluß aufzumachen.
Der Mann berührte Hakeem am Ellbogen. »Ich weiß, wie das für Sie aussieht . . .«
Mit der plötzlichen Wildheit einer zuschnappenden Schlange

wirbelte Hakeem zu ihm herum und schlug dem Mann gegen die Kehle, so daß dieser nach hinten taumelte und schließlich, keuchend und sich die Hand an den Hals pressend, auf den Bürgersteig stürzte.
»Ich sagte: Verpiß dich!« donnerte Hakeem.
Noch bevor Dominic etwas sagen konnte, sprang der Mann auf und rannte weg.
Hakeem lachte. »Laß uns gehen«, sagte er.
Dominic stand immer noch neben dem Van, die Hand am Reißverschluß.
»Komm schon.« Hakeem ging zur Fahrerseite und stieg ein.
Dominic sah dem Mann nach, bis er um die Häuserecke verschwand. Dann blieb ihm nichts anderes zu tun als sich zu Hakeem in den Wagen zu setzen.

Max erledigte gerade irgendwelchen Papierkram im Büro, während sie darauf wartete, daß ihre Mutter kam, um sie zum Mittagessen abzuholen. Da klopfte es auf einmal an der Tür. Als Max aufblickte, standen Garrett Sharp und Dominic auf der Türschwelle. Max sprang auf.
Sharp lächelte sie breit an. »Schön, Sie wiederzusehen, Max. Ich dachte, ich komme auf dem Weg von New York auf einen Sprung rein und schaue, wie es Ihnen hier so geht. Dominic hat mir erzählt, Sie beide wollten gerade zum Mittagessen aufbrechen. Ich hoffe, es macht Ihnen nichts aus, wenn ich mitgehe.«
»Äh, natürlich nicht, Mr. Sharp. Aber wir werden über nichts Geschäftliches sprechen können. Meine Mutter wird auch dabeisein.«
»Kein Problem. Ich würde Ihre Mutter sehr gern kennenlernen.«
Wie auf Bestellung rief in diesem Augenblick die Empfangs-

dame an und gab Bescheid, daß Max' Mutter angekommen sei. »Sagen Sie ihr, wir kommen sofort«, erwiderte Max mit einem Seitenblick auf die beiden Männer.

Sie wollte nicht, daß ihre Mutter bei einem Mittagessen mit Garrett Sharp dabei war. Sie wollte nicht, daß ihre Mutter überhaupt in die Nähe von Garrett Sharp kam. Aber es gab keinen Ausweg. Sie warf sich ihre Tasche über die Schulter und folgte den zwei Männern in den Empfangsbereich von CovertCom hinaus.

Liv sah an diesem Tag besonders anziehend aus. Sie hatte mit ihrem vollen blonden Haar und den blitzenden blauen Augen schon immer jugendlicher gewirkt als alle anderen Mütter, die Max kannte. Als Max ein kleines Mädchen gewesen war, hatte sie ihren Eltern gern zugeschaut, wenn sie sich für den jährlichen Militärball zurechtmachten. Jedesmal hatten sie sich gern aufgestellt, damit Max mit ihrer Sofortbildkamera ein Foto von ihnen schoß.

Sie waren seit fünfundzwanzig Jahren verheiratet gewesen, als Max' Vater eines Nachts in den Mittleren Osten losgeflogen war – im kühnen, aber vom Pech verfolgten Versuch, die iranischen Geiseln zu befreien, die in der amerikanischen Botschaft in Teheran festgehalten wurden.

Nun war Max' Mutter eine Frau in den Sechzigern, sah aber um zehn Jahre jünger aus. Sie trieb Sport, ernährte sich gesund und sorgte dafür, daß ihr Friseur ihrem blonden Haar nur einen Hauch von Silber erlaubte. An diesem Tag trug sie eine ärmelloses apricotfarbenes Kostüm, das ihre schlanke Figur umspielte. Sie begnügte sich wie immer mit einem Minimum an Make-up und Schmuck und trug Kontaktlinsen statt einer schweren Brille, die sie nur älter hätte aussehen lassen.

»Na, ich habe nicht den leisesten Zweifel daran, wer diese wunderschöne Lady ist«, sagte Garrett Sharp, bevor Max ihn

und ihre Mutter einander vorstellen konnte. Er nahm Livs Hand. »Sie müssen Olivia Maxfield sein. Mein Name ist Garrett Sharp, und es ist mir ein wahres Vergnügen, Sie kennenzulernen.« Damit beugte er sich vor und küßte Liv die Hand.
Max' Mutter erwiderte sein Lächeln. »Das Vergnügen ist ganz meinerseits, Mr. Sharp. Ich bin Ihnen sehr dankbar dafür, daß Sie meiner Tochter die Gelegenheit geboten haben, in Ihrer Firma einzusteigen.« Sie wirkte, als würde sie jeden Tag einen Handkuß bekommen.
Sharp hielt ihre Hand immer noch fest. »Sie müssen mir nicht dankbar sein. Max hat den Job mehr als verdient. Sie ist großartig.«
Sie lächelten einander weiterhin an, als wäre sonst niemand im Raum. *Was zum Teufel soll das?* dachte Max.
»Ich habe im Willard Room einen Tisch bestellt«, sagte Garrett Sharp schließlich und wandte sich an die anderen. Er hatte Livs Hand losgelassen, aber gleichzeitig nach ihrem Ellbogen gegriffen. »Ich hoffe, das ist Ihnen allen recht.«
Livs Augen glänzten. »Perfekt, Mr. Sharp«, sagte sie.
Die kurze Strecke zum Willard fuhren sie mit Sharps Limousine. Das Willard war nur zwei Straßenblöcke vom Weißen Haus entfernt, ein luxuriöses, elegantes Restaurant, das gern von wichtigen Politikern, ehemaligen Präsidenten und anderen hochrangigen Persönlichkeiten besucht wurde. Das Willard Room genannte Zimmer selbst war ein gemütlicher, aber repräsentativer Raum mit weinroten Teppichen, dunkel bezogenen Wänden und schweren rubinroten Samtvorhängen.
Während Max' Mutter mit Sharp über die Weinkarte redete, fing Max Dominics Blick auf. Sie deutete mit dem Kopf leicht auf Liv und Sharp, als würde sie fragen wollen: *Was soll das überhaupt?* Aber Dominic zwinkerte ihr nur zu. Stirnrunzelnd

vertiefte sie sich in die Speisekarte, aber im Grunde war ihr der Hunger völlig vergangen.
»Hatten Sie schon die Gelegenheit, das National Symphony Orchestra im Kennedy Center zu hören?« fragte Sharp Max' Mutter.
»Nein, aber das würde ich nur zu gern einmal erleben«, erwiderte Liv.
»Sie geben nächsten Samstag ein Konzert – eine große Retrospektive der größten Musikbands.«
»Oh!« stieß Max' Mutter hervor. »Das klingt wunderbar! Man findet heutzutage kaum mehr jemanden, der die Musik von damals noch zu schätzen weiß. Es war so schön, darauf zu tanzen, und so wunderbar, sich dabei zu verlieben.« Als ein kleines Lächeln über Livs Gesicht huschte, starrte Max ihre Mutter ungläubig an. *Sie flirtet! Sie flirtet mit Garrett Sharp!*
»Sie haben ja so recht«, sagte Sharp. »Und zufällig habe ich ein paar Karten für das Konzert. Dritte Reihe. Möchten Sie mich begleiten?«
Max zuckte zusammen und stieß ihr Weinglas um. »Mist! Ich meine, Entschuldigung«, stammelte sie und tupfte hilflos mit ihrer Serviette in der Weinpfütze herum.
»Kein Problem«, sagte Sharp und winkte dem Ober zu. »Das kann jedem mal passieren.«
»Was ist denn heute bloß mit dir los, Rebekah?« fragte Liv.
»Nichts... nichts.« Der Ober beseitigte den verschütteten Wein mit einem Tuch und brachte Max ein frisches Glas, als würden ihm solche ungeschickten Gäste jeden Tag begegnen. Er stellte sogar eine Blumenvase auf den Fleck, so daß dieser sie während des Essens nicht stören würde.
Max zitterte am ganzen Leibe, und sie rang heimlich die Hände unter dem Tisch.
»Wissen Sie noch? Damals hatte jeder eine Lieblingsband«,

sagte Max' Mutter zu Sharp. »Ich mochte Tommy Dorsey am meisten.«
»Der war nicht schlecht«, stimmte Sharp zu, »aber zu sentimental für einen ganzen Abend. Glenn Miller war schon eher nach meinem Geschmack.«
»Zum Tanzen vielleicht, aber zum reinen Zuhören waren Duke Ellington und Count Basie unschlagbar.«
Es war, als wären Dominic und Max überhaupt nicht anwesend. Dominic machte sich über sein Filet Mignon her, während Max in ihrem Spinatsalat mit Hähnchenstücken und einem Honig-Mandel-Dressing nur lustlos herumstocherte. Sie konnte den Blick nicht von der Blumenvase abwenden – ein wertvolles Stück aus Waterford-Kristall – aber darunter war ein blutroter Fleck. Max konnte die Schönheit der Vase nicht würdigen, weil sie wußte, daß sie nur dazu da war, etwas Häßliches zu verbergen.
Und als sie Garrett Sharp ansah, wußte sie, daß sein scheinbar warmes, liebenswürdiges Lächeln auch etwas unbeschreiblich Häßliches in seinem Inneren verbarg. Etwas, das ihre Mutter wahrscheinlich nie zu sehen bekommen würde ... bevor es zu spät war.

8. KAPITEL

Diesmal hatten sie sich in der San Antonio Bar verabredet. Auf diese Weise würde sie mit der U-Bahn direkt in die unter der Erde liegende Einkaufspassage fahren können, ohne je nach oben gehen zu müssen. Das Einkaufszentrum war eine kleine Stadt in der Stadt, mit Wohnanlagen, Bürogebäuden, Restaurants, Fast-food-Lokalen und Läden. Es lag sowohl von Max'

Wohnung als auch von ihrem Arbeitsplatz ein beträchtliches Stück weit weg, eine erneute zufällige Begegnung mit Dominic Antonio war also unwahrscheinlich.
Trotzdem war Underwood unheimlich nervös. Er würde ihr die Daumenschrauben ansetzen müssen, und darauf freute er sich nicht gerade. Aber wenn er es nicht tat, konnte er diesem Fall – und damit seiner Karriere – auf Wiedersehen sagen.
Er erblickte sie sofort, aber sie war auch kaum zu übersehen. Es war Samstag nachmittag, und sie trug ein weißes Oberteil mit V-Ausschnitt, enge Jeans und eine dazu passende, offene Jeansjacke. Das Haar hatte sie sich zu einem lockeren Zopf zusammengebunden, der vorne über ihrem Jackenaufschlag lag. Als sie sich ihm gegenüber in die Nische setzte, glitt die Jacke kurz zur Seite, und er konnte sehen, daß sie keinen BH trug. Eine Brustspitze zeichnete sich deutlich durch den Stoff ihres Tops ab.
Irritiert wandte er den Blick ab. *Wenn sie wüßte, wie lang es her ist, daß ich zuletzt ...*, dachte er, *dann würde sie nicht solche Sachen anziehen, die mich völlig aus dem Konzept bringen.*
»Was haben Sie für mich?« fragte er brüsk.
Sie errötete. »Wie ich Ihnen schon sagte, Underwood, ich brauche mehr Zeit. Ich bin immer noch in der Ausbildung. Sie lassen mich nicht viel allein. Es wird noch ein paar Monate ...«
Er beugte sich nach vorn und griff so heftig nach ihrem Handgelenk, daß sie nach Luft schnappte. Er gab sich alle Mühe, nicht zu schreien. »Sie haben aber keine paar Monate zur Verfügung. Nicht einmal ein paar Wochen. Besser, Sie fangen an, Ihr hübsches Köpfchen einzusetzen, sonst ist das gemütliche kleine Versteck Ihrer Tochter Vergangenheit. Hab ich mich klar ausgedrückt?«

Max' Gesicht war dunkelrot. »Wovon zum Teufel reden Sie?«
»Oh, nicht diesen Ton, bitte. Sie wissen ...« Der Ober kam mit den Speisekarten. Underwood riß sie dem Mann aus der Hand und bedeutete ihm, schleunigst zu verschwinden.
»Warten Sie!« rief Max. »Ich hätte gern ein Glas eiskaltes Wasser.« Sie starrte Underwood an. »*Wenn Sie nichts dagegen haben.*«
Der Ober hastete weg. Nach einer kurzen Pause sagte Underwood: »Ich weiß von Ihrem kleinen Techtelmechtel mit Antonio.«
»*Was?*« Der Ober brachte das Wasser und wich sofort wieder zurück. »Ich habe kein Techtelmechtel, und zwar mit niemandem«, sagte Max.
»Blödsinn. Ich hab Sie mit ihm gesehen.«
»Sie haben ... Wann? Moment mal – Sie haben uns nachspioniert, Sie Mistkerl!«
Er lehnte sich zurück und bedachte sie mit einem selbstgefälligen Lächeln. »Das ist mein Job.«
Sie schnaubte, als wäre sie gerannt, und ihre Brüste bewegten sich unter ihrem Top auf und ab. Underwood gab sich alle Mühe, nicht hinzustarren. »Ich schlafe nicht mit ihm, Underwood. Aber das wissen Sie sicher selber. Wahrscheinlich haben Sie mein Schlafzimmer verwanzt.«
»Wenn, dann würden Sie es doch sicher wissen.«
»Ich hasse Sie.«
Er zuckte die Schultern. Der Ober kam schüchtern an den Tisch. »Möchten Sie bestellen?«
Max schüttelte den Kopf. Underwood sagte: »Ja. Bringen Sie mir den größten Burger, den Sie haben, ein paar Zwiebelringe und ein Bier.« Nachdem der Ober gegangen war, wandte er sich wieder an Max: »Ich hab darüber nachgedacht. Wenn Sie sich mit Antonio einlassen, könnte uns das genau den Ansatz

bieten, den wir brauchen. Wer weiß, was man beim postkoitalen Bettgeflüster so alles herausfindet?«

Sie erbleichte. »Ich werde mich nicht für Sie prostituieren, Sie Bastard«, stieß sie hervor.

»Oh, aber natürlich werden Sie das tun. Ich glaube, Sie würden alles tun, um Ihr kleines Mädchen in Sicherheit zu wissen.«

Sie starrte ihn an, die Augen haßerfüllt. Dann nahm sie ihr Glas und schüttete Underwood das ganze Wasser ins Gesicht. Während er noch prustete, stand sie auf und verließ das Restaurant.

Langsam wischte sich Underwood Gesicht und Hemd mit der Serviette trocken. Er zitterte. Vielleicht hatte er sie diesmal zu hart angefaßt. Vielleicht hatte er mit seinem Unterleib gedacht statt mit seinem Kopf.

Er würde mehr aufpassen müssen. Sie war unberechenbar. Wenn er sie zu sehr unter Druck setzte, sprang sie womöglich ab, und dann würde er sich eine verdammt gute Erklärung ausdenken müssen, um das FBI zufriedenzustellen.

Max war wegen der Begegnung mit Underwood noch so verärgert, daß sie sich im Labyrinth der unterirdischen Gänge und Geschäftsstraßen verirrte. Müde, frustriert und den Tränen nahe lief sie blind weiter. War ihr Leben denn eine einzige Ansammlung von faulen Kompromissen, Sackgassen und Einbahnstraßen, die ins Nichts führten? Würde sie denn nie frei sein, einen eigenen Weg einschlagen zu können?

Schließlich bat sie einen Sicherheitsbeamten, ihr aus dem unterirdischen Irrgarten herauszuhelfen. Freundlich begleitete er sie zu U-Bahn-Haltestelle.

Die Fahrt nach Hause dauerte lang. Max lehnte den Kopf an

das Fenster, starrte auf ihr verzerrtes Spiegelbild, das sich vor dem Hintergrund der hypnotisch vorbeiflitzenden Schienen und Tunnels abhob. *Ich könnte genausogut noch im Gefängnis sein*, dachte sie. *Hier draußen gibt es genauso wenig wie dort eine Privatsphäre, und die Macht über mein Leben liegt nach wie vor nicht in meiner Hand.*

Was konnte sie schon tun? Sie konnte weglaufen, sicher, untertauchen, sich verstecken. Aber was würde dann mit Gaby passieren?

Gaby. Das einzig Reine, Unschuldige in ihrem Leben, der einzige Zweck ihrer Existenz. Der einzige Grund, für den es sich lohnte zu leben, sich zu opfern. Gaby war glücklich und in Sicherheit, und ihre Mutter mußte dafür sorgen, daß das auch so blieb.

So war das eben. Sie hatte keine Wahl.

Dominic Antonio hatte Sebastian Taylor, den Spy-Squad-Spezialisten für Radiofrequenzgeräte, zur Seite gestellt bekommen. Taylor war von New York nach Washington versetzt worden, um seinen Beitrag zu Max' Ausbildung zu leisten. Die Gegenwart des muskulösen, blonden, gutaussehenden Mannes beunruhigte Dominic.

Taylor arbeitete gerade mit dem VL5000P, der Miniaturversion des tragbaren VL5000-Überwachungs-Spürgeräts, das die Jungs vom Spy Squad gern »Wanzenfänger« nannten. Technisch gesehen führte er eine Durchsuchung des Konferenzraumes bei Opco durch, der Firma von Paul Zwibeck. Er, Dominic und Max waren allein im Raum, und Taylor tastete jede Wand, jedes Fenster, jeden Quadratzentimeter Boden und Decke, jedes Möbelstück und jedes Telefon mit dem handlichen Spürgerät ab.

Aber im Grunde zog er einfach für Max eine Show ab.

Die Durchsuchung war auf die normalen Geschäftszeiten gelegt worden – was nicht Dominics Idee gewesen war. Er hätte es vorgezogen, die Sache bei Nacht ablaufen zu lassen und nach getaner Arbeit in einem Nebenraum eine Überwachungsanlage zu installieren, die jedes spätere Plazieren einer Wanze sofort anzeigen würde. Aber schließlich hatte der Boss und nicht er das Sagen.

Die Tatsache, daß sie tagsüber arbeiteten, verhinderte auch, daß sie schweres technisches Gerät benutzen konnten, das den Opco-Angestellten womöglich suspekt vorgekommen wäre. Der VL5000P paßte locker in die Tasche. Darüber hinaus hatte Taylor nur noch einen Kopfhörer, damit eventuell aufgefangene Hinweissignale auf Wanzen nicht nach außen drangen und die Durchsuchungsaktion verrieten. Als Max ihn anlächelte, grinste er, stopfte sich einen Füllfederhalter wie eine Zigarre in den Mundwinkel und alberte damit herum, um Max zum Lachen zu bringen.

Dominic riß einen selbsthaftenden Zettel von einem Block, kritzelte hastig »Max soll mit dem Wanzenfänger weitermachen. Wir müssen die Möbel verrücken« darauf und klebte Taylor das Stück Papier mit mehr Wucht als beabsichtigt auf die Stirn.

Taylor tat so, als wäre er tödlich getroffen, was Max nur noch lauter lachen ließ – Lachen war eines der wenigen Geräusche, die sie während der Arbeit machen durften. Vorsichtig stülpte Taylor ihr den Kopfhörer über und reichte ihr den Wanzenfänger. Dann krempelte er die Ärmel hoch und entblößte dabei seine muskulösen Arme. Dominic konnte sich gerade noch beherrschen, nicht die Augen zu verdrehen. Zusammen rückten sie den schweren Konferenztisch so geräuschlos wie möglich zur Seite, schoben ein Sideboard in die Mitte des Raums und entfernten alle Bilder von der Wand. Max tastete jeden Quadratzentimeter Wand und Boden, der dadurch frei wurde, sorgfältig ab.

Das Möbelrücken hatte Taylors Muskeln nur noch schöner zum Vorschein gebracht. Irritiert packte Dominic eine Ecke des Konferenztisches und versuchte das schwere Ding allein anzuheben. Ein scharfer Schmerz schoß ihm durch den Rükken. *Verdammt!* fluchte er innerlich. *Jetzt hab ich mir auch noch was verzogen.* Grinsend hob Taylor seinerseits den Tisch an und schob ihn scheinbar mühelos an seinen alten Platz zurück, während Dominic sich den schmerzenden Muskel rieb.

Der erste Teil der Durchsuchungsaktion war damit beendet. Ein eingehender Check würde folgen müssen und eine stundenlange Überprüfung sämtlicher Telefon- und Stromleitungen und aller Angestelltenbüros beinhalten. Während Max die Bilder wieder an die Wand hängte, rollte Taylor seine Ärmel wieder herunter.

Als sie wieder im Auto saßen und unterwegs zur Firma waren, gab sich Dominic, der Mühe hatte, seinen schmerzenden Rücken zu ignorieren, betont schweigsam. Max und Taylor plauderten dagegen angeregt über Comic-Figuren.

»Ich meine, wozu ist dieser Batman überhaupt gut?« fragte Taylor und blitzte Max aus seinen blauen Augen an.

»Oh, er rettet doch Gotham City vor so bösen Kerls wie dem Riddler und dem Joker«, sagte Max.

»Und das kapier ich nicht. Ich meine, dieses Gotham City... Gibt es einen gräßlicheren Ort auf der Welt? Wenn man schon einen Ort vor bösen Kerls retten muß, warum dann nicht so was wie Miami?«

»Wieso denn Miami? Warum nicht... was weiß ich, Las Vegas?«

»Vegas? Soll das ein Witz sein? Dieses billige Kaff hätte den Riddler doch verdient.«

Max lachte. »Da haben Sie wohl recht.«
Dominic verzog das Gesicht. Max war eine Woche lang, und zwar aus Gründen, die sich seiner Kenntnis entzogen, schlecht gelaunt gewesen, und nun brauchte nur dieser blonde Witzbold aufzutauchen und sie war wie ausgewechselt. Dominic hätte nie gedacht, daß sie auf einen solchen Typen wie Taylor hereinfallen könnte. Die Ampel vor ihnen wurde gelb, und er drückte kräftig auf das Gaspedal. Haarscharf an einem anderen Wagen vorbeischrammend, fuhr er in dem Augenblick über die Kreuzung, als die Ampel auf Rot umsprang.
»Dominic!« schrie Max. »Langsam!«
Er beschleunigte weiter.
»Er will wohl wegen seines Rückens möglichst schnell in die Notaufnahme«, sagte Taylor.
Dominic riß das Lenkrad nach links und bretterte in die unterirdische Parkgarage von CovertCom. Noch bevor das Auto richtig zum Stehen gekommen war, löste er den Gurt. Taylor sprang aus dem Wagen und hielt Max die Tür auf.
Max und Taylor fuhren mit dem ersten Aufzug hoch, während Dominic auf den nächsten warten mußte. Als er endlich auf den Flur zu seinem Büro kam, verabschiedete sich Taylor gerade grinsend von Max. »Ich freue mich, Max. Ich hole Sie dann um acht ab.« Mit einem Kopfnicken in Richtung Dominic eilte er den Flur hinunter und war verschwunden.
Dominic stürmte in sein Büro und knallte die Tür hinter sich zu. Dann setzte er sich an seinen Schreibtisch, hob den Briefbeschwerer auf und schleuderte ihn so heftig gegen die Wand, daß ein Stück Putz herausbrach.

9. KAPITEL

Das Capitol-Gebäude war viel größer und ehrfurchtseinflößender als Max sich nach den Bildern im Fernsehen oder in den Zeitungen vorgestellt hatte. An diesem Feiertag – es war der 4. Juli – war es für die Öffentlichkeit geschlossen, und ihre Hosteß führte sie zu einem Seiteneingang, wo ein Sicherheitsbeamter die Handtaschen von Max und ihrer Mutter durchleuchtete und die beiden Frauen mit einem Metalldetektor abtastete.

»Waren Sie schon mal im Capitol?« fragte ihre Hosteß, eine attraktive dunkelhaarige, junge Frau namens Kathleen Anderson, die trotz des Feiertages ein Business-Kostüm trug.

»Ja, ich schon«, erwiderte Max' Mutter, »aber meine Tochter noch nie.«

»Oh, dann muß ich Ihnen die Rotunda zeigen«, sagte Kathleen freundlich. »Wir haben nur nicht sehr viel Zeit. Senator Kane erwartet Sie bereits.«

»Er und Richard haben sich einmal getroffen, während eines Übungseinsatzes in Fort Benning«, sagte Garrett Sharp, »als sein Team sich für die Rettung der iranischen Geiseln vorbereitete.«

Ja, das haben Sie uns schon mal erzählt, dachte Max. Daß Sharp ihren Vater beim Vornamen nannte, als wären sie alte Freunde gewesen, irritierte sie. Sie folgte Kathleen Anderson und den anderen durch ein Labyrinth schmaler Durchgänge, Flure und steiler Treppen, bis sie schließlich die riesige Rotunda des Capitols erreichten. Max war beeindruckt. Große goldgerahmte Gemälde, die Meilensteine der amerikanischen Geschichte illustrierten, säumten den Saal, und dazwischen standen imposante Büsten historischer Persönlichkeiten auf hohen marmornen Sockeln. Eine unerwartete Welle patriotischer Gefühle, vielleicht von den Gedanken an ihren Vater ausgelöst, durchflutete Max. Sie schluckte.

»Wir müssen noch einmal herkommen und eine Führung mitmachen«, flüsterte Liv ihr zu, als würde es einen Affront an die steinernen Gestalten darstellen, wenn sie laut spräche.

Max nickte und hatte sofort wieder ein schlechtes Gewissen, daß sie mit ihrer Mutter nicht soviel Zeit verbringen konnte, wie diese es sich gern gewünscht hätte.

Nicht daß es ihr zur Zeit an Gesellschaft mangeln würde, fügte sie in Gedanken hinzu, als sie sah, wie Sharp Liv eine Hand auf den Rücken legte – in einer Weise, die gleichermaßen beschützend wie intim wirkte.

Kathleen Anderson führte ihre Gäste hastig aus der Rotunda hinaus und über weitere Flure hin zu einem Aufzug, der sie zu den Senatorenbüros ein paar Stockwerke weiter oben brachte. Senator Kane, der am Ende seiner fünften Amtszeit stand, genoß, was die Räumlichkeiten anbelangte, ein seltenes Privileg – er hatte einen Balkon. Und auf ebendiesem Balkon sollte das Treffen stattfinden, das Garrett Sharp für Max und ihre Mutter vereinbart hatte – damit sie in Gesellschaft eines der mächtigsten Männer des Landes den atemberaubenden Ausblick auf das für diesen Abend geplante Feuerwerk genießen konnten.

Das Büro des Senators zeugte nur allzu deutlich von dessen Heimat Texas: Ein Stetson und ein leichterer Cowboyhut aus Stroh, den die meisten Cowboys während der Sommerhitze bevorzugten, hingen an der Wand.

»Sagen Sie diesem verfluchten Sturkopf, daß er mich mal kreuzweise kann!« dröhnte die Stimme des Senators aus dem Nebenzimmer zu den Gästen herüber. »Ich hab die Schnauze voll von ihm – was? Es ist mir scheißegal, ob gerade Sitzungspause ist! Dann kommt die Sache im Herbst als allererste auf den Plan! Verdammt, natürlich will ich wiedergewählt werden. Wo zum Teufel leben wir eigentlich, in einer Höhle? Entweder er stimmt gegen diesen gottverdammten Waffengesetzentwurf, oder ich zeig ihm, wozu ich fähig bin! Was soll das heißen, ob das eine Drohung ist? Erzählen Sie ihm einfach, was ich gesagt habe, und dann soll das miese kleine Arschloch selber entscheiden, was er tut!«

Max senkte den Kopf und verbiß sich ein Grinsen. Der Senator war ihr augenblicklich sympathisch.

Kathleen Anderson hastete ins Nebenzimmer. Nach einem gedämpften Dialog trat sie wieder auf die Schwelle und sagte ruhig: »Der Senator kommt sofort zu Ihnen.«

»Fühlen Sie sich wie zu Hause, Leute«, brüllte Kane herüber. »Kathy, zeigen Sie ihnen mal, wo das ganze Gesöff versteckt ist.«

»Kathy« führte die Gäste zu einem Schrank aus poliertem Holz, der so riesig war, daß daneben selbst Sharp wie ein Zwerg aussah. Das unterste Regalfach beherbergte eine Eismaschine, und hinter den oberen Türen versteckte sich eine Sammlung so ziemlich aller Spirituosen, die Max je gesehen hatte – und dazu etliche, von denen sie noch nie etwas gehört hatte.

Alkohol – das Schmieröl, das die Maschinerie namens Regierung am Laufen hielt.

Senator Truman Kane stapfte mit einer Energie in den Raum, die eher zu einem halb so alten Mann gepaßt hätte. Eine silberweiße Mähne, sein Markenzeichen, umspielte sein löwenhaftes Gesicht. Dicke Augenbrauen beschatteten stahlgraue Augen, denen nichts zu entgehen schien, und ein weißes, gestärktes Westernhemd betonte seine mächtigen Schultern und die großen, wettergegerbten Hände. Die blaue Levi's Jeans und die Cowboystiefel rundeten das Bild perfekt ab.

Er schüttelte Max und ihrer Mutter kräftig die Hand. »Es ist mir eine Ehre, Sie und Ihre reizende Tochter kennenzulernen, Mrs. Maxfield. Vor allem an diesem Tag, an dem wir die Freiheit unserer Nation feiern – die Freiheit, für deren Erhaltung Ihr Ehemann und Ihr Sohn ihr Leben gegeben haben.« Er hatte Tränen in den Augen, als er diese Worte aussprach, und Max war sich nicht sicher, ob er damit eine der typischen Politiker-Wahlkampf-Shows abzog oder ob er selbst einer jener Veteranen war, die ebenjene Soldaten und toten Kriegshelden verehrten, die sie selbst in die Schlacht geschickt haben konnten.

»Vielen Dank, Senator Kane«, erwiderte Max' Mutter. »Ich weiß noch, wie Richard mich eines Tages anrief und mir davon berichtete, wie eine Abordnung der Regierung sie besucht und der Aktion ihren Segen erteilt habe. Sie haben keine Ahnung, wieviel diese Unterstützung den Männern bedeutet hat.«

Der Senator hielt immer noch Livs Hand fest und hatte Max die andere Hand auf den Ellbogen gelegt. Er schüttelte den Kopf. »Im Nachhinein betrachtet, Mrs. Maxfield ... Wenn wir alles noch mal machen müßten ...« Er zuckte hilflos mit den Schultern.

»Ich weiß«, sagte sie. »Aber die Männer haben von ganzem Herzen an das geglaubt, was sie da taten, und ich versichere Ihnen, sie waren jederzeit eher bereit, für ihre Sache zu sterben, als tatenlos herumzustehen.«

Max starrte auf ihre Füße hinunter. Sie wünschte, jemand würde das Thema wechseln, bevor sie zu weinen anfing.

»Tja, kein Wunder, daß die Männer vollbracht haben, was sie vollbracht haben, wenn sie solche Frauen wie Sie zu ihrer Unterstützung hatten, während wir anderen däumchendrehend zugesehen haben.«

Max lachte laut auf. Sie konnte einfach nicht anders.
»Wie wär's, wollen wir mal den Ausblick hier genießen?« schlug Kane freundlich vor. »Kathy, könnten Sie mir einen Drink machen?«
Seine Assistentin griff ohne zu zögern in den Barschrank, holte eine Flasche Jack Daniel's heraus und goß eine doppelte Portion in ein Glas, das sie dem Senator reichte, während er seine Gäste (es waren inzwischen noch mehr Leute hinzugekommen, die Max nicht kannte) auf den Balkon hinausbegleitete. In der Ferne zeichnete sich der graue Monolith des Washington Monument im schwachen Licht der Abendsonne ab. Tausende Menschen hatten sich in Erwartung des Feuerwerks in den Parks versammelt.
Max lehnte sich an das Geländer. Sie kam sich vor wie eine Königin, die auf ihre Untertanen herunterschaute. Es war unglaublich, daß sie diesen Tag im Jahr zuvor in ihrer Gefängniszelle zugebracht hatte, ohne Feuerwerk oder sonst irgendeine Feierlichkeit. Ihre Mutter, die ihre Gedanken wohl erraten hatte, legte ihr einen Arm um die Taille. »Ich bin so glücklich, daß ich platzen könnte«, flüsterte sie Max zu. »Ich wünschte, dein Vater wäre jetzt hier.«
Max schenkte Liv einen verwunderten Blick, aber diese hatte sich schon wieder von ihr gelöst und sich zu Sharp und dem Senator gesellt. Max starrte Kane nachdenklich an. In gewisser Weise war er ein Anachronismus, ein einzigartiges Exemplar einer vom Aussterben bedrohten Spezies. Zum ersten Mal in seiner Karriere sah er sich in seiner Wiederwahlkampagne mit ernstzunehmenden Gegnern konfrontiert: mit aalglatten, windschnittigen Politikern der neuen Generation, die nicht von Idealen und mächtigen Überzeugungen geleitet wurden, sondern von purem Ehrgeiz.
Max, die sich in solchen Menschenansammlungen immer

noch unbehaglich fühlte, streifte rastlos durch die Räume des Senatorenflügels, ließ etwas Small talk über sich ergehen, wenn es unbedingt nötig war, und wartete ungeduldig darauf, daß es endlich dunkel wurde und jedermann seine Aufmerksamkeit dem Feuerwerk zuwandte, damit sie in Ruhe ihren Gedanken nachhängen konnte. Der 4. Juli war nur in den Vereinigten Staaten ein Feiertag, so daß Gaby kein Feuerwerk würde genießen können. Der Gedanke machte Max unsagbar traurig.

Die meisten Feiertage waren ein Jammer für Max. Aber eigentlich war jeder einzelne Tag ohne ihre Gaby sowieso traurig.

Schließlich wurden Stühle auf dem Balkon aufgestellt, und Max setzte sich in eine der hintersten Reihen. Vor der Hintergrundmusik des Symphonieorchesters, das im Pavillon des Lincoln Memorial Aufstellung genommen hatte, warteten die privilegierten Gäste auf dem Balkon voller Vorfreude auf die Hauptattraktion des Abends.

Als der Himmel sich in Lavendel- und Fuchsientönen verfärbte, kamen die Moskitohorden. Kathleen Anderson stellte jede Menge duftender Zitronella-Kerzen auf, was dem ganzen Ambiente zusätzlich eine romantische Note verlieh. Ein Catering-Unternehmen servierte eine unübersehbare Auswahl an frischen Saisonfrüchten, Gemüsesorten, Käsehappen, Dips und Süßigkeiten. Die Blumenarrangements in den Nationalfarben – alles Wildblumen, die in Texas heimisch waren – gefielen Max' Mutter so sehr, daß der Senator darauf bestand, sie müsse sie am Abend mit nach Hause nehmen.

Der lavendelfarbene Himmel verdunkelte sich zusehends. Glühendrot, Violett, Lila, Ultramarin und schließlich ein sternengesprenkeltes Indigoblau – der Balkon wurde in ein solches Farben-Kaleidoskop getaucht, daß die Unterhaltungen der geladenen Gäste zu einem beeindruckten Raunen abebbten.

Es war Jahre her, daß Max einem Feuerwerk beigewohnt hatte. Als sich die erste Explosion in Silber und Gold gegen den samtenen Hintergrund der Nacht abzeichnete, schrie sie ehrfürchtig auf und sog geräuschvoll die Luft ein, wie ein Kind, das zum erstenmal auf dem Jahrmarkt ist. Die Pauke des Orchesters begleitete jeden farbenfrohen Feuerwerkskörper mit einem dumpfen Schlag. Phosphoreszierendes Rot, Bernsteingelb, elektrisierendes Blau und blinkendes Silber spiegelten sich im Wettstreit auf den erhobenen Gesichtern der Zuschauer wider. Eine Explosion folgte der nächsten, und die Vorführung steigerte sich zu einem solch atemberaubenden Finale, daß Max beinahe übersehen hätte, wie Garrett Sharp sich auf einmal vom Balkon schlich und in die dahinterliegenden dunklen Büroräume schlüpfte. Etwas an seinen Bewegungen war zu verstohlen, als daß er nur zur Toilette hätte wollen können, und Max beschloß der Sache nachzugehen.
Während die versammelte Menge die Farbexplosion des Feuerwerksfinales mit einem kollektiven Entzückungsschrei bedachte, sank Max auf die Knie und stahl sich mit angehaltenem Atem in den Schatten des Büros von Senator Kane. Es dauerte ein paar Sekunden, bis ihre Augen sich an die Finsternis gewöhnt hatten und sie die Umrisse der Möbelstücke klar erkennen konnte. Garrett Sharp kauerte hinter dem Kopierer.
Das Herz klopfte ihr bis zum Hals, als sie Zentimeter für Zentimeter weiterschlich. Sie reckte den Hals, um besser sehen zu können.
Sharp nestelte an den elektrischen Kabeln hinter dem Kopierer herum. Im schwachen, wechselnd farbigen Licht, das von draußen hereinfiel, war es unmöglich, festzustellen, was genau er da tat. Plötzlich kam er auf die Beine, und Max wich hastig hinter einen Schreibtisch zurück. Sharp ging um den

Schreibtisch herum, blieb stehen, drehte den Kopf und sah direkt auf Max herunter.
Zumindest *dachte* sie, er würde sie anschauen. Aber er schien sie nicht wahrzunehmen, sondern setzte schließlich seinen Weg auf den Balkon hinaus wieder fort.
Max seufzte erleichtert auf. Sie wartete einen Augenblick, bis ihr Pulsschlag sich wieder einigermaßen normalisiert hatte. Aber sie würde sich beeilen müssen – wenn sie nicht rechtzeitig hier verschwand, würden die hereinströmenden Menschenmassen sie hinter dem Schreibtisch überraschen. In ihrer Hast, nachzusehen, was Sharp mit dem Kabel angestellt hatte, stieß sie sich den Fuß so heftig an einem Stuhl, daß es ihr die Tränen in die Augen trieb. Sie humpelte zum Kopierer und ließ sich dort zu Boden sinken.
Die bewundernden Schreie der Zuschauer ließen langsam nach. Sie hatte nicht mehr viel Zeit. Sie brauchte Licht, wenigstens einen kleinen Funken, der ihr helfen würde, zu erkennen, was mit der Kopiererleitung los war. Ziellos tastete sie auf dem Boden herum. Auf einmal blieb ihre Hand an einem unerwarteten, aber ganz und gar nicht unbekannten Plastikgegenstand hängen.
Ihre Kehle fühlte sich plötzlich wie ausgedörrt an. Jetzt wußte sie, was Sharp hier getan hatte. Er hatte den normalen Stecker durch einen anderen, speziellen ersetzt. Der erfüllte zwar genau dieselbe Funktion wie jeder übliche Stecker auch, so daß niemandem eine Veränderung in der Arbeitsweise des Kopierers auffallen würde, aber er nahm auch jeden Laut auf, der im Umkreis von mehreren Metern geäußert wurde.
Mit anderen Worten: Garrett Sharp spionierte Senator Truman Kane aus. Und er würde nicht zögern, jeden noch so kleinen Schnipsel wertvoller Information an den Meistbietenden zu verkaufen.

10. KAPITEL

Auf dem Heimweg war Olivia Maxfield strahlender Laune. Den großen Korb mit der Blumendekoration fest umklammernd, rückte sie ein Stück näher an Garrett Sharp heran. »Ich danke Ihnen. Es war ein bezaubernder Abend.«

Sharp schien ebenfalls bestens gelaunt zu sein. »Es war mir ein Vergnügen. Ich hoffe, Sie haben sich auch amüsiert, Max?«

Rebekah saß den beiden im Fond der Limousine gegenüber. Sie hatte bislang während der ganzen Fahrt geschwiegen, und auch als Sharp sie ansprach, schaute sie abwesend aus dem Wagenfenster und schien ihn nicht gehört zu haben.

Liv war die Reaktion ihrer Tochter unsäglich peinlich. »Rebekah!« stieß sie strenger als beabsichtigt hervor.

Max zuckte erschrocken zusammen. »Hm?«

»Wie hat dir das Feuerwerk gefallen?«

»Oh, es war wunderbar«, erwiderte Max und wandte den Kopf wieder zum Fenster.

Liv beschloß, nicht zuzulassen, daß die Launen ihrer Tochter ihr den Abend verdarben. Vielleicht dachte Rebekah gerade an Gaby und war deswegen so traurig. »Senator Kane ist ein wundervoller Mann«, wandte sie sich an Sharp. »Ich habe ihn immer gewählt, das heißt, als wir in Texas gewohnt haben. Selbst als Richard noch lebte und wir wegen seines Berufs in verschiedenen Militärbasen im ganzen Land gewohnt haben, haben wir Texas immer als unseren Hauptwohnsitz beibehalten.« Sie hielt inne. Sie wollte nicht so werden wie so viele andere Frauen ihres Alters, die sich stundenlang über jedes noch so unwichtige Detail ihres langweiligen Lebens ausließen und nie zu wissen schienen, wann sie den Mund halten sollten.

»Ja, ein guter Mann«, pflichtete Sharp ihr bei. »Ein Macher.

Weiß genau, wie er die Dinge geregelt bekommt. Was man von den meisten anderen Politikern nicht behaupten kann.«
Liv nickte zufrieden. Anders als viele Männer, die sie kannte, schien Garrett Sharp ihr wirklich zuzuhören, als seien ihre Ansichten wirklich wichtig, und er redete mit ihr wie mit einem intelligenten, gleichgestellten Menschen, nicht wie mit einem kleinen dummen Kind.
Sie warf ihrer stummen Tochter einen Blick zu. »Rebekah, findest du nicht auch, daß Senator Kane unglaublich nett ist?«
»Was? O doch, auf jeden Fall.« Wieder klang Max' Antwort, als wäre sie mit ihren Gedanken meilenweit weg.
»Er schien dich auch sympathisch gefunden zu haben«, fuhr Liv fort. »Ich hab gesehen, wie ihr euch unterhalten habt.«
»Wundert mich gar nicht, daß der Senator so von ihr hingerissen war«, sagte Garrett Sharp. »Sie hat diese unglaubliche ... ich weiß nicht, wie ich es nennen soll ... Gabe oder Fähigkeit, jedermanns Bewunderung sofort auf sich zu ziehen.«
»Das haben Sie aber nett gesagt! Rebekah, das war doch wirklich nett von Mr. Sharp, findest du nicht?« drängte Liv ihre Tochter.
»Vielen Dank, Sir«, murmelte Max, als wäre sie ein Kind, das sich auf den Wink seiner Mutter hin brav beim Weihnachtsmann für die Geschenke bedankt.
»Ich sage Ihnen, Max' Leistungen haben mich so beeindruckt, daß ich beschlossen habe, keine Zeit mehr zu vergeuden. Ich möchte, daß Sie beide zu packen anfangen. Zum ersten August wird Max nach New York versetzt.«
»Was?« Liv war sichtlich entsetzt. »Es ist doch noch so früh für einen Umzug. Ich dachte, Rebekah würde noch bis Oktober oder November hier ausgebildet.«
»Dachte ich auch. Aber wie es scheint, haben wir uns beide verkalkuliert. Wir haben vergessen, wie klug diese junge Frau

ist. Nein. Ich will sie in meiner Nähe haben, Liv. Ich möchte sie unter meine Fittiche nehmen. Sie hat eine große, eine ... grenzenlose Zukunft vor sich! Also, was sagen Sie?« wandte er sich an Rebekah.
»Ähm ... In New York wären Sie dann also mein direkter Vorgesetzter.«
»Ganz recht. Es ist an der Zeit, daß wir sie ins Spy-Squad-Team aufnehmen«, fuhr Sharp fort.
Liv wußte zwar nicht, was Spy Squad bedeutete, aber nach Garretts Tonfall zu urteilen, mußte es eine große Sache sein. Sie blinzelte aufgeregt. Sie wollte, daß ihre Tochter groß rauskam, daß sie etwas bekam, auf das sie sich freuen konnte. Sie brauchte angesichts ihrer unglücklichen Vergangenheit dringend ein paar gute Dinge im Leben. Liv betrachtete Max. Sie lächelte, aber das Lächeln wirkte aufgesetzt.
»Also werde ich Säuberungsaktionen durchführen?« fragte Rebekah.
»Auch das. Aber Sie werden auch mit mir zusammenarbeiten«, erwiderte Garrett. »Und ich möchte, daß Sie ausschließlich für unsere Top-Kunden arbeiten – die auf unserer A-Liste stehen.«
»Sie meinen ... solche Leute wie Senator Kane?«
Garrett schüttelte lächelnd den Kopf. »Senator Kane ist kein Kunde von uns, meine Liebe. Er ist nur ein Freund. Ein alter Freund.«
»Ich verstehe.«
»Aber wenn Senator Kane uns einen Auftrag erteilen würde, wären Sie die erste, die ich darauf ansetzen würde.«
»Schön.«
Liv hätte ihre Tochter am liebsten getreten. *Wie wär's mit ein bißchen mehr Begeisterung?*
Rebekah ignorierte den entrüsteten Blick ihrer Mutter.

»Wenn Sie möchten«, fügte Sharp hinzu, »engagiere ich einen Wohnungssuch-Service in Ihrem Namen. Liv, Sie könnten gleich mit mir nach New York kommen und die Wohnungssuche überwachen, während Max hier in D.C. Ihrer beider Sachen packt.«

Nun war es an Max, ungläubig zu starren, und Liv errötete. Was sollte sie tun? Einerseits war die Vorstellung, mit Garrett Sharp nach New York zu fliegen, ziemlich verführerisch. Sie hatte noch nie in einem Privatjet gesessen. Andererseits... Da war die delikate Frage, wo sie nächtigen sollte.

»Wir haben eine Firmensuite im Plaza gemietet«, fuhr Garrett fort, als hätte er ihre Gedanken erraten. »Dort könnten Sie wohnen, bis wir eine Wohnung für Sie gefunden haben.«

»Was meinst du, Rebekah?« wandte sich Liv an ihre Tochter. Sie wollte nicht, daß Max wegen Garrett sauer auf sie wurde. »Du könntest nächstes Wochenende nach New York kommen und mir Gesellschaft leisten.«

Max zuckte mit den Schultern. »Tu, was du für richtig hältst, Mom. Du bist alt genug, allein Entscheidungen zu treffen.«

Liv verzog das Gesicht. Sie warf Garrett einen verstohlenen Blick zu, aber er schien Rebekahs halbherzige Antwort nicht mitbekommen zu haben.

Statt dessen begann er über das Feuerwerk zu sprechen. Erleichtert griff Liv das Thema auf, während Max aus dem Fenster starrte. Als sie vor ihrem Haus ankamen, verabschiedete Rebekah sich hastig, sprang aus dem Wagen und stürmte zum Eingang, ohne auf ihre Mutter zu warten.

Sie erreichte ihn übers Autotelefon. Nur wenige Leute hatten diese Nummer, und noch weniger riefen ihn so spät am Abend an. Abby war bester Stimmung, weil Underwood den ganzen Abend mit der Familie beim Feuerwerk verbracht und

kein Wort über die Arbeit gesagt hatte. Als er abhob, warf Abby ihm einen mißtrauischen Blick zu.
»Underwood.«
»Wir müssen uns treffen.«
»Was?« Er erkannte sie sofort, und der scharfe Blick seiner Frau traf ihn bis ins Mark. Er senkte die Stimme. »Rufen Sie mich morgen an. Dann machen wir einen Termin aus.«
»Nein, nicht morgen. Jetzt.«
»Es ist spät. Was auch immer Sie mir sagen wollen – es kann warten.«
»Union Station. An dem Kiosk, wo Kriegsanstecker und Erinnerungsstücke und so verkauft werden. Ich geh jetzt zur U-Bahn. Ich warte auf Sie.« Es klickte in der Leitung.
»Verdammt!« stieß er hervor und knallte den Hörer auf die Halterung.
»Wer war das?« Als Abby das fragte, sah er ihr an, daß ihr Abend damit ruiniert war. Die Tatsache, daß er ihn mit ihr und den Kindern verbracht hatte, zählte jetzt nicht mehr. Für Abby gab es immer nur alles oder nichts.
»Eine Informantin. Sie will sich mit mir treffen.« Sofort bereute er es, daß er das Geschlecht des Anrufers preisgegeben hatte.
»Jetzt?«
»Ich fürchte ja.«
»Na großartig.«
»Abby, es geht um die Operation ›Lauschangriff‹. Das hier scheint die erste echte Spur zu sein.«
»Und sie kommt ausgerechnet von einer Frau.«
»Um Himmels willen, Abby! Wenn ich eine Affäre mit ihr hätte, denkst du, ich würde es so verflucht offensichtlich machen?«
»Nicht so laut!« zischte sie. »Und paß auf, wie du vor den

Mädchen redest.« Die drei Kinder, denen die Spannung zwischen ihren Eltern nicht entgangen war, waren auf dem Rücksitz verstummt.
»Hör zu, das ist das erste Mal, daß sie um ein Treffen gebeten hat. Vielleicht ist sie in Gefahr. Ich muß der Sache nachgehen.«
»Du könntest genausogut einen anderen Agenten schicken. Einen, der keine Kinder hat.«
»*Es ist mein Fall!*« brüllte er.
Abbys Gesichtsausdruck wurde augenblicklich eisig.
»Tut mir leid«, sagte Underwood. »Ich wollte dich nicht anschreien. Ich bringe dich und die Mädchen nach Hause, dann mache ich mich auf den Weg zu dieser Informantin. Es dauert bestimmt nicht länger als ein, zwei Stunden.«
»Du kannst dir meinetwegen die ganze Nacht Zeit lassen«, erwiderte sie matt. »Es ist mir scheißegal.« Danach sagte sie kein Wort mehr.
Nachdem er seine Familie zu Hause abgesetzt hatte, war er heilfroh, für eine Weile wegkommen zu können. Rebekah Maxfield hätte sich kaum einen unpassenderen Treffpunkt – von einer unpassenderen Zeit ganz zu schweigen – aussuchen können, und Underwood fragte sich, ob sie es wohl mit Absicht getan hatte. Union Station lag am anderen Ende der Stadt, und der Verkehr war wegen all der Feuerwerksbesucher mörderisch.
Während er fuhr, wirbelten die Gedanken in seinem Kopf herum. Was war passiert? War sie etwa aufgeflogen? Wurde sie bedroht? Oder verfolgt?
Die meisten Geschäfte und Restaurants an der Union Station hatten mittlerweile geschlossen. Der Kriegsveteranen-Laden, von dem Max gesprochen hatte, lag im unteren Stock, außerhalb des Bereichs, in dem die Bahnen fuhren. Für Max würde es ein leichtes sein, mit der U-Bahn hinzukommen, während Underwood sich durch den Straßenverkehr quälen mußte.

Es war schon nach halb zwei Uhr morgens, als er schließlich auf das Geschäft zuging. Zuerst sah er Max nicht, und eine heiße Angst durchschoß ihn, aber dann erblickte sie ihn und stand auf. Sie hatte mit verschränkten Beinen auf dem Boden gesessen, deswegen hatte er sie zunächst übersehen.

Sie trug einen blauen Hosenanzug mit roter Seidenbluse und einem goldenen Anstecker in Form der amerikanischen Flagge auf dem Revers, als hätte sie den 4. Juli auf einer großen Feier zugebracht. Sie wirkte erschöpft, und ihr Haar war zerzaust.

Ohne ein Grußwort sagte sie: »Sie müssen mir erlauben, meiner Mutter Bescheid zu sagen.«

»Lassen Sie uns ein Stück gehen. Und reden Sie bitte leiser.« Er griff nach ihrem Arm und sah sich hastig um. »Ist Ihnen jemand gefolgt?«

»Nein. Ich glaube nicht.«

Sie marschierten schweigend voran, bis Underwood sich ziemlich sicher war, daß sie niemand verfolgte. Der Bahnhof lag um diese Zeit verlassen da. Dann sagte er: »Nein.«

»Sie müssen. Mom muß wissen ...«

Er schüttelte vehement den Kopf. »Auf keinen Fall.«

Sie blieb stehen und wirbelte zu ihm herum. Mit den halbhohen Absätzen war sie noch größer als ohnehin schon, und er mußte leicht den Blick heben, um ihr in die Augen zu sehen, was ihn äußerst irritierte. »Meine Mutter trifft sich mit Garrett Sharp.«

Er starrte sie an. »Wie bitte?«

»Er geht mit ihr aus. Er hofiert sie. Ich hab versucht, sie vor ihm zu warnen, aber sie will nicht auf mich hören. Ich muß ihr sagen dürfen, warum ich so handle!«

Seufzend kniff sich Underwood mit Daumen und Zeigefinger in die Nase. »Und deswegen bestellen Sie mich mitten in der Nacht an diesen verfluchten Ort?«

»Das können Sie nicht zulassen!« Max klammerte sich panisch an seinen Arm.

»Je weniger sie weiß, desto sicherer ist sie, Max«, sagte Underwood. »Wenn Sie ihr irgendwas sagen, gibt sie es sofort an ihn weiter, und das bringt Sie beide in Gefahr.«

»Aber sie ist doch jetzt schon in Gefahr!« rief sie aus.

»Glaub ich nicht.«

»Sie *glauben* nicht? Sie verdammter Mistkerl! Und wenn es Ihre Mutter wäre?«

Er grinste. »Nöh. Mom ist nicht gerade Sharps Typ.«

Max funkelte ihn wütend an.

»Entspannen Sie sich«, fuhr er fort. »Sharp ist alleinstehend und ein Mann. Vielleicht gefällt ihm Ihre Mutter einfach. Ich bezweifle, daß sie in Gefahr ist.«

»Er will sich doch nur mit ihr treffen, um mich in der Hand zu haben.«

»Und warum sollte er das tun? Er hat doch keine Ahnung, daß Sie für uns arbeiten.« Er warf ihr einen scharfen Blick zu. »Oder?«

Sie sah weg. »Nein, nicht daß ich wüßte.«

»Okay. Dann gibt's keinen Grund zur Panik.«

»Er versetzt mich nach New York.«

Das war allerdings eine Überraschung. »Jetzt schon?« stieß Underwood hervor.

»Ja. Er will mein Mentor sein.«

Underwood lächelte. Das waren ja klasse Neuigkeiten. »Wann?«

»Am ersten August.«

Abby wird begeistert sein, dachte er zynisch. Dann bin ich noch länger weg von zu Hause als sowieso schon.

»Da ist noch etwas«, sagte Max.

Underwood wartete. Er konnte ihr Parfüm riechen. »Ich hab

heute gesehen, wie Sharp in Senator Truman Kanes Büro eine Wanze plaziert hat.«
Underwood runzelte die Stirn. »Sie waren heute in Senator Kanes Büro? Der Kongreß hat doch Ferien.«
»Sharp hat es irgendwie eingefädelt, daß Mom und ich dem Senator und seinen Freunden beim Betrachten des Feuerwerks von seinem Balkon aus Gesellschaft leisten. Und während die Gäste das Feuerwerk bewunderten, hat Sharp einen Steckersender installiert.«
»Sind Sie sicher?«
»Ich bin ihm gefolgt und hab mir alles selber angeschaut, als er wieder zu den anderen gegangen ist.«
»Hat er Sie gesehen?«
Sie zögerte. »Nein.«
»Sind Sie sicher?«
»Ja! Ich bin sicher.«
»Okay, schon gut. Deswegen brauchen Sie mir nicht gleich den Kopf abzureißen.«
»Ich möchte, daß Sie dem Senator sagen, was da vorgeht.«
Underwood schüttelte den Kopf. »Noch nicht. Sie müssen mir erst noch mehr Beweise liefern.«
»Wovon reden Sie überhaupt? Ich hab ihn doch dabei erwischt! Der Senator hat eine Wiederwahlkampagne laufen. Wenn Sie zu lange warten, verliert er womöglich – wegen Garrett Sharp!«
»Ist nicht mein Problem«, erwiderte Underwood. »Wenn wir dem Senator Bescheid geben, könnte man draufkommen, daß Sie eine Informantin sind, und wer weiß, ob das nicht den falschen Leuten zu Ohren kommt. Sie könnten auffliegen, und dafür sind wir noch lange nicht gewappnet.«
»Der Senator würde mich nicht verraten. Er ...«
»Hören Sie, vergessen Sie den Senator, klar? Sie ziehen nach New York. New York ist Sharps Zentrale. Wenn es Beweise

gibt, dann sind sie da zu finden. Und wenn jemand sie auftreiben kann, dann Sharps kleiner Protegé – also Sie.«
Mit einer Stimme, die alarmierend wie die seiner Frau klang, sagte Max: »Wieso heuern Sie eigentlich nicht meine Mutter an, damit sie Ihnen Ihre dreckigen Infos liefert? Mir scheint, sie wäre dafür in der besseren Position.«
Underwood beschloß den sarkastischen Ton zu ignorieren. »Sie ist unschuldig. Halten Sie sie raus aus der Sache, sonst gerät sie womöglich in Gefahr.«
»Sie ist in der Tat unschuldig«, stieß Max zwischen zusammengebissenen Zähnen hervor. »Und wenn ihr irgendwas passiert, bringe ich Sie eigenhändig um, das schwöre ich.«
Damit wirbelte sie herum und stapfte davon.
Underwood sah ihr nachdenklich hinterher. Ihre Worte klangen noch lange in seinen Ohren nach. Er wußte genau, daß sie jedes Wort ernst gemeint hatte.

11. KAPITEL

All's quiet along the Potomac tonight
Where the soldiers lie peacefully dreaming,
Their tents in the rays of the clear autumn moon,
In the lights of the watch fires are gleaming.

Max stand auf der Washingtoner Freedom Plaza allein im Nieselregen, den Kragen hochgeklappt, das Haar unter einem zusammengebundenen Tuch verborgen, und schaute auf die Gedichtzeilen von Ethel Beers, die in den Bürgersteig des Platzes eingemeißelt waren. Ein Stück weiter nordwestlich war eine Ecke des Weißen Hauses zu sehen.

Daß der Ort so ungeschützt lag, machte sie nervös; in jedem Touristen vermutete sie einen FBI-Agenten. Dennoch konnte sie sich ungehindert bewegen, und für den Fall, daß Underwood von dieser Verabredung erfahren sollte, hatte sie sich eine Ausrede zurechtgelegt.

Der Senator war leicht auszumachen, als er auf sie zukam. Die Schöße seines schwarzen Trenchcoats flatterten hinter ihm her, der Cowboyhut saß schief auf seinem Kopf.

»Sie sehen aus wie eine ertrunkene Ratte, Lady«, sagte der Senator mit einem breiten Lächeln, als er vor ihr stehenblieb. »Lassen Sie mich ein Taxi rufen, dann können wir uns ein trockenes Plätzchen suchen und uns einen nassen Drink gönnen.«

Sie erwiderte das Lächeln. »Nein, danke, Senator, aber ich würde lieber hier draußen reden, wenn es Ihnen nichts ausmacht.«

»Wie Sie wollen.« Während sie die Straße überquerten, holte Kane einen schwarzen Schirm aus der Tasche. Im Handumdrehen verwandelte sich der Knirps in einen hervorragenden Regenschutz, groß genug, um Mary Poppins über die Bäume davonzutragen.

»Schon besser«, sagte der Senator und hielt den Schirm über ihrer beider Köpfe. »Worum geht's denn, Schätzchen?«

»Ich möchte Ihnen etwas sagen, das unbedingt unter uns bleiben muß«, erwiderte Max.

Er warf ihr einen fragenden Blick zu, sagte aber kein Wort.

»Senator Kane, ich habe Grund zur Annahme, daß Ihr Büro, vielleicht sogar Ihr Auto und Ihr Haus, verwanzt sind.«

Er blieb so abrupt stehen, daß Max beinahe gestolpert wäre.

»Hat Garrett Sharp Ihnen das gesagt?«

Sie sah ihm direkt in die Augen. »Nein, Sir.«

»Nun, dann beauftrage ich ihn vielleicht lieber selber mit der Suche.«

»Nein, ich glaube, das wäre derzeit keine gute Idee.«
Er kniff die Augen zusammen und musterte Max eindringlich. »Wieso sollte ich Ihnen glauben, Lady? Immerhin kenne ich Garrett seit etlichen Jahren.«
Ohne zu blinzeln antwortete Max: »Weil ich meines Vaters Tochter bin und nie etwas tun würde, was seinem Namen und Ansehen schaden würde.«
Als Kane nichts erwiderte, fuhr sie fort: »Überprüfen Sie den Stecker hinter dem Kopierer. Da ist ein Empfänger eingebaut. Er wird alles aufschnappen, was in der Umgebung des Kopierers gesagt wird – auf unbestimmte Zeit.«
Der Senator runzelte die Stirn. »Und woher wissen Sie das?«
»Ich hab's während des Feuerwerks entdeckt, und das ist alles, was ich im Augenblick dazu sagen möchte.«
»Okay, was würden Sie dann vorschlagen? Das FBI?«
»Man könnte sicher das FBI rufen, Sir. Aber ich kann nicht dafür garantieren, daß die Herren ihre Aufgabe gründlich genug erledigen würden. So manche Wanze könnte ... ihnen entgehen.«
Der Senator schnaubte. »Verdammt.« Nach einer langen Pause ging er wieder weiter, den Schirm fest umklammert, den Blick auf Max gerichtet. »Und was, wenn ich Sie engagieren würde, um die Sache zu klären?«
»Es wäre mir eine Ehre, Sir ...«, sagte Max, »... aber die Wahrheit ist ...«, sie seufzte, »... ich werde beschattet.«
»Von wem?«
»Kann ich Ihnen nicht sagen, Senator.«
»Guter Gott!« Über ihnen polterte der Donner. »Sie haben nichts über das Hauptquartier meiner Wahlkampagne gesagt.«
»Nur, weil ich es vergessen hatte. Ich nehme an, dieser Ort ist besonders anfällig für Überwachungsgerätschaften.«

»Wer zum Teufel macht so was?«

»Ich weiß es nicht mit Sicherheit, aber was auch immer man durch Abhören Ihrer Räume erfahren könnte – in einem Wahljahr könnte es Ihren politischen Gegnern sehr gelegen kommen.«

»Und warum erzählen Sie mir das alles?« hakte er verzweifelt nach.

»Sagen wir einfach – ich bin eine Wählerin, die möchte, daß Sie wiedergewählt werden. Wenn Sie in einem fairen Rennen unterliegen, okay. Aber das hier ist nicht fair. Und ich wollte nicht daran teilhaben.«

»Teilhaben? Wovon reden Sie überhaupt?«

Max befürchtete, sie könnte schon viel zuviel verraten haben. Diesmal war sie es, die stehenblieb. »Senator, ich sollte jetzt nicht hier sein. Es gibt Leute, die würden mir oder meiner Familie Schlimmes antun, wenn sie wüßten, was ich Ihnen gerade erzählt habe. Bitte – das muß unter uns bleiben. Ich wollte Sie nur warnen. Sprechen Sie über keine empfindlichen Themen, wo ... Lauscher in der Nähe sein könnten.«

Sie hielt seinem Blick stand, bis er schließlich nickte und den Mund zu einem schiefen Grinsen verzog. »Ich hatte schon immer eine Schwäche für Mädels mit Mumm in den Knochen.«

Max lächelte zurück. »Ich muß Sie bitten, selbst Mr. Sharp gegenüber nichts von unserer Unterredung zu erwähnen. Ich könnte sonst große Schwierigkeiten kriegen.«

»Ich verstehe.« Nach einer kurzen Pause fügte er hinzu: »Glaube ich. Okay, jetzt schulde ich Ihnen also einen Gefallen.« Als Max den Kopf schüttelte, fuhr er fort: »Keine Widerrede, eine Hand wäscht die andere. Wenn Sie mal in der Klemme stecken – und ich hab da so ein Gefühl, daß es mal

soweit kommt –, rufen Sie mich einfach an, und ich werde schauen, was ich tun kann.«
»Also gut«, erwiderte Max. »Ich komme gern auf Ihr Angebot zurück.«

Es regnete tagelang weiter. Normalerweise mochte Max den Regen. Im Gefängnis hatte sie ihn tröstlich gefunden, ein lebensbejahendes himmlisches Zeichen, auf das so oft ein herrlicher Regenbogen folgte. Aber diesmal bedrückte er sie, und sie fühlte sich isoliert in dem kleinen Appartement, während sie ihre Koffer packte.
Am meisten vermißte sie ihre Mom. Sie rief Liv beinahe jeden Tag an, aber das half auch nur kurzfristig.
In der Nacht, bevor sie nach New York aufbrechen sollte, warf sich Max schlaflos von einer Seite zur anderen, und da war ein Gedanke, den sie einfach nicht loswerden konnte: *Ich bin vierunddreißig Jahre alt, und ich habe keinen einzigen Freund auf der Welt – außer meiner Mutter.*
Sie schlug die Laken beiseite und knipste das Licht an. Verdammt! Wenn sie sowieso schon nicht schlafen konnte, konnte sie genausogut auch etwas Arbeit erledigen.
Dominic hatte ihr versichert, es sei nicht nötig, daß sie sich in jeden Bereich einarbeitete, auf dem die Firma tätig war. Viele Mitglieder des Spy Squad waren Spezialisten auf einem bestimmten Gebiet, und es würde reichen, wenn Max einen groben Überblick über alles hatte. Den Rest könnte sie dann getrost den Experten überlassen. Aber Dominic wußte nicht, daß Max sich überall bestens auskennen mußte, um überprüfen zu können, ob ein Teammitglied wirklich das tat, was man ihm aufgetragen hatte. Sie mußte nicht nur in der Lage sein, ein Verbrechen zu erkennen, wenn es begangen wurde, sondern auch, es vor Gericht zu bezeugen.

Ihre Schwächen lagen in der Telefonanalyse. Bevor sie das Büro verlassen hatte, hatte sie alles an Handbüchern und Disketten mitgenommen, was ihr auf diesem Gebiet behilflich sein konnte. Und genau diese Sachen würde sie nun vielleicht durchgehen können. Max schlurfte gähnend durch die Wohnung, bahnte sich einen Weg zwischen den gepackten Umzugskartons hindurch und kramte in der Küche eine Kaffeetasse sowie eine Packung Instantkaffee heraus. Draußen donnerte es, und dunkle Wolkenbänke zogen am Himmel vorbei. Max blieb ein paar Minuten am Fenster stehen und bestaunte das Schauspiel des erzürnten Himmels.

Gaby hatte sich immer so vor Stürmen gefürchtet. Dann hatte Max sie in den Armen gewiegt, ihr etwas vorgesungen und ihr versichert: »Dir wird nichts passieren, mein kleines Mädchen. Mama ist ja da. Mama ist ja da.«

Ob Gaby heute immer noch Angst vor Blitz und Donner hatte? War sie schon zu groß, um sich noch von ihrer Mama trösten zu lassen?

Max schüttelte die Gedanken ab und setzte sich an ihren Schreibtisch. Sie schaltete ihren Laptop ein und sah die Disketten durch. Dann wählte sie eine aus, deren Etikett *Basiswissen Telefonanalyse* lautete, und legte sie ein. Tragbare elektronische Vielfachmeßgeräte, digitale Kapazitätsmesser, frequenzvariable Grundtonerzeuger ...

Ja, das war genau das Richtige, um ihre Gedanken in andere Bahnen zu lenken.

Nach einiger Zeit wechselte Max die Diskette durch *Telefonanalyse für Fortgeschrittene* und später durch *Telefonanalyse für Experten* aus.

Ein gleißend heller Blitz durchschnitt plötzlich den Himmel fast genau über dem Gebäude, in dem Max' Wohnung lag, und mit einem leisen Klicken ging jedes stromgespeiste Gerät aus, so daß die Wohnung auf einmal in totale Dunkelheit getaucht war. Dann krachte der Donner, so ohrenbetäubend und so nah, daß es Max vorkam, als müßte sich die Erde auftun und das ganze Haus verschlucken.

Danach völlige Stille, nur vom Geräusch des Regens durchbrochen.

Die Finsternis machte ihr nicht so viel aus, aber die Lautlosigkeit war unheimlich. Max konnte ihren eigenen Herzschlag hören. Zu der späten Stunde fuhr draußen kein Auto vorbei. Der Sturm war weitergezogen, schlug seine beängstigende Schlacht über einem anderen Stückchen Erde, aber der Regen war geblieben und prasselte wütend weiter gegen die Fensterscheiben.

Plötzlich gingen die Lichter wieder an, Uhren fingen an zu blinken, Ventilatoren sich zu drehen, Klimaanlagen zu surren. Max spürte, wie die unerträgliche Spannung von ihr wich, als hätte sie die ganze Zeit mit einem Angriff aus dem Dunkeln gerechnet und sei nun beruhigt, daß die Gefahr gebannt war.

Aber mit dem Laptop stimmte etwas nicht. Statt der Informationen über sämtliche auf dem Markt erhältlichen Experten-Gerätschaften zur Telefonanalyse erschienen nur reihenweise zusammenhanglose Zahlen und verwirrende Angaben auf dem Bildschirm, als sei der Computer lebendig und habe sich nach dem schweren Schock des Blitzeinschlags selbständig gemacht. Schließlich hörten die Zahlenkolonnen auf zu flimmern und eine einzige Bemerkung erschien auf dem Schirm:

C:/>Erzengel-Datei. Drücken Sie beliebige Taste.

Bleibt mir wohl nichts anderes übrig, dachte Max und drückte auf die Enter-Taste.

Der Bildschirm wurde schwarz, dann tauchte der Name einer Datei auf: *Erzengel Gabriel.*

Ein langsames, dumpfes Pochen machte sich in Max' Schläfen

breit, und ein eisiger Schauer lief ihr den Rücken hinunter. Mit zitternden Fingern schob sie den Mauspfeil zum Dateinamen und klickte ihn an.
Ein CovertCom-Bericht erschien, der auf den ersten Blick so aussah wie alle, die Max schon selbst geschrieben hatte, doch über diesem prangte die Überschrift: *Brisantes Material. Nur für Befugte. Vertraulich. CC: Garrett Sharp, Gabriel Griswold. Nicht für allgemeinen Verteiler bestimmt.*
Der Bericht war auf Anfang März des laufenden Jahres datiert. Max begann zu lesen:

> Nach anfänglichem Widerstreben willigte die Zielperson ein, für CovertCom zu arbeiten – erster Einsatzort Austin, danach Versetzung nach New York. Die Zielperson wird von mir persönlich beobachtet und ausgebildet werden. Es wird schätzungsweise vier bis sechs Monate dauern – vielleicht auch mehr –, um so viel Vertrauen aufzubauen, daß der Aufenthaltsort des Kindes in Erfahrung gebracht werden kann. Warnung: Womöglich nimmt dies auch mehr Zeit in Anspruch – bis zu einem Jahr. Die Zielperson hat in der Vergangenheit bewiesen, daß sie über eine hohe Intelligenz und eine hohe Leistungsfähigkeit verfügt. Jeder Versuch, den Prozeß zu beschleunigen, könnte die Flucht der Zielperson als Ausgang haben. Der Kunde wird durch wöchentliche Berichte auf dem laufenden gehalten. Sollte der Kunde in irgendeiner Weise versuchen, in den Prozeß einzugreifen, ist mit nicht unerheblichen Konsequenzen zu rechnen. RE: FRE R403.

Ein Wimmern drang an Max' Ohr, und es dauerte eine Sekunde, bis ihr klar wurde, daß es ihre eigene Stimme gewesen war.

Ihre Hände zitterten so sehr, daß sie kaum die richtigen Tasten erwischte. Hastig durchsuchte Max die geheime Datei nach mehr Informationen, fand aber nichts. Offensichtlich hatte Sharp die Datei auf einer harmlos aussehenden Diskette über Telefonanalyse versteckt und dann entweder vergessen, wo er sie versteckt hatte, oder eine ganz neue Datei angelegt und vergessen, diese zu löschen. Oder vielleicht hatte er die Datei sogar gelöscht, doch der Blitzeinschlag hatte irgendwie dazu geführt, daß sie wieder aufgetaucht war.

Rastlos tigerte Max im Zimmer auf und ab. Von allen Alpträumen war dies der schlimmste: Sie hätte nie damit gerechnet, daß ihr Ex-Mann Sharp dazu gebracht hatte, sie für die Firma zu engagieren. Sollte sie Jack Underwood anrufen und ihn um Hilfe bitten? Aber dann fiel ihr ein, daß Underwood sich keinen Deut darum scherte, warum und weshalb sie bei CovertCom war; alles, was ihn interessierte, war die Lösung seines Falles.

Niemand würde ihr glauben. Und selbst wenn – niemand würde ihr helfen.

Die Wut stieg wie brodelnde Säure in ihr hoch, und plötzlich schrie Max los: »Du widerliche Giftschlange! Wie lange willst du mein Leben noch vergiften?«

Sie schleuderte die Kaffeetasse quer durch den Raum. Die Keramiktasse zerschellte an der Wand. Max war ein einziges Nervenbündel aus zornentbrannt geballten Fäusten, panischen Schreien und verzweifelten Schluchzern. Sie warf zwei Lampen zu Boden und riß sich die Haare aus, wie eine Irre am Rande eines Abgrunds.

Zuerst hörte sie das Klopfen nicht, aber schließlich drang es doch zu ihr durch. Keuchend und mit pochendem Herzen stand sie da, mitten im verwüsteten Wohnzimmer.

»Entschuldigung. Ist alles in Ordnung? Sind Sie okay da drin? Hallo?«

Die alte Dame von nebenan. Unnachgiebig klopfte sie an die Tür, wollte wissen, ob Max auch nichts passiert war.
»Ich rufe die Polizei!« schrie die alte Frau durch die Tür.
»Nein! Tun Sie das nicht«, stieß Max schließlich hervor. »Mir geht's gut. Alles in Ordnung.«
»Sind Sie sicher?«
Max ging auf die Tür zu, erhaschte im Vorbeigehen aber einen Blick in den Spiegel an der Wand. Sie sah aus wie ein Zombie, wie frisch von den Toten auferstanden. »Es ist alles okay, wirklich«, sagte sie mit leiserer Stimme. »Danke, daß Sie nachgefragt haben.«
»Also gut.« Die alte Dame zögerte. Max wußte nicht einmal, wie sie hieß, und sie schämte sich dafür.
»Vielen Dank.« Schließlich hörte Max, wie die alte Frau wegging und in ihre eigene Wohnung zurückkehrte.
Ein scharfer Schmerz schoß Max durch den Kopf, und sie sank zu Boden, lehnte den Kopf an die kühle Wand. Der Wutausbruch hatte eine vollkommene Erschöpfung zur Folge, wie sie sie noch nie erlebt hatte. *Ich wünschte, ich würde sterben*, dachte sie, *dann bräuchte ich keine Schmerzen mehr zu ertragen.*
Es würde so einfach sein, allem ein Ende zu machen.
Aber es würde kein Ende sein. Wenn sie nicht mehr da war, würde Gabe ihre Tochter ausfindig machen, würde sie aus dem Schutz ihres Zuhauses reißen und sie mit in seine Hölle zerren können.
Nein.
Sie würde nicht sterben. Sie würde nicht aufgeben. Sie würde nicht zulassen, daß Gabe Griswold – oder irgend jemand anders – die Herrschaft über ihre Seele an sich riß.
Keuchend umklammerte sie den Türknauf und zog sich mühsam auf die Beine hoch. Ihr Kopf hämmerte, aber ihre Gedanken waren so klar wie selten zuvor.

Ein weiteres einsilbiges Wort brannte sich in ihr Bewußtsein.
Ja.
Ja, sie würde kämpfen. Sie würde einen Ausweg finden. Ja. Sie würde Gabe Griswold besiegen. Ja. Sie würde über Garrett Sharp triumphieren. Ja. Und sie würde Agent Underwood aus ihrem Leben hinausbefördern.
Und noch einmal ja – sie würde ihre Gaby wiedersehen.
Max taumelte auf den Laptop zu, wo sie einen Ausdruck von der Datei machte, dann die Diskette herausnahm und sich nach einem Versteck umschaute. Sie hatte noch keine Ahnung, wie sie das bewerkstelligen sollte, was sie sich vorgenommen hatte. Aber die Antwort würde irgendwo in New York zu finden sein, dessen war sie sich sicher.
Im Moment hatte sie noch nicht viel in der Hand. Nur FRE R403.
Sie hatte Einblick in geheime Dinge bekommen.
Ihr fiel etwas ein, was ihr Vater einst gesagt hatte. Die Zwillinge hatten sie mal wieder beim Pokern geschlagen, und sie hatte geschmollt, da hatte ihr Dad gesagt: *»Max, du darfst nie mit dem Ziel spielen, eine Niederlage zu vermeiden. Du mußt immer spielen, um zu gewinnen.«*
Niemals spielen, um eine Niederlage zu vermeiden.
Immer spielen, um zu gewinnen.
Eine ungeahnte Ruhe bemächtigte sich ihrer. Langsam stieg sie über die zerbrochenen Lampen hinweg und sammelte die Scherben der Kaffeetasse ein, dann ging sie zum Fenster und sah in die stürmische Nacht hinaus. Der Mond warf ein unheimliches Licht auf die Erde, einen Schein wie aus einer anderen Welt, aus einer anderen Zeit, der einem eine Heidenangst einjagen konnte.
Aber in dieser Nacht starrte Max dem Mond direkt ins Gesicht, und dann drehte sie sich entschlossen weg.

TEIL 3

Der Bluff

Manchmal gerät man Auge in Auge mit einem Idioten, der einen blöd angrinst und jedesmal das Einsatzlimit erhöht.

TED THACKERY, jr. – *Dealer's Choice*

Es gibt einen weit verbreiteten Trugschluß über die Weisheit alter Männer. Sie nehmen nicht an Weisheit zu, sondern an Vorsicht.

ERNEST HEMINGWAY – *A Farewell to Arms*

Mut ist vielleicht der wichtigste Einzelfaktor im Rüstzeug eines Pokerspielers.

ALBERT H. MOREHEAD – *The Complete Guide to Winning Poker*

12. KAPITEL

August

Es tat gut, wieder zu Hause zu sein, wieder New Yorks Straßen entlangwandeln zu können. Obwohl im Mittleren Westen geboren, hatte Dominic seine Jugend in New York zugebracht, und er liebte die pulsierende Energie dieser Stadt, die bunt zusammengewürfelte Mischung anderer verpflanzter Seelen, die sich in New York selber neu erfanden.

Im August war New York immer heiß und schwül. Stets lag Regen in der Luft, aber selten brachte er auch wirklich Erleichterung von der stickigen Spannung, die über der Stadt hing. Die Taxi- und Busfahrer waren schlecht gelaunt, die Türsteher schläfrig, die Kellner gereizt. Im August schnellte die Verbrechensrate immer hoch.

Dominic liebte die Atmosphäre der Stadt.

Er wohnte in einem Loft in SoHo, das die ganze obere Etage einer Kunstgalerie nur ein paar Blöcke vom Washington Square Park entfernt belegte. Die anderen Mitglieder des Spy Squad bevorzugten Appartements an der Upper West Side, aber Dominic wäre das zu langweilig gewesen. Er mochte die verrückten Geschäfte von SoHo und Greenwich Village, die Kunstszene, die vollgestopften Buchläden, die Studenten, Schwulen, Lebenskünstler und all die anderen Grüppchen, die New York sein multikulturelles Gesicht verliehen. Hier

hatte jeder seinen Platz. Wenn man sich irgendwo nicht wohl fühlte, mußte man nur ein paar Blöcke weitergehen und dort seine Nische finden.
Dominic hatte den Fußboden seiner Wohnung neu poliert. Die Möbel waren aus robustem, schlichtem Holz, dazu gedacht, den Unbillen des Lebens eines großgewachsenen Mannes standzuhalten. Dazu hatte er die Räume mit Gegenständen gefüllt, die von seinem ausgefallenen Geschmack wie von seinen zahlreichen Reisen zeugten: Navaho-Läufer, indianische Töpferwaren, japanische Seidentücher, stapelweise Bücher und diverse Schnitzarbeiten, die ein Künstler an der Westküste aus Treibholz fertigte. Wenn er etwas sah, das ihm gefiel, kaufte Dominic es und brachte es mit nach Hause. Irgendwie paßte alles wunderbar zusammen.
Dominic war ein Mensch, der die Ordnung dem Chaos vorzog. Normalerweise war seine Wohnung immer sauber und aufgeräumt, aber für den Pokerabend des Spy Squad am Samstag abend hatte er extra noch eine Putzkolonne angeheuert, um sicherzustellen, daß wirklich alles picobello sein würde. Der Boss hatte den Pokerabend sozusagen als Zusammengehörigkeitsritual angesetzt, aber jeder wußte von früheren Gelegenheiten her, daß die Arbeit über mehrere Tage die Hölle sein konnte, wenn der Boss beim Pokern nicht den größten Gewinn einstrich. Also war es nach und nach so gekommen, daß kaum jemand mehr die Spielabende genoß – außer dem Boss natürlich. Wo der Abend stattfand, wechselte immer nach dem Rotationsprinzip, und da Dominic eine Weile weggewesen war, kam es allen nur natürlich vor, daß das Spiel diesmal bei ihm stattfinden würde. Dominic hielt nichts von der Angewohnheit der anderen, sich gegenseitig mit dem Auffahren diverser Partyservice-Köstlichkeiten auszustechen, und hatte statt dessen jede Menge Bier und Pizza bestellt.

Er duschte, rasierte sich und zog sich bequeme Freizeitklamotten an. Er krempelte sich gerade die Ärmel seines Jeanshemdes hoch, als es an der Tür klingelte. Dominic sah auf die Uhr. Niemand kam zu solchen Pokertreffen je zu früh. Die Abende wurden ohnehin schon lang genug.
Er drückte auf den Knopf der Gegensprechanlage. »Ja?«
»Ich bin's, Max.«
Ein Schreck durchfuhr Dominic. Max war zu dem Pokerabend nicht eingeladen worden. »Kommen Sie rauf«, sagte er, drückte auf den Türöffner und sperrte auch das Sicherheitsschloß auf, das Max ermöglichen würde, den Warenaufzug zu benutzen, um zu Dominic in den vierten Stock zu gelangen. Als die Aufzugtür zur Seite glitt, griff er nach Max' Arm.
Sie hatte sich die Haare schneiden lassen.
Dominic schnappte nach Luft. Max' Haar war immer noch recht lang, aber nun, da es von seinem früheren Gewicht befreit war, umspielte es ihr Gesicht mit einer verlockenden Fülle blonder Locken. Er unterdrückte den Drang, ihr über die Haare zu streichen.
»Sie waren beim Friseur«, sagte er.
Sie sah zu ihm hoch. »Gefällt's Ihnen?« Sie klang nicht so, als hege sie irgendwelche Zweifel daran.
»Sehr«, stieß Dominic hervor und ließ den Blick über Max' Körper wandern. Sie trug eine figurbetonte Weste in Pfirsich- und Zimttönen, die ihren honigfarbenen Teint perfekt zur Geltung brachten, keine Bluse, eine Hose aus fließender pfirsichfarbener Seide und dazu passende Sandalen. »Sie sehen richtig zum Anbeißen aus.«
Sie schenkte ihm ein träges, verführerisches Lächeln und löste den Blick von ihm, um sich in der Wohnung umzusehen. »Sehr hübsch für eine Junggesellenbude«, sagte sie.

»Wir Höhlenmenschen haben auch so unsere Talente«, erwiderte er. »Ähm ... Was kann ich für Sie tun?«
»Sie sind heute als Poker-Gastgeber dran, stimmt's?« Sie drehte sich zu ihm um und musterte ihn eindringlich.
»Ähm ... ja ...«
»Was 'n los?«, verfiel sie grinsend in einen breiten New Yorker Akzent. »Keine Damen zugelassen oder was?«
»Na ja ...«
»Ach, kommen Sie schon. Ich werd keinen stören, versprochen.« Sie lächelte süßlich.
Dominic kapitulierte. Er verdrehte die Augen. Was würde es schon ausmachen, wenn sie dablieb?
»Was möchten Sie trinken?« fragte er. »Ich hab Bier und Bier.« Er führte Max in die Küche.
»Dann nehme ich ein Bier.« Max folgte ihm. Er konnte ihr Parfüm riechen, ein exotischer Vanilleduft, nicht so erstickend süß wie bei so vielen anderen Frauen. Einfach nur sexy.
Er wühlte im Küchenschrank, als hätte er vergessen, wo seine Biergläser standen.
»Ich kann auch aus der Flasche trinken, danke«, sagte Max lachend, also machte er eine Flasche auf und reichte sie ihr. Für einen Augenblick berührten sich ihre Finger. Dominic wandte sich ab.
»Wo sind die anderen alle?« fragte Max. »Ich dachte, das Spiel fängt um acht an.«
»Die kommen nie pünktlich«, erklärte er und nahm sich selbst ein Bier. Irgendwas war an Max anders geworden, aber er hätte nicht sagen können, was.
»Okay, das merke ich mir fürs nächste Mal.«
Sie standen sehr nahe beieinander. Dominic trank einen Schluck Bier nach dem anderen. Er konnte sich nicht er-

innern, wann er das letzte Mal so nervös gewesen war. Ein reizvolles Lächeln umspielte Max' Lippen, und Dominic mußte sich mit aller Kraft zusammenreißen, um nicht nach ihr zu greifen und sie abzuknutschen wie ein hitziger Teenager. Diese Weste ... Einerseits sah sie absolut seriös aus, aber andererseits war es schon ein bißchen gewagt, sie ohne Bluse darunter anzuziehen. Es würde nur Sekunden dauern, diese vier Knöpfe aufzumachen und ...

»Dominic.«

Die Stimme aus der Sprechanlage ließ ihn zusammenfahren. Er eilte zur Tür und ließ die ersten beiden Kollegen herein. Als Evan Ryder und Sebastian Taylor Max erblickten, blieben sie mit gierigem Blick im Türrahmen stehen. Dominic hätte Max am liebsten einen Mantel um die Schultern geworfen. »Ein Hoch auf die Frauenbewegung«, sagte Evan schließlich mit einem Grinsen.

Hakeem Abdul kam kurze Zeit später. Keiner schien etwas dagegen zu haben, daß Max auch anwesend war.

Der Boss kam wie üblich als letzter. »Na so was, Max! Was für eine hübsche Überraschung!« Er tat so, als wäre er entzückt, Max zu sehen, was Dominic bezweifelte. Immerhin hatte der Boss Max gegenüber den Pokerabend mit keiner Silbe erwähnt. Dominic fragte sich, wie sie wohl davon erfahren hatte.

»Hier, setzen Sie sich neben mich«, sagte der Boss und schob Max einen Stuhl hin. Danach nahmen alle um den großen Kirschholztisch Platz, den Dominic außer bei diesen Gelegenheiten kaum benutzte.

Während er die Stereoanlage einschaltete, beobachtete Dominic neidisch, wie Max über eine Bemerkung von Evan lachte. Als Gastgeber war es ihm erlaubt, einen neuen Satz Karten aufzumachen. »Also, wie spielen wir?« fragte er. Dabei wußte jeder längst, daß immer der Boss die Spielart bestimmte.

»Laßt uns mit was Einfachem anfangen«, schlug der Boss vor. »Dann kann Max gut mithalten.«
»Vielen Dank, Mr. Sharp«, erwiderte Max anmutig, als hätte er sie nicht gerade tödlich beleidigt.
»Keine Sorge, Schätzchen.« Er tätschelte ihr die Hand. »In Null Komma nichts spielen Sie wie ein Profi.«
»Haben Sie noch nie Poker gespielt? Auf dem College oder so?« fragte Evan.
»Oh, ich hab vor langer Zeit mal mit meinen Brüdern gespielt«, erwiderte Max.
Dominic überlegte, ob sie vielleicht auch im Gefängnis gespielt hatte, sagte aber kein Wort.
»Wie wär's mit einem Siebener-Stud?« schlug der Boss vor. »Und der Einsatz ist begrenzt.«
Natürlich stimmten alle zu. Dominic war früher schon aufgefallen, daß der Boss immer rechts vom Geber saß, so daß er immer als letzter setzen mußte, was ihm einen gewissen Vorteil verschaffte. Dominic überlegte, ob das Sharp zu einem schlauen Kerl oder nur zum Betrüger machte.
Er teilte zunächst die ersten beiden festen Karten aus, dann die zusätzlichen, die jeder Spieler haben wollte. Dominic selbst hatte mit einer Sieben, einem Buben und einer Zehn kein besonders gutes Blatt erwischt. Evan zeigte eine Zwei, Sebastian eine Dame, Hakeem eine Sieben, Max eine Zehn und der Boss eine Vier. Jeder begann mit einem bescheidenen Einsatz; und »bescheiden« hieß in diesem Spiel, daß die weißen Chips einen Dollar wert waren, die roten fünf und die blauen zehn.
In der zweiten Runde der festen Karten zog Dominic eine Zwei. Unwillkürlich schaute er zu Max hinüber. Ein verblüffter Ausdruck lag auf ihrem Gesicht. Sebastian hatte seine Version eines Pokerface aufgesetzt, verriet sich aber wie üblich dadurch, daß er das eine Knie nicht stillhalten konnte.

Evans Gesicht war undurchdringlich, Hakeems mürrisch, und der Boss hatte ein zufriedenes Blitzen in den Augen.
Für ein Straight könnte es gerade reichen, wenn ich Glück habe, dachte Dominic. Evan setzte zwei weiße Chips, Sebastian erhöhte auf einen roten. Hakeem ging mit, genau wie Max. Der Boss packte einen weiteren roten Chip und zwei weiße drauf. Dominic setzte einen roten Chip.
Er teilte die zweite Runde Zusatzkarten aus und zog dabei eine weitere Zwei. Evan legte eine Sechs hin, Sebastian eine Neun, Max eine Acht, Hakeem einen König und der Boss wieder eine Vier. Dominic sah keine Möglichkeit, mit einer Zehn, einem Buben, einer Sieben und zwei Zweiern im Spiel zu bleiben – jedenfalls nicht jetzt, wo der Boss zwei Vierer gezeigt hatte und Sebastian so hohe Karten. Also stieg er aus, teilte aber die nächste Runde fester Karten aus. Nach dieser Runde war Hakeem auch draußen, so daß nur noch Sebastian, Evan, Max und der Boss im Spiel waren. Sebastian setzte mutig einen blauen Chip, Evan einen roten. Max schloß sich Evan an, der Boss Sebastian. Immer höher türmten sich die Chips in der Mitte des Tisches.
Dominic verteilte die nächsten Zusatzkarten. Sebastian zog ein As, Evan eine Fünf, Max eine Sechs und der Boss wieder eine Vier. Sebastian und Evan gaben auf.
»Ich hab drei Karten von der gleichen Sorte, Schätzchen«, sagte der Boss freundlich zu Max. »Was haben Sie jetzt vor?«
»Ähm ... ich glaube, ich möchte, daß wir aufdecken«, erwiderte sie. »Ich meine, vielleicht erhöhen wir erst ein bißchen.« Sie warf einen blauen und zwei weiße Chips auf den Haufen.
Sharp blinzelte. »Sind Sie sicher? Sie wissen doch, daß drei gleiche Karten das meiste andere schlägt, oder? Und ich kann Ihnen versichern, ich hab ein Flush auf der Hand.« Er sah in

die Runde. Sebastian kicherte in speichelleckerischer Bewunderung.
Max studierte stirnrunzelnd ihre Karten. »Ich möchte wirklich gern weiterspielen«, sagte sie dann.
Der Boss schüttelte lächelnd den Kopf. »Okay, aber sagen Sie hinterher nicht, ich hätte Sie nicht gewarnt. Also gut, noch eine.«
Dominic legte jedem der beiden eine Karte hin. Der Boss bekam einen König, Max eine Dame.
»Ich erhöhe um einen roten Chip«, sagte der Boss mit einem verschlagenen Grinsen. »Gehen Sie mit oder steigen Sie aus?«
»Himmel ... ich weiß nicht ...« Max zögerte. »Der rote ist doch fünf Dollar wert, oder?«
»Ganz recht. Zuviel für Sie?«
Sie trommelte mit den lackierten Fingernägeln auf Dominics polierten Tisch. Es wurde immer dunkler. Dominic knipste den Kronleuchter an, der über dem Tisch hing, und dimmte das Licht, bis es für die Augen gerade angenehm war.
»Sie haben also offen daliegen ...«, begann der Boss hilfsbereit, »... eine Zehn, eine Acht, eine Sechs und eine Dame. Selbst ein As würde Ihnen nicht viel weiterhelfen – höchstens, wenn Sie zwei davon auf der Hand hätten ...« Er grinste, und die meisten anderen grinsten höflich mit.
Max biß sich auf die Unterlippe. »Nein, ich erhöhe.«
»Was?«
»Das heißt doch so, oder nicht?« Sie schleuderte zwei rote Chips auf den Tisch.
Sharps Augen blitzten verärgert auf. »Also gut«, sagte er tödlich leise und legte seine Chips auf den Haufen. »Geber?«
Dominic legte jedem Spieler die letzte Karte mit dem Rücken nach oben hin. Der Boss und Max drückten eine Ecke hoch und schauten sich die Karte an.

»Ich setze bis zum Toplimit«, verkündete Max und schob einen Chipsstapel in die Mitte des Tisches.
Dominic riß die Augen auf. Was hatte die Frau bloß vor? Was wollte sie damit beweisen? Und was für ein Blatt hatte sie, das diesen Einsatz gerechtfertigt hätte?
»Sind Sie verrückt geworden?« stieß Sebastian hervor.
Sharps Mundwinkel zuckten bedrohlich. »Wie Sie wollen, Schätzchen«, sagte er und schob seine Chips ebenfalls dazu. »Dann will ich sehen. Zeigen Sie uns Ihre Sammlung, Kleines.«
Ohne großes Getue drehte Max ihre Karten langsam um – eine Neun, eine Zehn, ein Bube, eine Dame und ein König starrten ihren Arbeitgeber an.
Garrett Sharp hatte eine Fünf und einen König, der seinen drei mageren Vieren Gesellschaft leisten konnte.
Dominic verzog das Gesicht. Er würde Max das ungeschriebene Gesetz erläutern müssen, daß man den Boss die meiste Zeit gewinnen lassen mußte, und daß man *auf keinen Fall* das erste Spiel gewinnen durfte. Drei Karten von der gleichen Sorte waren ein gutes Blatt, aber nur, wenn sie hoch waren. Nur ein Idiot würde sich auf drei Vieren ausruhen, wenn die Gefahr bestand, daß jemand anders womöglich ein Straight oder ein Flush zu bieten haben würde.
Mit anderen Worten: Max hatte den Boss zum Narren gemacht. Und sie schien zudem nicht den Hauch eines schlechten Gewissens zu haben.
»Na so was«, sagte Sharp langsam. »Hübsch geblufft.«
Sie schenkte ihm ein breites Lächeln. »War wahrscheinlich Anfängerglück.«
»Wahrscheinlich«, echote der Boss.
Aber es war kein Anfängerglück. Die ganze Nacht lang spielte Max die anderen regelrecht an die Wand. Dominic hatte noch

nie einen so perfekten Pokerspieler gesehen. Ihre besondere Stärke lag darin, mit ihren Gegnern zu spielen – nicht mit den Karten. Sie konnte die anderen mühelos durchschauen, und es gab keine Spielvariante, die sie nicht beherrscht hätte.
Es schien, als würde sie gar nicht bemerken, daß der Boss sie immer mehr wie eine Schlange kurz vor dem tödlichen Biß anstarrte, was Dominic verwirrte, denn alles andere nahm sie offenbar mit einer beeindruckenden Klarheit wahr.
Nach einigen Stunden allerdings begann sie etwas lockerer zu spielen, so daß die anderen sich ein paar ihrer früheren Verluste wieder zurückholen und damit ein Stück ihrer Würde wiedererlangen konnten.
Alle – außer dem Boss. Ihm gegenüber ließ sie nie ihre Dekkung fallen, und sie besiegte ihn ein ums andere Mal, ohne mit der Wimper zu zucken.
Dominic versuchte ihr immer wieder subtil zu verstehen zu geben, daß sie ihr Verhalten ändern mußte, aber sie schien es nicht zu bemerken. Am Ende hatte sie Sharps Geldbeutel bis auf den letzten Cent geplündert.
Angst schnürte Dominic die Kehle zu. Er hoffte, Sharp würde ihr zugute halten, daß sie neu dazugekommen war, und würde ihr ihre Rücksichtslosigkeit verzeihen.
Schließlich schob der Boss seinen Stuhl zurück. »Nun, meine Klamotten werde ich für Sie nicht ausziehen, Schätzchen«, sagte er. Leere Pizzaschachteln und Bierflaschen türmten sich auf dem Tisch. Sharp stand auf, und alle folgten seinem Beispiel. »Schätze, das war das erste Mal, daß mich jemand aus meiner eigenen Mannschaft ausgenommen hat.«
Max lächelte. Dominic fröstelte. »Ich glaube, es ist so lange her, daß ich gegen einen würdigen Gegner gespielt habe, daß ich mich einfach habe mitreißen lassen«, erwiderte sie leise.
Eine Weile sagte niemand ein Wort. Dann streckte der Boss

die Hand aus und kniff Max ins Kinn, als wäre sie ein rebellischer Teenager. »Als ich Sie eingestellt habe, wußte ich, daß Sie gut sind«, sagte er. »Ich wußte nur nicht, *wie* gut.«

Als alle in Richtung Aufzug aufbrachen und Sebastian Max vorschlug, sie könnten sich ein Taxi teilen, widersprach Dominic, ohne nachzudenken: »Ich muß mal kurz mit Max reden, wenn ihr nichts dagegen habt. Ich bringe sie dann hinterher nach Hause.«

Sebastian riß die Augen auf. »Max . . .?«

»Schon gut, Sebastian«, unterbrach sie ihn. »Wir sehen uns dann am Montag.«

Und dann waren sie allein – Dominic und Max.

Dominic drehte sich langsam zu Max um. »Was war das denn für eine Vorstellung?«

»Was meinen Sie damit?«

»Kommen Sie schon, Max. Mir brauchen Sie nichts vorzumachen. Dafür sind Sie doch viel zu schlau.«

»Ehrlich, Dominic, ich habe keine Ahnung, wovon Sie reden.« Sie wandte sich ab, damit er ihr Gesicht nicht sehen konnte.

»Ich rede von dem hübschen Spielchen, das Sie mit dem Boss abgezogen haben.«

Sie wirbelte wütend herum. »Ich habe kein einziges Mal gemogelt. Das ist nicht meine Art von Spiel.«

»Und was ist dann Ihre Art? Jemanden wie einen Vollidioten dastehen zu lassen, vor den Augen seiner Angestellten? Sie haben Glück, wenn Sie Ihren Job am Montag wieder antreten können.«

Max lachte bitter. »Ach, machen Sie sich keine Sorgen, mein Job ist mir sicher.«

Dominic starrte sie verständnislos an. »Was zum Teufel ist los mit Ihnen?«

»Nichts.« Sie verschränkte die Arme vor der Brust. »Überhaupt nichts.«
»Warum sind Sie so wütend?« Er trat zu ihr. »Geht's um Ihre Mutter?«
»Was? Ach so, nein. Ich meine, es wäre mir lieber, wenn mein Chef und meine Mutter nicht miteinander ausgehen würden, aber darüber bin ich nicht wütend.«
»Worüber dann?« Dominic kam noch einen Schritt näher. Die Lichter der Stadt, die durchs Fenster hereinfielen, glitzerten auf Max' Haar. »Ich möchte Ihnen gern helfen.«
Sie seufzte. »Sie können mir nicht helfen, Dominic. Niemand kann mir helfen.« In ihrer Stimme klang so viel Traurigkeit mit, daß es Dominic bis ins Mark traf. Dann wandte sie sich abrupt ab. »Ich wollte nur, daß dieser Mistkerl weiß, daß er mit mir nicht alles machen kann«, stieß sie hervor.
»Ja, das kann ich gut nachvollziehen«, sagte Dominic sarkastisch. »Der Kerl bietet Ihnen nach sieben Jahren Knast einen Bombenjob, zahlt Ihnen einen Haufen Geld, ist nett zu Ihrer Mutter und benimmt sich in jeder Hinsicht wie der perfekte Gentleman ... Ja, es wurde wirklich Zeit, daß Sie ihm eine Lektion erteilen.«
»Wie können Sie es wagen!« schrie Max und wirbelte zornig herum. »Ich kann es nicht glauben, daß Sie ihn auch noch verteidigen!«
Dominic zuckte zusammen. Er konnte es selbst kaum fassen, daß er Sharp in Schutz genommen hatte. »Ich ... ich wollte Ihnen bloß ein wenig den Wind aus den Segeln nehmen. Garrett Sharp ist ... ich meine, er kann ...« Er zögerte, unsicher, wieviel er ihr sagen konnte. »Gefährlich«, sagte er dann. »Er kann gefährlich sein.«
»Ich bin ein großes Mädchen, ich kann gut auf mich selber aufpassen.«

Langsam ging Dominic die Geduld aus. »Sie haben ja keinen Schimmer, wovon Sie sprechen!« rief er aus. »Es wäre besser, Sie hielten sich aus der Sache raus!«
»Nein, *Sie* sind hier der Ahnungslose!« schrie Max zurück. »*Sie* sollten sich hier raushalten!«
Sie wollte an ihm vorbei zur Tür. Aber Dominic griff nach ihrem Handgelenk und zog sie zu sich her. »Verdammt! Verstehst du denn nicht? Ich kann nicht mehr zurück.«
»Laß mich los!« Max keuchte, und ihr Gesicht brannte wie Feuer. »Laß mich los.«
»Ich kann nicht«, raunte Dominic. »Ich kann dich einfach nicht loslassen.«
Sie starrte ihn an, den Mund zu einem kleinen O gerundet. In ihren Augen schimmerten ungeweinte Tränen.
Dominic riß sie an sich und drückte seine Lippen auf die ihren. Sie befreite ihr Handgelenk aus seinem Griff und schlang ihm die Arme statt dessen um den Nacken. Dominic hob sie hoch. Ihre Leidenschaft hatte etwas Wahnsinniges an sich, sie waren wie zwei Liebende während des Krieges, die den Augenblick festhalten im Bewußtsein, daß es ihr letzter sein könnte.
Mit zwei Schritten hatte Dominic den Tisch erreicht. Während er Max mit der Rechten umklammert hielt, wischte er mit der Linken Pizzakartons und Karten vom Tisch. Scheppernd fielen die Bierflaschen zu Boden. Er legte Max auf den Tisch. Wie goldene Seide lag ihr fließendes Haar auf dem polierten Holz. Mit zitternden Fingern nestelte Max an seiner Gürtelschnalle, während er ihr die Weste aufknöpfte. Zwei Knöpfe sprangen ab und schossen wie Pistolenkugeln durch den Raum, die beiden anderen waren im Handumdrehen geöffnet. Max' Brüste drückten gegen die Spitze ihres BHs. Der Verschluß befand sich vorne, zwischen den Körbchen, und es dauerte nur einen Wimpernschlag, bis Max ihn aufge-

macht hatte, während sie Dominic mit einer Unverfrorenheit, die ihn zutiefst erregte, seine Männlichkeit aus dem textilen Gefängnis seiner Hose befreite und mit fester Hand umfaßte.
»O Gott«, keuchte Dominic an ihrer Halsbeuge.
»Nimm mich«, raunte Max. Er wich eine Handbreit zurück und musterte ihr Gesicht. Sie löste sich von ihm und zog sich hastig die Hose aus.
Sie trug keinen Slip.
Dominic beugte sich herunter, um das dunkle, weiche Dreieck zwischen ihren Beinen zu liebkosen. »Nein«, widersprach Max und zog ihn hoch. »Nimm mich. Jetzt.«
Sein Verlangen nach ihr war beinahe unerträglich. Hastig riß er ein Kondom auf und zog es über. Dann drang er in sie ein, versank tief in ihr. Sie war feucht und schrie auf und schlang die Beine um seine Hüften.
Es war wild und heiß und unbequem und vollkommen wahnsinnig. Der Tisch ächzte unter dem Gewicht der beiden. Dominic ließ Max' Haar durch die Finger gleiten, preßte seinen Mund auf den ihren. Er wollte sie die ganze Nacht lang lieben, wollte so vieles mit ihr erleben.
Aber es sollte nicht sein. Zu seiner großen Überraschung und tiefen Demütigung erreichte er schon nach wenigen Stößen seinen Höhepunkt und ergoß sich in ihren heißen Schoß. Dann drehte er sein brennendes Gesicht zur Seite und entschuldigte sich.
Max nahm sein Gesicht in beide Hände und drehte es langsam wieder zu sich her. Im weichen Licht, das durch die Fenster hereindrang, sah sie beinahe übermenschlich schön aus. »Schon gut«, sagte sie lächelnd. »Mach dir keine Gedanken. Es ist auch für mich so verdammt lange her – außerdem haben wir gerade erst angefangen. Bring mich ins Bett, mein Geliebter, und laß uns von vorne beginnen.«

13. KAPITEL

Mit pochendem Herzen schreckte Olivia Maxfield aus dem Schlaf hoch. Unten auf der Straße fuhr ein Wagen mit kreischender Sirene vorbei.

Dabei gab es keinen echten Grund dafür, daß ein Martinshorn sie so erschreckte. Auch in Washington hatte es schließlich genügend Sirenen gegeben, tagaus, tagein.

Aber in ihrem Leben stimmte einfach etwas nicht.

Das schöne Zusammengehörigkeitsgefühl, das sie und ihre Tochter in Washington verbunden hatte, war einer Art vorsichtiger Spannung gewichen. Liv kam es vor, als hätte Rebekah sich an einen Ort zurückgezogen, zu dem ihre Mutter keinen Zugang hatte. So war es auch damals gewesen, als Rebekah herausgefunden hatte, daß Gabe die kleine Gaby mißbraucht hatte – und Liv noch nicht soweit gewesen war, es glauben zu können.

Es tat weh. Es hatte damals weh getan, und es tat jetzt auch wieder weh.

Liv schlug die Decke zurück und ging ans Fenster, wo sie die Gardinen zur Seite schob und hinausschaute. In dem Gebäude auf der anderen Straßenseite stand auch eine Frau am Fenster ihrer Wohnung und sah herüber. Liv warf einen Blick auf ihre Armbanduhr. Zwei Uhr morgens. Hastig zog sie die Gardinen wieder zu.

Liv fand das Leben in New York außerordentlich verwirrend und überwältigend. Die Busrouten irritierten sie, die U-Bahn machte ihr angst. Die langen Schlangen vor jedem Geschäft und die Preise in den Läden bereiteten ihr Kopfschmerzen. Die Selbständigkeit und der Optimismus, die sie während der Monate in Washington ausgezeichnet hatten, waren wie weggeblasen.

Statt dessen hatte die Vorahnung einer dunklen Bedrohung von ihr Besitz ergriffen, und Liv konnte sich nicht erklären, woher sie stammte. Erst zweimal hatte sie in ihrem Leben etwas Ähnliches empfunden: als Richard in Richtung Iran losgezogen war, um die Geiseln zu befreien, und als Brand zum Unternehmen Wüstensturm aufgebrochen war.
War es die Unsicherheit, die einen befiel, wenn man neu in einer Stadt war, die einem zu groß und von zu vielen Verbrechen geprägt vorkam? Oder lag es daran, daß Rebekahs Nervosität sich auf ihre Mutter übertragen hatte? Als Max am Wochenende zuvor nach New York gekommen war, war ihre neue Frisur nicht die einzige Veränderung gewesen, die Liv an ihrer Tochter aufgefallen war. Es schien, als würde die Luft, die Rebekah umgab, von einer merkwürdigen Spannung knistern. Die plötzlichen Wutausbrüche angesichts irgendwelcher Nichtigkeiten, die nicht nach Wunsch verliefen, das bittere Lachen, das manchmal stundenlang anhaltende Schweigen... Rebekahs Zorn hing wie eine dunkle Wolke über den beiden Frauen. Zunächst hatte Liv angenommen, ihre Tochter wäre wütend auf sie, weil sie sich weiterhin mit Garrett Sharp traf, aber dann war ihr klargeworden, daß Rebekahs Sorge in etwas wesentlich Tiefergehendem begründet sein mußte. Liv hatte versucht, mit ihrer Tochter zu reden, aber Max wich ihr jedesmal aus und weigerte sich, sich auf ein ernsthaftes Gespräch einzulassen.
Genauso hat sie sich verhalten, bevor sie mit Gaby untergetaucht ist, dachte Liv. Aber darum konnte es diesmal nicht gehen. So ein Risiko würde Rebekah sicher nicht noch einmal eingehen.
Vielleicht hatte sie einfach Liebeskummer, nun, da sie in New York war und sie nicht mehr direkt von Dominic selbst eingearbeitet wurde? Aber an diesem Abend war sie zum Poker-

spielen zu Dominic gefahren, und daß sie so spät nach Hause kam, mußte doch ein gutes Zeichen sein, oder?

Außer, sie ist auf dem Heimweg überfallen worden.

Hör auf damit! schalt Liv sich selbst.

Wahrscheinlich half es Rebekahs Laune auch nicht gerade auf die Sprünge, daß Liv sich weiterhin mit Garrett Sharp verabredete, aber in diesem einen Punkt würde Liv hart bleiben. Garrett tat ihr gut, und ihre Tochter würde sich als erwachsene Frau damit abfinden müssen.

Woher kam also dieses gräßliche Gefühl, das an ihr nagte? Rebekah hatte einen tollen Job, sie bewohnten ein schönes Haus, Liv ging mit einem wundervollen Mann aus, den Jungs ging es gut, Gaby war in Sicherheit ... was war es dann?

Was?

Liv kniff die Augen zusammen, als könnte sie die Antwort auf die bohrende Frage irgendwo in der Dunkelheit finden. Aber man bekam immer dann keine Antwort, wenn man sie am dringendsten brauchte.

Das wußte Liv aus Erfahrung.

Max schmiegte sich enger an Dominic und legte ihm den Kopf auf die Schulter.

»Erzähl mir von deiner Mutter«, sagte sie. »Du sprichst selten von deiner Familie.«

»Da gibt es nicht viel zu erzählen. Ich bin in einer Kleinstadt in der Nähe von Chicago aufgewachsen, in einer typischen Vorstadtsiedlung. Dad fuhr jeden Tag ins Büro, Mom war Lehrerin an unserer Schule, so daß wir nie Schlüsselkinder waren oder so. Dad ist bei einem Autounfall gestorben, als ich aufs College ging.«

»Tut mir leid. Das muß schrecklich gewesen sein. Du warst ja noch so jung.«

»Das haben wir wohl gemeinsam – wir haben beide den Vater verloren, als wir noch nicht sehr alt waren. Du weißt selber, was das in einer Familie verändert.«
Sie drückte sich an ihn. »Wie viele Geschwister hast du?«
»Nur den einen älteren Bruder.«
»Also bist du, bei dem großen Altersunterschied, fast wie ein Einzelkind aufgewachsen.«
»Sozusagen.«
Max ließ die Hand durch die gelockten Haare auf seiner Brust gleiten. »Ich kann mir nicht vorstellen, wie es ohne meine Brüder wäre. Ich meine, jetzt muß ich mein Leben allein leben, aber ich kann mir nicht vorstellen, wie es gewesen wäre, meine Kindheit ohne sie zu erleben.«
»Wie war das, so als einziges Mädchen unter so vielen Jungs?«
»Laut.« Max lachte. »Ich glaube, ich habe gelernt, wie ein Mann zu denken. Und ich habe mir einiges angeeignet, was man als männlich bezeichnen könnte – ich konkurriere gern mit anderen, ich sage geradeheraus, was ich denke, und ich mag Männersachen, elektronische Geräte, zum Beispiel.«
»Haben deine Brüder nicht versucht, dir zu sagen, wo es langgeht?«
»O doch, natürlich! Ich habe gelernt, mich zu wehren und mir den Freiraum zu erkämpfen, den ich brauchte.« Sie lachte wieder. »Aber es war irgendwie auch ein gutes, warmes Gefühl, daß sich immer jemand um dich kümmert, dich beschützen will. Ich wußte immer, daß meine Brüder mich lieben und sofort zur Stelle wären, wenn ich sie brauchen würde.«
»Also würden sie mir kräftig in den Hintern treten, wenn ich dir das Herz brechen würde?«
»Wahrscheinlich.« Max zögerte. »Also ... Wie kommt's, daß du für Sharp arbeitest?«

»Ich hab mich seinerzeit einfach beworben.«
»Sehr komisch. Komm schon, du kennst jetzt meine komplette Lebensgeschichte. Wäre nur fair, wenn ich ein bißchen mehr über dich erfahren würde.«
»Aber mein Leben ist furchtbar langweilig verlaufen! Du wirst mich gar nicht mehr mögen, wenn du einmal herausgefunden hast, wie eintönig mein Dasein ist.«
»Darauf laß ich's gern ankommen.«
»Ich habe vorher bei einer anderen Elektronikfirma hier in New York gearbeitet. Sharp hat einen Headhunter ausgeschickt, der mich abgeworben hat.«
»Und woran hattest du da gerade bei der anderen Firma gearbeitet?«
»Am Fließband.«
Max seufzte. »Dominic.«
»Okay, okay. Ich hab Durchsuchungsaktionen durchgeführt.«
»Wo?«
»Spielt das eine Rolle?«
Der scharfe Ton in seiner Stimme ließ Max zusammenzucken.
»Nein, ich hab nur aus Neugierde gefragt.«
Dominic schwieg so lange, daß Max sich schon fragte, ob sie nicht zu weit gegangen war. Schließlich sagte er: »Ich habe in einer Firma gearbeitet, die fast ausschließlich von der Familie Giancani engagiert wurde.«
»Du meinst ... doch nicht etwa ... *organisiertes Verbrechen?*«
»Ich bin kein Mafioso, falls du das wissen willst.«
»Nein, du hast nur für sie gearbeitet.«
Dominic richtete sich auf und rückte ein Stück von Max ab. »Irgend jemand muß es tun. Ihr Geld ist genauso gut wie jedes andere. Sie haben uns engagiert, damit wir ihre Häuser und ihre Büros von Abhöranlagen säubern. Ende.«
Was die Geldfrage anging, war Max nicht ganz seiner Mei-

nung. Geld, das aus Erpressungen, illegalen Glücksspielen, Prostitution und Drogengeschäften stammte, war eben nicht »genauso gut wie jedes andere«.
Mach mal halblang, Mädchen, dachte sie dann. *Du wußtest doch von Anfang an, worauf du dich einläßt. Du wußtest, daß er ein Gauner ist. Also warum hast du dich jetzt so?*
»Dominic ...« Sie streckte die Hand nach ihm aus.
»Ich geh jetzt duschen«, verkündete er, ohne sie anzusehen. Als er aufstand, zeichnete sich sein nackter Körper wunderbar gegen die Stadtlichter ab – die langen schlanken Beine, die breiten Schultern, die kleinen runden Pobacken ... Max hatte jeden Quadratzentimeter seiner Haut erforscht, aber sie hatte noch lange nicht genug bekommen.
Wie ein anmutiger Tänzer ging er ins Bad, und sie blieb auf dem Bett liegen und sah ihm nach. Dann hörte sie das Wasser laufen und traf eine Entscheidung. Sie würde ihn in der Dusche überraschen. Dann würde er seinen Ärger vergessen, und alles wäre wieder so wie vorher.
Langsam stand sie auf und ging an die Kommode. Hier hatte Dominic nach einem Kondom gesucht, bevor sie sich im Schlafzimmer geliebt hatten. Max zog eine Schublade auf. Unterwäsche, ordentlich zusammengefaltet. Sie schloß die Lade wieder und zog eine andere auf. Mehrere Kreditkarten schlitterten über den Schubladenboden.
Nein, keine Kreditkarten.
Max holte eine der Karten heraus und hielt sie in das schwache Licht, das durch die Fenster hereindrang. Es war ein kalifornischer Führerschein, aber nicht auf den Namen Dominic Antonio ausgestellt. Das Foto sah Dominic ausgesprochen ähnlich, aber es stand ein fremder Name darunter.
David Shumaker.
Mit zitternder Hand ließ Max den Führerschein wieder in die

Schublade fallen und sah sich die anderen Plastikkarten an. Führerscheine, alle auf unterschiedliche Namen ausgestellt. Sozialversicherungskarten. Kreditkarten. Jede Menge anderer Identitätsnachweise.
Keine einzige Karte lautete auf »Dominic Antonio«.

14. KAPITEL

»*Was tust du da?*« stieß Dominic hervor.
Max wirbelte herum. Lächelnd sagte sie: »Du hast mich erwischt«, und streckte die Hand aus. Ein Kondom lag auf ihrer Handfläche.
Im Hintergrund hörte man immer noch das Wasser in der Dusche laufen. Dominic stand triefnaß auf der Türschwelle, das Licht aus dem Badezimmer beleuchtete ihn von hinten, so daß Max seinen Gesichtsausdruck nicht erkennen konnte. »Ich wollte dir unter der Dusche einen Überraschungsbesuch abstatten«, fügte sie hinzu.
Nach einer Pause sagte Dominic: »Vielleicht brauchen wir es gar nicht.«
»Warum?«
»Komm mit, dann zeige ich es dir.«
Sobald Max unter dem heißen Duschstrahl stand, fest in Dominics Arme geschmiegt, vergaß sie ihre Ängste wieder. Sowohl sie als auch Dominic hätten sich gewünscht, sie hätte länger bleiben können, aber Max hätte es nicht richtig gefunden, ihre Mutter so lange allein zu lassen. Sie wußte, daß es Liv in New York nicht besonders gut gefiel, und das bereitete Max Sorgen. Alles war anders geworden seit Washington, und Max fühlte sich dafür verantwortlich.

Also rief Dominic ihr schließlich ein Taxi. Bevor er sie nach unten begleitete, zog er eine Schublade an seinem Nachttisch auf und holte eine kleine, halbautomatische Pistole heraus. Max sah mit angehaltenem Atem zu, wie er das Magazin herausnahm und sich die Waffe dann in den Hosenbund klemmte. »Meine Smith & Wesson M6906«, sagte er mit einem spitzbübischen, allwissenden Grinsen. »Neun Millimeter.«
Er deutete auf seinen Schritt. »Ich weiß, in Filmen machen sie das alle so, aber es ist absolut idiotisch, die Waffe so zu tragen. Aber ich gehe mal davon aus, daß mir nicht besonders viele böse Buben begegnen, wenn ich dich nach unten bringe.«
Max schluckte. Das war die Wirklichkeit, kein Kinofilm. Dieser Mann war ihr Liebhaber, und er hatte mal für die Giancanis gearbeitet. Jetzt arbeitete er für einen Kerl, der ein Vermögen damit verdiente, seine nichtsahnenden, unschuldigen Kunden auszunehmen (und seine Freunde, wenn man Senator Kane dazuzählte).
Er war ihr Liebhaber, ein Mann mit vielen Namen. Und den richtigen kannte sie nicht.

Agent Jack Underwood war von Wade Barrows, einem großgewachsenen Schwarzen, der einst ein bekannter Footballspieler gewesen war, in dessen SAC-Büro am Ufer des Anacostia River gerufen worden. Barrows war im Gegensatz zu vielen anderen SAC-Leuten sehr beliebt und respektiert. Es ging das Gerücht, er sei sehr fair, könne aber rücksichtslos zuschlagen, wenn man ihm in die Quere kam.
Er ließ Underwood nicht warten, und er verschwendete auch keine Zeit auf Eingangsgeplänkel.
»Jack«, sagte er und betrachtete den nervösen Agenten über seine Fingerspitzen hinweg, »Sie sind für LAUSCHANGRIFF verantwortlich, nicht wahr?«

»Ja, Sir.« Underwood rutschte unbehaglich auf dem Stuhl hin und her.
»Ich habe gerade einen Anruf vom Direktor erhalten, der Sie interessieren dürfte.«
Underwood schluckte.
»Sieht so aus, als hätte er seinerseits einen Anruf bekommen – von Senator Truman Kane. Kennen Sie ihn?«
»Kane? Nur aus den Medien, nicht persönlich.«
»Nun, er ist der Meinung, Garrett Sharp hätte ihm das Büro verwanzt und würde alle so erhaltenen Informationen an Kanes politische Gegner verkaufen. Wissen Sie etwas darüber?«
Underwoods Mund fühlte sich so trocken an, daß er nicht einmal mehr schlucken konnte. *Maxfield!* Sie mußte den Senator informiert haben. Wie auch immer, eines hatte Underwood in seinen vielen Jahren als Agent gelernt – zu lügen.
»Nein, Sir. Ich hatte keine Ahnung.«
»Ich denke, Sie haben Sharp unter Beobachtung?«
»Ja, Sir, aber es ist ein Kinderspiel, solche Wanzen zu installieren. Vielleicht hat er es während eines Treffens mit dem Senator gemacht.«
»Einem Treffen im Capitol?« hakte Barrows nach.
»Na ja, die Büros sind ziemlich leicht zugänglich.«
Barrows musterte ihn unverwandt, und Underwood versuchte nicht zu blinzeln. »Was ist mit Ihrer Informantin ... Wie hieß sie gleich noch ...?« Barrows warf einen Blick auf eine Akte, die auf seinem Schreibtisch lag. »Rebekah Maxfield. Wußte sie etwas davon?«
»Nein, Sir«, log Underwood, ohne mit der Wimper zu zucken.
»Wie lange arbeiten Sie eigentlich schon an diesem Fall, Underwood?« Barrows schaute wieder auf die Papiere vor sich. »Sechs Monate, wie ich sehe.« Er lehnte sich in seinem Sessel

zurück und klopfte mit einem Finger auf die Akte. »Okay, was haben Sie zu vermelden, was da noch nicht drinsteht?«

»Einiges. Maxfield wurde nach New York versetzt und arbeitet jetzt direkt unter der Fuchtel von Garrett Sharp. Bisher war sie quasi eine Auszubildende, hatte also wenig Möglichkeiten, von der illegalen Anbringung etwaiger Abhörgerätschaften oder dem Verkauf brisanter Informationen zu erfahren. Jetzt, wo sie in New York ist, wird sich das sicher ändern.«

»Ich verstehe.«

Underwood spürte, wie ihm das Herz bis zum Hals klopfte, und er mußte sich stark zusammenreißen, um sich nicht durch ein nervöses Wippen mit dem Knie oder zu schnelles Sprechen zu verraten.

»Also gut, dann möchte ich, daß Sie auch nach New York gehen. Sie unterstehen weiterhin dem WMFO, aber Sie bleiben so lange in New York, bis wir diesen Fall abschließen können, verstanden?« Sein Tonfall hatte sich dramatisch verändert.

Abby wird im Quadrat hüpfen, dachte Underwood.

»Ähm ... Sir ... Aber das könnte zwei, drei Monate dauern, und ...«

Barrows sprang auf. »Es ist mir scheißegal, auch wenn es zwei, drei *Jahre* dauert, klar? Ich will, daß dieser Fall endlich abgeschlossen wird!«

Underwood atmete tief durch. »Ja, Sir, ich verstehe.«

»Ich hab dieses ewige Getue satt. Der Senator macht dem Direktor die Hölle heiß, der Direktor macht mir die Hölle heiß, und Sie können sich sicher denken, wer dann *Ihnen* die Hölle heiß macht, oder?«

Underwood nickte.

»Wenn Sie versuchen, mit mir Spielchen zu spielen, landen

Sie im Handumdrehen in Tyson's Corner und machen Hintergrundrecherchen! Hab ich mich klar ausgedrückt?«
Er sprach auf eine Tätigkeit an, die bei allen Agenten als die unbeliebteste überhaupt galt, und bei der man sich wie lebendig begraben vorkam.
Underwood nickte wieder. »Absolut klar, Sir.«
Barrows setzte sich wieder. »Ich hab mit dem SAC in New York gesprochen. Er wird Ihnen ein paar Agenten zur Verfügung stellen, die Ihnen helfen sollen. Ich erwarte von Ihnen tägliche Berichte, und ich will, daß Sie diese direkt an mich schicken.«
»Ja, Sir.«
»Das wäre dann alles. Viel Glück.«
Damit war er entlassen. Underwood stand mit zitternden Knien auf und eilte dankbar, daß es überstanden war, zur Tür.
»Underwood?«
Er blieb stehen und drehte sich wieder herum.
»Wenn Sie sich in diesem Fall geschickt anstellen – auf den Senator einen guten Eindruck machen und so weiter –, könnte ich bei den richtigen Stellen ein gutes Wort für Sie einlegen, das wissen Sie doch?«
Underwood nickte zum dritten Mal. Er wußte, was auf dem Spiel stand. Dies war ein karriereentscheidender Fall – er konnte ihn nach Tyson's Corner bringen, oder in ein Büro wie das von Barrows.
Zunächst mal kehrte er in sein eigenes kleines, vollgestopftes, fensterloses Büro zurück und starrte lange Zeit einfach an die Wand. Es gab nicht den Hauch einer Möglichkeit, seiner Frau den neuerlichen Umzug schmackhaft zu machen. Sie haßte das FBI, und langsam fragte sich Underwood, ob sie nicht auch ihn haßte.
Schließlich entschied er, daß er es am besten baldmöglichst

hinter sich brachte. Er stopfte ein paar Berichte in seine Aktenmappe und verließ das Büro, nicht ohne vorher der Sekretärin, die für ihn und drei weitere Agenten arbeitete, zu sagen, daß er nach Hause mußte, um eine persönliche Angelegenheit zu regeln, und daß man ihn dort erreichen konnte.
Er kam trotz des mörderischen Verkehrs noch vor Einbruch der Dunkelheit zu Hause an, was ungewöhnlich früh war. Unterwegs hielt er an und kaufte ein paar Blumen und eine Flasche Beaujolais, um die Wogen etwas zu glätten.
Die Mädchen aßen gerade zu Abend und sprangen von ihren Stühlen auf, als sie ihn erblickten. Wie junge Hunde hüpften sie an ihm hoch, voller Freude, daß er ausnahmsweise schon so früh da war.
Abby lächelte, aber in ihren Augen blitzte das Mißtrauen. »Was ist denn mit dir los?«
»Ich dachte, ich komme heute mal früher heim«, sagte Underwood, während die Mädchen sich wieder an den Tisch setzten und ihre Aufmerksamkeit dem Fernseher in der Ecke zuwandten.
Abby warf einen Blick auf den Blumenstrauß. »Werden wir versetzt?«
»Nein, nein, wir werden nicht versetzt.« Er reichte ihr die Blumen, küßte sie und begann in einer Schublade nach dem Korkenzieher zu wühlen.
»Unterste Schublade«, sagte Abby leise und schnupperte an den Blumen.
Er fand den Korkenzieher und machte sich daran, die Weinflasche zu öffnen.
»Jack.«
Er sah auf.
»Ich weiß, daß du versuchst, mich einzuwickeln. Du bringst mir doch sonst keine Blumen mit – nur wenn du was zu

beichten hast oder dich entschuldigen willst.« Sie suchte nach einer Vase.

Underwood konzentrierte sich auf den Weinkorken. »Ich hab in der letzten Zeit einfach zuviel gearbeitet.« Langsam zog er den Korken heraus.

»Jack.«

Mit einem Plopp kam der Korken heraus, triefend rot, wie Blut.

»Hör auf, um den heißen Brei herumzureden, und sag mir, was Sache ist.«

»Es ist nichts. Nur ...«

»Ahhh.« Abby drehte sich weg. »Ich wußte, daß es ein *Nur* gibt.«

Er stellte sich reumütig vor sie hin. »Dieser Fall, an dem ich arbeite ...«

»Ja, immer geht es um den Fall, an dem du gerade arbeitest!« Sie bedachte ihn mit einem eisigen Blick.

»Sie wollen, daß ich nach New York gehe. Nur so lange, bis wir den Fall abschließen können.«

»Und wie lange wird das dauern, Jack?« Sie hatte die Arme fest vor der Brust verschränkt.

Underwood zuckte mit den Schultern. »Ein paar Monate.«

»Ein paar Monate? Ein paar Monate!« Abbys Stimme klang schrill. Die Mädchen wirbelten zu ihren Eltern herum.

Underwood legte seiner Frau mit einem vielsagenden Blick auf die Kinder die Hand auf den Ellbogen. »Beruhige dich.«

»Ich will mich aber nicht beruhigen!« schrie Abby.

»Kinder, geht in mein Arbeitszimmer zum Fernsehen«, sagte Underwood.

»Aber Daddy, wir haben noch nicht fertiggegessen«, wandte Bethany, die Jüngste, ein.

»Nehmt eure Teller mit«, beharrte er, ohne die Augen von seiner Frau abzuwenden.

Die Mädchen griffen sich ihre Teller und Gläser und verließen leise den Raum.

Arme Kinder. Arme Familie.

Als die Mädchen weg waren, sagte Underwood: »Abby, es geht um New York, nicht um den Mittleren Osten. Ich kann euch ab und zu besuchen, und du kannst mit den Kindern kommen ...«

»Wenn du deine Koffer packst«, unterbrach sie ihn, »nimm mehr Sachen mit, als du für ein paar Monate brauchst.«

»Was?« Eine eiskalte Hand griff nach seinem Herzen.

»Du hast die Wahl, Jack. Entweder du kündigst, oder du verläßt dieses Haus, und zwar ein für allemal.«

»Ich kann aber nicht einfach so kündigen«, stieß er hervor.

»Fein. Dann kündige ich dir hiermit diese Ehe auf.«

Underwood konnte nicht fassen, was er soeben gehört hatte. Dumpf starrte er auf die Weinflasche, die er immer noch eisern umklammert hielt. »Abby, ich will keine Scheidung.«

»Ich schon.« Ihre Stimme war fest, da war kein Zittern, keine Träne darin.

»Das kannst du den Mädchen nicht antun.«

»Was antun? Sie kennen dich doch sowieso kaum.«

Ein Messer, das man ihm zwischen die Rippen gerammt hätte, hätte ihm nicht mehr weh tun können. »Das ist nicht wahr.«

»O doch. Du arbeitest die ganze Zeit. Wenn du nach Hause kommst, liegen sie schon im Bett. Sie werden dich kein bißchen vermissen.«

Underwood blinzelte verzweifelt. Nie hätte er angenommen, daß Abby so grausam sein könnte.

»Ich liebe die Mädchen, Abby. Und ich liebe dich.«

Ihr Gesicht nahm einen sanften Ausdruck an. »Dann laß diesen Job sausen, Jack! Das ist nicht dein Leben! Wir sind dein Leben.«

Aber sie wußten beide, daß das nicht stimmte.
»Tu es nicht«, flehte Underwood. »Ich verspreche dir, wenn dieser Fall abgeschlossen ist ...«
»... wird es einen neuen Fall geben.« Sie reckte das Kinn vor und kniff die Augen zusammen. »Und dann noch einen und noch einen. Zum Teufel, Jack, mit einer Nebenbuhlerin könnte ich besser klarkommen als mit deinem verdammten Job. Hast du schon mal mit den Frauen anderer Agenten gesprochen?«
Hatte er natürlich nicht.
»Wenn ihre Ehemänner ehrgeizig sind und Karriere machen wollen, ziehen sie innerhalb ihres Berufslebens zwanzigmal um – egal, wie wohl sich die Kinder an einer Schule fühlen oder was sie von der Umzieherei halten. Sie ziehen öfter um als die Familien von Armeeangehörigen. Und wenn sie dann in eine neue Stadt und in ein neues Haus kommen, kriegen sie ihre Ehemänner kaum zu Gesicht, weil die ständig in FBI-Angelegenheiten unterwegs sind. Ich halte das nicht aus, Jack. Ich kann es einfach nicht. Du wirst dich hier und heute entscheiden müssen – die Mädchen und ich, oder das FBI.«
Seine Augen füllten sich mit Tränen der Enttäuschung und des Schmerzes. Ein langes Schweigen breitete sich zwischen ihm und seiner Frau aus, ein Schweigen, das alles besagte, was es zu sagen gab. Er konnte sehen, wie etwas zwischen ihnen zerbrach. Er sah es in Abbys Augen.
Und er konnte nichts dagegen tun. Denn tief in seinem Herzen wußte er, daß Abby recht hatte. Er liebte seinen Beruf mehr als seine Frau. Er konnte ihn nicht aufgeben, weder für sie noch für die Kinder noch für irgend jemand sonst.
Er konnte nicht.
Schließlich nickte Abby unmerklich. »Fein.«
In einem letzten Anflug von Zorn warf sie ihm den Blumen-

strauß entgegen. Er griff danach – und ließ dabei die Weinflasche fallen. Mit einem lauten Krachen zersplitterte sie am Boden. Blutrote Weinflecken und Glasscherben bedeckten den Fußboden, und einen Augenblick später zierten auch die welkenden Blumen das letzte Bild der zerstörten Ehe von Jack Underwood.

»Die Jungs fehlen mir«, sagte Liv mürrisch. Es war Sonntagnachmittag, und obwohl sie schon den ganzen Tag nervös durch die Wohnung getigert war, hatte sie Max' Angebot, mit ihr ins Metropolitan Museum of Art zu gehen, ausgeschlagen.

»Warum fährst du nicht mal nach Dallas, Mom? Ich bin sicher, Clark und Jennifer und die Kinder würden sich riesig freuen, dich zu sehen.«

Liv schüttelte den Kopf. »Sie sind alle so weit verstreut. Zane in Kalifornien, Clark in Texas, Brett in North Carolina. Ich habe gar keine Familie mehr.« Ihre Stimme versagte.

Max legte ihrer Mutter einen Arm um die Schultern. »Mir fehlen sie auch, Mom«, sagte sie mit einem Seufzer. »Na komm schon, laß uns rausgehen.«

»Ich will aber nirgendwohin gehen.«

»Unsinn. Es ist ein strahlender Sonntagnachmittag in New York City. Das Trump Towers ist um die Ecke, die Radio City Music Hall und das Rockefeller Center nur einen Katzensprung entfernt. Und in ein paar Minuten könnten wir zu Fuß im Central Park sein. Herz, was willst du mehr?«

»Okay«, willigte ihre Mutter schließlich ein. »Aber ich nehme nicht meine schöne Kamera mit, sonst wird sie mir am Ende noch gestohlen.«

Sie verließen das Haus und spazierten durch die windgepeitschten, sonnendurchfluteten Straßen. Die meisten Fuß-

gänger waren echte New Yorker, die Kinderwagen vor sich herschoben, mit dem Hund Gassi gingen oder einen Schaufensterbummel machten. Sie nickten sich alle zu, als würden sie sich über denselben umwerfenden Insiderwitz amüsieren. Als sie im Central Park ankamen, stieß Max ihre Mutter mit dem Ellbogen an. »Da! John Kennedy, Jr., auf Rollerblades.«
»Nein! Wo? Bist du sicher?«
»Mom, den Mann kann man doch gar nicht verkennen.«
»Und er fährt hier draußen herum, wie alle anderen Leute auch?«
Max lachte. »Warum nicht? Er wohnt ja auch hier.« Sie drückte die Hand ihrer Mutter.
»Ich bin froh, daß wir hergekommen sind«, sagte Liv schließlich.
»New York kann man ein Leben lang erforschen und würde doch nie alles sehen, was es zu bieten hat«, begeisterte sich Max. »Du wirst die Stadt bald lieben, da bin ich sicher.«
Ihre Mutter lächelte sie an. »Ich wußte gar nicht, daß es dir hier so gut gefällt.«
»Gabe hat mich ein paarmal hergebracht, als wir noch frisch verheiratet waren. Ich hab mir immer gedacht, hier könnte man wunderbar leben, wenn man das nötige Geld dazu hätte.«
»Jetzt hast du es.«
»Jetzt hab ich es.« Max lächelte.
Nach einer Weile wurde Liv müde, so daß Max sie zu einer Bank brachte und sich auf die Suche nach einem Eisstand machte. Sie hatte gerade einen am Parkeingang entdeckt, als sie hinter sich eine vertraute Stimme hörte: »Max.«
Sie wirbelte erschrocken herum. Jack Underwood.
»Um Himmels willen!« rief sie aus. »Ich habe heute frei, warum können Sie mich nicht in Ruhe lassen?«
Er sah furchtbar aus. Dunkle Augenringe, eingefallene Wan-

gen. Die Art, wie er sich rasiert hatte, konnte man auch nicht gerade als gründlich bezeichnen.
»Was in aller Welt ist denn mit Ihnen los?« fragte Max mitleidig. »Sind Sie krank?«
»Meine Frau hat mich verlassen«, stieß er hervor.
Max blinzelte. Sie bezahlte das Eis und drückte ihm eine Waffel in die Hand. Er schluckte das kalte Zeug herunter, als hätte er seit Tagen nichts mehr gegessen.
»Tut mir leid«, sagte Max. »Wirklich.« Nicht, daß sie den Kerl jetzt auf einmal mochte, aber so etwas hätte sie ihm wahrlich nicht gewünscht. Einen Augenblick lang überlegte sie, ob sie ihm von der Diskette erzählen sollte, die sie vor ihrer Abreise aus Washington entdeckt hatte. Vielleicht konnte Underwood ihr doch helfen, Gabe dingfest zu machen. Oder zumindest, herauszufinden, was FRE R403 bedeutete.
Underwood zuckte mit den Achseln. »Um genau zu sein, sie hat mich rausgeschmissen. Jedenfalls bin ich jetzt hier in New York, und zwar nur, um Garrett Sharp an den Galgen zu kriegen. Das heißt, entweder Sie setzen Ihren hübschen kleinen Hintern in Bewegung, um mir ein paar Informationen zu verschaffen, oder ich mache Ihnen das Leben zur Hölle.«
Max spürte, wie ihr das schmelzende Eis die Hand hinunterlief. Hastig suchte sie nach einem Taschentuch und wischte sich ab.
»Und noch was«, fuhr Underwood fort. »Ich hab Ihren Freund überprüft. Ich dachte, Sie würden wissen wollen, daß es gar keinen Dominic Antonio gibt. Jedenfalls konnte ich keinen finden – weder in den Führerscheinregistern sämtlicher Bundesstaaten, noch in den Listen der Einwohnermeldeämter, noch in unseren FBI-Verzeichnissen.« Er musterte sie

genauso teilnahmslos, wie ein Insektenforscher eine Kakerlake begutachten mochte. »Vielleicht denken Sie das nächste Mal daran, wenn Sie ihm einen runterholen.«

Max drehte sich weg, kaufte eine weitere Eiswaffel für ihre Mutter und marschierte dann ohne ein Wort davon. Eines stand nun jedenfalls fest: Sie würde Jack Underwood bestimmt nie mehr bemitleiden.

Und sie würde ihm nie im Leben vertrauen.

Gleich in dem Augenblick, als Rebekah ihr das Eis in die Hand drückte, konnte Liv erkennen, daß mit ihrer Tochter etwas nicht stimmte.

»Was ist los?« fragte sie.

»Nichts.« Rebekah starrte wie versteinert vor sich hin.

»Du warst so lange weg. Ist etwas vorgefallen?«

Rebekah seufzte. »Nein, Mom. Es ist alles in Ordnung, okay?«

»Okay.« Liv schleckte an ihrem Eis. »Wolltest du eigentlich keines?«

»Wie? Ach so, ich hab schon eines gegessen.«

»Bevor du zurückgekommen bist?«

»Ich wollte nicht, daß mir deins runterfällt«, schnappte Rebekah. »Okay?«

»Okay«, wiederholte Liv. Nach einer Pause fragte sie: »Möchtest du noch ein Stückchen spazierengehen?«

»Klar.«

Sie standen auf und wanderten durch den Park. »Danke für das Eis«, sagte Liv.

Rebekah nickte abwesend. Auch als sie an einem Bach ankamen und Liv ihre Tochter bat, sich für ein Foto auf die kleine hölzerne Brücke zu stellen, sprach Rebekah kaum ein Wort. *Ich hatte schon gehofft, ihre Laune hätte sich endlich wieder gebessert,* dachte Liv. Aber Rebekah schien sich erneut das *Kein-Zugang*-Schild umgehängt zu haben. Sie schloß ihre Mutter strikt aus ihrem Leben aus.

»Es bricht mir das Herz, dich so traurig zu sehen und nicht zu wissen, was dich bedrückt«, murmelte Liv.

Rebekah starrte sie an. »Ich bin nicht traurig, Mom.«

»Doch, natürlich. Irgendwas bereitet dir ganz offensichtlich große Sorgen, aber du läßt mich dir nicht helfen.«

»Oh, Mom.« Rebekah sah in die Ferne. »Es geht um berufliche Probleme. Ehrlich. Und du kannst absolut nichts tun, um mir zu helfen.«

»Bist du sicher?« beharrte Liv.

»Ja. Und es tut mir leid, daß ich dir Sorgen gemacht habe. Das wollte ich nicht, glaub mir.«

Eine Weile spazierten sie schweigend weiter, bevor Rebekah sagte: »Laß uns am Eingang ein Taxi nehmen. Im Rockefeller Center gibt's ein tolles Restaurant mit Blick über den ganzen Platz.«

»Du meinst das Eisstadion?«

Rebekah lachte. »Ein Eisstadion ist es nur im Winter, Mom. Im Sommer ist es ein offenes Restaurant. Wir könnten da ein paar Souvenirs für Clarks Kinder kaufen.«

»Klingt gut. Ich hab schon immer gern kleine Überraschungen für euch Kinder gekauft, wenn wir an irgendwelchen exotischen Orten unterwegs waren.«

»Das weiß ich noch.« Rebekah schien sich langsam wieder etwas zu entspannen, und Liv war froh darüber.

»Als ihr größer wurdet, wurde es allerdings immer schwieriger. Und dann Zane. Ich wußte schon nicht mehr, was ich ihm mitbringen sollte. Nachdem er so ein Computerfreak geworden war, konnte man ihm mit keinem Geschenk mehr eine Freude machen. Ein Genie, der Junge. Setz ihn vor einen

Monitor, und er ist im siebten Himmel ...« Liv blieb abrupt stehen, als sie den Gesichtsausdruck ihrer Tochter sah. Rebekah stand auf dem Bürgersteig und starrte ihre Mutter an, als hätte sie gerade einen Geist erblickt.

»Rebekah, was ist denn?«

»Mein Gott, Mom. Du bist das größte Genie der Welt, und ich bin der idiotischste Vollidiot, der je auf Erden gewandelt ist!« Sie lachte, packte ihre Mutter bei den Schultern und wirbelte ausgelassen mit ihr herum.

»He, das reicht! Laß mich los! Hast du den Verstand verloren?« Die Leute sahen sie schon merkwürdig an. Aber Rebekah jauchzte und wischte sich Freudentränen von den Wangen. »Was in aller Welt ist los mit dir?«

»Die Lösung war die ganze Zeit direkt vor meiner Nase, und ich war blind, taub und zu dumm, um sie zu sehen.«

Liv lächelte unsicher.

Rebekah schüttelte den Kopf. »Erst letzte Nacht habe ich Dominic erzählt, meine Brüder wären sofort zur Stelle, wenn ich ihre Hilfe brauchen würde.«

»Aber sicher wären sie das, das weißt du doch.«

Rebekah schlang ihrer Mutter die Arme um den Nacken und legte ihr den Kopf auf die Schulter. »Und weiß Gott, jetzt brauche ich ihre Hilfe.«

Was für Olivia Maxfield natürlich überhaupt keinen Sinn ergab.

15. KAPITEL

Sobald Dominic Max ins Taxi gesetzt hatte, war er in seine Wohnung zurückgeeilt und hatte die Schublade der Kommode im Schlafzimmer aufgezogen – die Schublade mit den vielen falschen Ausweispapieren. Auch wenn Max sich keine Sekunde lang hatte anmerken lassen, ob sie die Karten gesehen hatte, war er besorgt.

Wütend über seine eigene Dummheit schleuderte er die Pistole auf das Bett. Dann riß er die Schublade heraus und kippte die Plastikkarten neben die Pistole auf das Laken.

Noch nie hatte Dominic eine Frau mit nach Hause genommen. Noch nie. Aber was an diesem Abend abgelaufen war, war so ganz sicher nicht geplant gewesen. Er nahm einen braunen Umschlag vom Schreibtisch, legte die Karten hinein, klebte ihn zu und malte ein dickes X darauf. Dann packte er den Umschlag in das Geheimfach, in dem er den Schlüssel für sein Bankschließfach aufbewahrte. Gleich Montagmorgen würde er zur Bank gehen und die Karten ins Schließfach legen. Eigentlich hätte er das längst getan haben müssen – gleich an dem Tag, als er die Identität eines Mannes namens Dominic Antonio angenommen hatte. Er nahm die Pistole in die Hand, überprüfte zweimal, ob sie auch gesichert war, und legte sie zurück in die Nachttischschublade. Erst jetzt konnte er sich aufs Bett setzen und sich erlauben, an Max zu denken.

Was zum Teufel hatte er sich dabei gedacht, sich auf sie einzulassen? Er konnte sich jetzt keine Beziehung leisten – schon gar nicht mit Max. Mit niemandem. In seinem Geschäft war Liebe eine Gefahr. Liebe konnte dazu führen, daß man sein Leben verlor.

Und was nun? Er konnte diese Nacht schließlich schlecht genauso leicht in einen Umschlag stecken und sicher ver-

schließen, wie er es mit den Karten gemacht hatte. Er kam nicht mehr raus aus der Geschichte.
Jeden Tag würde das Problem größer werden. Und eines Tages würde er nicht mehr wissen, wie er damit umgehen sollte.
Und das jagte ihm eine Höllenangst ein.

Dominic hatte Mühe, sich auf der Firmenversammlung am Montag zu konzentrieren. Wieviel wußte Max von dem, was CovertCom wirklich trieb? Sollte sie einen Verdacht haben, so ließ sie sich jedenfalls absolut nichts anmerken, aber andererseits ... Dominic hatte sie schließlich pokern sehen.
»Kommen wir zum nächsten Punkt auf der heutigen Themenliste«, dröhnte Sharp. »Ich möchte eine kleine Veränderung in der Personalverteilung vornehmen. Ich will, daß Max eine Weile mit Hakeem Abdul zusammenarbeitet.«
Max zuckte zusammen.
»Nun, Sie haben ja jetzt ziemlich lange mit Dominic gearbeitet«, flötete Sharp in ihre Richtung, »und Hakeems Spezialgebiet sind Telefonanlagen.« Er lächelte. »Ich dachte, das wäre für Sie eine gute Gelegenheit, etwas über Telefonüberwachung und -überwachungsabwehr zu lernen.« Er wandte sich Abdul zu. »Hakeem, sind Sie damit einverstanden?«
»Natürlich, Sir. Es wird mir ein Vergnügen sein, mit Max zusammenzuarbeiten.« Er nickte in ihre Richtung.
Sharp warf Dominic einen Blick zu. Und auf einmal wußte Dominic, was diese »Veränderung in der Personalverteilung« in Wirklichkeit war: die Strafe dafür, daß Max den Boss beim Pokern bloßgestellt hatte.
Während Sharp das Gespräch auf andere Themen lenkte, musterte Dominic Max von der Seite. Ihr Gesichtsausdruck war weiterhin undurchdringlich, aber als sie seinen Blick auf

sich spürte, hob sie kaum merklich eine Augenbraue, so daß er wußte, ihr war durchaus klar, was soeben stattgefunden hatte. Aber sie war klug genug, kein Wort darüber zu verlieren.

Dominic verbarg seine eigene Enttäuschung nach Kräften – und seine Besorgnis. Evan Ryder war ein Luftikus, aber ein netter Kerl, darüber gab es keinen Zweifel. Sebastian Taylor war ein schamloser Hund, wenn es um Frauen ging. Aber Hakeem Abdul war ein absoluter Draufgänger, und er konnte sehr unangenehm werden. Etwas Düsteres haftete ihm an, und in seinen Augen lag der Ausdruck eines Menschen, der tödlich zurückschlagen konnte, wenn er angegriffen wurde. In der Firma gab er sich makellos höflich, beinahe unterwürfig, und seine beruflichen Fähigkeiten standen außer Frage, aber während Taylor und Ryder auch mal einen Witz rissen oder sich entspannt zeigten, gab Abdul keine Sekunde lang seine Deckung auf. Dominic hegte den Verdacht, daß Hakeem Frauen grundsätzlich haßte.

Wenn Dominic sich früher um Max Sorgen gemacht hatte, so hatte er sich immer mit dem Gedanken beruhigen können, daß er immer in der Nähe sein würde, um ihr zu Hilfe eilen zu können. Er hatte schließlich immer noch keine Ahnung, wie sie reagieren würde, wenn sie im vollen Umfang erfuhr, in welche Machenschaften CovertCom verstrickt war. Würde sie ihre Moral ins Spiel bringen, dem Boss drohen, ihn an die Behörden auszuliefern, sich also *illoyal* verhalten?

Max kannte die Geschichte von Joe Dalton nicht, der nach ein, zwei Monaten in der Firma plötzlich verschwunden war. Sie hatte keinen Schimmer von Sharps Faradayschem Käfig tief im Inneren eines geheimen Raumes seines Penthouse. Es gab so vieles, was Max nicht wußte. Das konnte sie das Leben kosten.

Diese Gedanken wirbelten immer noch in Dominics Kopf herum, als die Tür auf einmal krachend aufschwang. Instinktiv sprang er auf und griff nach der Waffe, die er unter der Jacke trug.
Jason Crandall und Osamu Smith, die beiden jungen Männer von Imagitoys, stürmten herein, während Rose Peterson, die Sekretärin, hilflos hinter ihnen herrannte. Crandall schleuderte mit wutverzerrtem Gesicht einen Gegenstand auf den Tisch, so daß nun auch die anderen Männer, die bislang noch gesessen hatten, entsetzt aufsprangen.
Aber es war keine Handgranate – es war ein Spielzeug. Dominic heftete den Blick darauf. Es war eine Plastikfigur, irgendein Held in einem braungefleckten Kampfanzug und mit einer schiefsitzenden schwarzen Kappe auf dem Kopf.
Bevor jemand etwas sagen konnte, warf Smith einen zweiten Gegenstand auf den Tisch. Er sah aus wie eine Fernsteuerung.
»Schauen Sie sich das an«, bellte Crandall und zeigte auf die Spielfigur. »Die brandneue, ferngesteuerte Actionfigur namens Recon Viper, die den diesjährigen Spielzeugmarkt revolutionieren wird.«
»Sie wird die Verkaufszahlen rechtzeitig zum Weihnachtsgeschäft in die Höhe schnellen lassen«, fügte Smith hinzu, die Augen zwei blitzende schwarze Schlitze.
»Seit der Barbie-Puppe hat es so einen Überflieger nicht mehr gegeben«, sagte Crandall mit Bitterkeit in der Stimme. »Davon werden mehr verkauft werden als von den Cabbage Patch Kids.«
Die beiden Männer von Imagitoys wechselten einen Blick. »Vielleicht hätten wir zwei Figuren mitbringen sollen, Jason«, sagte Smith.
»Ja. Wir hätten Vipers Gegenspieler, Abdul die Wüstenratte, mitbringen sollen.«

Dominic warf Hakeem Abdul einen Seitenblick zu. Der blinzelte kurz, sagte aber nichts.
»Dann könnten die Dame und die Herren mit eigenen Augen sehen, wie die beiden Figuren per Fernsteuerung dazu gebracht werden können, miteinander zu kämpfen, aufeinander zu schießen, was auch immer.«
»Ach, keine Sorge, Osamu«, sagte Crandall. »In ein paar Monaten laufen die Werbespots für die Dinger auf allen Kanälen, da kriegt man sicher alles gezeigt.«
Dominic schaute zu Sharp hinüber. Dessen Gesichtsausdruck war undurchdringlich.
»Ihr verfluchten Hurensöhne!« polterte Crandall. »Wir haben euch vertraut, und ihr habt uns verraten und verkauft.«
»Aber meine Herren«, ging Sharp dazwischen und deutete auf die Stühle, die um den Tisch herum standen. »Nehmen Sie doch erst einmal Platz und erklären uns, worum es geht.«
Crandall stemmte die Handfläche auf den glänzenden Glastisch. »Oh, ich glaube, Sie wissen haargenau, worum es geht.«
»Wir haben Ihnen ein Vermögen bezahlt«, mischte sich Smith ein. »Wir mußten unsere Vorgesetzten anflehen, die Sache durchziehen zu lassen, aber sie haben es getan, weil sie uns geglaubt haben, als wir ihnen sagten, daß Sie die Firma absolut abhörsicher machen würden. Keine Silbe darüber, was Imagitoys entwickelt, würde zu unseren Konkurrenten dringen, haben Sie damals versprochen.«
»Wir waren wohl zu gutgläubig«, sagte Crandall. »Entweder Sie haben bei Ihrer sogenannten Säuberungsaktion die eine oder andere Wanze übersehen ...«
»... oder Sie haben uns von vornherein betrogen«, brachte der mißtrauischere Osamu Smith den Satz zu Ende. »Uns ist der Verdacht gekommen, daß die Firma, die uns vor Spionen schützen sollte, uns womöglich selber ausspioniert und die so

gewonnenen Informationen an einen der größten Spielzeughersteller der Welt verkauft – der natürlich die Produktion rechtzeitig zur Spielwarenmesse ankurbeln kann.«

Crandall schlug mit der Faust auf den Tisch. »Sie haben uns ruiniert, ist Ihnen das klar? Wir sind weg vom Fenster!«

Garrett Sharps Stimme klang ruhig und gelassen. »Haben Sie dafür irgendeinen Beweis?«

Smith und Crandall wechselten einen unbehaglichen Blick.

»Nicht wirklich«, murmelte Crandall.

Sharp schaute vielsagend in die Runde seiner Spy-Squad-Leute. Ein paar hatten sich wieder hingesetzt, während einige andere, wie Dominic, stehengeblieben waren. »Verstehen Sie jetzt, warum das so wichtig ist, was ich Ihnen vorhin erklärt habe? Daß man nicht nur die Firmenräume, sondern auch die Privaträume bestimmter Firmenangestellten abhörsicher machen muß?«

Smith runzelte die Stirn. »Was wollen Sie damit sagen?«

»Ich will damit sagen, daß nicht jeder Angestellte einer Firma vertrauenswürdig ist. So manch einer tut vielleicht furchtbar loyal, nur um dann nach Hause zu gehen und im stillen Kämmerlein Firmengeheimnisse an den Meistbietenden zu verkaufen.«

Crandall fiel die Kinnlade herunter. Er strich sich nervös eine Haarsträhne hinters Ohr. »Soll das heißen, Imagitoys wurde von einem seiner eigenen Leute ruiniert?«

»Das ist ja absurd!« rief Osamu Smith aus.

»Ach ja?« hakte der Boss nach. »Sogar in unserer Regierung wurden Leute dabei erwischt, wie sie Staatsgeheimnisse ausplauderten – für Geld.«

Crandalls Gesicht lief rot an.

»Wenn die Regierung einen Maulwurf aufstöbern will, sucht sie als allererstes in den Reihen der Angestellten, die während der vergangenen Monate Anzeichen irgendwelcher Geldschwierigkeiten an den Tag gelegt haben – was sie für Annäherungen ausländischer Regierungen anfällig macht. Oder sie überprüfen Angestellte, die auf einmal über Geldsummen zu verfügen scheinen, die sich nicht mit ihrem Gehalt erklären lassen.«

Smith starrte seinen Kollegen an. »Du bist doch neulich in dieses hübsche neue Appartement gezogen«, sagte er finster. »Und du hast Urlaub in Disneyworld gemacht.«

»Ich hab dir doch gesagt, daß ich die Wohnung von meinem Onkel untergemietet habe!«

Smith verschränkte die Arme vor der Brust. »Und was ist mit Disneyworld?«

»Mein Konto ist völlig überzogen, weil ich im Sommer mit meiner Freundin und ihrem Kind dort war! Was ist eigentlich los mit dir? Willst du *mir* jetzt die Sache in die Schuhe schieben?«

»Was ist los mit *dir?* Du wohnst in einem schicken Appartement und fährst hübsch in Urlaub, während hier unsere Zukunft auf dem Spiel steht!« donnerte Smith.

Crandall verdrehte die Augen. »*Unsere* Zukunft? Wir reden hier nur von der Zukunft von Recon Viper, oder höchstens von der Zukunft von Imagitoys.« Er schüttelte den Kopf. »Hast du denn kein eigenes Leben, Mann?« Er sammelte das Spielzeug vom Tisch ein und machte sich auf den Weg zur Tür.

»Imagitoys *ist* mein Leben«, murmelte Smith. Als er sich über den Tisch beugte, fiel ihm das schulterlange Haar wie ein seidener Vorhang vors Gesicht. »Ich glaube, ich muß mich bei Ihnen entschuldigen. Mein Kollege und ich, wir stehen beide neben uns. Es war nicht leicht ...« Er richtete sich wieder auf und sah den Boss traurig an. »Mr. Sharp, ich hoffe sehr, daß Sie sich irren. Aber wenn Sie recht haben ... na ja, ich weiß einfach nicht mehr, was ich denken soll.«

Damit verließ er den Raum und machte leise die Tür hinter sich zu.

In dieser Nacht traf sich Max mit ihrem Bruder Zane an dem Ort, wo sie sich immer mit ihm traf: in einem abgeschlossenen Chatroom im Internet.
Sie eröffnete das Gespräch mit der gleichen Frage wie immer: »Wie geht es Gaby?«
»Bestens«, lautete Zanes Antwort. *»Sie ist ganz aufgeregt wegen des Schulanfangs. Sie hat ihre Klassenlehrerin von der fünften Klasse schon kennengelernt, und sie findet sie wunderbar. Sie hebt jeden benoteten Test auf, um ihn dir zu zeigen, wenn ihr euch endlich mal sehen könnt.«*
Tränen brannten in Max' Augen, als sie eintippte: »Die fünfte Klasse. Ich kann es kaum glauben.«
»Ich weiß, mir geht es genauso. Die Leute, die auf sie aufpassen, möchten dir sagen, daß sie größer ist als alle anderen Mitschüler. Hey, Schwesterherz – das klingt ganz nach jemandem, den ich kenne.«
Max ignorierte die Tränen, die ihr auf die Tastatur tropften – wie immer, wenn sie etwas über Gaby erfuhr. »Weiß sie, daß ich jetzt nicht mehr im Gefängnis bin?«
»Soll das ein Witz sein? Ihr hab ich's als allererstes gesagt. Sie ist so stolz auf dich, Max. Sind wir alle. Sie weiß, daß du jetzt in New York bist, und sie läßt fragen, ob du ihr ein Modell der Freiheitsstatue besorgen könntest.«
»Betrachte es als schon erledigt.« Max wischte sich die Nase. »Ich hebe es auf, bis sie mir ihre Tests zeigen kann.«
»Max – ich hab mal wegen der Sache nachgeforscht, die du mich gefragt hattest.«
»Was hast du herausgefunden?« Max umklammerte ein Taschentuch.

»Ein Hacker-Freund von mir, der von den FBI-Leuten für eine Weile eingebuchtet wurde, sagt, FRE steht für Federal Rules of Evidence.«

Max runzelte die Stirn. »Die Gesetzessammlung? Also steht R403 für den Paragraphen 403?«

»Sieht ganz danach aus.«

»Ich wüßte gern, was das für ein Paragraph ist und was er mit Gabe zu tun hat.«

»Da fragst du den Falschen, Schwesterherz. Aber ich kenne da jemanden, der dir weiterhelfen könnte.«

»Wen?«

»Überleg doch mal, Dummerchen.«

»Ich bin zu müde zum Denken! Ich hab einen langen Tag hinter mir.« Das war typisch Zane, so ein Ratespielchen aufzuziehen, statt ihr geradeheraus zu sagen, was Sache war.

»Ich geb dir einen Tip: brüderliche Liebe.«

»Du bist mein Bruder, aber im Moment empfinde ich kaum besonders viel Liebe für dich!« Max hämmerte wütend auf die Tasten ein.

»Hahaha.«

Das war das Schlimme an so einer Unterhaltung über das Internet – man konnte seinem Gesprächspartner nicht an die Kehle gehen.

Dann schaute sie sich Zanes Tip genauer an. O Mann ... Wieso war sie nicht gleich darauf gekommen? »Ich hab's kapiert!« tippte sie eilig. »Jetzt hab ich's kapiert!«

»Wurde auch Zeit. Ruf ihn an und frag ihn.«

»Ich trau mich nicht. Womöglich werden die Telefone angezapft.«

»Okay, dann frag ich *unseren großen Bruder Super-Clark, den berühmten Anwalt. Er schuldet mir sowieso einen Gefallen.«*

»Was für einen Gefallen?«

»Frag mich nicht.«

Max verdrehte die Augen. Sie chatteten noch eine Weile, plauderten über Zanes Arbeit und ihre Mutter und legten ihr nächstes Treffen im Internet fest.

Als sie den Computer schließlich ausschaltete, verspürte Max wieder einen leichten Hauch dessen, was sie so lange Zeit vermißt hatte: Hoffnung.

Das Gefühl bereitete ihr auch die nächsten Tage gute Laune – was wahrscheinlich auch an ihrer Affäre mit Dominic lag. Die Gewißheit, daß sie ihn jeden Tag würde sehen können, ließ sie beinahe vergessen, was sie sich vorgenommen hatte. Beinahe.

Aber als sie eines Abends nach Hause kam – es war der Tag gewesen, als die Imagitoys-Leute die filmreife Szene hingelegt hatten –, fand sie ihre Mutter völlig aufgelöst vor Freude vor.

»Komm her und sieh dir an, was Garrett mir geschenkt hat!« rief Liv aus.

Auf dem Fenstersims des Wohnzimmers lag ein delikater kleiner Glasgegenstand in Form eines Blattes mit einem Schmetterling drauf. Das Glas schimmerte im Sonnenlicht in tausend Farbnuancen.

»Ist das nicht herrlich? Ich hab es in einem Antiquitätengeschäft bewundert, und Garrett hat natürlich darauf bestanden, es mir zu kaufen.«

»Es ist hübsch, Mom«, sagte Max. »Das war sehr nett von Garrett.«

Die Augen ihrer Mutter glänzten. »Aber das ist noch nicht alles. Schau mal, was in dem Glasblatt lag.« Sie streckte Max die offene Handfläche entgegen.

Max starrte auf die goldene Brosche in Form eines Schmetterlings. Etliche Rubine, Saphire, Smaragde und gelbe Diamanten glitzerten darauf um die Wette.

»Sie sind echt. Die Edelsteine, meine ich«, sagte Liv. »Ist das nicht einfach bezaubernd?«

»Mom, hast du völlig den Verstand verloren? Das ist doch viel zu teuer! Mr. Sharp muß dafür ein paar tausend Dollar ausgegeben haben. So ein Geschenk kannst du doch nicht annehmen!«

Livs Lächeln verschwand. »Für Garretts Verhältnisse war es nicht teuer. Und ich werde es behalten.« Damit wirbelte sie auf dem Absatz herum und ging davon.

Das war nun schon wieder eine dieser entsetzlichen Auseinandersetzungen mit ihrer Mutter gewesen – über die Art, wie sich Garrett Sharp in ihrer beider Leben einmischte. Max hatte die Nase voll davon. Sie hatte die Nase voll von allem.

Sie würde Jack Underwood seine Beweise besorgen. Und zwar bald.

Während ihre männlichen Kollegen sich am Samstagabend bei Sebastian Taylor zum Pokerspielen versammelten, zeigte Max, mit Jeans, Turnschuhen und Windjacke bekleidet, dem Nachtwächter ihren Firmenausweis und stieg dann in den Aufzug, der zu den CovertCom-Büros führte.

Sie hatte Sebastian erklärt, sie habe Monatsbeschwerden und würde ihn deshalb bitten, sie bei den anderen wegen ihres Fehlens beim Pokern zu entschuldigen. Gerührt von soviel intimer Vertraulichkeit, hatte Sebastian bereitwillig versprochen, ihrer Bitte nachzukommen.

Das mit Dominic würde sie später regeln.

Sie sperrte ihr Büro auf und blieb einen Augenblick lang nachdenklich stehen. Jedes Unternehmen, hatte ihr Zane erklärt, hinge von seinen Angestellten ab, was die Handhabung der Sicherheitsvorkehrungen betraf. Und die meisten Angestellten würden die Sache eher locker handhaben. Paßwörter,

die auf einfachen gelben Zettelchen notiert waren, Schlüssel zu Geheimfächern, die mit Tesafilm unter die nächstbeste Schublade geklebt waren – manchmal war es ein Kinderspiel, in fremden Büros an Informationen zu gelangen.
Bei CovertCom blieben die Computer und Faxgeräte rund um die Uhr eingeschaltet, um unter Berücksichtigung der Zeitverschiebung aus jeder noch so entlegenen Ecke der Welt erreichbar zu sein. Die Mitarbeiter blieben oft bis spätnachts im Büro oder kamen nach dem Abendessen noch einmal in die Firma, so daß die Büros meistens nicht abgeschlossen waren. Max hatte den Samstagabend mit Bedacht gewählt, um möglichst sicherzugehen, daß sie von keinem übereifrigen Spy-Squad-Mann überrascht wurde.
Sie marschierte schnurstracks zu Garrett Sharps Büro. Die Tür war abgesperrt.
Das hatte Max aber auch nicht anders erwartet. Ohne zu zögern ging sie zum Schreibtisch der Sekretärin. Rose würde sicher einen Schlüssel zum Büro des Bosses haben. Max durchstöberte die Schubladen, bis sie einen kleinen Schlüsselbund fand.
Der sechste Schlüssel paßte schließlich.
Lautlos schlüpfte Max in den Raum, sperrte die Tür hinter sich ab und eilte zu Sharps Schreibtisch. Es war so leise in dem mit dicken Teppichen ausgelegten Büro, daß sie das Ticken der Wanduhr und ihren eigenen Herzschlag hören konnte.
Max schaltete die Schreibtischlampe ein. Sharps schwarzer Ledersessel quietschte, als sie in ihm Platz nahm.
Sie hatte absolut keine Ahnung, wonach sie suchte.
Sie zog die erste Schublade auf, blätterte einen Papierstapel durch und widmete sich dann einer zweiten Schublade. Nachdem sie alles gründlich durchsucht hatte, war sie sicher, daß der Schreibtisch nichts für sie Interessantes in sich barg und

wandte sich dann den Karteikästen zu. Abgesperrt. Und keiner von Roses Schlüsseln paßte. Max hielt nach einem versteckten Schlüssel Ausschau – und fand ihn schließlich in einem Blumentopf.

Die erste Lade, die sie aufzog, war voller Karteimappen. Auf einer stand *Imagitoys Inc.*

Max' Atem ging schneller. Sie holte die Mappe heraus, setzte sich auf den Teppich und breitete die Papiere vor sich aus.

Lauter Abschriften.

Abschriften von Gesprächen, die auf Band aufgenommen worden waren. Unter anderem waren die genauen Baupläne einer neuartigen fernsteuerbaren Actionfigur besprochen worden. Max kam es so vor, als wären Mr. Recon Viper und Abdul die Wüstenratte, die Imagitoys' größter Spielwarenkonkurrent auf den Markt gebracht hatte, genau nach diesen Plänen gebaut worden.

Max griff in ihre Jacke und holte den tragbaren Aktenscanner heraus, den sie mitgebracht hatte.

Underwood hatte recht. Sie verfügte über ein paar ganz eigene Spionageutensilien.

Sie war so sehr auf das Kopieren der vorgefundenen Akten konzentriert, daß sie erst aufschaute, als sich im Schloß von Garrett Sharps Bürotür ein Schlüssel drehte.

16. KAPITEL

Ihr Herz setzte einen Schlag aus. Max sprang auf die Füße, löschte das Licht, raffte hastig die Akten zusammen und hatte dann gerade noch eine halbe Sekunde Zeit, sich an die Wand neben der Tür zu pressen, bevor diese aufschwang.

Es gab absolut keinen Ort in diesem minimalistisch eingerichteten Büro, wo sie sich hätte verstecken können.
Mit angehaltenem Atem kauerte Max hinter der Tür. Aus dem Augenwinkel konnte sie sehen, daß der Karteischrank immer noch einen Spalt offenstand, und sie biß erschrocken die Zähne zusammen.
Was würden sie mit ihr tun? Würden sie sie umbringen?
Sie kniff die Augen zusammen und bemühte sich, langsam und lautlos zu atmen.
Und dann roch sie es, und der Duft ließ sie zusammenzucken.
Dominic.
Seinen Duft hätte sie überall wiedererkannt. Sie wußte nicht, wie das Parfüm hieß, sie wußte noch nicht einmal, ob es wirklich ein Parfüm war oder ein Aftershave, aber eines stand jedenfalls fest: Dieser Duft gehörte zu Dominic.
Was hatte er hier zu suchen?
Er suchte doch hoffentlich nicht nach ihr?
Max wartete.
Wenn er die Tür zumachte, saß sie in der Falle.
Die kleine Schreibtischlampe wurde wieder angeknipst. Von ihrem Versteck aus konnte Max so gut wie gar nichts sehen.
Der Ledersessel quietschte, als Dominic sich setzte.
Dann hörte sie, wie er auf der Computertastatur tippte, anschließend folgte ein leises Surren, das nur wenige Sekunden anhielt. Eines der Blätter, die Max mit schweißnassen Händen umklammert hielt, löste sich aus dem Stapel und flatterte zu Boden. Eine Ecke des Papiers spitzte unter dem Türblatt hervor. Falls Dominic zu Boden schaute, wenn er die Tür zumachte ...
Der Sessel quietschte wieder, und das Licht ging aus. Wieder streifte sie der Duft ihres Liebhabers, als er zur Tür ging. Durch die Türritze konnte sie einen schmalen Streifen von

ihm sehen. Wenn er den Kopf drehte, würde er sie auch erblicken können.

Er verließ das Büro, machte die Tür hinter sich zu und sperrte ab.

Heftig zitternd sank Max zu Boden. Sie traute sich nicht, die Schreibtischlampe wieder anzuknipsen, aus Angst, daß das Licht unter der Tür durchschimmern würde. Schließlich konnte sie nicht wissen, ob Dominic die CovertCom-Räume schon verlassen hatte oder noch da draußen war.

Sie lehnte den Kopf an die Wand. Langsam löste sich ihre Anspannung. Was hatte Dominic hier getan, und warum? Hatte Sharp ihn vielleicht hergeschickt, damit er etwas erledigte?

Unwahrscheinlich.

Spionierte er etwa den Boss aus?

Max' Magen krampfte sich zusammen. Wenn Dominic Sharp in die Suppe zu spucken versuchte, war er jetzt schon ein toter Mann, da war sie sich sicher.

Aber er hatte einen Schlüssel benutzt.

Genau wie sie selbst.

Aber sie hatte ihren aus Roses Schreibtisch geholt – woher hatte Dominic den seinen gehabt?

Vielleicht war er ein besonderer Vertrauter von Sharp, und der hatte ihm höchstpersönlich einen Schlüssel überlassen?

Max' Nerven waren zum Zerreißen angespannt. Nichts paßte zusammen, nichts ergab einen Sinn, und sie hatte Angst.

Sie hatte verdammt viel Angst.

Jason Crandall steuerte sein Fahrrad zwischen zwei gelben Taxis hindurch, dann holperte er auf den Gehweg, stieg ab und schob das Rad weiter. Ihm war heiß, er war vollkommen verschwitzt und extrem angesäuert. Sein Softball-Team hatte soeben eine krasse Niederlage einstecken müssen – zum Teil deswegen, weil dieser Mistkerl Osamu Smith ausgestiegen und zu Hause geblieben war.

Crandall bahnte sich seinen Weg zu seinem Wohnblock und drückte erschöpft auf den Aufzugknopf. Es war ein drückender, schwüler Sonntagnachmittag in New York, aber dennoch eine willkommene Abwechslung von der Arbeit, wo ihm in der letzten Zeit der Wind immer stürmischer ins Gesicht blies. Man hatte ihn noch nicht gefeuert, aber Crandall hatte so ein Gefühl, daß das nur noch eine Frage der Zeit sein konnte. Er fragte sich, wie viele seiner Kollegen am Freitagnachmittag den Streit zwischen ihm und Osamu mit angehört hatten. Er konnte es einfach nicht fassen, daß sein alter Freund ihn beschuldigt hatte, Firmengeheimnisse ausgeplaudert zu haben! Diese ganze Geschichte mit CovertCom, dem Recon Viper und ihrem Konkurrenten Stratego Toys hatte Osamu wohl um den Verstand gebracht.

Crandall taumelte aus dem Aufzug und schloß die Tür zu seiner Wohnung auf. Er war zweiunddreißig Jahre alt, aber er fühlte sich wie fünfundsechzig. Die letzten Monate hatten er und Osamu wie die Irren gearbeitet – aber er hatte es genossen, hatte er doch gewußt, daß diese Actionfigur ihnen den Durchbruch auf dem Spielzeugmarkt bringen würde.

Aber statt dessen hatte sie sie fast in den Ruin getrieben.

Er lehnte sein Fahrrad an die Wohnzimmerwand und schleuderte seine Sportsachen auf den nächstbesten Stuhl. Dann machte er sich auf den Weg in die Dusche, wobei er seine Kleider achtlos auszog und auf dem Boden liegenließ. Zum Teufel mit allem! Unordentlich sein zu dürfen war einer der Vorzüge des Alleinlebens.

Die lange, kühle Dusche heiterte ihn etwas auf. Crandall wärmte sich eine Portion Chili auf und aß sie vor dem Fernse-

her. Es wurde langsam dunkel, und er schaltete das Deckenlicht an, um nicht wieder in eine trübe Stimmung zu verfallen. Als es an der Tür klingelte, hoffte er sehr, es wäre Osamu, der gekommen wäre, um sich zu entschuldigen.
»Ja?« sagte er in die Gegensprechanlage.
»Mr. Crandall, hier ist Hakeem Abdul. Von CovertCom.«
Crandall zögerte.
»Darf ich raufkommen? Ich möchte mit Ihnen über Stratego reden.«
Crandalls Magen verkrampfte sich. War der Kerl etwa gekommen, um doch noch CovertComs Schuld an dem Ganzen einzuräumen?
»Okay.« Er drückte auf den Türöffner.
Als Abdul an die Tür klopfte, stand er schon bereit. Er wunderte sich zwar, wie der Mann es bei diesem Wetter wohl in Anzug und Trenchcoat aushielt, aber er ließ ihn kommentarlos herein. Abdul trat eilig, fast verstohlen herein und sah sich in der Wohnung hastig um, als würde er etwas suchen. Crandall hatte ein ungutes Gefühl, redete sich aber ein, daß er sich alles nur einbilden würde.
»Worum geht's?« fragte er und räusperte sich nervös.
Abdul trat ein paar Schritte vor und blieb vor einem der Sessel stehen. »Ich habe da ein paar Informationen, die Sie interessieren dürften«, sagte er. »Es betrifft Ihre Beziehungen zu CovertCom.«
Crandall nickte, obwohl eine innere Stimme ihm riet, sofort wegzulaufen, alles hinter sich zu lassen. Er wollte Abdul schon bitten, Platz zu nehmen, aber dann überlegte er es sich anders. Er wollte diesen schwarzäugigen Mann so schnell wie möglich wieder aus dem Haus haben. Fast tat es ihm leid, daß er ihn überhaupt hereingelassen hatte. Da war etwas Gruseliges in Abduls Blick.

»Ich habe Beweise dafür, daß CovertCom Sie und Ihren Partner hintergangen hat. CovertCom hat in den Räumen von Imagitoys keine Säuberungsaktion durchgeführt, sondern im Gegenteil Wanzen installiert und die dadurch gewonnenen Informationen an Stratego verkauft.«
Crandalls Herz machte einen Satz. *Ich hab's gewußt!* dachte er. Mit diesen Beweisen ausgestattet, würde er in der Lage sein, seinen Kopf aus der Schlinge zu ziehen, auch wenn der Viper für Imagitoys auf ewig verloren war. Er und Osamu – sie waren ein Team, und jetzt würden sie neu durchstarten können!
»Warum erzählen Sie mir das alles, Mr. Abdul?« fragte er.
»Weil es das letzte ist, was Sie je hören werden.«
»Was?«
Er hatte das Wort kaum ausgesprochen, als er schon aus dem Augenwinkel seinen Baseballschläger – seinen eigenen Schläger! – auf sich zukommen sah. Die ungewöhnliche Waffe zischte durch die Luft und traf Crandalls Kopf mit einem dumpfen Krachen.
Abdul hatte sich geirrt. Das letzte, was Jason Crandall in seinem Leben hörte, war das Geräusch seines aufplatzenden Schädels.

Das nächste Treffen zwischen Underwood und Max fand an einem windigen Sonntagnachmittag oben auf dem Empire State Building statt. Am Horizont über dem Fluß schien ein weicher Sonnenball schwach durch die violette Mischung aus Smog und Wolken. Es war später August.
Underwood konnte New York nicht viel abgewinnen.
Max hatte sich das Haar unter eine Mütze gestopft, und sie trug ein *Akte X*-T-Shirt, das auf der Vorderseite mit dem Serienslogan *Vertrau keinem* und auf der Rückseite mit *Die Wahrheit ist da draußen* bedruckt war.

Die beiden lösten sich von einem Pulk deutscher Touristen und suchten sich ein ruhiges Plätzchen in einer Ecke. Max setzte eine Bloomingdale's-Tüte ab und machte sich an einem der Fernrohre zu schaffen. Underwood öffnete die Tüte und warf einen Blick hinein. Jede Menge Akten.

Eine unerwartete Freude durchströmte ihn, und er lächelte. Endlich die ersten Beweisstücke.

Max schaute weiter durch das Fernrohr. »Abschriften«, raunte sie.

Er konnte sie kaum hören, also beugte er sich zu ihr hinüber und tat so, als würde er mit ihr gemeinsam die Landschaft bewundern. Er bemühte sich, den Duft ihres Parfüms zu ignorieren.

»Abgehörte Versammlungsgespräche von Firmen, die uns für Säuberungsaktionen engagiert hatten. Ich hab in Sharps Büro mitgenommen, was ich finden konnte, aber der einzige Fall, in dem ich als Zeugin aussagen könnte, ist der Imagitoys-Fall.«

»Waren Sie bei der Säuberungsaktion dabei?«

»Nein, aber ich war dabei, als zwei der Imagitoys-Leute, Jason Crandall und Osamu Smith, bei uns hereinstürmten und CovertCom beschuldigten, Informationen über ein neues Spielzeug gesammelt und an den Konkurrenten Stratego verkauft zu haben.«

Underwood starrte sie an. »Spielzeug?« stieß er hervor. Er konnte seine Enttäuschung kaum verbergen. Spielzeug. Kinderkram.

»Imagitoys hatte CovertCom engagiert, damit die ihnen die Firmenräume abhörsicher machen, während sie ein brandheißes Spielzeug entwickelten. Es sollte das neuartigste Spielzeug seit Barbie werden.«

Underwood seufzte. »Okay.«

Max kniff die Augen zusammen und funkelte ihn an. »Ich dachte, Sie hätten Kinder.«
»Hab ich auch.«
»Haben Sie sich noch nie zwei Tage vor Weihnachten durch eine Meute ausrastender Kids gekämpft, die das letzte Was-weiß-ich-Ding ergattern wollten, das auch Ihr Kind unbedingt haben mußte?«
»Na ja ...«
»Was meinen Sie, was Ihre Kinder anstellen würden, um eine ferngesteuerte Actionfigur zu kriegen?«
»Ich habe Töchter.«
»Underwood!«
»Okay, okay.« Er lachte und hielt abwehrend die Hände hoch. »Sie haben recht und ich unrecht. Sind Sie jetzt zufrieden?«
Max runzelte die Stirn.
»Ich hab's ja kapiert. Wir reden hier also von einer Sache, die Millionen, wenn nicht Milliarden von Dollar wert ist.«
»Sie kapieren gar nichts. Diese Spielzeugfirmen sind *Killer.*«
»Die Bänder haben Sie wohl nicht?«
»Welche Bänder?«
»Die Bänder, von denen diese Abschriften stammen.«
»Ach so, wie konnte ich die vergessen!« Max' Stimme triefte regelrecht vor Sarkasmus.
»Hören Sie, Max. Was Sie mir da gebracht haben, ist wirklich großartig, und ich will mich ja nicht als Arschloch aufführen ...«
»Mit Wollen hat das nichts zu tun. Sie sind es von Natur aus.«
Underwood hielt inne und musterte sie. Max gab sich alle Mühe, nicht loszuprusten.
»Also gut, dann bin ich eben ein Arschloch. Aber ich brauche mehr Beweise.«
»Wie viel mehr?«

»Soviel Sie kriegen können.«
»Für den Imagitoys-Fall ist es zu spät. Ich meine, ich war bei der Säuberung nicht dabei ...«
»Schon verstanden. Aber das nächste Mal, wenn Sie mit Dominic eine Säuberungsaktion durchführen ...«
»Ich arbeite nicht mehr mit Dominic zusammen. Mr. Sharp hat mich mit Hakeem Abdul zusammengetan.«
Underwood zögerte. »Warum?«
»Wer weiß das schon?« Max errötete und wandte sich ab.
»Abdul ist der Telefonexperte bei CovertCom, oder?« fragte Underwood nach einer Weile.
»Ja.«
»Das wird schwer. Er wird wohl kaum Wanzen in die Hörer einbauen.«
»Braucht er auch nicht – bei Bypass-Schaltungen.«
»Ach so. Hmmm. Kann man erkennen, wenn ein Telefon auf diese Weise manipuliert wurde?«
»Nur, wenn ich ihm bei jeder Bewegung über die Schulter schaue und hinterher jedes Gerät auseinandernehme, um zu überprüfen, ob er einen Bypass eingebaut hat.«
Das konnte gefährlich werden. Wenn Abdul sie dabei erwischte, wie sie sich an einem Gerät zu schaffen machte, nachdem er fertig damit war ...
»Ich mach Ihnen einen Vorschlag«, sagte Underwood. »Wenn Sie einen Verdacht haben, daß Abdul irgendwas angezapft hat, sagen Sie mir Bescheid, und ich schicke einen von meinen Jungs, damit er das überprüft.«
»Das wird nicht funktionieren, Underwood.«
»Warum nicht?«
»Weil bei Verwendung eines Zener-Dioden-Bypass das Telefon nicht nur angezapft wird. Der Sender fungiert auch als Mikrofon, das jedes Gespräch im Raum aufzeichnet, ob es

über Telefon geführt wird oder nicht. Man muß nur eine Telefonleitung in der Nähe haben – irgendwo auf der Welt –, um diese Gespräche mithören zu können.« Max seufzte.
»Wenn er überhaupt solche Dinger verwendet. Es gibt etliche viel kompliziertere Sachen, die Abdul einbauen kann. Wie auch immer, es läuft immer auf das gleiche hinaus.«
»Nämlich?«
»Daß Ihr Mann entdeckt wird, wenn er an der Anlage herumpfuscht – selbst wenn er sich als Reparateur oder sonst was ausgibt. Dann sind die CovertCom-Leute gewarnt und im Handumdrehen über alle Berge.«
»Scheiße.«
»Hören Sie, Sie haben keine Wahl. Ich hab Ihnen doch diese Papiere besorgt, oder?«
»Ja ...«
»Aus Garrett Sharps *abgeschlossenem* Karteischrank in seinem *abgeschlossenen* Büro.«
»Ich bin beeindruckt«, sagte Underwood kleinlaut.
»Also kann ich auch Abduls Arbeit überwachen.«
Underwood wußte, er sollte darauf bestehen, daß sie kein solches Risiko einging, aber er wußte auch, wenn er sie nicht machen ließ, würde er seinen Fall womöglich nie abschließen können. Was sie ihm aus Sharps Büro mitgebracht hatte, mochte für Max zwar wichtig aussehen, aber die traurige Wahrheit war, daß jeder Anwalt diese Papiere mit irgendwelchen Tricks vom Tisch fegen konnte, noch bevor ein Gericht sie zu Gesicht bekam.
Er seufzte. »Seien Sie vorsichtig, okay?«
»Geben Sie zu, Sie wären traurig, wenn ich draufgehen würde, nicht wahr?« neckte sie ihn.
Er grinste. »Ja ... Der Papierkram würde mich eine Menge Arbeit kosten.«

Max lachte.
Irgendwie waren sie mittlerweile zu Alliierten geworden, die einen gemeinsamen Feind bekämpften.

Es war schon fast elf Uhr abends, als Underwood alles erledigt hatte, was mit der Bestandsaufnahme, Katalogisierung und Berichterstattung über die Akten zusammenhing, die Max ihm besorgt hatte. Müde schob er sich die Brille hoch, rieb sich die Augen und ging los, auf der Suche nach einer guten Tasse Kaffee. Ein kleines Fernsehgerät lief im Aufenthaltsraum des NYFO. Während Underwood sich aus der Kaffeekanne eine Tasse einschenkte, hörte er mit halbem Ohr den Nachrichten zu.
Am frühen Morgen wurde die Leiche des zweiunddreißigjährigen Jason Crandall in dessen Wohnung aufgefunden. Der Mann wurde offenbar erschlagen...
Underwood wirbelte herum, die Kaffeetasse in der Hand, und starrte auf den Bildschirm.
Nachbarn berichteten, sie hätten kurz zuvor einen Streit zwischen Crandall und seinem Freund und Geschäftspartner Osamu Smith gehört. Die Polizei befragte Smith und durchsuchte anschließend dessen Wohnung, wo sie einen blutbeschmierten Baseballschläger entdeckte. Osamu Smith wurde vorläufig festgenommen...
Underwood zappte eine Weile von einem Sender zum anderen, in der Hoffnung, mehr Informationen zu bekommen, aber alle Nachrichtensendungen berichteten nun über andere Themen. Er rannte zu seinem Schreibtisch, riß den Telefonhörer hoch und bat die Zentrale, ihn mit einem Agenten namens David Young zu verbinden, der beim NYFO für die Aufklärung von Gewaltverbrechen zuständig war.
Er wartete ungeduldig, bis ihm die Zentrale schließlich mit-

teilte, daß Mr. Young leider nicht im Hause sei und er ihm eine Nachricht auf Band hinterlassen möge. »Dave?« sprach Underwood in den Hörer. »Hier ist Jack Underwood. Hören Sie zu, ich möchte, daß Sie möglichst alles über den Mord an einem Kerl namens Jason Crandall herausfinden. Stadtbezirk Manhattan, glaube ich. Sein Tod könnte in direkter Verbindung stehen mit dem Fall, den ich fürs WMFO bearbeite. Je schneller ich von Ihnen höre, desto lieber wär's mir. Danke. Und... ich geb einen aus, wenn Sie mir was Brauchbares liefern.« Er kicherte, hinterließ noch seine Durchwahl und legte dann auf.

Underwood nippte an seinem Kaffee und blätterte die Akten von Max durch, als könnte er dort eine Antwort auf die Fragen finden, die in seinem Kopf herumwirbelten. Er zitterte. Eine Koffein-Überdosis wahrscheinlich, oder der Adrenalinstoß... Oder konnte es sein, daß er... Angst hatte?

Nicht Angst um sich selbst, jedenfalls nicht zu diesem Zeitpunkt der Ermittlungen. Im Moment war er für die bösen Buben noch unsichtbar.

Aber Angst um Rebekah Maxfield.

Sie war da draußen, an der Front.

Eine lebende Zielscheibe.

Dominic zappte sich gerade durch die Latenight-Shows der verschiedenen Sender, als es an der Tür klingelte. Er sah stirnrunzelnd auf die Uhr, ging barfuß an die Tür und murmelte in die Gegensprechanlage: »Ja?«

»Dominic, ich bin's.«

»Max! Was machst du hier um diese Uhrzeit? Dann mal hopp rauf mit dir, bevor du noch überfallen wirst!«

Noch bevor sie richtig aus dem Aufzug gestiegen war, konnte er sehen, daß sie geweint hatte.

»Was zum ...?« Sie stürzte sich in seine Arme, bevor er noch etwas sagen konnte. Er hielt sie fest, strich ihr über das Haar, und sie schluchzte zitternd an seiner Schulter.

»Was ist passiert? Ist was mit deiner Mom? Komm schon, erzähl's mir.«

»Diese zwei Spielzeug-Leute ...«, stammelte Max.

»Du meinst die von Imagitoys? Was ist mit ihnen?«

»Jason Crandall ist tot. Osamu Smith hat ihn mit einem Baseballschläger erschlagen.«

»Was?? Wo hast du das denn her?«

»Aus den Nachrichten. Siehst du denn nicht fern?« Max löste sich von ihm und wischte sich mit einem zerknüllten Taschentuch über die Augen.

»Doch, normalerweise schon, aber ...«

»Dominic.« Sie sah ihm direkt in die Augen, als wollte sie etwas sagen, hielt dann aber inne.

»Was ist?«

Max schien eine Entscheidung getroffen zu haben. »Es ist unsere Schuld, nicht?«

»Wessen Schuld?«

»Die von CovertCom.«

Dominic zuckte zusammen. »Wovon redest du?« Er gab sich alle Mühe, seine Stimme unter Kontrolle zu halten.

»Osamu Smith hatte recht, oder? Wir haben ihre Firmenräume verwanzt und die Recon-Viper-Pläne an Stratego verkauft, nicht wahr?«

Nun war er also da, der große Showdown. Einerseits war Dominic froh, daß sie mit ihren Zweifeln zu ihm gekommen und nicht etwa zu einem Kerl wie Hakeem Abdul gegangen war. Andererseits ... jetzt gab es kein Zurück mehr.

»Es ist wahr.« Max wandte sich ab. »Das sehe ich dir doch an.«

Dominic wollte etwas erwidern, wußte aber nicht, wie er sich der Sache am sichersten nähern sollte – jedenfalls so lange, bis er erfuhr, wie sie zu der ganzen Geschichte stand. »Max?«

Sie schaute ihn wieder an, und ihr Blick war undurchdringlich. Pokerface Maxfield.

»Was, wenn es wirklich so gewesen ist?« sagte Dominic. »Was, wenn ich dir sagen würde, daß CovertCom das mit den meisten seiner Kunden macht?« Er schluckte. »Was, wenn ich dir sagen würde, daß wir alle Verbrecher sind?«

Max seufzte und zuckte mit den Schultern. »Dominic, was denkst du, wo ich die letzten sieben Jahre war?«

»Ich weiß, wo du warst.«

»Also dann. Ich stamme auch nicht aus irgendeinem kleinen Kaff in Mittelamerika und bin jetzt geschockt von der bösen, bösen Großstadt.«

»Worauf willst du hinaus?«

»Ich will damit nur sagen, daß ich kein naives kleines Mädchen bin ...«

»Hat auch keiner behauptet.«

»Ich meine, ich wußte ... von Anfang an, daß ... irgendwas nicht stimmt.«

Dominic runzelte die Stirn. »Von Anfang an? Was soll das heißen? Ich hab während der Zeit in Washington kein Gesetz übertreten oder dich dazu gebracht, es zu tun.« Er konnte nicht verhindern, daß sich ein mißtrauischer Ton in seine Stimme schlich. Unmöglich, daß sie etwas gewußt hatte – oder?

»Es ging nicht um dich, sondern um Garrett Sharp. An dem Tag, als er ins Gefängnis kam und mir einen Job anbot ...« Max starrte auf ihre Hände herunter. »Ich war gerade dabei, im Garten Blumen zu pflanzen. Und er sagte, er sei den ganzen Weg von New York hergekommen, um mir eine Stelle anzubieten.« Sie sah Dominic in die Augen. »Ich wußte, daß alles zu gut war, um wahr zu sein.«

Er konnte sehen, daß sie die Wahrheit sagte – konnte es an ihrer Stimme, ihrem Blick, ihrer Körpersprache erkennen.
»Und was hast du zu ihm gesagt?«
Max lächelte bei der Erinnerung. »Daß es zu gut ist, um wahr zu sein.«
Dominic starrte sie einen Augenblick an, dann lachte er schallend. Niemand anders würde es wagen, Garrett Sharp so etwas ins Gesicht zu schleudern. »Und was hat dich dazu gebracht, später deine Meinung zu ändern?«
Max ging zum Fenster. »Meine Mutter. Sie hat sich so über das Angebot gefreut, und sie hatte während der vergangenen Jahre soviel mitgemacht ... Ich konnte es einfach nicht über mich bringen, sie zu enttäuschen.«
Er nickte. Klang einleuchtend. »Hat sie nie ... etwas geahnt?«
Sie lachte bitter. »Soll das ein Witz sein? Die Frau ist hin und weg von Garrett Sharp. Ich meine, wer wäre das auch nicht? Er hat ihr einen Schmetterling geschenkt.«
»Wie?« Dominic schüttelte verständnislos den Kopf. Frauen hatten so eine verwirrende Art, das Thema im Handumdrehen zu wechseln.
»Eine Schmetterlingsbrosche. Mit Edelsteinen besetzt.«
»Ach so.«
»So was macht er ständig. In Washington hat er sie am Abend mal zu einem Hubschrauberrundflug eingeladen.«
»Was ist daran schlimm?«
»Nichts. Alles.« Max' Stimme war nur noch ein leises, trauriges Flüstern.
Dominic ging zu ihr und nahm sie in den Arm. Sie schmiegte sich an ihn, und so standen sie dann schweigend am Fenster. Dominic wünschte sich so sehr, er könnte sie beschützen, sie aus dieser ganzen Hölle entführen.
Aber er konnte es nicht. Jetzt nicht mehr.

17. KAPITEL

»Verdammt«, murmelte Hakeem.

Da er für gewöhnlich kaum ein Wort sprach, wenn sie in der Nähe war, hob sie beunruhigt den Kopf und beschloß nachzusehen. »Was ist?«

»Keine Service-Schnittstelle.«

»Oh«, stieß Max hervor. »Ist das schlimm?«

Während er weiterarbeitete, runzelte Hakeem grimmig die Stirn wegen der dummen Frau und ihrer dummen Fragen. »Ja, denn es bedeutet, daß ich keinen Zugang zur Service-Schnittstelle habe, mich nicht als Servicetechniker einloggen, also nicht die zweite Leitung anzapfen kann.« Er bezog sich auf die zweite Leitung, die in den meisten Telefonsystemen eingebaut war, aber so gut wie nie benutzt wurde, was anderen eine ideale Abhörmöglichkeit bot.

»Und damit keine Bypass-Schaltung einbauen«, mutmaßte Max laut.

Er erwiderte nichts, was sie als Zustimmung deutete. Sie hatte Hakeem schon mehr als einmal mit schönen Frauen in der Stadt gesehen, und er war für seinen besonderen Charme berühmt, aber Max war sich sicher, daß er für Frauen dennoch nichts anderes als Verachtung übrig hatte. Er war Moslem, aber sie hatte ihn weder fünfmal am Tag niederknien und beten sehen, wie es die wirklich Gläubigen taten, noch Bemerkungen wie »Das ist Allahs Wille« fallen lassen hören. Sie vermutete stark, daß der einzige Wille, der Hakeem Abdul etwas bedeutete, sein eigener war. Von allen Leuten beim Spy Squad oder allgemein bei CovertCom war Hakeem der einzige, der ihr irgendwie Angst einflößte.

Sie prüften gerade das Telefonsystem einer Firma namens X-Tech, die zu Sicherheitszwecken komplizierte Durchleuchtungsgeräte und andere verwandte Apparate herstellte. X-Tech hatte CovertCom engagiert, weil die Luftfahrtbehörde kürzlich eine Verordnung erlassen hatte, wonach alle Flughäfen mit neuartigen und kostspieligen Massenspektrometern ausgestattet werden mußten. Diese Geräte konnten jede Art von Sprengstoffen ausfindig machen, bis hin zu den modernsten Plastiksprengstoffen, die mit den bisher üblichen Durchleuchtungsapparaten nicht aufgestöbert werden konnten. Seitdem war zwischen den wenigen Unternehmen, die zur Herstellung der neuen Geräte fähig waren, ein erbitterter Kampf um die einträglichen Verträge mit den Flughäfen entbrannt. X-Tech wollte sicherstellen, daß die Höhe seiner Angebote keiner anderen Firma bekannt wurde, also kein Konkurrent die Angebote unterbieten konnte.

Max und Hakeem befanden sich im schlecht belüfteten Keller der Firma, und sie leuchtete ihm mit einem kräftigen Scheinwerfer, während er sich im Verteilerkasten zu schaffen machte. Für Max sahen die vielen Drähte genauso verwirrend aus wie ein vielspuriger Freeway in Los Angeles, aber Hakeem wirkte keineswegs irritiert, sondern arbeitete zielstrebig, als hätte er ein komplettes Muster aller Leitungen im Kopf.

»Okay«, murmelte er. »Die Fernleitung.«

Schweiß tropfte Max von den Schläfen auf die Arme herab. Hakeems geraunten Worten konnte sie entnehmen, daß es nicht unmöglich sein würde, das Telefonsystem des Unternehmens anzuzapfen, aber immerhin schwierig. Hakeem würde einige ganz besondere Werkzeuge und Geräte brauchen, um seinen Auftrag zu erfüllen.

Der Hauptsitz von X-Tech lag zwar in New York, aber die Herstellung war in Plano angesiedelt, einem Vorort von Dallas. Hakeem würde sich mit einigen Kollegen in Texas in

Verbindung setzen müssen, bevor sie entscheiden konnten, wie er weiter vorgehen sollte.
Das verschaffte Max eine willkommene Atempause.

Nur zwei Tage später hatten sie im Keller von X-Tech ein komplettes geheimes CovertCom-»Büro« eingerichtet – mit Stühlen, einem Computer, einem Telefon- und Faxgerät, einer Kaffeemaschine und dem komplizierten STG-Bildfunkgerät, das Hakeem für den Auftrag unbedingt brauchte und das problemlos in eine Aktentasche normaler Größe paßte.
Max rief bei X-Tech an und kündigte den Angestellten an, daß CovertCom ihnen nun ein Fax schicken würde, um die Unangreifbarkeit ihrer Geräte zu testen. Sie mögen bitte so freundlich sein, auf das Fax zu warten – was sie nur zu gern zusicherten.
Nachdem das Fax durch war, setzte Hakeem sich mit CovertCom in Verbindung. »Wir senden euch jetzt das X-Tech-Testfax«, sagte er. Als das Blatt Papier durchgerutscht war, fragte er: »Alles in Ordnung? Okay«, und legte dann auf, ohne sich zu bedanken.
Max achtete auf jede seiner Bewegungen. Einmal dachte sie, Hakeem hätte einen winzigen, aber gravierenden Fehler gemacht, aber sie sagte kein Wort. Nicht nur, daß er sich sowieso von einem dummen Blondchen sicher nichts sagen lassen würde – Max hatte nicht vor, ihn wissen zu lassen, wieviel sie schon mitbekam.
»Ich baue jetzt diesen Monitor auf. Damit verpassen wir keins der eingehenden und ausgehenden Faxe«, erklärte er schließlich, als wäre sie ein kleines Kind. »Wir können jederzeit reinschauen und uns ausdrucken, was wir haben wollen.«
»Toll«, erwiderte Max mit gespielter Bewunderung.
»Könnten Sie mir einen Kaffee machen?« bat er. »Schwarz. Ich ... hab jetzt keine Zeit.«

»Aber sicher, Hakeem«, sagte Max lächelnd. »Kein Problem.« Das war ihre große Chance, Underwood zu seinen Beweisen zu verhelfen. Sobald die Abhörvorrichtungen angebracht waren und das STG-Bildfunkgerät angeschlossen war, würde Max an handfeste Beweise gelangen können, die auch vor Gericht bestehen konnten – an Beweise dafür, daß CovertCom hier geheime Informationen gewann und an konkurrierende Unternehmen verkaufte. X-Techs Konkurrent würde damit X-Techs Angebot unterbieten und den begehrten Flughafen-Auftrag an Land ziehen können.

In gewisser Weise haßte Max die ganze Maschinerie, in der sie steckte, es widerstrebte ihr, an der Art teilzuhaben, wie X-Tech von CovertCom betrogen wurde, was große Auswirkungen auf die Firma und ihre Angestellten haben würde. Die einzige Möglichkeit, ihr schlechtes Gewissen zu beruhigen, bestand darin, sich einzureden, daß es wichtig war, CovertCom ans Messer zu liefern, damit Sharp erst gar keine Gelegenheit mehr bekam, einem weiteren Kunden Schaden zuzufügen. Ohne ihre Hilfe würde das FBI nie an Beweise gegen CovertCom gelangen, und Sharp würde mit seinem schmutzigen Treiben womöglich jahrelang weitermachen können.

Hier ging es nicht mehr nur um sie und Gaby, hier ging es um sehr viel mehr, und in den kommenden Monaten würde jede ihrer Bewegungen vielleicht weitreichende Folgen haben.

»Jack?«

»Ja.«

»Hier spricht David Young. Sie wollten doch alle Infos über den Mord an Jason Crandall haben.«

»Genau. Wie geht's denn so, David?«

»Ach, kann nicht klagen. Hey ... ähm ... hab von Ihrer Scheidung gehört. Tut mir leid.«

Jack runzelte die Stirn. Das FBI war die schlimmste Kleinstadt in der Welt: überall Gerüchte, Klatsch und Spekulation. Selbst bodenständige Agenten, die durch jede Menge Regeln und Vorschriften gebunden waren, machten sich einen Spaß daraus, Gerüchte über Kollegen, gerade zu bearbeitende Fälle oder Ankündigungen von oberer Stelle zu streuen und zu nähren.

»Danke, David, aber machen Sie sich darüber keine Gedanken. Mir geht's gut.«

Es ging ihm natürlich alles andere als gut, aber es war sozusagen die Pflicht jedes Agenten, seinen Kollegen weiszumachen, er habe keine Probleme. Ansonsten lief man Gefahr, die Aufmerksamkeit höherer Stellen auf sich zu lenken, was so ziemlich das letzte war, was man brauchen konnte. »Was haben Sie für mich?«

»Der Japse schwört auf einem ganzen Stapel Bibeln, daß er seinen lieben Kumpel Jason Crandall nicht um die Ecke gebracht hat. Sein Verteidiger hat angekündigt, einen eigenen Lügendetektortest durchführen zu lassen. Smith gibt zu, mit seinem Kollegen über irgendein neues Spielzeug gestritten zu haben, das die wohl gerade entwickelt hatten, aber umgebracht habe er ihn nicht. Hat angeblich keine Ahnung, wie der Baseballschläger in seinen Schrank kam. Die Cops sagen, er hätte das Motiv, die Möglichkeit und die Mittel gehabt, Crandall umzulegen, aber die Verteidigung beruft sich darauf, es gäbe nur schwache Indizien.«

»Na klar, sicher weiß der Mann nicht, wie der Schläger in seinen Schrank geraten ist.«

»Bleibt das zwischen uns beiden?«

»Ja.«

»Die Cops denken, der Kerl wäre sauber. Dieser Typ vom Morddezernat, den ich kenne, der hat gesagt, er habe es so im

Gefühl, daß Smith die Wahrheit sagt, aber der Staatsanwalt will den Fall abgeschlossen kriegen.«
»Hm. Tja, das ist alles, was ich wissen wollte, David. Was ist denn Ihr Lieblingsgesöff?«
»Na ja, wenn Sie mich schon so fragen, Bier. Aber bitte kaufen Sie was Importiertes, was richtig Teures. Wenn schon, denn schon.«
»Na klasse«, sagte Underwood lachend und legte auf. Es war ein langer Tag gewesen. Underwood wußte, er sollte jetzt eigentlich lieber in sein Hotel gehen und sich ein bißchen Schlaf gönnen, aber statt dessen füllte er die letzten Stunden des Tages genauso aus wie immer. Er hatte seine Familie buchstäblich für seinen Job aufgegeben, aber in all den Jahren, die er bis spät in die Nacht beim FBI geschuftet hatte, hatte er nie gemerkt, wieviel ihm die Familie wirklich bedeutet hatte. Andererseits war es eine Erleichterung, sich nicht mehr ständig mit Abby herumstreiten zu müssen, ihr eingeschnapptes Schweigen, ihre Wutausbrüche nicht mehr ertragen zu müssen.
Aber er vermißte seine Töchter. Himmel, wie er sie vermißte! Seufzend nahm er den Hörer und rief Sarah Sandstone an, eine Agentin aus dem Hauptquartier, die Fälle von Weiße-Kragen-Kriminalität bearbeitete. Obwohl es schon Abend war, würde Sarah bestimmt noch da sein; sie war ein ehrgeiziger Workaholic, genau wie er. Sie waren zusammen auf die Academy gegangen. Als letztes hatte Underwood gehört, sie habe ihre zweite Scheidung hinter sich gebracht.
Nach ein bißchen Small talk brachte Underwood sein Anliegen vor: Ob Sarah ihm wohl eine Liste der Leute besorgen könnte, die in der letzten Zeit Stratego-Toys-Aktien gekauft hatten? Es war nur ein Schuß ins Blaue, aber Underwood hoffte, er würde eine Verbindung zwischen Sharp und Stra-

tego entdecken, die über das bißchen hinausging, was Rebekah Maxfield ihm besorgt hatte. Wenn er nachweisen konnte, daß Sharp einen finanziellen Nutzen aus den Informationen bezog, die er aus dem Stratego-Auftrag erhalten hatte, war es vielleicht möglich, den Kerl wegen Erpressung dranzukriegen.

Einen Versuch war es wert, fand er, und Sarah gab ihm recht. Es würde kein Problem sein, sagte sie, ihm die Liste zu beschaffen.

Als Underwood auflegte, stellte er verwundert fest, daß sie eine ganze Stunde miteinander gesprochen hatten. Vielleicht würde er Sarah mal zum Essen einladen, wenn er wieder in Washington war.

Es war das mindeste, was er tun konnte.

Diesmal kam Max zu ihrer Internet-Verabredung mit ihrem Bruder Zane ziemlich spät.

»*Wo hast du gesteckt? Ich wollte dich schon als vermißt melden.*«

»Ich muß mir meinen Lebensunterhalt verdienen«, tippte Max müde ein. »Was hast du herausgefunden?«

»*Super-Clark sagt, der Paragraph 403 behandelt den Ausschluß wichtiger Beweismaterialien, um damit Vorurteilen, Verwirrung oder Zeitverschwendung vorzubeugen.*«

Max zuckte zusammen. »Was soll das heißen?«

»*Es räumt einem Richter die Möglichkeit ein, Beweise aus einem Verfahren auszuschließen, wenn er denkt, daß es Zeitverschwendung wäre, sie einzubeziehen. Clark meint, es könnte was mit Gabes Verhandlungen zu tun haben. Ich sollte es online in Sammlungen früherer Gerichtsurteile nachschauen.*«

Max beugte sich vor, als wollte sie in den Computerbildschirm hineinkriechen. »Und, was hast du entdeckt?«

»Ich hab auf gut Glück Gabes Namen eingegeben. Du hast ja keine Ahnung, wie viele Fälle der Kerl verhandelt hat. Max, es würde Tage dauern, alle durchzugehen, und ich weiß nicht mal genau, wonach ich suchen soll.«

Max biß frustriert die Zähne zusammen. Sie seufzte und stützte das Kinn in die Hand. Andererseits – Zane hatte recht, die Suche war ziemlich sinnlos, wenn man nicht wußte, wonach man eigentlich suchte. Sie konnte Gabes Fälle selber durchgehen, aber auch für sie wäre das eine zeitraubende, deprimierende Beschäftigung. Was sie brauchte, war eine Richtung, eine Möglichkeit, ihre Suche einzugrenzen. Was hatte der »Ausschluß wichtiger Beweismaterialien« mit Gabriel Griswold und CovertCom zu tun?

»Schon gut, Zane«, tippte sie. »Danke für deine Mühe. Ich werde mir schon was einfallen lassen.«

Nach ein paar weiteren Minuten beendeten sie ihre Unterhaltung per Computer und Max schaltete das Gerät ab. Sie hatte Kopfschmerzen und war völlig ausgelaugt. Langsam ging sie durch die Wohnung, überprüfte das Türschloß und folgte dann dem flackernden Licht, das unter der Tür zum Zimmer ihrer Mutter hindurchfiel.

Liv saß aufrecht im Bett und sah fern. Max betrat das Zimmer und streckte sich bäuchlings neben ihrer Mutter aus.

»Schade, daß du kein langes Haar mehr hast«, sagte Liv. »Ich hab's dir immer so gern gebürstet.«

»Das kannst du doch immer noch«, murmelte Max.

Ihre Mutter strich ihr über die Haare. »Das ist nicht dasselbe. Alles hat sich verändert.«

»Ich dachte, du würdest dich langsam an New York gewöhnen«, sagte Max. »Es ist September. Es wird kühler, die Blätter verfärben sich. Du magst doch den Herbst.«

»Stimmt. Er ist mir die liebste Jahreszeit.«

»Wo liegt dann das Problem?«
»Ich weiß nicht.« Liv seufzte. »Ich habe mir überlegt...«
Max wartete schweigend.
»Vielleicht sollte ich eine Weile nach Texas fahren. Clark und die anderen besuchen. Meine Enkelkinder fehlen mir.«
Max riß die Augen auf. *Eine Reise nach Dallas wäre jetzt vielleicht genau das Richtige.*
Warum hatte sie nicht gleich daran gedacht? Das Gericht, an dem Gabe tätig war, befand sich in Dallas. Sie konnte hingehen und die Geschichte mit R403 aufzuschlüsseln versuchen. Aber es würde nicht einfach werden. Nichts war mehr einfach. Vor allem mußte sie aufpassen, daß sie nicht Garrett Sharps Aufmerksamkeit auf sich lenkte.
Was, wenn Gabe herausfindet, daß ich in seinem Revier herumschnüffle? schoß es ihr durch den Kopf.
Das konnte übel ausgehen. Extrem übel.
Keine Frage: Gabe hielt alle guten Karten in der Hand. Max war zwischen ihm und Sharp eingeklemmt. Sie hatte ein miserables Blatt und kaum Aussichten, das Spiel zu gewinnen.
Und der Einsatz war hoch. Sehr, sehr hoch.

18. KAPITEL

Jack Underwood starrte grimmig das Paket an, das ihm das FBI-Hauptquartier zugeschickt hatte. Das verdammte Ding wog fünf Pfund! Resigniert öffnete er die Kiste. Sie enthielt Computerausdrucke über jede Aktienbewegung, die im vergangenen Jahr stattgefunden hatte – nicht nur Imagitoys' Aktien betreffend, sondern jedes Unternehmen, das Firmenanteile auf den Markt warf.

Ärgerlich hob Underwood den Hörer ab und wählte die Nummer von Sarah Sandstone. »Was zum Teufel soll das?« bellte er.
»Was meinen Sie, Jack?«
»Ich hatte Sie gebeten, mir die Aktienbewegungen einer Firma zuzuschicken, und nicht die von der ganzen verdammten Börse!«
»Himmel, Jack! Sie sind doch Ermittler, also ermitteln Sie! Sie werden schon irgendwann einen Durchblick kriegen.«
»Sind Sie wahnsinnig geworden? Es wird mich fünf Jahre kosten, diesen Mist durchzusehen.«
»Tja, es ist nun mal Ihr Fall, nicht wahr, Special Agent Underwood?« Sarah lachte, bevor sie auflegte.
Underwood dagegen war das Lachen endgültig vergangen.

»Wir empfangen nichts!« stieß Hakeem hervor, und Max bemerkte, daß sein Gesicht sich dunkelrot verfärbte, wenn er wütend war. »Wieso empfangen wir nichts?«
Sie saßen auf Klappstühlen in ihrem improvisierten Kellerbüro und starrten auf das Faxgerät, das sie installiert hatten, um Faxmitteilungen zwischen dem X-Tech-Büro in New York und der Herstellung in Plano, Texas, abzufangen. Es war nun zehn Tage her, daß sie das Gerät aufgestellt hatten, aber noch verfügten sie über kein Ergebnis. Hakeem hackte auf die Computertasten ein, als wäre er überzeugt, je härter er sie behandelte, desto eher würden die gewünschten Informationen auf dem Bildschirm erscheinen.
»Das ergibt keinen Sinn!« polterte er. »Wir haben dieses verdammte Ding doch getestet!«
»Was für ein Faxgerät verwendet X-Tech denn?«
Er ignorierte Max' Zwischenfrage.
»Hakeem?«

»Xerox«, raunte er und wackelte an den Kabeln, die hinten aus dem Fax herausragten.
»Benutzt CovertCom nicht Sharp-Geräte statt Xerox?«
»Na und?«
»Zwei Geräte von verschiedenen Herstellern müssen doch ein Standard-G-3-Protokoll durchlaufen, um sich aufeinander einzustellen, bevor sie Informationen austauschen können, stimmt's?«
Hakeem ignorierte sie beharrlich weiter.
»Und wir würden die Informationen genau an diesem Protokoll-Punkt abfangen, nicht wahr? Na ja, ich dachte ... Was, wenn X-Tech sowohl in New York als auch in Texas die gleichen Faxgeräte benutzt?«
Hakeem sah sie nicht an, aber er hatte in seinem Tun innegehalten.
»Wenn ein Xerox-Faxgerät etwas von einem anderen Xerox-Faxgerät empfängt, würde es doch wissen, daß sie erst gar kein Testprotokoll durchlaufen müssen. Sie sprechen sozusagen beide dieselbe Sprache. Sie können also quasi eine Abkürzung nehmen.«
Hakeem wirbelte herum und starrte sie an.
Max riß in gespielter Unschuld die Augen auf. »Also ... wenn das so ist, würde unser Gerät die Informationen doch verpassen, oder nicht?«
Er schürzte die Lippen. Nach einiger Zeit nickte er kaum merklich.
»Ich verstehe ja nicht viel davon.« Max zuckte mit den Schultern. »Aber ich dachte ... wenn wir hier das gleiche Gerät aufstellen würden wie die, die X-Tech verwendet ...«
»Dafür bräuchten wir die Gerätenummer von den Apparaten in Plano.«
»Fein – warum fahren wir nicht hin und beschaffen sie uns?«

Hakeem runzelte die Stirn. »Sie sprechen von Einbruch, Max. Mir fällt jedenfalls keine legale Möglichkeit ein, an diese Information zu gelangen.«

Dann hast du aber nicht viel Ahnung von Computern, dachte Max angedenk ihres Hacker-Bruders Zane. Zane würde jede gewünschte Information innerhalb von fünf Minuten besorgen. Oder innerhalb von zehn, wenn er sehr beschäftigt war.

Aber das wäre gar nicht in Max' Sinne gewesen.

Sie zupfte Hakeem am Ärmel, ließ aber die Hand wieder fallen, als er zusammenzuckte, als hätte sie ihm etwas Böses tun wollen. »Ich hätte nichts gegen ein kleines illegales Abenteuer. Wie ist es mit Ihnen?«

»Ich weiß nicht...«

»Ach, kommen Sie schon! Wir machen einen Abstecher nach Dallas, statten der X-Tech-Herstellung einen Besuch ab und sind dann im Handumdrehen im Besitz aller Faxe, die zwischen New York und Plano hin- und hergehen. Das wird bestimmt spaßig!«

»Ich finde es nicht besonders spaßig, verhaftet zu werden.«

»Wieso sollten wir verhaftet werden? Wir gehören zum Spy Squad, oder etwa nicht?« Max kicherte.

»Wir sind hier nicht im Kino!« stieß Hakeem brüsk hervor und griff nach seiner Aktentasche. »Sie schlagen vor, daß wir das Gesetz übertreten. Wenn wir erwischt werden...«

»Wir werden aber nicht erwischt! Geben Sie sich einen Ruck, Hakeem. Ich weiß doch, daß ihr Jungs so was nicht zum erstenmal macht.«

Er ließ den Verschluß seiner Tasche zuschnappen. »Okay, aber dann kann ich auch gleich allein nach Plano fahren. Ich brauche keine Frau als Helfer.«

»Natürlich nicht«, stimmte Max ihm zu. »Aber wenn Sie mich

nicht mitnehmen, würde Mr. Sharp sich vielleicht fragen, ob Sie ihm womöglich etwas verheimlichen.«
»Was?«
Sie starrte auf ihre Fingernägel herab. »Wir arbeiten in einem paranoiden Metier, das wissen Sie doch. Und Mr. Sharp will loyale Mitarbeiter, keine einsamen Streiter. Ich meine, Sie und ich, wir würden wissen, daß ich von der Sache nicht viel Ahnung habe, aber wenn ich nach Dallas mitgehe, hätte Mr. Sharp jedenfalls keinen Grund, an unserer Loyalität zu zweifeln. Oder was meinen Sie, Hakeem?« Sie lächelte.
Er starrte sie lange an. Sein Blick war undurchdringlich, kalt und dunkel wie der einer Schlange. Dann sagte er: »Also gut, ich rede mit Mr. Sharp wegen einer Dienstreise nach Texas.«
Damit verließ er den Raum. Max folgte ihm in respektvollem Abstand, das Gesicht ebenso unlesbar wie das von Abdul Hakeem.

19. KAPITEL

Dominic begegnete Hakeem auf dem Flur zwischen ihrer beider Büros. Hakeem hatte eine Reisetasche in der Hand.
»Wohin des Wegs?« fragte Dominic.
Hakeem lächelte. »Muß einen schmutzigen kleinen Job in Texas erledigen.«
Dominic sah ihn fragend an. »Was soll das heißen?«
»Wir müssen da etwas wegen der Faxgeschichte bei X-Tech regeln.«
»Und was heißt ›wir‹?«
»Ich und Max.«
Dominic runzelte die Stirn. »Weiß der Boss davon?«

»Hat es höchstpersönlich genehmigt.« Hakeem lächelte weiter.
»Und ich nehme an, Max wurde umfassend informiert...«
»Es war ihre Idee, Dominic«, sagte Hakeem und starrte sein Gegenüber an.
Dominic sah sich hastig um und bedeutete Hakeem dann, ihm in sein Büro zu folgen. Er schloß die Tür hinter ihnen und sagte: »Bist du sicher, daß das eine gute Idee ist?«
»Der X-Tech-Auftrag hat uns vor ... unerwartete Probleme gestellt. Und diese Reise nach Texas ist die einzige Möglichkeit, die Probleme aus dem Weg zu räumen.«
»Aber das ist doch viel zu riskant! Du weißt doch, daß wir solche Sachen nur machen, wenn es absolut unumgänglich ist.«
»Mr. Sharp findet es offenbar absolut unumgänglich«, entgegnete Hakeem. »Was ist denn mit dir los? Hast du Angst, ich mach mich an deine Freundin ran? Sie ist schon recht attraktiv, muß ich sagen.« Seine Augen blitzten.
Dominic biß die Zähne zusammen, ballte die Fäuste und baute sich vor Hakeem auf. Er berührte sein Gegenüber nicht, aber jede Faser seines Körpers war eine einzige Drohung. »Ich will dir mal was sagen, Freundchen. Wenn Max irgendwas passiert, wenn ihr auch nur ein Härchen gekrümmt wird, bekommst du's hinterher mit mir zu tun, verstanden?«
Hakeem zuckte mit keiner Wimper. Ohne den Blick abzuwenden, erwiderte er: »Na klar.«
Wortlos wandte Dominic sich ab, setzte sich an seinen Schreibtisch und machte sich an einem Aktenstapel zu schaffen. Er hörte, wie seine Bürotür auf- und wieder zugemacht wurde.
Warum hat Max mir nicht gesagt, daß sie mit Hakeem nach Dallas will? Und dann auch noch wegen einer illegalen Geschichte!

Er drehte sich mit seinem Sessel herum und sah aus dem Fenster. Der Wind war schneidend, Dominic konnte erkennen, wie sich die Leute draußen mühsam dagegen stemmten. Laut Wettervorhersage war eine Kaltfront im Anmarsch; dunkle Wolken türmten sich zwischen den Wolkenkratzern und verdüsterten die Stadt.

Dominic fühlte sich entsetzlich unbehaglich.

Nicht, daß er Max nicht zugetraut hätte, auf sich aufzupassen, aber daß sie allein mit Hakeem wegfuhr, mit diesem finsteren Typen... Vielleicht hing sein ungutes Gefühl auch damit zusammen, daß er eine Ahnung hatte, die ganze Sache mit den Machenschaften von CovertCom würde über kurz oder lang auffliegen. Er wußte zwar nicht, wie er darauf kam, aber er spürte es.

Er hievte sich aus dem Stuhl und ging hastig im Zimmer auf und ab. Gelbe Lichter blinkten in den Straßen weit unter ihm. Regentropfen prasselten unaufhörlich an sein Fenster.

Hier gab es an diesem Abend nichts mehr für ihn zu tun, beschloß er schließlich. Er griff nach seinem Trenchcoat, knipste die Schreibtischlampe aus und blieb dann einen Augenblick bewegungslos im Dunkeln stehen – lauschte den Ängsten, die tief in seinem Inneren pochten.

Sobald das Flugzeug gelandet war und Hakeem sich durch die Menge einen Weg in Richtung Autovermietung bahnte, flogen die Schmetterlinge, die schon die ganze Zeit in Max' Bauch geflattert hatten, wild auf und breiteten sich in ihrem ganzen Körper aus. Gänsehaut überzog ihre Arme. Ihr letzter Besuch in Dallas hatte mit der freundlichen Genehmigung der Gefängnisleitung stattgefunden.

Hakeem mietete einen Buick Regal – groß genug, daß man komfortabel reisen konnte, aber nicht so groß, daß der Boss hätte ärgerlich werden können. Der Verkehr auf den Straßen kam Max mörderisch vor, und sie hatte nicht das geringste dagegen, Hakeem fahren zu lassen. Er kannte sich offenbar aus, was eine große Erleichterung war, denn Max hätte sich hoffnungslos verfahren. Trotz der Dunkelheit, die sich über die Stadt senkte, konnte Max die Umrisse des Texas Stadium erkennen. In einem anderen Jahrhundert, in einem anderen Leben, auf einem anderen Planeten hatte mal eine Frau namens Rebekah Griswold gelebt, die ihren Mann hierher zu dem einen oder anderen Footballspiel begleitet hatte. Sie war damals so glücklich gewesen, so unbeschwert.

Hakeem fuhr aggressiv, er wechselte rasant die Spuren, was Max beinahe Übelkeit verursachte. Alles, was sie sich im Augenblick wünschte, war, wegzukommen, in eine Badewanne mit heißem Wasser steigen und nachdenken zu können.

Nein. Was sie sich *wirklich* wünschte, war, wegzukommen – Punkt. Auf diesem riesigen, lauten Flughafen den ersten Flieger zu nehmen und so weit von Gabriel Griswold wegzukommen wie nur möglich. Sie hatte unterschätzt, wie groß die Angst sein würde, wenn sie wieder in derselben Stadt wie ihr Ex-Mann war.

Hör auf damit, schalt sie sich und schaute aus dem Fenster, während Hakeem am Turm des Hyatt-Regency-Hotels vorbeischoß. *Du mußt einen kühlen Kopf bewahren. Du mußt die Sache durchziehen.*

Ihr Mund war trocken, Gedanken hasteten ihr durch den Kopf wie aufgescheuchte kleine Kaninchen. Sie mußte sich wieder in den Griff kriegen und diese Geschichte zu Ende bringen, sonst würde sie den Rest ihres Lebens damit zubringen, in Sackgassen zu laufen.

Sie wirbelte zu Hakeem herum, als ihr klar wurde, daß er die Altstadt von Dallas hinter sich gelassen hatte und in Richtung

Nordosten weiterpreschte. »Wohin fahren wir?« stieß sie hervor. Es waren die ersten Worte, die ihr seit der Landung über die Lippen kamen.
»Nach Plano«, erwiderte er.
»Aber ... Können wir nicht wenigstens vorher einchecken?« Max wollte ihm nicht verraten, wie schlecht sie sich fühlte – Hakeem gegenüber durfte sie sich keine Schwäche anmerken lassen, die echt und nicht gespielt war.
»Ich muß die Fabrik von X-Tech bei Nacht sehen«, erklärte er. »Die Sicherheitsvorkehrungen feststellen, Pläne machen.«
Und ich bleibe solange im Auto sitzen, dachte Max bitter. Nun, sie hatte ohnehin eigene Pläne.
Die Fahrt kam ihr unendlich vor. Sie brauchten ganze zwei Stunden vom Flughafen bis zum Fabriksitz von X-Tech.
Die Fabrik war keine Fabrik im üblichen Sinne, sondern ein schmales, steriles Gebäude, drei Stockwerke hoch und wie alle Gebäude in der Gegend zwischen gepflegten Rasenflächen eingebettet. Die Straßen waren makellos sauber, die Parkplätze riesig und die Bauten gesichtslos und bar jeder Ausstrahlung. Hier wurde nicht am Fließband gearbeitet, sondern am Mikroskop.
Hakeem ließ den Wagen am Fabrikgebäude vorbeirollen. »Idioten. Haben nicht mal einen Zaun«, murmelte er vor sich hin. »Keine sichtbare Alarmanlage. Aber natürlich könnte es unsichtbare Sensoren unter der Erdoberfläche oder ein Mikrowellen-Aufspürsystem geben.« Er fuhr in einen beschatteten Bereich des Parkplatzes, der ebenfalls nicht umzäunt und unbewacht war, und hielt an. »Sie warten hier. Ich geh rein und seh mich um.« Er stieg aus, noch bevor sie etwas erwidern konnte.
Max war es gleichgültig. Endlich hatte das gräßliche Schlingern des Autos aufgehört und sie konnte ruhig sitzen und

ihren Magen beruhigen. Sie lehnte den Kopf gegen die Kopfstütze ihres Sitzes.

Wenn das ein Pokerspiel wäre, dachte sie verbittert, *würde ich auf der Stelle aussteigen.*

Langsam fielen ihr die Augenlider zu und sie döste ein, aber als Hakeem die Autotür aufriß, zuckte sie zusammen und richtete sich schlagartig auf.

»Ein Kinderspiel. Selbst meine verdammte Großmutter könnte hier einbrechen«, prustete Hakeem. »Ein paar mickrige Glassensoren an den Fenstern. Wer muß schon ein Fenster einschlagen, wenn er direkt durch die gottverdammte Tür reinspazieren kann?« Er steuerte den Wagen vom Parkplatz herunter und fuhr mit ausgeschalteten Scheinwerfern auf die Straße zurück. »Eine einzige Wache. Können Sie sich das vorstellen? Eine einzige! Ein angeheuerter Sicherheitsmann, der ab und zu seine Runde dreht, wenn er nicht gerade im Aufenthaltsraum fernsieht. An den Türen Sentex-Schlösser. Null Problem.«

»Wie wollen Sie den Tür-Code knacken?«

Ein paar Straßen weiter schaltete er die Scheinwerfer ein und lachte. »Den muß ich gar nicht knacken. Da ist ein Zehn-Tasten-Brett an der Tür. Alles, was ich brauche, ist ein anständiges Fernglas.«

»Und wenn Sie trotzdem nicht sehen können, was die Leute eintippen?«

Hakeem zuckte mit den Schultern. »Dann folge ich einfach heimlich jemandem, der gerade reingegangen ist. Schlüpf rein, bevor die Tür wieder zugeht.«

»Oh. Braucht man dazu keinen Firmenausweis oder so was?«

»Nicht unbedingt. Es gibt da schon etliche Mittel und Wege, das Problem zu umgehen.«

»Wow«, sagte Max. »Ich finde das alles so aufregend.«

Er schenkte ihr ein schiefes Grinsen und raste wie ein Wahnsinniger weiter. Max betete insgeheim, er möge angehalten werden und wegen Geschwindigkeitsübertretung einen Strafzettel kassieren, dann würde er sich einen dicken Rüffler vom Boss einfangen. So langsam begann sie Hakeem Abdul abgrundtief zu verachten, und sie vermutete stark, daß das Gefühl gegenseitig war.

Als sie in einem Hilton-Hotel im Norden von Dallas eincheckten, war Max schon so müde, daß sie sich an der Rezeption wortlos den Kartenschlüssel für ihr Zimmer schnappte und losmarschierte, während Hakeem noch irgendwelche Formulare ausfüllte. Die beiden Zimmer lagen Wand an Wand, hatten aber keine Verbindungstür, wie Max dankbar feststellte, als sie eintrat und die Tür hinter sich absperrte.

Sie schleuderte ihre Sachen auf das breite Bett und warf sich bäuchlings daneben. Die Übelkeit war vorüber, aber sie war so erschöpft, daß ihr alles weh tat, und so verängstigt, daß sie kaum einen klaren Gedanken fassen konnte. Den morgigen Tag, das wußte sie genau, würden sie damit zubringen, die X-Tech-Produktionsstätte auszukundschaften, und in der Nacht würden sie wahrscheinlich versuchen, hineinzugelangen, um die erforderlichen Informationen zu bekommen. Danach würde Hakeem wahrscheinlich darauf drängen, sofort wieder nach New York zu fliegen.

Max hatte eine einzige Stunde Zeit, die Mittagsstunde, um den ganzen Weg in die Altstadt zurückzulegen, sich im Gericht die Informationen zu besorgen, die sie brauchte, und dann wieder zu verschwinden, bevor Hakeem oder Gabe Wind davon bekamen, was sie da tat.

Ein einziger falscher Schritt, und alles war verloren. Alles.

Spiel nie, um eine Niederlage zu vermeiden, hatte ihr Dad so viele Jahre zuvor gesagt. *Spiel immer, um zu gewinnen.* Verlieren, das hatte sie früh gelernt, war nur eine Ausrede fürs Aufgeben.

20. KAPITEL

Max beschloß diese Spielrunde zu eröffnen, indem sie die Initiative übernahm. Sie nahm an, daß Hakeem die X-Tech-Fabrik am Nachmittag abchecken und den Einbruch auf den Abend verlegen würde. Also würde er wahrscheinlich lange schlafen und sich ein ausgedehntes Mittagessen gönnen wollen, bevor sie nach Plano aufbrachen. Noch vor acht Uhr morgens verließ Max das Hotel, nicht ohne Hakeem eine Nachricht zu hinterlassen, sie habe beschlossen, am Vormittag einen Schaufensterbummel zu machen. Da Hakeem den Schlüssel des Mietwagens hatte, rief Max sich ein Taxi. Sie nahm sich vor, vor der Rückkehr ins Hotel irgendwo anzuhalten und irgendeine Kleinigkeit zu kaufen.

Der Verkehr war heftig, die Fahrt lang und nervenaufreibend. Je näher das Taxi der Altstadt von Dallas kam, desto drängender kroch die Angst in Max hoch. Ihre Hände zitterten, und sie mußte sich zusammenreißen, nicht an einer roten Ampel aus dem Wagen zu springen und zu Fuß zum Gericht zu laufen. Schließlich hielt der Fahrer vor dem häßlichen weißen Gebäude, in dem das Bezirksgericht für den nördlichen Bezirk von Texas untergebracht war.

Max schaute sich nervös um. Auf den ersten Blick sah jeder vorbeigehende Mann wie Gabe aus, und sie fühlte sich entsetzlich ausgeliefert, selbst mit der schwarzen Perücke und dem dunklen Make-up, das sie während der Taxifahrt hastig aufgetragen hatte, sehr zum Vergnügen des Fahrers.

Sie drückte dem Mann das Geld in die Hand und stieg gebückt aus dem Auto, als müßte sie sich unter einem Kugelhagel ducken.

Die Gerichtssäle lagen, wie sie wußte, im dritten Stock. Aber Max' Ziel war das Büro des Protokollführers. Solange sie nicht in den dritten Stock hochging, würde alles in Ordnung sein. Sie suchte die Zimmernummer des Protokollführers auf der Gebäudeskizze heraus, dann unterzog sie sich bereitwillig der Taschenkontrolle, die der Wachmann zwischen den beiden Aufzügen bei jedem Besucher durchführte. Nachdem er sich davon überzeugt hatte, daß sie kein Handy, keine Kamera, keinen Laptop, keinen Kassettenrecorder und keine Waffe bei sich trug, erlaubte er ihr, den Aufzug zu betreten. Sie hatte keine Aktentasche dabei – für den Fall, daß Hakeem sie zu früh abfangen und sich wundern könnte, wieso sie mit einer Aktentasche shoppen ging, aber die Einkaufstasche, die sie mitgenommen hatte, war geräumig genug, um jede Menge Papierkram aufnehmen zu können.

Sie quetschte sich mit einer Handvoll elegant gekleideter, gutaussehender Anwälte in den Aufzug, die mit juristischen Ausdrücken nur so um sich warfen. Max hielt den Kopf gesenkt und den Blick auf den Boden geheftet, bis sie schließlich eilig den Fahrstuhl verlassen konnte. Ihr Herz klopfte jedesmal zum Zerspringen, wenn sie einen großen, schlanken, ergrauenden Mann auf dem Flur erblickte. Obwohl sie sich dessen bewußt war, daß Gabe sich in den acht Jahren, seit sie ihn zuletzt gesehen hatte, verändert haben würde, so wußte sie doch, daß sie ihn auf den ersten Blick wiedererkennen würde. Und er sie. Trotz ihrer Verkleidung, daran hatte Max keinen Zweifel.

Sie passierte den Metalldetektor vor dem Büro des Protokollführers ohne Probleme und stand schließlich stotternd vor einem der Angestelltenschreibtische. »Äh ... ich würde gern die Mitschrift eines Falles eines der Bundesrichter einsehen«, sagte sie zu einer Frau mittleren Alters, die eine stahlgraue Frisur und den selbstsicheren Blick eines Menschen hatte, der Autorität besitzt und sich dessen bewußt ist.

»Da müssen Sie mir schon ein paar genauere Angaben machen«, erwiderte die Frau und sah Max auf eine Weise an, die diese an Hakeem erinnerte. »An diesem Gericht werden jährlich Hunderte von Fällen protokolliert. Ich brauche den Namen des Richters und das Aktenzeichen.«
»Ich habe kein Aktenzeichen. Ich meine, es geht nicht um einen speziellen Fall, sondern um einen bestimmten Richter.«
»Sie wollen Mitschriften von allen Fällen eines bestimmten Richters haben?«
»Na ja ...«
»Hören Sie, die Protokolle werden nicht automatisch zu den Akten genommen – nur wenn ein Antrag darauf gestellt wurde.« Als Max ihr einen entsetzten Blick zuwarf, fuhr die Frau fort: »Um welchen Richter geht es denn?«
»Gabriel G-Griswold«, stammelte Max und sah sich verstohlen um, als könnte ihr Ex-Mann um die Ecke geschossen kommen.
»Sie wollen also alle Fälle einsehen, deren Vorsitzender Richter Griswold war.«
»Ja.«
Die Frau seufzte. »Seit wann?«
»Seit ... ich weiß es nicht«, gestand Max.
Die Frau musterte sie über den Rand ihrer Brille hinweg, als hätte sie ein Kapitalverbrechen begangen. »Ist Ihnen klar, seit wann Richter Griswold schon als Richter tätig ist?«
»Ja, Madam.« Max gab sich alle Mühe, ihr Zittern zu unterdrücken.
Die Frau schüttelte den Kopf. »Jetzt hören Sie mal zu. Ich habe keine Zeit für so was. Sie können das alles selber aufrufen – mit PACER.«
»Was ist das denn?«
Die Frau wandte sich ab und widmete sich wieder ihrer Com-

putertastatur. »Ein Software-Programm. Ein Online-Service, mit dem sich jeder Interessierte die gewünschten gerichtlichen Informationen auf den Rechner laden kann. Frei zugänglich, kostet aber sechzig Cents pro Minute.«

Max stand wie angewurzelt vor dem Schreibtisch der Dame. Noch nie war sie sich so dämlich vorgekommen. *Also hätte ich das alles von meinem Computer in New York aus nachschauen können,* schoß es ihr durch den Kopf.

Mit anderen Worten, sie war dieses enorme Risiko, Gabe in die Arme zu laufen, für nichts eingegangen.

»Madam?« riß die Stimme der Frau sie aus ihren Gedanken.

»Ja ... Tut mir leid.«

»Hier, füllen Sie dieses Formular aus. Sie brauchen eine Kreditkarte, wenn Sie PACER benutzen möchten. Sie kriegen dann eine PIN-Nummer, und der anfallende Betrag wird von Ihrem Konto abgebucht. Ab dann haben Sie von jedem PC der Welt Zugang zu unserem Service.«

»Und ... wie ...?«

»Sie bekommen online jede Hilfestellung, die Sie brauchen.« Die Frau lehnte sich verschwörerisch nach vorn, und Max beugte sich ebenfalls vor. »Unter uns: Die Informationen, die Sie suchen, finden Sie auch in den regelmäßigen Zusätzen zu den Fallsammlungen, die Sie über jede Buchhandlung beziehen können. Sie bräuchten PACER theoretisch also gar nicht. PACER ist teurer, aber auch viel schneller. Am besten, Sie nutzen beide Möglichkeiten, dann sparen Sie etwas Geld *und* Zeit.«

»Oh ... vielen Dank!« Max lächelte die Frau dankbar an. »Wissen Sie, ich studiere Jura, aber einer meiner Professoren ist ein entsetzlicher Mensch. Wenn ich den Kursschein nicht bekomme, kann ich meinen Abschluß vergessen.« Sie zuckte hilflos mit den Schultern.

Die Frau nickte. »Ich verstehe. Meine beiden Söhne sind Anwälte.«
»Wirklich? Dann müssen Sie ja sehr stolz auf sie sein!«
»Oh, das bin ich.« Endlich zeigte sich das erste Lächeln im Gesicht der strengen Dame.
Max füllte das Formular so schnell wie möglich aus und reichte es der Frau. Dann stopfte sie das PACER-Informationsblatt in ihre Tasche und verließ das Büro – gerade als Gabe Griswold am anderen Ende des Flurs um die Ecke bog.

Es kostete ihn zwar zwei Tage, aber schließlich war Jack Underwood in der Lage, eine Liste der Aktieninvestoren von Imagitoys und Stratego Toys aufzustellen. Imagitoys war erst wenige Jahre zuvor an die Börse gegangen und war immer noch ein kleines, streng geführtes Unternehmen. Stratego Toys war da schon sehr viel etablierter – zwar nicht so groß wie die Spielwarengiganten Kenner oder Fisher-Price, aber mit einem beeindruckenden Erfolg ausgestattet.
Underwood nahm sich die Stratego-Liste vor und begann auszustreichen – eine der langweiligsten, aber auch sichersten Ermittlungsmethoden.
Es war natürlich undenkbar, daß ein Mann wie Garrett Sharp auf seinen eigenen Namen Aktien kaufen würde. Viel wahrscheinlicher war, daß er sich unter dem Decknamen einer kleinen, unbekannten Firma eingekauft hatte – also begann Underwood damit, die großen Unternehmen von der Liste zu streichen.
Er war sich nicht sicher, wonach er eigentlich suchte, er wußte nur, wenn er es finden würde, würde er es wissen.
Dann ging er zu Phase zwei der Suche über – die kleinen Firmen und Wohltätigkeitsorganisationen, die ihm persönlich nicht bekannt waren, im Handelsregister und einem Ver-

zeichnis aller uneigennützigen Organisationen nachzuschlagen. Zum Glück konnte er das alles von seinem Schreibtisch aus erledigen, nämlich per Computer.
Am Ende eines weiteren langen Tages, als seine Augen schon tränten und sein Nacken steif war und schmerzte, hatte Underwood schließlich nur noch einen Namen auf seiner Stratego-Liste stehen, den er in keinem Register hatte auftreiben können: Arcanum Trust.
Obwohl er kaum noch die Augen offenhalten konnte, durchsuchte Underwood online die Archive der *New York Times*, des *Wall Street Journal* und der *Business Week* nach einer Erwähnung einer Firma namens Arcanum Trust.
Nichts.
Und zu allem Überfluß fiel ihm etwas ein: Bedeutete *arcanus* nicht lateinisch so etwas wie *geheimnisvoll?*
Eine geheimnisvolle Firma, dachte Underwood grinsend, schaltete den Computer aus und griff nach seiner Jacke.
Er hatte Blut geleckt.

Es dauerte elende dreißig Minuten, bis Max aus dem Toilettenraum herauskommen konnte, in den sie sich geflüchtet hatte, und das Gerichtsgebäude verließ. Sie hatte solche Angst, Gabe könnte sie sehen, daß sie sogar vergaß, sich vom Pförtner ein Taxi rufen zu lassen. Statt dessen hastete sie über die Straße und stürzte in eine Telefonzelle. Während sie nach einem Vierteldollar kramte, fiel ihr siedendheiß ein, daß sie auf dem Formular ihren vollen Namen angegeben hatte. Würde die mißtrauische Frau im Protokollführerbüro sie als Rebekah Maxfield oder als Max Griswold in Erinnerung behalten? Ein eisiger Schauer rann ihr den Rücken hinunter.
Aber jetzt ließ sich daran ohnehin nichts mehr ändern. Sie

mußte so schnell wie möglich ins Hotel und zu Hakeem zurück.

Als das Taxi schließlich vor dem Hilton stehenblieb, war es Mittag. Max hatte vergessen, etwas zu kaufen, also bat sie den Fahrer, noch einmal umzudrehen und sie zu einem Einkaufszentrum zu bringen, wo sie hastig ein paar Sachen erwarb, bevor sie wieder zum Taxi zurückkehrte. Gerade rechtzeitig dachte sie daran, die Perücke abzunehmen und sich das Haar auszuschütteln.

Dann stürzte sie in die Hotellobby – wo Hakeem in einem dick gepolsterten Sessel saß, und zwar so, daß er den Eingang jederzeit im Auge hatte. Er hatte die kräftigen Arme vor der Brust verschränkt, seine dunklen Augen blitzten bedrohlich.

»Wo zum Teufel waren Sie?« stieß er hervor, sprang auf und versperrte Max den Weg zu den Aufzügen.

»Ich hab Ihnen doch ausrichten lassen«, antwortete sie mit einem schwachen Lächeln, »daß ich einen kleinen Schaufensterbummel machen wollte.«

Sie versuchte an ihm vorbeizugehen, aber er packte sie am Handgelenk und verdrehte ihr den Arm, bis sie vor Schmerzen aufschrie. Er riß ihr die eine Tüte aus der Hand und kippte den Inhalt auf den Boden. Pastellfarbene Unterwäsche ergoß sich auf den Teppich.

»Pah!« Hakeem kickte die Wäsche verächtlich beiseite und warf Max einen tödlichen Blick zu. »Machen Sie so was nie wieder mit mir! Haben Sie mich verstanden?«

Es fiel Max nicht schwer, Angst in ihre Stimme zu legen. »Tut mir leid, Hakeem! Ich wußte nicht, daß es Ihnen etwas ausmachen würde.« Sie senkte den Blick.

»Sie blöde kleine Schlampe! Wir sind hier nicht auf einer Urlaubsreise! Wir haben einen Job zu erledigen! Jetzt packen Sie Ihren Krempel zusammen, gehen auf Ihr Zimmer und

schieben Ihren Arsch in fünf Minuten wieder hierher«, polterte er. »Wir fahren nach Plano, und ich möchte die Sache so schnell wie möglich hinter mich bringen und zurück nach New York fliegen, klar?«
Max nickte. »Okay. Aber ... Hakeem? Ich brauche vielleicht zehn Minuten ...«
»Verschwinden Sie«, zischte er. »*Sofort!*«
Während sie zum Aufzug stürmte, konnte sie Hakeem hinter sich in einer ihr fremden Sprache fluchen hören. Sie biß die Zähne zusammen. Ihre ganze Welt versank langsam im Chaos, und sie konnte nichts dagegen tun.
Sie spürte, wie in ihrem Inneren etwas Gestalt annahm, etwas, das schon viel zu lange unterdrückt gewesen war, etwas so Wildes, Dunkles, Blutrünstiges, daß sie kaum wagte, ihm ins Gesicht zu sehen.
Als die Fahrstuhltüren auseinanderglitten, Max eintrat und beim Umdrehen dem gefährlichen Blick des ungeduldig wartenden Hakeem begegnete, wußte sie auf einmal, daß sie die Kraft in ihrem Inneren nicht mehr lange würde unter Kontrolle halten können.
Sie wollte es auch gar nicht.

21. KAPITEL

Es kostete Jack Underwood einen weiteren Tag, um herauszufinden, daß Arcanum Trust eine fiktive Firma war, die gegründet worden war, um als Lageradresse für Vermögensübertragungen von einer anderen Firma zu dienen: Recondite, Inc.
»Recondite, Inc.?« murmelte Underwood vor sich hin und

fuhr sich mit den Fingern durch das kurze Haar. »Was zum Teufel soll das heißen?« Wieder ging er alle Listen und Register durch, konnte das Unternehmen aber nirgends auffinden.

Schließlich begann er frustriert allen Müll und Kaffeeplastikbecher und alle überflüssigen Papierstapel von seinem Schreibtisch zu räumen, bis er endlich ein dickes Wörterbuch zutage fördern konnte. Er schaute unter *recondite* nach – es bedeutete allgemein etwas, das obskur und schwer verständlich war.

Underwood lachte laut auf. Es war merkwürdig, seinem eigenen Lachen zu lauschen. Er warf einen Blick auf die anderen Arbeitsplätze um ihn herum. Dunkelheit umhüllte die Stadt. Die meisten Kollegen waren bereits gegangen. Das FBI hatte strenge Regeln, was Überstunden betraf – eine gewisse Anzahl wurde erwartet und bezahlt, aber was darüber hinausging, fiel unter »unerlaubt«, weil es die Firma zuviel Geld gekostet hätte. Aber Underwood hatte schon vor langer Zeit aufgehört, sich darüber Gedanken zu machen. Das hier war sowieso nicht sein richtiger Standort. Zum Teufel mit ihren Bestimmungen.

Alles war ruhig. Ein Stück entfernt spielte ein Agent an seinem Computer gelangweilt Solitaire. Underwood starrte den Mann an – wie hieß er gleich noch mal? Pierce? Dirk? Verdammt, diese jungen Kollegen hatten Namen, die sich kein Schwein merken konnte.

Aber sie waren nicht ganz und gar nutzlos. Im Gegensatz zu alten Hasen waren sie mit Computern aufgewachsen, und sie benutzten sie mit der gleichen Selbstverständlichkeit, mit der betagte Reporter auf ihrer mechanischen Schreibmaschine herumhackten.

Underwood stand auf, streckte sich gähnend und ging zu Dagger hinüber – oder wie auch immer der Kerl heißen mochte. »Sie sind wohl schwer beschäftigt?« fragte er.

Der junge Mann wirbelte erschrocken herum und begann eine Ausrede zu stammeln.
»Ganz locker bleiben«, beruhigte ihn Underwood. »Seh ich aus wie Ihr Vorgesetzter?«
»Na ja...«
»Ich brauche ein bißchen Hilfe«, fuhr Underwood fort. »Haben Sie Lust auf eine kleine Suchaktion?«
»Klar!« stieß der junge Kollege so begeistert hervor, daß Underwood ihm besänftigend eine Hand auf die Schulter legte.
»Immer langsam mit den jungen Pferden, Lance.« Auf einmal war ihm der Name eingefallen. »Können Sie für mich etwas in der Kiste herumhacken?«
»Ach so. Na logisch.«
»Ich brauche die Namen der Investoren einer Firma namens Recondite, Inc.« Underwood schrieb den Namen auf einen gelben Klebezettel. »Die hängt irgendwie mit einem weiteren Unternehmen zusammen, Arcanum Trust. Nicht ganz legal, das ganze. Dient als Tarnung für ein paar böse Buben, die mit schmutzigen Geschäften stinkreich werden.«
»Schon kapiert.« Der junge Mann nickte, und seine Finger flogen schon über die Computertastatur.
Underwood sah ihm über die Schulter und verzog jedesmal das Gesicht, wenn sein Kollege Tastenkombinationen drückte, die ihm selber völlig unbekannt waren. Der Kerl war ja ein echter Crack!
»Wieso sind Sie nicht beim NCCS?« fragte Underwood – der NCCS war der National Computer Crime Squad des FBI.
»Oh, das wäre ich gern!« stieß Lance hervor. »Ich hab regelrecht gebettelt, dahin versetzt zu werden, aber ich bin erst vor kurzem von der Academy gekommen, und es heißt, ich müßte erst drei Jahre hierbleiben, bevor ich wegkann.«
»Aha.« Underwood schaute unverwandt auf den Bildschirm.

Der junge Kollege hatte nicht einmal während des Sprechens mit dem Tippen aufgehört.

»Also sitze ich hier fest und ermittle wegen gestohlener Autos und so 'n Kram. Es kotzt mich an.«

»Ich arbeite fürs WMFO«, ließ Underwood wie nebenbei fallen.

»Wow!« rief Lance aus. »Da sitzt doch auch der NCCS.«

»Genau. Und ich arbeite ziemlich eng mit dem SAC dort zusammen.«

»Mit Wade Barrows?« stieß der junge Mann hervor.

»Ja. He, wenn Sie mir bei der Geschichte hier helfen, kann ich in Washington ein gutes Wort für Sie einlegen.«

Lance riß hinter seinen Brillengläsern die Augen auf. »Meinen Sie, Barrows könnte mich zum NCCS versetzen?«

»Na klar.« Underwood lächelte. Es war so einfach, junge Menschen dazu zu bringen, daß sie taten, was man wollte. Aber er hatte nicht gelogen. Er konnte einen Verbündeten beim NCCS gut brauchen.

»Okay. Der Deal ist perfekt.« Lance hackte auf die Tastatur ein und brachte den Computer dazu, Dinge zu machen, von denen Underwood nicht einmal träumen konnte. Ein paar Augenblicke schaute der erfahrene Agent ihm noch über die Schulter, dann schüttelte er den Kopf. Er kritzelte seine private Telefonnummer auf die Rückseite seiner Visitenkarte und legte sie neben Lances Ellbogen auf den Tisch.

»Sagen Sie mir Bescheid, wenn Sie etwas haben«, sagte er.

Der junge Mann schien ihn gar nicht gehört zu haben.

Underwood marschierte zurück zu seinem Schreibtisch, kippte den ganzen Müll in einen Korb, schrieb sich ein paar Kleinigkeiten auf, löschte einige telefonische Nachrichten von Abby, die er nicht zu beantworten gedachte, und schlüpfte dann in seine Jacke.

Als er sich umdrehte, stand da Lance, ein breites Grinsen im Gesicht.

»Hier haben Sie Ihre Namen«, sagte der junge Mann und reichte dem verblüfften Underwood einen Computerausdruck. »Lassen Sie's mich wissen, wenn Sie noch was brauchen.« Dann ging er wieder zu seinem Arbeitsplatz und schaltete sein Computerspiel ein.

Underwood konnte es kaum fassen, daß der Kerl die Namen so schnell herausgefunden hatte. Das war doch verrückt! So einfach konnte es doch nicht sein, die Investoren einer fiktiven Firma aufzuspüren. Underwood starrte blinzelnd auf das Papier in seiner Hand.

Der erste Name auf der Liste war Garrett Sharp.

Der zweite Gabriel Griswold.

Die Zeit blieb stehen.

Alles außer der Liste verschwamm in einem schwarzen Nebel. Mit dieser Liste hielt er den Beweis in den Händen, daß es eine Verbindung gab zwischen einem Bundesrichter und einem betrügerischen Geschäftsmann, der unter FBI-Beobachtung stand.

Verdammte Scheiße.

Das ging ja weit über die Operation Lauschangriff oder auch über die CovertCom-Sache hinaus.

Dank Dirk oder Pierce oder Lance oder wie auch immer der Kerl hieß, hatte die Geschichte eine Wendung genommen und steuerte jetzt auf ein Labyrinth staatlicher Korruption zu.

Heilige Scheiße!

Das veränderte alles. Underwood würde genügend Beweise sammeln müssen, um die Abteilung Staatliche Integrität des amerikanischen Justizministeriums zufriedenzustellen, vielleicht sogar den Justizminister persönlich. Jetzt ging es nicht mehr darum, den Chef einer Abhöranlagenfirma des Betrugs und Diebstahls von Informationen zu überführen. Jetzt waren sie hinter einem Bundesrichter her. Nun hatte Underwood einen echten Spezialfall am Hals, einen von der Sorte, von der jeder Agent lebenslang träumte.

Es verursachte Underwood Übelkeit, wenn er nur daran dachte, welche Chancen ihm womöglich offenstanden, wenn er diesen Fall löste. Danach würde er ein gemachter Mann sein, hätte ausgesorgt und könnte in Ehren in den Ruhestand gehen.

Als er sich auf den Weg zum Aufzug machte, fiel Underwood Max wieder ein. Sie würde von der Verbindung zwischen ihrem Ex-Mann und CovertCom wahrscheinlich keine Ahnung haben. Ob er sie warnen sollte?

Sie würde ausrasten, dachte er. *Sie würde im Quadrat springen.*

Und damit war die Sache klar. Er würde auf keinen Fall die Sache gefährden, indem er Max ins Vertrauen zog. Sonst versaute sie ihm am Ende noch den Fall.

Dafür war er schon zu weit gegangen, hatte schon zuviel geopfert. Die Sache war viel, viel zu wichtig, als daß er sie aufs Spiel hätte setzen dürfen.

Nein. Je weniger Max wußte, um so besser.

Als der Fahrstuhl endlich kam und die Türen aufglitten, hüpfte Underwood beinahe übermütig hinein.

Liv hatte noch nie zuvor die Penthouse-Suite von Garrett Sharp betreten, und sie war nervös. Sharp hatte ihr einen Wagen mit Chauffeur geschickt, damit sie pünktlich um acht ankam. Als sie auf den Aufzugknopf drückte, musterte sie sich in den spiegelblanken Türen des Fahrstuhls. Hoffentlich war das Kleid auch nicht zu freizügig, dieses fließende, wadenlange Etwas aus Chiffon mit einem weiten Ausschnitt, der nur durch ein kurzes gelbes Jäckchen leicht verdeckt wurde. Aber

schließlich – je älter Elizabeth Taylor geworden war, desto tiefer war ihr Ausschnitt geworden, und was Liz Taylor konnte, konnte Liv Maxfield schon lange.
Aber als sie den Fahrstuhl betrat und in atemberaubendem Tempo nach oben fuhr, war sie sich auf einmal nicht mehr so sicher.
Als sie auf den breiten Flur hinausging, hob sie den Kopf und bewunderte die bemalte Decke wie ein Tourist die Sixtinische Kapelle. Obwohl ihre Familie schon immer einen gehobenen Lebensstandard gehabt hatte, war Liv noch nie in einem solch üppigen, luxuriösen Haus gewesen. Die ganze Ausstattung erinnerte an ein prächtiges Schloß.
Ein bißchen protzig sieht's ja schon aus, gestand Liv sich ein. *Ich würde mich hier jedenfalls nicht besonders wohl fühlen.*
Eine Sekunde später öffnete Garrett Sharp ihr die Tür. Er trug einen immergrün-blauen Kaschmirpullover, der hervorragend zu seiner Augenfarbe paßte, und eine zweireihige Marinejacke. »Liv, Darling, du siehst einfach umwerfend aus!« rief er und küßte sie auf die Wange. »Du erinnerst mich an Doris Day in ihrer besten Glanzzeit.«
»Ach, Unsinn«, wehrte Liv ab, errötete aber vor Freude. Doris Day war schon immer eine ihrer Lieblingsschauspielerinnen gewesen.
Sharp führte sie in einen riesigen Raum mit einer Fensterfront, die direkt auf den Central Park hinausblickte. Die dikken Perserteppiche zeugten von viel Geld, die zierlichen, antiken französischen und englischen Stilmöbel nicht minder. Ein einzelner, eher solide aussehender und ziemlich abgewetzter Stuhl schien als einziges nicht zum Rest der Einrichtung zu passen – aber dann wurde Liv klar, was das für ein Möbelstück war.
»O mein Gott! Du hast einen von Präsident John Kennedys

Schaukelstühlen gekauft!« Sie schlug sich ehrfürchtig die Hand vor den Mund.

»Möchtest du mal probesitzen?« Garrett strahlte sie an.

»Oh, das würde ich nicht wagen!«

»Aber warum denn nicht? Der bricht schon nicht zusammen.« Er kicherte nachsichtig.

»Bist du sicher?« Zögerlich ging Liv auf den Stuhl zu.

»Nur zu! Keiner, der herkommt, läßt es sich nehmen, sich mal draufzusetzen.«

Vorsichtig nahm Liv Platz, ließ die Hände langsam über die polierten Armlehnen gleiten. Zu ihrer eigenen Verblüffung kamen ihr die Tränen. Dieses Möbelstück hatte einst einem jungen, wunderbaren, tatkräftigen Mann gehört, der viel zu früh gewaltsam aus dem Leben gerissen worden war. Mitgefühl mit der tapferen Witwe und den Kindern erfüllte Liv.

»Hat mich ein Vermögen gekostet«, sagte Garrett und ging ans andere Ende des Zimmers zur Bar. »Aber er ist eine der besten Investitionen, die ich je getätigt habe. Wer weiß, wieviel er eines Tages wert sein wird.«

Liv blinzelte die Tränen weg und stand auf. Geld, immer nur Geld. Was war das bloß manchmal für eine verfluchte Sache.

Garrett öffnete eine Flasche Dom Perignon und füllte ihn in zwei schlanke Kristallflöten. Liv mochte prickelnden Champagner, aber er stieg ihr schnell zu Kopf. Garrett hob sein Glas, und sie tat es ihm nach.

»Auf uns«, sagte er.

Sie stießen an, und die kostbaren Gläser gaben einen tiefen, glockenartigen Ton von sich. Livs Mutter hatte ihr einst beigebracht, daß wirklich gutes Kristall nicht klirrte, sondern eben tief klang, und daß wirklich teurer Champagner nicht den Korken an die Decke schoß, sondern weich und trocken war und erst im Glas perlte, so wie ihrer jetzt. Alles, woran

Garrett Hand anlegte, war kostbar. Livs Mutter wäre entzückt gewesen.

Das Dumme war nur – je mehr Zeit Liv mit Garrett Sharp verbrachte, desto mehr kamen ihr Zweifel. Sie hätte es nicht benennen können, was sie beunruhigte, aber die Zweifel waren nicht zu verleugnen.

»Möchtest du auch den Rest des Hauses sehen?« fragte Garrett höflich.

»Ja, gern.« Liv nippte noch einmal an ihrem Glas. In so einem New Yorker Penthouse war sie noch nie gewesen. Sie würde sich kein einziges Detail entgehen lassen.

Sie folgte Garrett in ein elegantes Speisezimmer. Der gedämpfte Schein eines tiefhängenden Kronleuchters ließ den polierten Kirschtisch glänzen, in dem sich eine Waterford-Kristallvase mit frischen weißen Rosen spiegelte. Noch bevor Liv die Blumen bewundern konnte, die so zart und feenleicht schienen wie Schneeflocken, hatte Garrett sie schon durch eine Schwingtür in die Küche gelotst, die so glänzte, daß es beinahe schon in den Augen schmerzte.

Von dem industriegroßen Herd über den überdimensionierten Kühlschrank bis hin zum eingebauten Geschirrspüler – alles blitzte in rostfreiem Stahl. Ein Hängeregal beherbergte schimmernde Töpfe und Pfannen, die ausschauten, als hätten sie noch nie auf dem Herd gestanden. Doch vor der Spüle erwartete ein Koch die beiden. Er trug eine perfekt gestärkte Küchenchefjacke, nur daß sie nicht weiß, sondern hellblau war, so daß sie bestens zu seiner Jeans paßte. Düfte, die einem das Wasser im Munde zusammenlaufen ließen, durchzogen die Küche.

»Das ist mein ganzer Stolz«, prahlte Garrett. »Die Töpfe und Pfannen – alles professionelle Kochgefäße aus Calphalon. Die meisten Küchenchefs ziehen eloxierten Stahl vor, aber mir ist

rostfreier lieber, das sieht einfach besser aus, oder was meinst du?«
Liv, die noch nie von Calphalon gehört hatte – ob eloxiert oder sonst was –, nickte schweigend.
Oberhalb der Spüle war die Wand mit handbemalten Fliesen bedeckt, die stilisierte Getreidesträuße in zartem Pflaumenblau und Grün auf weißem Hintergrund zeigten. In der nahegelegenen Frühstücksnische stand ein Tisch, der mit den gleichen Fliesen beklebt war. Weiße Bodenfliesen nahmen ebenfalls das Getreidemuster auf.
»Garrett, das ist die hübscheste Küche, die ich je gesehen habe«, sagte Liv wahrheitsgemäß.
Garrett strahlte sie an. »Warte, bis du sie am Morgen als erstes siehst.«
Liv wurde auf der Stelle rot, und sie beschloß sich jeden Kommentar zu verkneifen.
Er goß die zwei Champagnergläser wieder voll. Liv hatte noch gar nicht bemerkt, daß sie das erste schon leergetrunken hatte. War wohl die Nervosität.
»Komm mit, ich zeig dir den Rest«, forderte Garrett sie auf, und sie folgte ihm aus der blitzenden Küche hinaus. Sie wußte genau, daß Garrett kein begnadeter Koch war – er kaufte die Töpfe nicht um seiner selbst willen, sondern weil er in jedem Bereich nur das Beste vom Besten besitzen wollte.
Er führte Liv an mehreren verschlossenen Türen vorbei, und sie fragte nicht nach, was sich dahinter verbarg, weil sie nicht neugierig erscheinen wollte. Kunstvoll gerahmte Gemälde, jedes mit einer eigenen Bildleuchte ausgestattet, hingen an den Wänden im Flur. Liv glaubte einen Renoir zu erkennen.
Schließlich betrat Garrett das Zimmer am Ende des Korridors, und Liv folgte ihm hinein. Es war sein Schlafzimmer.
Die schiere Männlichkeit und Macht, die das Zimmer aus-

strahlte, überwältigte Liv beinahe. Die Tapete war blutrot. Ein offener Kamin tauchte den Raum in ein warmes Licht. Ein riesiges, dunkles Bett aus Mahagoni mit Messingverzierungen beherrschte das Zimmer, und am Fußende prangte eine dazu passende Holztruhe. Eine Tagesdecke in Rubinrot, Grün und Marineblau war auf dem Bett ausgebreitet, das zusätzlich mit mehreren Kissen in denselben Farben bedeckt war.

Garrett setzte sich auf die Bettkante und hopste leicht auf und nieder. »Das ist das bequemste Bett auf diesem Planeten«, sagte er. »Decken aus handgerupften Gänsedaunen. Und die Laken?« Er schlug die Tagesdecke zurück. »Ägyptischer Baumwollsatin. Ich sage dir, hier schläft's sich wie auf einer Wolke.«

Liv wußte nicht, was sie erwidern sollte. Ihr war soeben der kleine, weinrot gedeckte Tisch vor dem Kamin aufgefallen. Neben den goldenen Kerzenständern zierten goldgerändertes Geschirr, kristallene Gläser und goldenes Besteck den Tisch. Eine einzelne weiße Rose, weich wie Samt, lag auf einem der Teller.

»Garrett«, begann Liv, aber er sprang auf und legte ihr einen Finger auf die Lippen.

»Schsch«, flüsterte er. »Mach dir keine Sorgen.« Er nahm ihr das Champagnerglas aus der Hand, stellte es hinter sich auf die Truhe und küßte Liv. Es war ein langer, tiefer Kuß, von dem sie weiche Knie bekam.

»Darauf habe ich schon so lange gewartet, mein Liebling«, sagte Garrett.

»Ich weiß, aber ich bin nicht sicher ...«

»Nicht sprechen, Darling«, beharrte er, nahm sie bei der Hand und führte sie zu dem Tisch vor dem Kamin. Der Champagner stieg ihr langsam zu Kopf, und sie kicherte leise. Garrett goß zwei neue Gläser voll.

»Vinnie hat Hochrippen für uns vorbereitet«, verriet er, »mit Spinatbeilage. Und zum Nachtisch gibt es bayrische Schokoladencreme.«

»Wie dekadent«, raunte Liv und kicherte wieder.

»In der Tat«, gab Garrett ihr mit einem verschmitzten Grinsen recht. »Ich möchte, daß diese ganze Nacht dekadent wird.«

»Ich war noch nie dekadent«, sagte Liv mit einem Lachen und nippte an ihrem Glas.

»Ich weiß! Und deswegen wird es höchste Zeit, daß du es einmal wirst, nicht wahr?«

Sie trank den Champagner aus. »Warum nicht? Schließlich bin ich ein großes Mädchen.« Das war lustig! Liv lachte lauter.

Garrett nahm ihre Hand und drückte ihr einen Kuß darauf. »Ich sage Vinnie Bescheid, daß er den Salat bringen kann. Bleib hier, ja? Wir haben so vieles zu besprechen, du und ich.« Er sprang mit dem Elan eines Jugendlichen auf und verließ das Zimmer.

Liv starrte eine Weile ins Feuer, dann griff sie nach der Flasche Dom Perignon und schüttete sich die letzten Tropfen ins Glas. Sie versuchte sich an etwas zu erinnern, was ihr zuvor eingefallen war, aber es gelang ihr nicht, also gab sie auf. Als sie den Champagner ausgetrunken hatte, nahm sie Garretts Glas und trank es ebenfalls leer.

Ich bin ja soooo ein böses Mädchen!

Aber Garrett hatte recht. Ein braves Mädchen war sie ihr ganzes Leben lang gewesen, und es wurde höchste Zeit, daß sie ein wenig Spaß hatte. Was hatte er gleich noch mal gesagt? Sie hätten so vieles miteinander zu besprechen.

Aber Liv glaubte nicht daran, daß sie in diesem Zimmer viel reden würden. Der Gedanke brachte ihre Wangen zum Glühen. Sie zog ihre Jacke aus und hängte sie über die Stuhllehne. Ihre Gedanken wirbelten durcheinander, und sie fand alles

unheimlich komisch. Sie packte die leere Champagnerflasche und ließ sich die letzten Tropfen auf die Zunge perlen.
Wirklich ein bööööses Mädchen. Uiuiui!
Garrett betrat den Raum wieder. So ein attraktiver Mann! Seine Augen schienen Liv regelrecht zu elektrisieren. Er zauberte eine weitere Champagnerflasche hinter seinem Rücken hervor. »Schau mal, was ich hier habe, Livvy!« rief er mit einem breiten Grinsen aus.
»Wenn ich's nicht besser wüßte, könnte ich denken, du versuchst mich betrunken zu machen, damit ich dir ausgeliefert bin«, sagte sie.
»Nun, vielleicht weißt du's doch nicht besser«, erwiderte er lachend und goß ihr noch mehr Champagner ein. »Der Salat kommt jeden Augenblick. Laß uns etwas trinken und ein bißchen reden.«
»Okey-dokey«, kicherte Liv.
»Erzähl mir von deiner Enkeltochter«, sagte Garrett Sharp mit einem breiten Grinsen.

Der erste Streitpunkt zwischen Max und Hakeem betraf den Typus des Senders, den Hakeem am Körper tragen würde, wenn er die X-Tech-Fabrik betrat, während sie im Auto wartete. Hakeem war zwar nur auf dem Gebiet der Telefonsysteme ein Experte, aber weil Max eine Frau war, weigerte er sich, ihrem Vorschlag bezüglich des Senders zu folgen.
Max versuchte ihm klarzumachen, daß das größte Problem bei am Körper getragenen Sendern eben der menschliche Körper war. Er war nämlich ein guter Leiter, so daß er Frequenzübertragungen regelrecht schlucken konnte. Deswegen schlug Max vor, daß Hakeem als Ausgleich eine Antenne benutzen sollte, die mindestens ein Viertel einer Wellenlänge lang war.

Hakeem dagegen bestand auf einer wesentlich kürzeren Antenne – schließlich würde Max ja in seiner Nähe sein, er brauchte also keine so große Reichweite zu erzielen.
Wenn es in der Konstruktion des X-Tech-Gebäudes irgendwo Stahl gebe, versuchte Max zu argumentieren, könnte das den Empfang stark behindern. Aber Hakeem war durch nichts zu überzeugen. Nicht nur, daß er Max' Vorschlägen nicht folgte – er weigerte sich auch, einen Testdurchlauf mit dem Sender zu machen. Ein winziger Fehler, eine winzige Ungereimtheit – durch eine zu trockene Haut oder durch die Kleidung verursacht –, und alles würde umsonst sein.
Zudem war das einzige Empfangssystem, dem Hakeem zustimmte, in Max' Augen ein veraltetes, untaugliches Ding, das nicht dazu geeignet war, fremde Radiowellen, Statikstörungen oder Verzerrungen auszuschalten. Damit würde sie also ausgestattet sein. Sie hätte sich erheblich besser gefühlt, wenn sie einen modernen I-Com-R-7000-Empfänger zur Verfügung gehabt hätte.
Aber am allerbesten hätte sie sich gefühlt, wenn sie überhaupt nicht an diesem Ort hätte sein müssen. Oder wenn schon, dann wenigstens in Begleitung irgendeines anderen Spy-Squad-Mitglieds. Zum Teufel mit Garrett Sharp und seinen verfluchten Strafmaßnahmen für verlorene Pokerspiele!
Hakeem hatte es nicht schwer, ins X-Tech-Gebäude zu gelangen, und nach einiger Zeit des Wartens hörte Max ihn die Typennummer der Faxgeräte murmeln. Sie nahm jedes seiner Worte auf dem im Empfänger eingebauten Recorder auf.
Dann knisterte es auf einmal laut, und Max hatte keine Ahnung mehr, was im Inneren der Fabrik vor sich ging.
Verdammter Mistkerl! dachte sie und starrte besorgt durch die Autoscheibe zum Gebäude hinüber. *Du sexistisches, hirnverbranntes Arschloch!*

In extremen Streßsituationen neigte sie zu ziemlich deftigen Flüchen – wahrscheinlich ein Überbleibsel ihrer Zeit im Gefängnis.

Die statischen Störungen verschwanden, aber Hakeems Worte drangen wie durch Watte zu ihr durch. Verzweifelt drehte sie an den Reglern, bis ihr endlich klar wurde, was da ablief: Hakeem war in ein Gespräch mit jemand anders verwickelt.

Das war gar nicht gut.

Er sollte doch bloß reingehen, die gewünschten Informationen holen und gleich wieder rauskommen. Er sollte nicht da drin herumspazieren und jemandem über den Weg laufen, dem er einiges erklären mußte.

Scheiße.

Max ließ den Buick an und fuhr ganz langsam, mit ausgeschalteten Scheinwerfern, bis zum Eingangstor. Dann drehte sie die Innenbeleuchtung aus, sprang aus dem Wagen – der Motor lief noch – und rannte zur gegenüberliegenden Gebäudeecke. Hakeem hatte gesagt, an den Fenstern seien Erschütterungssensoren installiert. Also würde es eine Erschütterung geben müssen – um die Aufmerksamkeit desjenigen, der Hakeem aufhielt, abzulenken, und Hakeem damit eine Fluchtmöglichkeit zu eröffnen.

Max schaute sich hastig nach einem Stein um, fand aber keinen. Das Gelände war pingelig sauber, die Blumenbeete mit fruchtbarer schwarzer Erde angelegt, die sich bei Regen in einen regelrechten Sumpf verwandeln konnte. Max war schon am Verzweifeln, als sie auf einmal ein Stück Beton entdeckte, das wahrscheinlich während eines heftigen Regens vom Bordstein abgebrochen und bislang noch nicht repariert worden war. Sie packte den großen Brocken, wobei sie sich drei Fingernägel abbrach, und hievte ihn über den Kopf. Dann schleuderte sie ihn durch das nächstgelegene Fenster, das sofort zersplitterte und einen ohrenbetäubenden Alarm auslöste.

Sie erreichte das Auto, gerade als auch Hakeem angehastet kam. Max schlüpfte auf den Fahrersitz. Mit quietschenden Reifen fuhren sie vom Parkplatz, noch bevor die heraneilenden Wachposten Gelegenheit hatten, einen Blick auf das Nummernschild oder zumindest auf die Automarke zu werfen.

Da nichts gestohlen und außer dem einen Fenster nichts beschädigt worden war, zweifelte Max daran, daß X-Tech die Polizei rufen würde. Die Wachen würden den Vorfall unter Vandalismus abhaken und ihn kaum mit dem Telefonservicemann in Verbindung bringen, der sich in einem anderen Zimmer mit einem der Angestellten unterhalten hatte.

»Was zum Teufel sollte das?« schrie Hakeem, nachdem sie ein paar Straßenecken weitergekommen waren. Max schaltete die Scheinwerfer ein und fuhr nun mit normaler Geschwindigkeit weiter, um keine Aufmerksamkeit auf sich zu lenken. »Ich hab doch gesagt, Sie sollen da im Auto sitzen bleiben, wo ich es abgestellt hatte!«

»Ich hab Ihnen den Arsch gerettet, Sie Mistkerl«, raunte Max. Wie aus heiterem Himmel schoß seine Hand hervor und schlug Max so hart ins Gesicht, daß sie getaumelt wäre, wenn sie gestanden hätte.

»Widersetzen Sie sich *nie wieder* meinen Befehlen!« brüllte er. Ohne Vorwarnung und ohne ein Wort zu sagen, stieg Max so plötzlich auf die Bremse, daß das Auto mitten auf der Straße schleuderte. Sie rammte den Schalthebel in die Park-Position, und ohne den verblüfften Hakeem eines Blickes zu würdigen, packte sie ihre Sachen vom Rücksitz, löste den Sicherheitsgurt, stieg aus dem Wagen und marschierte davon.

Sie hatte den Wagen mitten in einem Industriegebiet angehalten, in der Nähe eines Freeways, auf dem der nächtliche Verkehr ohne Pause vorbeirauschte. Nirgends waren Wohnhäuser, Geschäfte oder irgendwelche andere Lebenszeichen zu sehen.

Während sie sich immer weiter vom Auto entfernte, hörte Max, wie Hakeem die Wagentür zuschlug, ihr auf Arabisch irgendwas zuschrie, auf der Fahrerseite einstieg und mit quietschenden Reifen davonfuhr.

Sie warf keinen einzigen Blick zurück.

Da Max und Hakeem erst spät in der Nacht aus Dallas wiedergekommen waren, hatte Dominic keine Gelegenheit, Max vor der Firmenversammlung am nächsten Morgen zu sehen. Sie kam spät und sah erschöpft aus. Ohne Hakeem eines Blickes zu würdigen, nahm sie ihren Platz ein. Dominic schaute Hakeem an. Dem war keine Regung anzusehen.

Dominic konnte sich nicht besonders auf die Inhalte der Versammlung konzentrieren. Er bekam nur mit, wie Hakeem einen vagen, kurzen Bericht über die Aktion in Dallas ablieferte. Klang ziemlich nach Eigenlob. Max starrte auf den Tisch und sagte kein Wort.

Als die Versammlung zu Ende war, trödelte Dominic bewußt noch eine Weile herum und gab vor, etwas in seiner Aktentasche zu suchen, bis er schließlich mit Max allein im Raum war. Zu seiner Überraschung verschränkte Max die Arme auf dem Tisch und legte den Kopf darauf, als wollte sie ein kleines Nickerchen halten. Dominic hatte vorgehabt, sie zur Rede zu stellen, warum sie nach Dallas gefahren war, ohne ihn vorher darüber in Kenntnis zu setzen, aber der Anblick ihres verletzlichen Nackens ließ ihn innehalten.

Er ging um den Tisch herum und legte ihr sanft die Hand auf den Hinterkopf. »Stimmt was nicht?« fragte er.

»Ich bin nur müde«, antwortete sie, ohne den Kopf zu heben. »Ich bin erst sehr spät eingetrudelt.«
Dominic stutzte. Sie hatte *ich* gesagt, nicht *wir*. Waren sie und Hakeem etwa nicht mit demselben Flugzeug gekommen?
Dominic nahm sich einen Stuhl und setzte sich. Sanft strich er ihr das Haar aus den Augen, die dunkel umrandet und matt waren. Erst jetzt fiel ihm der kleine Schnitt an ihrem Mundwinkel auf.
Dominic spürte, wie sich ihm die Nackenhaare sträubten. Er gab sich alle Mühe, seine Stimme unter Kontrolle zu halten. »Was ist mit deiner Lippe passiert?«
»Nichts.« Es klang endgültig. Dominic wußte, daß er ihr kein weiteres Wort der Erklärung würde entlocken können.
Um sie in den Arm nehmen zu können, griff Dominic sanft nach ihrem Handgelenk, aber sie wimmerte leise und zog die Hand zurück. Nun machte sich Dominic die allergrößten Sorgen. Langsam drehte er Max' Handfläche nach oben. Die Haut an ihrem Unterarm war so durchscheinend, daß er die Venen hindurchschimmern sehen konnte.
Vier blaue Streifen, der Abdruck einer Männerhand, prangten auf Max' Unterarm wie obszöne Tätowierungen.
Langsam hob Dominic den Blick und sah Max in die Augen, aber sie schaute weg. »Komm her. Ich hab dich vermißt«, flüsterte er und zog sie langsam zu sich heran. Als sie merkte, daß er nichts über ihre Verletzungen sagte, schmiegte sie sich an seine Brust, und er strich ihr beruhigend über das Haar.
»Nächstes Mal rennst du nicht mehr einfach davon, ohne mir etwas zu sagen, okay?«
Max nickte. »Okay.«
Dominic betrachtete über ihren Kopf hinweg den Raum. Vor seinen Blick hatte sich ein schwacher roter Film gelegt, als würde er alles durch einen Blutvorhang hindurch sehen.

»Warum fährst du nicht nach Hause und gönnst dir etwas Ruhe?« schlug er vor. »So müde wie du bist, nützt du hier keinem was. Ich komme dich dann am Abend nach der Arbeit besuchen.«

Max machte keine Einwände. Mit einem langsamen Nicken löste sie sich von Dominic, nahm ihre Aktenmappe und verließ mit hängenden Schultern das Versammlungszimmer.

Dominic wartete.

Als er sicher sein konnte, daß Max die Firma verlassen hatte, schlich er langsam den Flur hinunter, wie ein Panther auf der Jagd, und betrat Hakeems Büro, ohne vorher anzuklopfen. Leise schloß er die Tür hinter sich. Hakeem stand am Fenster, die Hände auf dem Rücken verschränkt, und schaute zum Fenster hinaus wie ein Kronprinz, der sein Königreich überblickt.

»Hakeem«, sagte Dominic.

Hakeem wirbelte herum.

Dominic ging mit ausgestreckter Hand auf seinen Kollegen zu, als wollte er ihn begrüßen, und Hakeem hob ebenfalls die Hand.

Was dann passierte, ging in Sekundenschnelle vonstatten. Als die Hände der beiden Männer sich berührten, packte Dominic Hakeem plötzlich so, daß er ihm die Finger spreizte. Dann verdrehte er Hakeem den Arm und wirbelte so herum, daß er seinen Gegner zu Boden schleuderte, noch bevor dieser den ersten Schmerz empfinden konnte.

Mit einem dumpfen Krachen landete Hakeem auf dem Rükken. Er versuchte sofort aufzuspringen, aber Dominic kniete sich auf seine Oberarme und drückte ihn zu Boden. Am liebsten hätte er diesem Mistkerl sämtliche Knochen im Leib gebrochen.

Das Gesicht vor Überraschung und Schmerz verzerrt, hörte

Hakeem auf, sich zu wehren. Es verschaffte Dominic Befriedigung, zu sehen, daß dieser Psychopath, der kein Gewissen und demnach auch keine Schuldgefühle hatte, nun tatsächlich etwas zu empfinden schien – Angst.

»Ganz recht«, zischte Dominic. »Du solltest auch Angst vor mir haben. Ich schwöre bei *Allah,* wenn du Max je wieder anfassen solltest, bringe ich dich um.«

Nach einem letzten Stoß gegen Hakeems Arm sprang Dominic auf und verließ das Büro.

Er marschierte den Flur hinunter, betrat das Büro von Garrett Sharp, ohne anzuklopfen, und stemmte beide Hände gegen Sharps Schreibtischplatte. Er schob den Kopf so vor, daß sein Gesicht nur noch Zentimeter von dem seines Bosses entfernt war. »Wenn Sie Max nicht von diesem sadistischen Bastard trennen und sie mit jemand anderem zusammentun, werde ich etwas tun, was wir *beide* bereuen würden – verstanden?«

Sharp sah Dominic einen Augenblick furchtlos in die Augen, aber als sein Gegenüber nicht mit der Wimper zuckte, nickte er schließlich langsam.

Dominic richtete sich wieder auf.

»Würde es Ihnen etwas ausmachen, mir zu verraten, was diesen Wutausbruch verursacht hat?«

»Nein«, erwiderte Dominic. »Es macht mir gar nichts aus. Hakeem hat Max geschlagen, und ich garantiere Ihnen, das war das letzte Mal, daß er in ihre Nähe gekommen ist.«

»Schon gut, schon gut.« Sharp hob begütigend die Hände. »Ich sorge dafür, daß sie von jetzt an mit Sebastian Taylor zusammenarbeitet. Findet das Ihre Zustimmung?« Er lächelte Dominic an, aber in seinen Augen blitzte es eisig.

In seiner derzeitigen Verfassung kostete es Dominic den letzten Rest seiner Selbstbeherrschung, dem Mann nicht die

Faust ins Gesicht zu schlagen. Aber er hielt sich zurück. Er nickte, wandte sich ab und verließ das Büro, ohne die Tür hinter sich zuzumachen.
Langsam hatte er CovertCom satt. Richtig satt.

22. KAPITEL

Liv hatte erwartet, daß Garrett sie nach dem gemeinsam verbrachten Abend anrufen würde, aber er meldete sich den ganzen Tag lang nicht. Sie fragte sich, ob er sie nun fallenlassen würde, nachdem er von ihr bekommen hatte, was er haben wollte.
Es kam ihr lächerlich vor, sich deswegen Sorgen zu machen. Sie fühlte sich wie ein dummes Schulmädchen, das auf den Anruf seines Freundes wartete. Liv hatte noch nie besonders viele Verabredungen gehabt, und der Grund dafür lag auf der Hand. Sie haßte diese ganzen kleinen Machtspielchen. In ihrem Alter sollte sie mit ihrem Mann das Land mit einem Wohnmobil bereisen, die Enkelkinder besuchen und sich die schöne Landschaft ansehen. Aber statt dessen saß sie zu Hause wie hypnotisiert neben dem Telefon und wartete darauf, daß es klingelte.
Ein schlimmer Gedanke, der ihr nicht aus dem Kopf ging, wog noch schwerer als jede Verlegenheit wegen der körperlichen Nähe zu Garrett: *Wieviel hatte sie ihm über Gaby erzählt?* Es war unerträglich, es sich vorzustellen, also verdrängte sie den Gedanken und redete sich ein, es sei alles in Ordnung.
Schließlich rief Garrett am späten Abend doch an, und Liv konnte in seiner Stimme keine Veränderung feststellen. Aber immer noch war ihr die ganze Situation peinlich, und sie

wußte nicht, was sie sagen sollte. Würde Garrett sie bitten, seine Frau zu werden? Oder würde er sie fallenlassen wie eine heiße Kartoffel? Würde er erwarten, daß sie nun nach jedem Treffen mit ihm schlief?

Wie lauteten die Spielregeln? Liv hatte keine Ahnung mehr.

Unter anderen Umständen hätte sie alles mit Rebekah besprochen, aber so wagte sie es nicht. Rebekah war immer noch nicht davon begeistert, daß ihre Mutter sich mit Garrett Sharp traf, und nach ihrer Rückkehr aus Dallas hatte sie zu Tode erschöpft ausgesehen. Doch trotz Livs Bitten, sie möge zu Hause bleiben, war sie zur Arbeit gegangen.

Später hatte sie ihre Mutter damit überrascht, daß sie früh wieder nach Hause gekommen und schnurstracks ins Bett gegangen war.

Alles war durcheinander, die ganze Welt stand kopf, und Liv hatte keinen Schimmer, woran das lag.

Später entdeckte sie Rebekah am Eßtisch, wo sie auf ihren Laptop einhackte, als ginge es um Leben und Tod. Neben dem Computer lag ein Blatt Papier auf dem Tisch, das die Überschrift PACER trug, aber als Liv einen genaueren Blick darauf werfen wollte, legte Rebekah ein Buch darauf, als handele es sich dabei um eine geheime Akte oder so was.

Peinlich berührt und frustriert wanderte Liv in die Küche, um sich einen Imbiß zu machen. Es war eine kleine, vollgestopfte Küche, typisch für New Yorker Wohnungen und so ganz anders als Livs sonnige Küche zu Hause in Austin. Liv erinnerte sich gern an den wunderbaren Tag, als Rebekah aus dem Gefängnis entlassen worden war, als das Haus voller Kinder und Enkel und Gelächter gewesen war. Himmel, wie sie das alles vermißte!

Sie ging zurück ins Eßzimmer. »Rebekah?«

Ihre Tochter war so in ihre Arbeit vertieft, daß sie nicht einmal aufschaute.

»Rebekah?«
Als wieder keine Antwort kam, rief Liv: »Max!«
Max zuckte zusammen und sah ihre Mutter errötend an. »Oh, Mom ... Tut mir leid, ich hab dich nicht gehört.« Sie war blaß, das Haar zerrauft, und sie sah todmüde aus.
»Laß uns am Wochenende Clark besuchen«, schlug Liv vor. »In Texas ist das Wetter sicher angenehmer.«
Rebekah lächelte. »Dort wechseln die Blätter aber sicher nicht so schön die Farbe wie hier. Jedenfalls noch nicht.«
Liv zuckte mit den Schultern. »Das ist mir egal. Ich möchte ein paar Familienmitglieder besuchen. Du kommst doch mit, oder? Du hast die ganze Zeit so hart gearbeitet, mein Schatz.«
Rebekah seufzte. »Ich bin doch erst aus Dallas zurückgekommen.«
»Hast du Clark angerufen?«
Rebekah starrte auf den Computerbildschirm. »Nein, Mom. Ich hab so viel zu tun gehabt, daß ich gar nicht dazu gekommen bin.«
Liv ging um den Tisch herum und legte ihrer Tochter die Hände auf die Schultern. »Ich kriege dich kaum noch zu Gesicht. Entweder du arbeitest oder du triffst dich mit Dominic oder ...«
»Oder du triffst dich mit Mr. Sharp.«
»Na ja ... du hast ja recht. Ich dachte nur, vielleicht könnten wir es so einrichten, daß wir wieder ein bißchen Zeit miteinander verbringen. Ehrlich gesagt, glaube ich nicht, daß du viel zum Erholen kommst, solange du bei CovertCom arbeitest.«
»Da hast du aber verdammt recht«, erwiderte Rebekah mit einem Seufzen.
»Dann kommst du also mit? Bitte!«
Rebekah fuhr mit der Maus ein paarmal herum und klickte etwas weg, bis der Bildschirm schließlich dunkel wurde. Dann

klappte sie den Laptop zu und sagte: »Okay, Mom. Ich muß hier mal raus. Außerdem muß ich mit Clark über ein paar Sachen reden.«

Liv klatschte in die Hände. »Oh, ich freue mich so!« Sie lachte. »Ich möchte mal sehen, wie der Kerl mich da unten weiterverfolgen will.«

Rebekah wirbelte auf ihrem Stuhl herum und musterte ihre Mutter eindringlich. »Was willst du damit sagen?«

Verlegen, weil sie sich so verplappert hatte, versuchte Liv abzuwiegeln: »Oh, es ist nichts, wirklich. Ich hab nur manchmal das dumpfe Gefühl, als würde mich jemand verfolgen. Ich glaube, diese Stadt macht mich paranoid.«

Rebekah stand auf, ohne den Blick von ihrer Mutter abzuwenden. »Wie kommst du darauf, daß dich jemand verfolgen könnte?«

Liv wandte sich unbehaglich ab und schob den Nippes auf der Anrichte sinnlos hin und her. »Als ich neulich in der Bibliothek war, war da so ein Mann. Den hab ich dann später noch mal wiedergesehen, und da hab ich so eine komische Gänsehaut bekommen. Ich hätte schwören können, daß der Kerl mir folgt.«

»Hast du ihn seither noch mal gesehen?«

Liv gab keine Antwort.

»Mom?«

»Ja, mir war so, als hätte ich ihn gestern morgen gesehen ... in einem Taxi gleich hinter meinem.«

Rebekah verschränkte die Arme vor der Brust und marschierte nervös im Zimmer auf und ab, die Stirn in tiefe Falten gelegt. Schließlich blieb sie neben ihrem Stuhl stehen, bückte sich und hob ihre Aktentasche vom Boden auf. Sie legte die Tasche auf den Tisch und machte sie auf.

Liv sah fasziniert zu, wie Rebekah einen Gegenstand aus der

Tasche holte, der wie eine Zigarettenpackung mit einer Antenne aussah. Ein Transistorradio? fragte sich Liv. Aber noch bevor sie etwas sagen konnte, legte Rebekah den Finger an die Lippen und flüsterte: »Ich probiere nur schnell etwas aus.« Dann schloß sie ein Paar Kopfhörer an den Gegenstand an und stülpte sie sich über die Ohren.

Hastig fuhr sie dann mit dem Gegenstand im Abstand von wenigen Zentimetern über den Eßtisch, erst oben, dann unten, um dann zu den anderen Möbelstücken weiterzuwandern. Sie überprüfte jeden Quadratzentimeter der Wände und wechselte schließlich ins Wohnzimmer. Das Ganze sah aus, als würde sie ein merkwürdiges Voodoo-Ritual vollziehen.

Liv war vollkommen verwirrt. *Dieses Kind ist immer für eine Überraschung gut,* dachte sie.

Max' Bruder Clark lebte mit seiner Frau Jennifer und ihren beiden Kindern in einem wunderschönen Einfamilienhaus am Ufer des Lake Ray Hubbard, in der Nähe eines Dallas-Vororts namens Rockwall. Es war später Oktober, und die Bäume um das Haus herum erstrahlten in leuchtenden Herbstfarben. Liv lachte glücklich, als ihre zwei Enkelkinder mit ihrem Hund in die Küche stürmten.

Zu Livs und Max' großer Freude hatten sich auch Brett und seine Frau Jan zu einem Kurzbesuch eingefunden. Max wußte, daß das Bretts Art war, sich vom Wohlergehen seiner Schwester zu überzeugen und selber nachzusehen, wie es ihr seit ihrer Entlassung aus dem Gefängnis ergangen war. Auch Brand war seinerzeit so beschützend gewesen. In der High-School-Zeit war Max das ziemlich auf die Nerven gegangen, aber jetzt freute sie sich darüber.

Max saß am Küchentisch und sah zu, wie Clark seiner hüb-

schen Frau beim Kuchenbacken half. Jan plauderte mit Liv, während Brett die Zeitung las.
Max fühlte sich wie ein Außenstehender, alt und unbeschreiblich traurig.
Sieben lange Jahre ihres Lebens, die sie im Gefängnis verbracht hatte, waren ihr gestohlen worden. Verschwendete Zeit, die sie so viel schöner mit Gaby hätte verbringen können. Sie waren nicht mehr zurückzuholen, sondern für immer verloren. Und jetzt? Max liebte einen Mann, den sie niemals würde haben können, und war in einer Situation gefangen, in der sie nicht sein wollte. Irgendwie, zu irgendeinem Zeitpunkt, war ihr Leben außer Kontrolle geraten. Was als strahlend schöner Traum begonnen hatte, hatte sich mittlerweile in einen schrecklichen Alptraum verwandelt, der kein Ende nehmen wollte.
Wenn Gaby nicht wäre, dachte Max zum hundertsten Mal, *würde ich mich im See ertränken und nie wieder hochkommen.*
»Clark! Du bist ja schlimmer als die Kinder!« rief Jennifer aus und klopfte ihrem Mann auf die Finger, die er in die Schüssel Kuchenglasur gesteckt und sich dann laut schmatzend abgeschleckt hatte. »Verschwinde!«
Max stand auf. »Na komm, Bruderherz. Laß uns einen Spaziergang machen.«
»Gute Idee«, erwiderte er, pfiff nach seinem Hund und stieß dann die Tür zum Hinterhof auf.
Brett hob den Blick aus der Zeitung. »Ein bißchen Bewegung wäre nicht schlecht. Kann ich mitkommen?«
Bevor Max etwas einwenden konnte, sagte Clark: »Na klar. Je mehr wir sind, desto besser.«
Max biß sich auf die Unterlippe. Sie war noch nicht darauf vorbereitet gewesen, auch Brett ins Vertrauen zu ziehen. Nicht, daß sie ihm nicht vertrauen konnte – er hatte nur die

unangenehme Angewohnheit, ihr ständig zu sagen, was sie tun sollte.

Eine glitzernde Rasenfläche erstreckte sich bis hinunter zum Ufersteg, an dem Clarks kleines Segelboot festgemacht war.

»Wir könnten bald mal eine kleine Segelpartie machen«, schlug Clark vor, während der Hund wedelnd vorwärtshastete.

»Das wäre sicher nett«, erwiderte Max steif.

»Cool«, fügte Brett hinzu. »Ein Glück, daß Zane nicht da ist. Der würde bestimmt seekrank werden.«

Max' Brüder lachten.

Dann wandte sich Clark besorgt an Max. »Was ist los, Schwesterchen? Du siehst aus, als wärst du zu einer Beerdigung hergekommen.«

»Tut mir leid«, sagte sie und hängte sich bei ihm ein. Clark drückte sie an sich, und sie hätte am liebsten geweint. Es schien, als würde sie in diesen Tagen wegen jeder Kleinigkeit weinen können.

»Na raus damit«, sagte er.

Max schluckte und warf Brett einen Blick zu. Es war ein perfekter Tag, sonnig und warm, aber alles, was Max um sich herum sah, war ... Dunkelheit.

»Ich stecke in Schwierigkeiten, Jungs«, stieß sie dann ruckartig hervor.

Ihre Brüder blieben sofort stehen, und Clark sah sie eindringlich an. »Was für Schwierigkeiten?«

»Mom weiß nichts davon ...«, stammelte sie.

»Schon verstanden. Es bleibt unter uns«, beruhigte Brett seine Schwester. Langsam spazierten sie weiter.

»Es geht um den Job, den ich nach meiner Entlassung angetreten hab. Ihr wißt schon, bei CovertCom.«

»Ja. Was ist damit?«

»Der reinste Alptraum. Ich hab als Informantin fürs FBI gearbeitet – sie versuchen meinem Boss krumme Geschäfte nachzuweisen, Diebstahl, Betrug und was weiß ich noch alles.«
»Ich wußte es!« schrie Brett. »Ich hatte von Anfang an ein komisches Gefühl, was diesen Job angeht.«
»Grundgütiger!« stieß Clark hervor.
Max erzählte ihnen von Jack Underwoods Vorschlag und davon, wie sie um Gabys willen gezwungen gewesen war, darauf einzugehen. Clark sagte die ganze Zeit kein Wort, sondern marschierte nur mit gerunzelter Stirn weiter. Im Profil sah er mit den leicht ergrauenden Schläfen so sehr wie sein verstorbener Vater aus, daß es beinahe unheimlich war.
»Moment mal«, unterbrach Brett seine Schwester. »Dieser Kerl, für den du arbeitest – ist das der gleiche Kerl, mit dem Mom ausgeht?«
»Ja.«
»Verdammt, Max! Warum hältst du sie nicht auf? Das ist doch ein Gauner durch und durch!«
»Das weiß ich, Brett, aber wenn du mir sagst, wie ich Mom von etwas abhalten soll, das sie sich fest in den Kopf gesetzt hat, bist du ein Genie!«
Brett blieb kurz stehen und stemmte nachdenklich die Hände in die Hüften.
Clark sah zu Boden. »Was sagt dein Verbindungsmann beim FBI dazu?«
Max schnaubte. »Underwood? Dem ist das doch alles vollkommen gleichgültig. Aber er will nicht, daß ich Mom warne. Er hat Angst, daß ich damit seinen Fall gefährden könnte.«
Clark seufzte. »Und er hat damit gar nicht mal so unrecht. Aber es geht schließlich auch nicht um *seine* Mutter.«
»Wem sagst du das?« entgegnete Max.

Brett blickte grimmig drein. »Hast du versucht, mit ihr zu reden?«
»Nein, Brett, ich laß sie offenen Auges ins Verderben rennen, weil ich das so lustig finde!« stieß Max ironisch hervor.
»Okay, okay«, ging Clark dazwischen. »Beruhigt euch.« Er nahm Max am Arm und sie spazierten weiter.
»Die Geschichte ist noch nicht zu Ende«, begann Max wieder.
Ihre Brüder blieben abrupt stehen und starrten sie an. Sie kam sich vor wie ein kleines Mädchen, das gleich Ärger mit Daddy kriegen würde. »Ich habe herausgefunden, daß Gabe hinter der ganzen Sache steckt – also daß mir der Job angeboten wurde und so weiter. Er benutzt meinen Chef, um dahinterzukommen, wo Gaby versteckt ist.«
»O Gott!« Clark griff nach den Händen seiner Schwester. »Max, bist du dir ganz sicher?«
Sie erzählte ihm von der Computerdiskette mit dem geheimen Bericht.
»Scheiße!« brüllte Brett und ging hektisch auf und ab.
»Dieser FBI-Mann ... Underwood ... Was meint er dazu?« fragte Clark.
»Ich hab's ihm nicht gesagt.«
»Warum nicht?« schrie Brett.
»Weil ich ihm nicht über den Weg traue, deswegen! Alles, was ihn interessiert, ist sein verfluchter Fall! Meine Tochter oder meine Mutter oder ich – wir kümmern ihn doch einen Dreck! Es würde nichts bringen, ihm davon zu erzählen, darauf kannst du Gift nehmen.« Tränen brannten in ihren Augen.
»Ganz ruhig«, sagte Clark wieder und warf seinem Bruder einen warnenden Blick zu. »Du hast wahrscheinlich recht. Ich hab schon öfter mit den Herren vom FBI zu tun gehabt. Sie können einen schier um den Verstand bringen, das steht fest.«

»Himmel, ich wünschte, ich würde immer noch Zigaretten rauchen«, raunte Brett.

»Ich weiß einfach nicht mehr, wem ich vertrauen kann«, fuhr Max fort. »Also gut, jetzt hab ich euch schon soviel erzählt, dann kann ich euch den Rest auch noch erzählen.« Sie sah von einem zum anderen. »Mom denkt, jemand würde sie verfolgen.«

»Wie bitte?« schrien ihre beiden Brüder gleichzeitig.

Max seufzte. »Ich verstehe es auch nicht. Ich meine, warum sollte jemand annehmen, Mom wüßte irgendwas? Aber nachdem sie es mir vor ein paar Tagen gesagt hat, hab ich mal die Wohnung durchgecheckt, nur so zur Sicherheit. Und wißt ihr was? Ich hab tatsächlich ein paar Wanzen gefunden.«

»Welche Wohnung?«

»Die von Mom und mir.«

Brett ballte die Fäuste. »Das war bestimmt ihr verdammter Lover. Dein Boss.«

Max schüttelte den Kopf. »Glaube ich nicht, Brett. Die Dinger waren so amateurhaft angebracht ... Das paßt nicht zu Garrett Sharps Qualitätsarbeit. Ich meine, wenn er Mom verfolgen ließe, dann würde er dafür sorgen, daß sie es nie im Leben merken würde. Ich vielleicht schon, aber doch nicht Mom.«

Clark nickte nachdenklich.

»Und wo hab ich die erste Wanze gefunden? Sie war noch nicht mal richtig versteckt oder getarnt, und es war auch keine der hochmodernen Dinger, die wir in der Firma verwenden. Sie klebte einfach am Boden der Porzellanschale, die Sharp Mom geschenkt hatte. Ich meine, sie war nicht viel größer als ein Reiskorn, aber ich kam mir trotzdem vor wie der letzte Idiot, weil ich nicht schon früher nachgeschaut hatte. Aber ich war wegen der Schmetterlingsbrosche so wütend gewesen ...«

»Was denn für eine Schmetterlingsbrosche?« hakte Clark nach.

Max verdrehte die Augen. »Frag mich lieber nicht.«
»Also, was denkst du, wer dahintersteckt?« fragte Brett.
»Ich glaube, Gabe hat jemanden engagiert, der Mom verfolgen soll, wenn Sharp gerade mal nicht auf sie einwirken kann. Es würde Gabe ähnlich sehen, Sharp zu mißtrauen.«
»Aber warum läßt er Mom verfolgen und nicht dich?« unterbrach sie Clark.
»Vielleicht denkt er, Mom macht eher einen Fehler, der ihn auf Gabys Spur führen könnte.«
»O mein Gott«, murmelte Brett, der bleich geworden war.
Einige Minuten spazierten sie schweigend weiter, dann setzte Clark wieder an: »Ich würde zu gern wissen, woher Gabe überhaupt deinen Chef kennt. Er muß doch wissen, daß CovertCom in illegale Machenschaften verstrickt ist.«
»Kann man nicht mit Sicherheit sagen«, erwiderte Max. Langsam begann ihre innere Spannung nachzulassen. Endlich war sie nicht mehr allein.
»Es *muß* doch eine Verbindung geben!« beharrte Brett.
»Der Meinung war ich auch«, sagte Max. »Also bin ich während einer Dienstreise nach Dallas zum Gericht gegangen und hab mir den Zugang zu PACER geholt. Ich dachte, da könnte ich vielleicht etwas finden.«
»Wieso? Da sind doch nur Gabes Fälle verzeichnet«, wandte Clark ein, dann stutzte er. »Ach so, jetzt verstehe ich! Du dachtest, *da* könnte die Verbindung versteckt sein!«
»Es war einfach nur so eine Idee.«
»Und, kommst du mit PACER zurecht?«
»Nicht so richtig. Ich hab noch nicht viel Zeit gehabt, mich umzuschauen.«
»Okay, dann komm mit.« Clark pfiff den Hund zu sich und marschierte so schnell in Richtung Haus zurück, daß Max Mühe hatte, Schritt zu halten.

Es fühlte sich fast so an wie in alten Zeiten, als sie mit Brett und Brand die Köpfe zusammengesteckt hatte, nur daß Clark nun Brands Platz einnahm. Nach so vielen Monaten der Angst und Einsamkeit tat es unheimlich gut, endlich Hilfe zu haben. Max war sehr erleichtert. Ihre Brüder würden ihr helfen.

Vielleicht gab es ja doch noch Hoffnung.

Die drei Geschwister gingen sofort in Clarks Arbeitszimmer, schlossen die Tür sorgfältig ab und machten sich an die Arbeit. Clark installierte hastig das PACER-Programm. Max saß zu seiner Rechten, Brett zu seiner Linken.

»Du weißt doch, was das heißen würde, wenn wir eine Verbindung zwischen Gabe und CovertCom entdecken?« fragte Clark.

»Ich glaube schon«, antwortete Max.

»Wir könnten den großen Richter ein für allemal von seinem Stuhl kippen, und du könntest Gaby wiedersehen.«

»Oh, da wäre ich gern dabei«, sagte Brett. »Ich meine, bei der Demontage von Gabe Griswold.«

»Wir verkaufen Zuschauerkarten«, fügte Clark grinsend hinzu.

Max wurde allein bei dem Gedanken vor Aufregung ganz schlecht, aber sie schob die Vorstellung bewußt beiseite. Eines hatte sie in der Gefängniszeit gelernt: Man durfte sich keinen vorzeitigen Hoffnungen hingeben. Außerdem durfte sie jetzt auf keinen Fall übermütig werden und einen Fehler machen. Sie würde ihre Karten erst ausspielen, wenn es an der Zeit war.

Die Auflistung der Fälle, die Gabe Griswold verhandelt hatte, erschien auf dem Bildschirm, und Clark schob den Cursor langsam nach unten, damit Max jeden einzelnen Namen lesen und beurteilen konnte, ob ihr irgendeiner bekannt vorkam. Die Fälle waren chronologisch aufgelistet, und sie hatte keine Ahnung, wie weit sie würden zurückgehen müssen.

Draußen kroch langsam die Abenddämmerung über den See und verdunkelte das Zimmer. Clark schaltete die Schreibtischlampe ein, und ein warmer grüner Schein erhellte den Computer. Sie arbeiteten konzentriert, bis Max spürte, wie sie Kopfschmerzen bekam, und sie eine Pause machten, um Kuchen zu essen und Kaffee zu trinken. Liv war leicht irritiert darüber, daß die Geschwister soviel Zeit in Clarks Arbeitszimmer verbrachten, aber Jennifer, die instinktiv spürte, daß ihr Mann dabei war, seiner Schwester auf die eine oder andere Weise zu helfen, scharte Liv, Jan und die Kinder nach dem Kaffeetrinken um sich und fuhr mit ihnen zum Einkaufen und ins Kino. Und so lag das Haus in vollkommene Stille gehüllt da, während Max und ihre Brüder wieder an die Arbeit gingen. Nur der Hund kratzte an der Tür, und Clark ließ ihn herein, damit er sich unter dem Schreibtisch zusammenrollen konnte.

Später bestellte Brett Pizzas, und Max nahm eine weitere Kopfschmerztablette. Brett stellte sich eine Weile hinter sie und massierte ihr die Schultern. Sie war so verspannt, daß ihr Bretts Hände beinahe Schmerzen bereiteten, aber sie war dankbar für jede Berührung.

Sie hatte die Nähe zu ihrer Familie so sehr vermißt.

Vor Müdigkeit verschwamm ihr der Bildschirm vor den Augen, und ihre Geduld – oder das bißchen, das davon noch übrig war – ging langsam zu Ende. Sie hatte Clark schon einmal gebeten, den Computer auszuschalten, es hätte ohnehin keinen Sinn, aber er hatte kategorisch abgelehnt, und sie wußte, sie würde ihn nicht umstimmen können. Wenn er sich erst einmal etwas in den Kopf gesetzt hatte, konnte nichts und niemand ihn mehr davon abbringen.

»Mister Alleswisser«, raunte Brett seiner Schwester ins Ohr, und sie lachte beim Klang des Spitznamens, den sie Clark in Kinderzeiten verpaßt hatten.

»Was?« murmelte Clark und sah über die Schulter. »Macht ihr euch etwa über mich lustig?«
»Ich konnte nicht anders«, erwiderte Brett. »Zane ist nicht hier.«
Sie kicherten leise, und Max fragte sich, wie andere Familien wohl mit Problemen umgingen. Die Maxfields lachten sich über schwere Zeiten regelrecht hinweg. Sie gähnte laut, ohne sich die Hand vor den Mund zu halten, während der Cursor auf dem Bildschirm zum nächsten Fall hüpfte.
Die Vereinigten Staaten gegen Hakeem Abdul.
Max schnappte so hörbar nach Luft, daß Clark zusammenzuckte und der Hund aufhorchte und unsicher zu wedeln begann.
»Was ist los?« fragte Brett.
»Den Kerl kenne ich! Ich arbeite mit ihm zusammen«, erklärte Max. »Ich meine, er ist beim Spy Squad, bei CovertCom!«
»Dieser Abdul?«
Max nickte. Ihr Herz klopfte zum Zerspringen.
Clark legte ihr beruhigend eine Hand auf den Arm. »Ganz ruhig, Schwesterherz. Nicht hyperventilieren. Hol mal tief Luft, während ich die Details aufrufe.«
»Okay.« Sie atmete tief ein. »Okay.«
Clark tätschelte sie noch einmal, dann wandte er sich wieder seinem Computer zu. »So. Hier steht, der Bericht umfaßt 210 Seiten. Wie willst du ihn durchsehen?«
»Was meinst du damit?«
»Na ja, es ist wirklich ein langer Bericht. Wir haben mehrere Möglichkeiten – wir können einfach eine Seite nach der anderen durchgehen, oder uns nur die erste angucken, oder nur die letzte ...«
»Eine Seite nach der anderen.« Max gab sich Mühe, ihre wachsende Ungeduld zu bezähmen.

»Komm schon, Clark«, drängte auch Brett. »Laß uns endlich loslegen.«
Clark ließ den Bericht ablaufen und erklärte Max dabei die juristischen Fachbegriffe, die sie nicht verstand. »Der Fall handelte von einer Verschwörung«, sagte er. »Hakeem gehörte zu einer Gruppe, die einen Terrorismusakt plante. Das FBI ließ die Sache auffliegen, bevor sie ihren Plan in die Tat umsetzen konnten. Hmmm. Okay, hier. Abduls Anwalt drängte auf ein eigenes Verfahren für seinen Mandanten – und setzte es durch. Starker Zug.«
Max wartete schweigend.
»Max – er wurde freigesprochen«, verkündete Clark schließlich.
»Von Gabe?«
»Nein. Von einem Geschworenengericht.« Clark ließ seine Finger über die Tasten fliegen und schaute sich einige andere Details zur Verhandlung an. Max starrte blind auf den Bildschirm, während Brett nervös mit dem Fuß auf den Boden klopfte.
»Die Geschichte stinkt ja zum Himmel.«
»Was willst du damit sagen?«
»Die anderen Mitglieder der Gruppe wurden alle verurteilt. Sie sitzen immer noch. Dein Freund Abdul war der einzige, der ungeschoren davongekommen ist.«
»Nenn ihn bloß nicht meinen Freund.«
Aber Clark hörte nicht hin. Er schaute noch einige weitere Seiten durch, dann verließ er widerwillig das PACER-Programm. »Von der Verhandlung gibt es bestimmt keine Mitschriften, Schwesterchen.«
»Ich weiß. Weil sie mit einem Freispruch geendet hat.«
»Genau.« Clark schaltete den Computer aus und drehte sich mit seinem Stuhl zu seinen Geschwistern herum. »Wenn

Gabe den Vorsitz bei der Geschworenenverhandlung hatte, dann konnte er den Verlauf sehr stark beeinflussen – indem er bestimmte, welche Einwände angenommen oder abgelehnt wurden, indem er bestimmte Beweismittel zuließ oder eben nicht ... Und auch indem er den Geschworenen die entsprechenden Hinweise gab.«

»Starkes Stück«, sagte Brett.

Die Müdigkeit, die bohrenden Kopfschmerzen und die emotionale Überlastung waren zuviel für Max. Sie hatte das Gefühl, keinen einzigen klaren Gedanken mehr fassen zu können.

»Was ich damit meine, Max ...«, fuhr Clark fort. »Bundesrichter sind in unserem juristischen System so was wie die rechte Hand Gottes. Jedenfalls halten sie sich dafür.«

»Das mußt du mir nicht erzählen«, sagte Max. »Ich hab wegen so einem Scheißkerl sieben Jahre gesessen.«

Clark senkte den Blick und starrte auf seine Hände. Sofort bereute Max ihre Worte. Clark dachte wohl immer noch, sie mache ihm Vorwürfe, daß er es nicht geschafft hatte, sie früher aus dem Gefängnis herauszuholen. Sie nahm seine Hand. »Es war nicht deine Schuld«, sagte sie.

»Doch, das war es.«

»Ich hab dir nie die Schuld dafür gegeben. Niemals.«

Clark drückte ihre Hand. »Ich weiß. Aber ich hab nie aufgehört, mir selber die Schuld zu geben.« Nach einem Moment hob er wieder den Blick. »Das hier ist für mich eine hervorragende Gelegenheit, mich zu rehabilitieren, weißt du.«

»Was soll das? Du mußt dich nicht rehabilitieren.«

»Laß mich einfach helfen, okay?« beharrte Clark. »Wenn du nicht willst, daß ich es für dich tue, dann tue ich es für mich. Und für Gaby.«

»Was willst du tun?«

»Ich will diesen Bastard ein für allemal aus dem Weg räumen.«
»He, ich will auch mitspielen«, ging Brett dazwischen.
Erleichterung durchflutete Max wie eine reinigende Welle. Sie war so gerührt, daß sie kaum sprechen konnte. »Ich wußte, daß ihr mir helfen würdet«, raunte sie schließlich mit belegter Stimme.
Sie zuckten gleichzeitig die Schultern, was Max wieder an Brand erinnerte.
»Wir sind doch eine Familie«, sagte Brett. »Wozu sind Familien da, wenn nicht dazu, einander rauszuholen, wenn man in Schwierigkeiten ist?«
Dazu gab es nichts weiter zu sagen.

23. KAPITEL

Brett und Jan fuhren am nächsten Tag wieder nach Hause. Clarks Kinder wurden mit einem Disney-Video vor den Fernseher gesetzt, während Liv und Jennifer sich daranmachten, ein Hühnchen zuzubereiten. Clark und Max setzten sich wieder ins Arbeitszimmer und versuchten herauszufinden, wer etwas Genaues über den Fall *Die Vereinigten Staaten gegen Hakeem Abdul* wissen konnte.
Obwohl es Sonntagabend war und die meisten der Leute, die eine wichtige Rolle in dem Fall gespielt hatten, nur geheime Telefonnummern besaßen, verfügte Clark über genügend Beziehungen in dem Metier, daß er schließlich in der Lage war, von Freunden und Geschäftspartnern die gewünschten Informationen zu bekommen. Als allererstes rief er Linda Garcia an, die in Hakeems Fall Anklägerin gewesen war.

»Clark!« rief Linda aus, als sie abhob. »Ich hab dich ja schon seit dieser langweiligen Cocktailparty im Hyatt nicht mehr gesehen! Du weißt schon, letzten Sommer, als Richter Seacord seinen Ruhestand eingeläutet hat.«

»Tja, einige von uns waren beliebt genug, zu dem anschließenden, nicht minder langweiligen Abendessen eingeladen zu werden«, neckte er sie.

»He, ich war auch eingeladen! Ich hab bloß außer dem Job auch ein Privatleben, anders als so mancher Arschkriecher, dessen Namen ich jetzt lieber nicht aussprechen möchte.«

Clark antwortete mit einem lautstarken Schmatzer.

»Ah, ich verstehe, jetzt versuchst du's bei mir ... Von diesem Augenblick hab ich schon lange geträumt.«

Lachend fragte Clark seine Kollegin, ob sie sich zufällig an den Fall von Hakeem Abdul erinnerte.

»Jesses, Clark, wie lange ist das her?«

»Drei Jahre.«

»Ach ja, stimmt. Da war ich gerade mit Sophia schwanger. Vor der Verhandlung hab ich mir jeden Morgen die Eingeweide aus dem Leib gekotzt, bevor ich mich daran gemacht hab, Frank Hoffman in den Arsch zu treten. Das hätte ich auch geschafft, wenn Richter Griswold nicht so verflucht befangen gewesen wäre, wenn du die Ausdrucksweise entschuldigst.«

»Genau darauf wollte ich hinaus, Linda. Was meinst du mit befangen?«

»Na ja, genau benennen kann ich es schlecht. Er hat nichts wirklich Illegales gemacht. Wieviel weißt du von dem Fall?«

»Ich weiß nur, daß es um eine Verschwörung zu einem terroristischen Akt ging.«

»Genau. Abdul und ein paar seiner Kumpels aus dem Irak hatten ein Visum für den Aufenthalt in den Staaten, weil sie ausgesagt hatten, sie hätten während des Golfkriegs ein paar amerikanischen Soldaten geholfen, und wenn man sie zurück nach Hause schickte, würden sie enthauptet werden. Damals brannte überall im Land dieses patriotische Fieber für die heimkehrenden GIs, weißt du, und so haben die Kerle ihr Visum relativ problemlos bekommen. Und ein paar Jahre später fand das FBI heraus, daß die Herrschaften geplant hatten, das Pentagon in die Luft zu jagen.«

»Soll das ein Witz sein? Klingt wie der idiotischste Plan, von dem ich je gehört habe«, erwiderte Clark und verdrehte die Augen in Max' Richtung.

»Das ganze war besser ausgetüftelt, als du dir vorstellen kannst«, erzählte Linda. »Sie wollten den Sprengstoff im U-Bahn-Netz anbringen, das zum Einkaufsbereich des Pentagon führt, und während der daraufhin erfolgenden Rettungsmaßnahmen sollten noch mehr Sprengkörper installiert werden. Das sollte zu einem enormen Chaos führen, weil dabei Polizisten und Rettungskräfte hopps gehen sollten, und Abduls Bande wollte die allgemeine Verwirrung nutzen, um ins Pentagon einzudringen. Wer weiß, vielleicht hätte es sogar funktioniert? Verflucht beängstigend, daran zu denken.«

»Linda, warum wurde der Fall nicht in Washington, D.C. verhandelt?«

»Weil die Drahtzieher in Dallas ihren Wohn- und Arbeitssitz hatten, und weil alle Pläne und Undercover-Agenten auch hier in Dallas waren.«

»Okay. Und was für eine Rolle spielte Ga– Richter Griswold in der Geschichte?«

»Sagen wir mal, er hat sich ziemlich stark auf den FRE 403 berufen. Immer wieder schloß er wichtige Beweise von der Verhandlung aus, mit der Begründung, sie seien nicht relevant. Er war der Meinung, die eventuelle Bedeutung der Beweise würde durch die Gefahr, daß die Geschworenen beeinflußt würden, aufgehoben. Die Verteidigung behauptete die ganze Zeit, Abdul habe nie an der Verschwörung teilgenommen, sondern habe nur zufällig in derselben Wohnung gelebt wie die Verschwörer.«

»Ach ja, genau.«

»Richter Griswold ließ auch nicht zu, daß einer unserer Belastungszeugen aussagte – ein Nachbar, der gehört hatte, wie die Männer den Pentagon-Überfall durchsprachen, während sie draußen ein kleines arabisches Picknick veranstalteten. Er hatte uns erzählt, Abdul sei mittendrin gewesen. Griswold schloß den Zeugen aus, weil es sich bei der Aussage angeblich nur um Beweise vom Hörensagen handeln würde.«

»Unglaublich.«

»Wem sagst du das? An dem Tag war meine Schwangerschaft nicht der einzige Grund, der mich zum Kotzen brachte, glaub mir.«

»Und was war mit dem ermittelnden Undercover-Agenten? Konnte er Abdul nicht belasten?«

»Die clevere Befragung durch die Verteidigung ließ seine Aussage zweifelhaft erscheinen. Als der FBI-Mann die Wohnung betreten hatte, war Abdul nicht dagewesen. Und da der Agent am meisten auf den Anführer der Gruppe fixiert war – der nicht Abdul war –, konnte er Abdul genaugenommen nicht viel anhängen. Und die anderen Mitglieder der Gruppe konnten wir zu keiner Aussage überreden, obwohl wir es weiß Gott versucht haben.«

»Linda, Schätzchen, nur noch eine Frage.«

»Für dich tu ich doch alles, Schnucki.«

»Warum wurde Abdul nach dem Gerichtsverfahren nicht abgeschoben? In den Irak zurückverschifft?«

»Tja, bald nach der Verhandlung bekam er einen Job bei einem Spionageladen oder so was ähnlichem da oben in New

York, also war er nun ein braver Bürger und Steuerzahler, so daß es keinen guten Grund mehr gab, ihm einen Arschtritt zu verpassen.«

»Linda, du bist ein Schatz, ich schulde dir einen Gefallen«, bedankte sich Clark.

»Tja, darauf komm ich bestimmt noch zurüüühüück«, flötete Linda lachend und legte auf.

Eine Weile starrten Clark und Max, die alles mit angehört hatte, nur schweigend das Telefon an, als hätte es ihnen noch etwas zu sagen, etwas Abschließendes.

Schließlich sagte Clark: »Das beweist noch nichts, Max.«

»Ich weiß.« Sie seufzte.

»Gabe war schon immer aalglatt. Er würde nie etwas tun, was irgendeinen Anwalt gegen ihn aufbringen oder die Justiz dazu anstacheln würde, zu denken, daß er Gerichtsverhandlungen manipuliert. Er kann sich nicht mal Gerüchte leisten. Um das Gerichtsgebäude schwirren ständig etliche Reporter herum, die nur darauf warten, etwas aufzuschnappen, das nach Blut riecht.«

»Dann wäre bestimmt schon längst was rausgekommen.«

»Aber zweifellos! Du hast ja keine Ahnung, wie ehrgeizig manche Anwälte sind, die sich einen Richterposten angeln wollen. Nicht zu vergessen Landesrichter, die sich auf der Karriereleiter nach oben hangeln wollen. Ja, so Leuten wie Linda fällt ein Fehlverhalten schon mal auf, aber wie sie schon sagte – man kann nichts Konkretes sagen.«

»Wir müssen die Verbindung zwischen Gabe und CovertCom finden.«

»Ganz genau.«

»Was, wenn Gabe CovertCom-Aktien besitzt?«

Clark schürzte nachdenklich die Lippen. »Das wäre schon komisch, ganz klar. Das würde ein merkwürdiges Licht auf ihn werfen, aber ich glaube nicht, daß man ihm deswegen Befangenheit vorwerfen könnte, da Abdul zu dem Zeitpunkt, als sein Fall verhandelt wurde, noch nicht bei CovertCom beschäftigt war.«

Max nickte. Der altbekannte Druck machte sich wieder in ihrem Brustbein bemerkbar – der Druck, den sie jeden Morgen im Gefängnis verspürt hatte, wenn sie aufgewacht war, sich umgesehen und gewußt hatte, daß sie gefangen war.

Es klopfte leise an der Tür, und als die beiden Geschwister aufschauten, stand Jennifer auf der Schwelle, ein Tablett mit Tellern, Getränken und gebratenen Hähnchenteilen in der Hand. Jennifer Maxfield war eine zierliche, hübsche Frau mit einem blonden Pagenkopf, einem warmen Lächeln und einer Figur, die – selbst nach zwei Geburten – die meisten Frauen vor Neid erblassen ließ und die meisten Männer zu Begeisterungsstürmen hinriß. Wenn man Liv glauben konnte, hatte Clark nie wieder eine andere Frau auch nur angesehen, seit er seine Frau kennengelernt hatte.

Max sprang auf, um ihrer Schwägerin zu helfen, aber Jennifer schob sie lächelnd weg, drückte Clark einen Kuß auf die Wange und fragte: »Wie geht's?«

»Ich hab gerade mit Linda Garcia gesprochen«, erzählte Clark. »Sie war die Anklägerin im Abdul-Fall, aber obwohl sie der Meinung war, Gabe hätte die Verteidigung bevorzugt, konnte sie uns keine konkrete Verbindung zwischen Abdul, CovertCom und Gabe liefern.«

Als Max ihm einen erschrockenen Blick zuwarf, zuckte Clark entschuldigend mit den Schultern. »Sorry, Max, aber Jenny und ich haben keine Geheimnisse voreinander.«

Max wußte nicht, was sie darauf erwidern sollte, also beschäftigte sie sich hastig mit einem gebratenen Hähnchenteil. Sie war so daran gewöhnt, in einem Zustand kompletter Geheimhaltung zu leben, daß es ihr große Angst einjagte, wenn sie wußte, daß Clark sie dadurch gefährdete, indem er mit jemandem über ihre Probleme sprach – selbst wenn dieser Jemand seine Ehefrau war.

Jennifer zog sich einen Stuhl heran und setzte sich neben die beiden. »Wer war der verteidigende Anwalt?«

»Frank Hoffman«, antwortete Clark.

Sie warf ihrem Mann eine Papierserviette zu und nickte. »Der hat letztes Jahr eine häßliche Scheidung durchgemacht.«

»Ach ja?«

»Komm schon, Clark, auf welchem Planeten lebst du denn? Seine Frau Rachel hat gegen ihn alles mögliche ins Feld geführt – seelische Grausamkeit, Ehebruch, alles, was ihr nur einfiel, um seinen Ruf zu ruinieren.« Jennifer steckte sich eine kleine Gabel Salat in den Mund.

»Erinner mich das nächste Mal daran, wenn ich um dich herumscharwenzle.« Clark zwinkerte seiner Frau zu, und sie schenkte ihm einen aufreizenden Augenaufschlag.

Max kam sich vollkommen ausgeschlossen vor. Sie wußte, daß dies weder Clarks noch Jennifers Absicht war, aber wenn man einige Zeit allein mit einem Paar in einem Raum war, kam so was ganz automatisch zustande. Die beiden liebten einander innig. Max beneidete sie dafür.

Wie es wohl ist, dachte sie, *jemandem so blind vertrauen zu können?*

»Ich würde sagen, ihr solltet mal mit Rachel reden«, schlug Jennifer vor und wandte sich wieder Max zu.

»Wieso, was hat sie denn damit zu tun?« hakte Clark nach und schob sich ein Stück Brot in den Mund.

»Aber das ist doch klar wie Kloßbrühe!« erwiderte Jennifer und tupfte ihrem Mann mit einer Serviette die Mundwinkel ab. »Männliche Anwälte sprechen oft mit ihrer Frau über ihre

Fälle – manche mehr, manche weniger. Wenn Frank seiner Frau damals irgendeine Andeutung über ein unpassendes Verhalten von Gabe gemacht haben sollte, hat sie sich das bestimmt gut gemerkt, um es zusammen mit allen anderen bitteren Kleinigkeiten, die sie gesammelt hat, ihrem Mann entgegenzuschleudern, wenn sie ihn einmal hassen sollte.«

Max richtete sich auf. »Wenn sie annehmen würde, daß es ihrem Mann sauer aufstoßen könnte, würde sie uns also sicher sagen, was sie weiß?«

»Davon gehe ich aus«, bestätigte Jennifer. »Zumindest würde sie sich auf ein Gespräch mit dir einlassen. Wir Frauen verstehen einander, nicht wahr?«

Max lächelte ihre Schwägerin warm an. Sie hoffte ehrlich, daß sie einmal die Gelegenheit bekommen würde, Jennifer besser kennenzulernen. Clark und Jenny hatten in der Zeit geheiratet, als Max mit Gaby auf der Flucht gewesen war. Obwohl Max die Braut ihres Bruders schon vor der Hochzeit gesehen hatte, hatte sie nie Zeit gehabt, sie wirklich kennenzulernen. Das würde sich hoffentlich eines Tages ändern.

Hoffentlich würde sich eines Tages alles ändern.

»Mom und ich fliegen morgen wieder nach New York zurück«, murmelte Max vor sich hin.

»Warum nimmst du nicht gleich jetzt meinen Wagen und stattest Rachel einen Besuch ab?« bot Jennifer an. »Sie wohnt in Plano. Weißt du, wo das ist?«

Max lächelte bitter. »O ja, ich weiß, wo das ist. Aber ich kenne die Frau doch gar nicht. Ich weiß ja gar nicht, ob sie zu Hause ist. Ich kann doch nicht einfach so bei ihr reinplatzen.«

»Keine Sorge, ich kümmere mich darum«, versprach Jennifer, sprang auf und verließ den Raum, um ihr Adreßbuch zu suchen.

»Ich kann wirklich verstehen, warum du sie so liebst«, sagte Max leise zu ihrem Bruder.

»Auf der ganzen Welt gibt es keine zweite Frau wie sie. Wir sind seelenverwandt, Max. Ich hoffe wirklich, du findest eines Tages auch jemanden, der so gut zu dir paßt. Niemand hätte das mehr verdient als du.«

Max starrte auf ihren Teller herunter. *Das Problem ist nur,* dachte sie traurig, *daß ich ihn schon gefunden habe.*

Rachel Hoffman wohnte in einem eleganten, weitläufigen Ziegelhaus mit einer Wendeltreppe mitten in dem ganz in Weiß gehaltenen Wohnzimmer. Die über zwei Stockwerke reichenden Fenster überschauten den riesigen Swimmingpool.

Rachel führte Max zu einer gemütlichen Sitzecke in der Nähe der Hausbar, goß sich selbst einen trockenen Martini ein und brachte Max ein Glas Wein. Nirgends eine Spur von Kindern oder Haustieren.

Rachel war eine großgewachsene, imposante Frau mit knallig schwarzem Haar, das sie streng zurückgebunden trug, und aufmerksamen dunklen Augen, denen nichts zu entgehen schien. Sie war Kettenraucherin.

»Nun. Meine Freundin Jennifer hat mir erzählt, Ihr Ex-Mann hätte Sie ganz schön angeschissen.« Sie zündete sich eine neue Zigarette an der alten an und drückte den Stummel in einem Aschenbecher voller lippenstiftbeschmierter Kippen aus.

»Ich bin nicht sicher, was Jennifer Ihnen genau gesagt hat...«, setzte Max an.

»Entspannen Sie sich. Ich kenne nicht Ihre komplette Lebensgeschichte. Aber ich weiß, daß Ihr perverser Ex-Ehemann Ihre kleine Tochter in die Finger kriegen will. Das hatte ich schon in der *Newsweek* gelesen.«

»Ist lange her«, sagte Max unsicher.

Rachel wedelte mit der Zigarette durch die Luft. »Tatsache ist: Ich kann mich daran erinnern, wie Frank diesen ekligen Kamelkackertypen verteidigt hat. Frank würde sogar Adolf Hitler verteidigen, wenn er denken würde, daß es da genug Geld und Ruhm zu holen gibt.« Sie nahm einen tiefen Zug aus ihrer Zigarette.

»Ich weiß, daß mein Ex-Mann Beweise unterdrückt hat...«

»Allerdings. Frank war am Ende jeden Verhandlungstages vor Freude so außer sich, daß er sich kaum einkriegen konnte. Ich konnte ihn damals schon nicht ausstehen, weiß Gott.«

»Glauben Sie, daß Fra– Ihr Ex-Ehemann ... Glauben Sie, daß er mit meinem Ex-Mann irgendeine ... Abmachung hatte, was den Ausgang des Falles betraf?«

Rachel stieß eine enorme Rauchwolke aus und blickte Max aus zusammengekniffenen Augen an. »Würde dem Bastard ähnlich sehen.« Sie trank ihren Martini aus und ging zur Bar, um sich einen neuen einzuschenken.

Max' Augen begannen wegen des Rauches zu brennen, und sie nieste.

»Noch ein Glas?« fragte Rachel von der Bar her und hielt die Weinflasche hoch.

»Nein, vielen Dank, ich hab noch mit dem ersten zu tun«, antwortete Max und wühlte in ihrer Handtasche nach einem Taschentuch.

»Ähm ... nach dem Gerichtsverfahren hat der Mandant Ihres Mannes einen Job in einer New Yorker Firma für Abhöranlagen bekommen, nicht wahr? CovertCom?«

Rachel nahm einen großen Schluck von ihrem Martini und nickte dann. »War nicht das erste Mal.«

Max zuckte zusammen. »Was meinen Sie damit?«

Während ihre Besucherin ungeduldig die Hände rang, sog Rachel in aller Ruhe an ihrer Zigarette. Schließlich nickte sie.

»Frank hatte schon mal einen Mandanten, dessen Fall unter dem Vorsitz von Richter Griswold verhandelt wurde. Ich kann mich nicht mehr an seinen Namen erinnern, aber jedenfalls hat er auch einen Job da in dem Laden gekriegt. Das war einige Zeit vor dem Fall dieses Kamelkackers.«

»Also wurde der erste Mann auch freigesprochen?«

»Scheiße, ja. Schließlich hatte er Frank engagiert, nicht wahr? Der Mann ist echt das Allerletzte, aber wenn ich mit dem Gesetz in Konflikt geraten würde – und vor allem, wenn ich *schuldig* wäre –, würde ich ihn auf jeden Fall als Anwalt haben wollen. Frank ist es scheißegal, wer sein Mandant ist, solange nur genügend Kohle oder ein Imagegewinn für ihn drin ist – oder am besten beides.«

»Dieser erste Mann – war das ein Fall, der einen großen Imagegewinn versprach?«

»Nein, sonst würde ich mich besser daran erinnern. Aber Frank hat damals einen verdammt dicken Packen Geld verdient, das kann ich Ihnen sagen. Der Fall hat praktisch unser Haus bezahlt.« Sie grinste verschlagen.

»Wo kam das viele Geld her? War der Mandant reich?«

Rachel kicherte. »Na ja, sagen wir mal, er hatte gute *Beziehungen.*« Sie stellte das Martiniglas vorsichtig ab und drückte sich mit einer Hand die Nase zur Seite, so daß diese aussah, als wäre sie gebrochen.

Max schüttelte den Kopf. »Ich verstehe nicht.«

Rachel zündete sich eine weitere Zigarette an der an, die sie gerade zu Ende geraucht hatte, und rammte die alte in den Aschenbecher. Zwei Stummel fielen heraus und ließen einen kleinen Ascheregen auf den Boden herabrieseln. Rachel sah Max an, die sie die ganze Zeit fasziniert betrachtet hatte, und sagte: »Schätzchen, aber den Begriff *organisiertes Verbrechen* kennen Sie doch, oder?«

24. KAPITEL

An dem Tag, als Jack Underwood den Kontakt zu Rebekah Maxfield verlor, brach ihm kalter Schweiß aus. Drei Tage lang hatte er sie mit Hilfe einiger Überwachungsteams gesucht, die ein Auge auf die CovertCom-Räume und Maxfields Wohnung hatten.

Am dritten Abend hatte sich seine Besorgnis in Panik verwandelt. Rebekah Maxfield war wie vom Erdboden verschluckt.

Die Tatsache, daß Max die ganze Welt ein komplettes Jahr lang auf diese Weise zum Narren gehalten hatte, trug auch nicht gerade zu Underwoods Beruhigung bei. Wenn er diese Kronzeugin verlor, würde seine Karriere beendet sein, bevor er überhaupt wußte, wie ihm geschah.

Als einer der auf Max angesetzten Agenten am vierten Tag dann berichtete, Max und ihre Mutter seien in der Wohnung aufgetaucht, mit Gepäck beladen, als wären sie auf einer Reise gewesen, sprang Underwood aus seinem Sessel, griff sich seine Jacke und machte sich unverzüglich auf den Weg zu seiner Informantin, um sie zu erwischen, bevor sie ihm wieder entschwinden konnte.

Im Film sehen Überwachungen immer so leicht aus, dachte er, während er sich gegenüber von Max' Haus einen Fensterplatz in einem Restaurant aussuchte und zu seinem Zielobjekt hinüberschaute. In Wirklichkeit bestand die einzige Möglichkeit, eine überwachte Person nicht aus den Augen zu verlieren, darin, vierzig oder fünfzig Agenten auf sie anzusetzen, die alle unterschiedlich gekleidet waren, unterschiedliche Fahrzeuge fuhren und die Person von mehreren Seiten einkreisten, und zwar ohne deren Aufmerksamkeit auf sich zu lenken. Noch besser war es, wenn man es schaffte, einen Piepsender im

Auto der Zielperson zu plazieren oder sie per Hubschrauber oder Flugzeug aus der Luft zu überwachen.
Underwood war sich schmerzlich bewußt, daß ihm nur wenige Agenten zur Verfügung standen. Was einerseits zwar auch gut war – wenig Männer bedeuteten auch wenig Fehlerquellen –, Underwood andererseits aber noch mehr unter Druck setzte, den Fall bloß nicht zu vermasseln.
Als es dunkel wurde, drückte er sich in den Eingang eines Geschäftes, das über Nacht geschlossen war, die Hände tief in den Jackentaschen vergraben und den Kragen gegen den Wind hochgeklappt. Es wurde langsam empfindlich kalt, und er konnte bei jedem Ausatmen die kleine Wolke sehen, die seiner Nase entströmte.
Nach so vielen Stunden des Wartens hatte er es gerade geschafft, sich davon zu überzeugen, daß es in Ordnung war, wenn er nach Hause fuhr und sich eine Weile aufs Ohr legte, als er auf einmal sah, wie Max das Haus verließ und hastig den Bürgersteig entlangeilte. Underwood folgte ihr auf seiner Straßenseite, bis sie einen kleinen Lebensmittelladen an der Ecke betrat. Underwood nahm sich ein Taxi und beschloß darin zu warten, bis Max wieder aus dem Geschäft kommen würde.
Er verfluchte sich innerlich dafür, daß er keine Handschuhe mitgenommen hatte, und blies sich in die eiskalten Hände. *Ich könnte töten für eine Tasse heißen Kaffee,* dachte er.
Es kam ihm vor, als bliebe Max außerordentlich lange in dem Lebensmittelladen, und als sie endlich wieder herauskam, mit zwei vollen Tüten beladen, war seine Laune auf dem Nullpunkt angelangt.
»Ganz schön kalt geworden, was?« Er war aus dem Taxi gesprungen und stellte sich Max in den Weg.
Max zuckte so erschrocken zusammen, daß ihr eine der Tüten aus der Hand fiel und der Inhalt sich auf den Bürgersteig

ergoß. »Himmel noch mal, Underwood!« schrie sie, während sie sich nach ihren Einkäufen bückte. »Sie haben mich zu Tode erschreckt! Was in aller Welt soll das?«
Underwood verschränkte die Arme vor der Brust und sah zu, wie sie mühsam die Lebensmittel wieder einsammelte. »Das könnte ich Sie auch fragen. Wo zum Teufel haben Sie gesteckt?«
Als sie sich wieder aufrichtete, fielen Underwood die hochhackigen Stiefel auf, die sie anhatte. Dadurch sah sie noch größer aus, als sie ohnehin schon war. Das gefiel Underwood gar nicht.
Max marschierte wütend davon, auf ihre Wohnung zu. »Ich hab mit meiner Mutter meinen Bruder in Texas besucht, Underwood«, rief sie über die Schulter zurück. »Falls Sie das überhaupt was angeht.«
Underwood packte sie am Arm und zerrte sie grob zurück. »Allerdings geht mich das was an. Sie *gehören* mir, Maxfield, haben Sie das noch nicht kapiert? Bis dieser Fall abgeschlossen ist und Sie vor Gericht ausgesagt haben, machen Sie ohne mein Wissen keinen Schritt mehr aus Ihrer Wohnung raus, verstanden? Sie sollten nicht einmal mehr daran *denken*, heimlich die Stadt zu verlassen und mich so zum Narren zu halten. Habe ich mich deutlich ausgedrückt?«
Im schwachen gelblichen Schein der Straßenlaternen drehte Max sich langsam zu ihm herum. In ihren Augen blitzte kalter Haß.
»Ja, *Aufseher Underwood.*«
Er sah ihr nach, wie sie sich wieder abwandte und auf ihr Haus zuging, bis sie darin verschwand. Irgendwas in ihrem Blick hatte sein ganzes Inneres in Eis verwandelt.
Und Underwood wußte, obwohl er so darum gekämpft hatte, sie fest im Griff zu behalten, hatte er sie doch soeben endgültig verloren.

Die Reise nach Texas hatte auf Liv wie ein Jungbrunnen gewirkt, und sie fühlte sich wie neugeboren. Sie wußte zwar immer noch nicht, was die Zukunft für sie bereithalten und wie die Sache mit Garrett weitergehen würde, aber sie wußte, sie würde damit zurechtkommen.

Sie ging zum Fenster und sah auf die Straße hinunter, konnte ihre Tochter aber nicht entdecken. Sie mochte es nicht, wenn Rebekah so spät noch allein aus dem Haus ging – immerhin waren sie hier in New York, um Himmels willen! Aber Rebekah besaß offenbar eine Eigenschaft, die Liv gänzlich fehlte – sie hatte keine Angst.

Liv bewunderte ihre Tochter dafür, aber manchmal machte sie sich auch Gedanken, ob Rebekahs Furchtlosigkeit sich nicht in Sorglosigkeit verwandeln würde. *Ich habe vier Söhne zur Welt gebracht*, dachte Liv, *aber es ist meine Tochter, die ihrem Vater am ähnlichsten ist.*

Und das bereitete Liv große Sorgen.

Als das Telefon klingelte, ging Liv sofort hin, halb in der Erwartung, es würde Rebekah sein. Aber zu ihrer Freude war es Garrett.

»Wie war deine Reise?« fragte er.

»Oh, wunderschön!« rief sie aus. »Wir hatten viel Spaß mit den Jungs und ihren Familien. Clark hat uns sogar zum Segeln mitgenommen.«

»Das freut mich«, erwiderte Garrett mit einer weichen, verführerischen Stimme, die Liv an Bing Crosby erinnerte. »Liv, ich hab über unseren letzten gemeinsamen Abend nachgedacht.«

»Ich auch«, sagte sie, und ihre Wangen glühten vor Verlegenheit.

»Wir haben nicht viel Gelegenheit, Zeit miteinander zu verbringen, nicht wahr?«

Liv schluckte aufgeregt. Sie hatte schon befürchtet, Garrett würde sie nicht mehr sehen wollen, aber das eben hatte nach dem genauen Gegenteil davon geklungen! »Stimmt«, raunte sie leise.

Es war wichtig, daß eine Dame sich einem Mann niemals aufdrängte oder ihn zu sehr wissen ließ, daß sie ihn begehrte. Sie mußte immer geheimnisvoll bleiben, das machte es für den Mann reizvoller. Das war so eine Sache, die die modernen jungen Frauen einfach nicht mehr zu wissen schienen.

»Liebling, hab ich dir schon mal von meiner Hütte in den Adirondacks erzählt?«

Ganz ruhig, altes Mädchen, dachte Liv. »Nein, ich glaube nicht.«

»Na ja, der Begriff Hütte ist vielleicht auch nicht ganz richtig«, fuhr Garrett fort und kicherte. »Es ist ein großes Blockhaus oberhalb des Saranac Lake. War mal ein Jagdhaus. Ich hab es vor ein paar Jahren gekauft und renovieren lassen. Es hat einen umwerfenden Ausblick auf den See und ist von Wäldern umgeben.«

»Oh, das klingt ja wundervoll!«

»Ist es auch. Leider ist die schönste Zeit der Laubverfärbung schon vorbei, aber es ist auch zu dieser Jahreszeit noch schön da oben. Nur wenige Leute wissen überhaupt, daß ich die Hütte habe. Ich möchte mit dir dorthin fahren, Liv. Nur wir beide, ganz allein. Keine Sicherheitsleute, niemand. Nur du und ich. Würde dir das gefallen?«

»Und ob!« rief Liv aus.

»Wir könnten ein verlängertes Wochenende dort verbringen, Darling, und darüber nachdenken, wie unsere gemeinsame Zukunft aussehen könnte.«

Das war allerdings eine Überraschung! Es kam so plötzlich!

»Okay, dann laß uns die Sache festhalten«, fuhr Garrett fort.

»Nächstes Wochenende also. Sag niemandem etwas davon – nicht einmal Max.«
Liv zögerte. Sie sollte ihrer Tochter nicht sagen, wohin sie fuhr? »Ich weiß nicht, Garrett«, begann sie unsicher. »Ich möchte nicht, daß Rebekah sich Sorgen um mich macht.«
»Unsinn. Sie ist alt genug, und du auch. Es ist dein gutes Recht, zu tun, was du willst, ohne dir die Erlaubnis deiner Tochter einholen zu müssen.«
»Na ja, um Erlaubnis wollte ich sie auch nicht gerade fragen«, entgegnete Liv, »aber sie muß doch wissen, wo ich bin – für alle Fälle.«
»Um Himmels willen!« stieß Garrett hervor. Seine Stimme klang plötzlich scharf und verärgert. »Du wirst dir doch wohl etwas ausdenken können, oder? Ich gebe dir eine Mailbox-Nummer, unter der Max dich erreichen kann. Und wir rufen jeden Tag zu Hause an – wenn etwas ist, können wir sofort zurückfahren.«
»Also ...«
»Liv. Möchtest du mit mir zusammensein oder nicht?«
In seiner Stimme lag etwas erschreckend Endgültiges, als wollte er Liv drängen, sich zwischen ihm und ihrer Tochter zu entscheiden.
So ein blöder Gedanke. So etwas würde Garrett nie tun. Oder doch?
Liv war hin- und hergerissen. Auf der einen Seite konnte sie nicht verstehen, was daran so schlimm wäre, wenn sie Rebekah erzählte, wohin sie fuhr, aber andererseits hatte Garrett auch irgendwie recht – es war an der Zeit, daß sie lernte, ihr eigenes Leben zu leben, ohne sich ständig darüber Sorgen zu machen, was ihre Kinder davon hielten. Sie würde Rebekah eine Nummer hinterlassen, unter der sie erreichbar war, und damit würde ihre Tochter dann leben müssen.

»Natürlich möchte ich mit dir zusammensein«, sagte sie. »Ich denke mir etwas aus, was ich Rebekah sagen kann.«
In Livs Augen war dies ein Befreiungsakt, ein notwendiger Schritt in Richtung ihrer Unabhängigkeit. Ihrer Tochter würde das allerdings nicht gefallen, und allein der Gedanke daran brachte Liv zum Kichern. Sie kam sich vor wie ein Teenager, der seinen Eltern eins auswischt, nur daß das Spiel mit verkehrten Vorzeichen gespielt wurde.
Wie abenteuerlich!
Sie konnte es kaum erwarten.

Nicht nur, daß Liv Dominic mit einem warmen Lächeln empfing, als er an diesem Abend kam, sie nahm ihn auch noch herzlich in die Arme. Dominic erwiderte die Umarmung nur allzu gern. Es gab verrückte Momente in seinem Leben, wo er sich erlaubte, sich vorzustellen, daß Max einmal seine Frau werden konnte – und Liv würde keine schlechte Schwiegermutter abgeben.
»Schön, Sie zu sehen, Dominic«, sagte sie. »Meine Söhne kriege ich nur noch selten zu Gesicht, also hoffe ich, es macht Ihnen nichts aus, wenn ich Sie sozusagen adoptiere.«
»Ganz im Gegenteil, es ist mir eine Freude«, erwiderte er. »Ich kann meine Mutter auch nur ganz selten sehen.«
»Also gut, ich weiß, daß Sie nicht gekommen sind, um ein altes Weib wie mich zu besuchen. Ich hole Rebekah.«
Sie verließ den Raum, und Dominic stand auf, ging zum Fenster und schaute sich die Schale an, die Sharp Liv geschenkt hatte. Er konnte es Max nicht verdenken, daß sie sich Sorgen machte. Liv war sicher die Unschuld in Person, aber Dominic zweifelte daran, daß Garrett Sharp in seinem ganzen Leben auch nur einen einzigen unschuldigen Tag erlebt hatte. Er nahm die Schale in die Hand, um sie genauer zu betrachten.

»*Was machst du da?*«
Der argwöhnische Ton in Max' Stimme ließ Dominic erschrocken herumfahren und beinahe die Schale fallenlassen. Sofort fühlte er sich schuldig, wenn er auch nicht wußte, warum, und er stellte das Ding schnell zurück auf den Fenstersims.
Max hatte die Zähne zusammengebissen, ihr Blick war eisig.
»Himmel, Max, du hast mich zu Tode erschreckt«, sagte Dominic und deutete nach hinten. »Ich wollte mir doch nur dieses Ding anschauen, das deine Mutter geschenkt bekommen hat.«
»Was ist damit?«
Dominic starrte sie verständnislos an. »Bist du böse auf mich?« Sie schien kurz vor einem Wutausbruch zu stehen, und er konnte sich beim besten Willen nicht vorstellen, warum.
Max verschränkte die Arme vor der Brust. »Nein.«
»Nun, um nach den Regeln der Körpersprache zu urteilen, würde ich sagen, du bist stinksauer. Ich versuche nur herauszufinden, was ich angestellt haben könnte.«
Max ließ die Schultern sinken und wandte sich ab. »Ich bin nicht sauer auf dich, okay? Mir geht nur verdammt vieles durch den Kopf.« Mit großen Schritten durchquerte sie den Raum und setzte sich auf das Sofa.
Dominic folgte ihr und nahm neben ihr Platz, ließ aber ein gutes Stück frei zwischen sich und Max. »Was ist los?« fragte er und strich ihr vorsichtig über den Handrücken.
»Nichts. Ich bin nur müde.«
Okay... Wenn sie nichts sagen wollte ... Er zog die Hand zurück. »Übrigens, falls du dich über deine neue Zusammenarbeit mit Taylor wunderst – das hast du mir zu verdanken. Ich hab dafür gesorgt.«

»Wofür gesorgt?« Max schien ihm nicht richtig zugehört zu haben.
»Nachdem du aus Dallas zurückgekommen warst, hatte ich eine kleine Unterhaltung mit Hakeem. Ich hab dann auch mit dem Boss gesprochen, und er hat dich mit Sebastian zusammengetan.« Er lächelte.
Max runzelte die Stirn. »Was soll das heißen, du hattest *eine kleine Unterhaltung* mit Hakeem?«
Dominic zuckte mit den Schultern. »Sagen wir einfach, er wird dir nie mehr ein Härchen krümmen.«
Max verdrehte die Augen, sprang auf und marschierte im Zimmer auf und ab. »Für wen hältst du dich eigentlich?« schrie sie. »Für einen von meinen großen Brüdern? Hör zu, ich kann mit Hakeem Abdul bestens allein zurechtkommen. Wenn ich mal die Hilfe deiner *starken Arme* brauche, sag ich dir Bescheid.«
»Was zum Teufel ist eigentlich los mit dir?« Langsam ging ihm die Geduld aus. »Hast du vergessen, wie du an dem Morgen ausgesehen hast? Du warst vollkommen am Ende!«
»Oh, vielen Dank, du merkst aber auch alles.«
»Komm schon, Max, sei vernünftig! Hakeem ist ein brutaler Frauenhasser. So ein Kerl respektiert nichts und niemanden – außer eine Zurschaustellung von mehr Macht und Gewalt, als er selber hat. Glaub mir, solche Typen sind mir im Leben schon oft genug begegnet.«
»Mir auch. Hast du etwa gedacht, ich laufe wie ein Hündchen hinter ihm her und flehe ihn an, mir noch eine runterzuhauen?«
»Natürlich nicht!«
»Warum hast du mich dann nicht allein die Sache regeln lassen?«
»*Weil ich dich verdammt noch mal liebe!*« schrie Dominic zurück.

Die Worte hingen zentnerschwer zwischen ihnen in der Luft. Dominic hatte keine Ahnung, wer darüber mehr erschrocken war, er oder Max.
Was sollte er nun sagen? In solchen Situationen antwortete die Frau dem Mann normalerweise, sie würde seine Gefühle erwidern.
Aber statt dessen sagte Max: »Du kennst mich nicht, Dominic. Du kennst mich überhaupt nicht.«
»Ich kenne dich gut genug«, hörte er sich sagen.
Zu seiner Überraschung füllten sich Max' Augen mit Tränen. Tränen waren eindeutig nicht im Drehbuch vorgesehen.
»Wir sind einander fremd, Dominic«, beharrte sie. Wie kleine runde Kieselsteine, die auf der Wasseroberfläche Kreise malen, fielen die Worte in den Raum. »Ich weiß doch gar nicht, wer du bist.«
Dominics Haut kribbelte auf einmal, als würden ihn tausend eisige Nadeln stechen. So viele Jahre lang war er in der Lage gewesen, einen leeren Blick aufzusetzen, wenn jemand der Wahrheit seines Lebens gefährlich nahe kam.
Aber bisher hatte er keinen von denen geliebt, denen das gelungen war.
Max hatte eine Gabe, ihm Stück für Stück die Masken vom Gesicht zu ziehen, hinter denen er sich versteckte. Sein Instinkt riet ihm, sich sofort zurückzuziehen. Er zwang sich zu einem Lächeln. »Unsinn. Du kennst mich besser als irgend jemand sonst.«
»Okay«, raunte sie und fixierte ihn mit ihren Augen. Die Worte entströmten ihrem Mund wie kleine, scharfe Pfeile. »Sag mir deinen Namen.«
Als wäre er von einer Kugel getroffen worden, spürte Dominic, wie alles Blut aus seinem Gesicht wich. Er holte tief Luft. »Dominic, du dummes Mädchen, Dominic Antonio.«

Einen langen, unerträglich langen Augenblick starrte sie ihn an, nagelte ihn mit ihren Augen regelrecht an die Wand. Dann nickte sie langsam. »Ich glaube, du gehst jetzt besser.«
Was war hier los? Was in aller Welt ging hier vor sich?
Steif stand Dominic vom Sofa auf und baute sich vor Max auf. Sie schaute ihn unverwandt an, und er umfaßte ihr Kinn mit der Hand. Eine einzelne Träne löste sich aus ihrem Augenwinkel und rann ihr über die Wange herab. Dominic wischte sie mit dem Daumen weg. »Max?«
»Wir ... wir können so nicht weitermachen«, stammelte sie.
»Wovon redest du? Warum nicht?« Er gab sich erst gar keine Mühe, die Verzweiflung in seiner Stimme zu verbergen.
»Zu viele Geheimnisse.«
»Was denn für Geheimnisse?«
»Zwischen uns. Zwischen dir und mir. Du willst ... oder kannst mir nicht einmal sagen, wer du bist. Und ich kann dir nicht sagen ...« Sie schüttelte den Kopf und wich einen Schritt zurück.
»Was kannst du mir nicht sagen?« Dominic war so entsetzlich verwirrt, daß er schon nicht mehr wußte, wo oben und unten war.
Max drehte ihm den Rücken zu. »Ich kann dir nicht sagen ... ich kann dir nicht sagen, daß ich dich liebe. Nicht solange es ... Lügen ... zwischen uns gibt.«
Er wollte es leugnen. Mehr als alles andere auf der Welt wünschte sich Dominic, er könnte ihre Zweifel ausräumen. Er wollte ihr ins Gesicht schreien, daß es keine Lügen gab, keine Geheimnisse.
Aber er konnte es nicht. Denn wenn er es getan hätte ... wäre das nur eine weitere Lüge gewesen.
Langsam ging er zum Ausgang und verließ die Wohnung. Bevor er die Tür hinter sich zumachte, warf er Max noch einen

Blick zu, aber sie stand immer noch mit dem Rücken zu ihm da, und da wußte er, daß es vorbei war.

Ein wilder Anfall von Wahnsinn rauschte über ihn hinweg, erweckte in ihm den Wunsch, sich auf Max zu stürzen, ihr die ganze Wahrheit entgegenzubrüllen und zu sehen, was sie dann tun würde.

Aber was hatte das schon für einen Sinn? Es würde auch so schon schlimm genug werden, sie nicht mehr in seinem Leben zu haben.

Ihren Haß würde er unmöglich ertragen können.

Ich hätte meinem ersten Impuls folgen sollen, dachte er, während er die Tür hinter sich schloß, *und mich erst gar nicht mit ihr einlassen.*

Die nächsten Tage waren schrecklich. Je weniger Dominic Max sah, desto weniger fühlte er sich in der Lage, die Gedanken an sie aus seinem Kopf zu verbannen. Seine Bemühungen, ihr in der Firma aus dem Weg zu gehen, kosteten ihn so viel Kraft, daß er kaum noch Kraft hatte für die anderen Bereiche seines Lebens.

Nachts konnte er kaum schlafen, und er bekam kaum einen Bissen herunter. Noch nie hatte er unter echtem Liebeskummer gelitten, und so war ihm gar nicht bewußt, daß er trauerte, zutiefst um seine verlorene Liebe trauerte.

Wenn er nicht so sehr mit sich selbst beschäftigt gewesen wäre, wären ihm die Alarmsignale in der Arbeit vielleicht früher aufgefallen.

Dann wäre ihm, bevor es zu spät war, aufgefallen, daß Max sich in Lebensgefahr befand.

25. KAPITEL

Mid-Game, Anfang November 1997

Noch nie hatte Max sich so einsam gefühlt, nicht einmal im Gefängnis.

Es gibt viele Arten von Gefängnissen, dachte sie bitter, als sie an einem Freitagnachmittag an ihrem Schreibtisch saß, das Kinn auf eine Handfläche gestützt, *nicht nur solche mit Eisengittern vor dem Fenster.*

Als das Telefon klingelte, war sie versucht, nicht dranzugehen. Sie wollte mit niemandem sprechen, über nichts. Aber nach dem dritten Läuten hob sie doch den Hörer ab.

»Max? Schön, daß ich dich erwische. Ich bin's, Clark.«

Ein eisiger Angstschauer rieselte ihr den Rücken hinunter, als sie die Stimme ihres Bruders erkannte. Er hatte sie noch nie bei CovertCom angerufen. Noch bevor er etwas darüber gesagt hatte, wußte sie, daß es sich um einen Notfall handeln mußte.

»Was ist los? Was ist passiert?« Sie umklammerte den Hörer, als wäre er ein Rettungsring und sie eine Ertrinkende.

»Womöglich gar nichts, Schwesterherz. Vielleicht aber doch. Aber ich dachte, ich sollte dich besser warnen …«

»Was? Wieso warnen?« Sie konnte keinen klaren Gedanken fassen. Nur reagieren.

»Ich hab mir überlegt, es muß doch einen Grund dafür geben, daß Gabe Hakeem und diesem anderen Kerl vor ihm einen Job bei CovertCom verschafft hat. Zwischen Gabe und CovertCom muß es noch eine andere Verbindung geben als den Wunsch, ehemaligen Angeklagten eine Stelle zu besorgen. Ich hab über das nachgedacht, was du gesagt hast, daß Gabe

CovertCom-Aktien gekauft haben könnte, was weiter nicht besonders ungewöhnlich wäre. Aber du hattest mir erzählt, daß CovertCom seine Kunden hintergeht und ihnen wertvolle Informationen stiehlt, also ...«

»Clark!« ging Max energisch dazwischen. »Ich kann nicht garantieren, daß die Leitung sicher ist!«

Er zögerte. »Welche Leitung?«

»Die Telefonleitung! Ich rufe dich nachher zurück. Bist du in der Arbeit oder zu Hause?«

»In der Arbeit.«

»Okay. Gib mir ein paar Minuten Zeit, um einen anderen Apparat zu finden.«

Panisch riß Max ihre Jacke vom Haken, griff sich ihre Tasche und rannte aus dem Büro, ohne der erstaunten Rose Peterson auch nur ein Wort der Erklärung zu liefern.

Obwohl Max die Telefone noch nie auf Wanzen überprüft hatte, hielt sie es durchaus nicht für unmöglich, daß Sharp seine eigenen Firmenbüros und seine Angestellten auf diese Weise überwachte. Sie schalt sich innerlich selbst dafür, daß sie zugelassen hatte, daß Clark so viel sagte.

Seit dem Tag ihrer Entlassung aus dem Gefängnis hatte sie keine solche Angst mehr gehabt.

An der Straßenecke gab es mehrere öffentliche Fernsprecher. Zwei waren besetzt, der dritte kaputt, und so mußte Max ungeduldig warten, bis ein Telefon frei wurde. Dann wählte sie voller Furcht Clarks Nummer im Büro. »Ich bin's, Max«, keuchte sie in den Hörer.

»Herrschaft, Max, ich bin so ein Idiot! Es wäre mir nie in den Sinn gekommen, daß dieser Mistkerl seine eigenen Leitungen anzapfen könnte. Es tut mir so leid!«

»Mach dir keine Sorgen«, versuchte sie ihn zu beruhigen. »Was wolltest du mir vorhin erzählen?«

»Okay, wo war ich stehengeblieben? Ach so, ja. Ich hab Zane angerufen und gefragt, ob er sich mal in Gabes persönliche Kontenführung einklinken könnte, um dort eine Verbindung zu suchen.«

»Du meinst, Zane soll sich in den Bankcomputer einhacken?«

»Nein, nein, in Gabes Computer zu Hause. Wie so viele von uns ist auch er sicher am Netz und erledigt viele Geschäfte per Computer. Ich dachte, Zane könnte sich durch irgendein elektronisches Hintertürchen reinschleichen und schauen, was er herausfinden kann.«

Max war immer noch außer Atem nach der hastigen Suche nach einem Telefon, doch nun nahm sie langsam wieder wahr, was um sie herum geschah. Wie die meisten Großstädter achtete sie kaum auf das Wetter, außer wenn es ihr plötzlich Unannehmlichkeiten bereitete, und das tat es in diesem Augenblick ganz enorm. Eine Sturmwarnung in Form heftiger Windböen erfaßte sie in der halboffenen, kaum Schutz bietenden Telefonkabine.

»Und, was hat er herausgefunden?« stieß sie hervor und hielt sich mit kalten Fingern das freie Ohr zu.

»Tja, hier liegt das Problem. Er wurde erwischt.«

»Wie bitte?« Max war, als würde eine eisige Hand nach ihrem Herzen greifen. »Was willst du damit sagen?«

»Offensichtlich hatte Gabe eine Art Alarmsystem auf seinem PC installiert, das jeden unerwünschten Eindringling sofort meldet und lokalisieren kann.«

»O mein Gott.« Der kalte Wind schnitt ihr wie mit hundert Rasierklingen über die Beine, aber das war nicht die Ursache dafür, daß Max plötzlich zitterte wie Espenlaub. »Soll das heißen, Gabe weiß, daß Zane versucht hat, sich in seine Konten einzuklinken?«

»Ja, er weiß es. Und das ist noch nicht alles.«

Panik erfaßte Max. *Lauf weg, lauf weg,* riet ihr ihr Instinkt.
»Was noch, Clark?«
»Irgend jemand hat ihm gesteckt, daß du im Gerichtsgebäude herumgeschnüffelt hast.«
Die Frau im Büro des Protokollführers. »O nein!« Ihre Stimme klang wie das Jaulen eines angeschossenen Wolfes. Vor Angst und Kälte tränten ihr die Augen, und sie versuchte sie verzweifelt wegzublinzeln. Immer wieder stießen Passanten, die hastig nach Hause eilten, sie an.
Nach Hause.
»Clark, du mußt sicherstellen, daß Zane Gabys Vormund mitteilt, daß sie jetzt besonders vorsichtig sein müssen, okay? Ich glaube zwar nicht, daß Gabe weiß, wo sie ist, aber wir dürfen kein Risiko eingehen.«
»Mach ich. Ich rufe ihn an, sobald wir hier fertig sind.«
»Ich gehe jetzt gleich nach Hause. Ich setze Mom in ein Flugzeug nach Dallas, in Ordnung? Bist du damit einverstanden?«
»Natürlich. Wir werden gut auf sie aufpassen. Max ... was hast du jetzt vor?«
»Ich weiß es noch nicht. Ich weiß es einfach nicht. Erst kümmere ich mich um Mom, und dann ... Ich schätze, ich muß wieder untertauchen.« In ihrer Stimme klang Verzweiflung mit, und sie holte tief Luft, um weitersprechen zu können. »Ich hab keine andere Wahl.«
»Meine Kleine ... Paß gut auf dich auf, okay?«
Am Himmel donnerte es, und ein kalter Tropfen fiel wie eine Träne Gottes auf Max' Wange.
»Mach ich. Ich hab euch lieb, Jungs.«
»Wir haben dich auch lieb, Max. Sag uns Bescheid, wenn du ... in Sicherheit bist.«
»Versprochen.«

Es begann schon zu regnen, als Max den Hörer einhängte, aber sie steckte hastig noch einen Vierteldollar in den Schlitz und wählte mit steifen Fingern die Nummer ihrer Wohnung. Niemand meldete sich.

Nach dem vierten Klingeln legte Max auf. Sie hatte keine Lust, auf den Anrufbeantworter zu sprechen. Wo zum Teufel steckte ihre Mutter?

Ratlos blieb sie an der Straßenecke stehen, hin- und hergerissen von ihrer Unentschlossenheit und dem Toben der Naturgewalten. Sie wußte, daß es gefährlich war, nach Hause zu gehen. Wenn Gabe wußte, daß sie hinter ihm her war ... Wenn er wußte, daß sie die Verbindung zwischen ihm und CovertCom entdeckt hatte, dann würde er alle Hebel in Bewegung setzen, um sie aufzuhalten.

Er wußte sicher, daß es mittlerweile um mehr ging als nur darum, Gaby zu finden. Seine Karriere – alles, was ihn zu dem Mann machte, der er war – stand auf dem Spiel.

Was hatte Clark gesagt, wann Zane sich in Gabes Computer eingeklinkt hatte? Letzte Nacht? In der Nacht zuvor? Vor zwei Tagen? Wann?

Er hatte nichts darüber gesagt.

Sie überlegte, ob sie ihn noch einmal anrufen und nachfragen sollte, aber dann entschied sie sich dagegen. Sie mußte nach Hause. Sie mußte herausfinden, wo ihre Mutter steckte. Sie mußte ihre Mutter in Sicherheit bringen.

Underwood.

Wieder zögerte Max. Sollte sie ihn anrufen? Sollte sie ihn um Hilfe bitten? War es nicht sogar seine Aufgabe, ihr zu helfen?

Nein, eigentlich nicht. Seine Aufgabe bestand darin, seinen CovertCom-Fall zu lösen. Wenn Max ihm erzählte, daß ihr Ex-Mann, der berühmte Bundesrichter, gefährlich war, würde er ihr wahrscheinlich sowieso nicht glauben.

Verdammt. Underwood hatte ihr von Anfang an mehr Ärger bereitet, als er ihr eine Hilfe gewesen wäre. Sie traute ihm nicht. Sie traute niemandem.

Sie *konnte* niemandem trauen – nicht solange Gaby darauf angewiesen war, daß ihre Mutter sie beschützte.

Zeit war nun die wichtigste Größe. Je schneller sie eine große Entfernung zwischen sich und CovertCom einlegen konnte, desto besser.

Sie rannte auf die Straße, klopfte auf das Dach eines Taxis, das an einer Ampel abbremste, und sprang auf den Rücksitz, noch bevor der Fahrer etwas einwenden konnte. »Kreuzung Vierundfünfzigste Straße und Central Park«, sagte sie. »Für Sie sind zwanzig Dollar extra drin, wenn Sie mich möglichst schnell hinbringen.«

Obwohl der Fahrer sich die größte Mühe gab, sämtliche Geschwindigkeitsrekorde zu brechen, zitterte Max auf der ganzen Fahrt vor Ungeduld. Als sie in die Wohnung stürmte, fand sie diese leer und verlassen vor. Auf der Küchenanrichte lag ein Zettel. Es war Livs Handschrift, und Max lief es sofort eisig den Rücken hinunter.

Liebe Rebekah, Garrett und ich machen einen romantischen Wochenendausflug. Ich weiß, daß das wahrscheinlich nicht deine Zustimmung findet, aber ich versichere dir, daß alles in Ordnung ist. Wenn du mich brauchst, kannst du mich unter der unten angegebenen Mailbox-Nummer erreichen. Ansonsten sehen wir uns am Sonntag oder vielleicht auch erst am Montag. Alles Liebe, Mom.

Irgendwas stimmte da nicht. Obwohl der Brief in einem unbeschwerten Ton gehalten war, sagte er nichts darüber aus,

wohin Max' Mutter mit Garrett gefahren war. Das sah Liv gar nicht ähnlich. Max konnte sich keinen Grund denken, warum ihre Mutter ihr das Ziel ihrer Reise verschweigen sollte – außer, Garrett hatte sie darum gebeten.
Vor Angst versagten die Beine ihr den Dienst, und sie sank auf einen Küchenstuhl, den Zettel ihrer Mutter in der zitternden Hand.
Ihre Mutter wußte nichts davon, aber sie war soeben als Geisel genommen worden.
Wie konnte ich nur zulassen, daß das passiert? warf Max sich vor.
Sie schüttelte den Kopf. Sie hatte jetzt keine Zeit für Vorwürfe. Sie mußte überlegen, was sie als nächstes tun sollte. Doch Underwood anrufen? Was sollte sie ihm dann sagen? Daß ihre Mutter einen romantischen Wochenendausflug mit dem Mann machte, mit dem sie sich seit etlichen Wochen traf? Würde Underwood etwa einen Suchtrupp losschicken?
Haha.
Nach einer Weile beruhigte Max sich wieder etwas. Das Spiel war noch nicht zu Ende. O nein, es war noch lange nicht zu Ende.
Sie stürmte in ihr Schlafzimmer, zog sich Jeans und einen dicken Pullover an, dazu eine wasserdichte Jacke und ein Paar feste Bergschuhe. Dann warf sie ein paar Sachen in ihre Reisetasche, griff sich die tausend Dollar in bar, die sie für alle Fälle ganz oben auf dem Schrank versteckte, dazu eine besonders ausgestattete Brieftasche und ein paar andere Gegenstände, die sie mit Sicherheit brauchen würde.
Inzwischen war es dunkel geworden. Wind und Regen rüttelten von draußen an den Fenstern, als spiele die Natur verrückt. Max stopfte sich das Haar unter eine Ledermütze mit breiter Krempe, hielt einen Augenblick inne, um sich zu sam-

meln, und hastete dann hinaus. Sie wußte nicht mit Sicherheit, ob ihr Haus überwacht wurde oder nicht, also ging sie in den Keller hinunter und stürmte in einen Korridor, mit der Absicht, das Gebäude durch einen Hinterausgang zu verlassen.

Als sie um die Ecke bog, wäre sie fast gegen Hakeem Abdul und ihren Ex-Mann Gabe geprallt.

Hakeem hatte bereits eine Waffe in der Hand. Als er Max erblickte, hob er die Waffe und richtete sie auf Max.

Sie erstarrte.

Gabe lächelte sie an. Es kam ihr unwirklich vor, ihrem Ex-Mann nach so langer Zeit wieder gegenüberzustehen. Sein Haar war jetzt viel grauer, fast silberfarben, und die Furchen um Mund und Augen waren tiefer geworden, aber ansonsten sah er noch genauso aus wie der Mann, den sie einst geliebt hatte.

Max' Gedanken hasteten in ihrem Kopf herum wie kleine gefangene Tiere in ihrem Käfig. Hakeems Waffe sah aus wie ein Revolver, und Max wußte, daß er und Gabe sie nicht nur einschüchtern oder Informationen von ihr bekommen wollten – sie wollten sie töten.

Ich will nicht sterben, dachte sie. *Ich habe Gaby versprochen, eines Tages zurückzukommen.*

»Ich weiß, daß Gabrielle in der Schweiz ist«, begann Gabe in dem bestimmenden Gerichtston, den sie einst unwiderstehlich gefunden hatte. »Sag uns, wer auf sie aufpaßt und wo wir sie finden können, dann lassen wir dich am Leben.«

Erlebte Alpträume, schoß es Max durch den Kopf, unterschieden sich gar nicht großartig von solchen, die man in der Nacht hatte. Bilder wirbelten durcheinander, die Zeit schien stillzustehen, dann wieder überschnell abzulaufen, und nichts, aber auch gar nichts erschien einem real.

Dies war ein erlebter Alptraum.
Max konnte es nicht fassen, daß sie hier stand und ihren Ex-Mann anstarrte, während ein kaltblütiger Mörder seine Waffe auf sie richtete; sie konnte es nicht fassen, daß ihr Ex-Mann gesagt hatte, er wüßte, daß Gaby in der Schweiz sei. Dies konnte alles einfach nicht wahr sein.
Wie hatte er es erfahren können? Woher zum Teufel konnte er es wissen?
Niemand wußte, daß Gaby in der Schweiz war. Niemand außer Max ... und ... ihrer Mutter.
Aber Liv würde niemals, um keinen Preis Gabys Aufenthaltsort verraten! Zuviel, viel zuviel stand auf dem Spiel. Sie würde ein solches entsetzliches Risiko niemals eingehen!
Max versuchte zu sprechen, aber ihr Mund war so trocken, daß ihr die Zunge regelrecht am Gaumen klebenblieb. »Was hast du mit Mom getan?« brachte sie schließlich heraus. Ihre Stimme zitterte, und sie hatte keine Kraft, dies zu verbergen. »Was hast du ihr angetan?«
Gabe lächelte wieder, aber es sah eher so aus wie ein diabolisches Grinsen. »Ich habe ihr gar nichts angetan. Wenn du wissen willst, was aus ihr geworden ist, mußt du schon meinen Freund Garrett fragen. Deine Mutter interessiert mich überhaupt nicht, meine Liebe. Alles, was mich interessiert, ist, meine Tochter zu finden. Du hast mich lange genug zum Narren gehalten. Du hast mir meine Tochter vorenthalten, und jetzt wirst du mir endlich sagen, wo sie ist und bei wem – oder du stirbst.«
Wenn ich sterbe, dachte Max, *was gibt es dann für Mom noch für eine Hoffnung?*
Hakeem Abdul, das wußte sie, würde ihrer eingeschüchterten, verletzlichen Mutter jede gewünschte Information herauspressen können ... kurz bevor er sie auch umbrachte.

Vielleicht lag es an dem Sturm oder an der überwältigenden Gefahr, in der sie sich befand, aber auf einmal verspürte Max eine ungeahnte Ruhe, und in den Augenblicken der Stille, die auf Gabes Worte folgte, überlegte sie sich eine Strategie, die sie womöglich als Waffe einsetzen konnte.

»Gabe, vielleicht interessiert es dich, daß ich während der ganzen Zeit, die ich für CovertCom gearbeitet habe, gleichzeitig als FBI-Informantin tätig war. Ich habe den Agenten alles erzählt. Wenn mir irgendwas passieren sollte, egal was – sie werden wissen, daß du dahintersteckst. Sie werden hinter dir her sein, und dann ist deine kostbare Karriere zu Ende.«

In dem Augenblick, als Max *FBI* gesagt hatte, hatte Hakeems Waffe gezuckt, und Max sah ihrem Ex-Kollegen ins Gesicht. Seine Haut war aschfahl, als wäre ihm speiübel. Sie wandte sich wieder ihrem Ex-Ehemann zu.

Max konnte sehen, daß ihre Worte ihre Wirkung auf ihn nicht verfehlt hatten. Er musterte sie eindringlich und suchte in ihren Augen nach einem Anzeichen dafür, daß sie log.

»Du bluffst«, sagte er schließlich.

Einen unerträglichen Moment lang trafen sich ihre Blicke.

Dann ging das Licht aus.

Dieser Bruchteil einer Sekunde war alles, was Max brauchte. Ohne zu überlegen stürzte sie nach vorn und rammte Hakeem mit aller Macht die Tasche in den Bauch. Der so Überraschte schnappte nach Luft, verlor das Gleichgewicht und fiel mit einem dumpfen Krachen zu Boden. Max warf sich in Richtung Tür.

Das Licht ging wieder an.

Als alles sich zu entwirren begann, ging es so schnell, daß ihr Leben nur noch einem nutzlosen Knäuel aus unzusammenhängenden, farbenfrohen Fäden ähnelte, die von ihr herabbaumelten und sie ins Stolpern brachten. Sie rannte, den Ak-

tenkoffer fest mit der schweißnassen Hand umklammernd, als könnte der sie vor den Kugeln schützen, die an ihrem Kopf vorbeizischten und dumpf gegen die Holztür prallten, durch die sie wollte. Splitter bohrten sich in ihre Wange.
Sie hatte mit einem krachenden Echo gerechnet, daß die Schüsse begleitete – laut genug, um eine ganze Armee auf den Plan zu rufen –, aber dafür war Hakeem zu schlau. Ein Schalldämpfer schluckte jedes Geräusch bis auf die erstickten kleinen Schläge, wenn die Kugeln abgefeuert wurden, und die entsprechenden leisen Explosionen, wenn die Kugeln, atemraubend nah an ihrem Ohr, ihr Ziel fanden. In einem plötzlichen Aufblitzen einer unangebrachten Hellsichtigkeit wurde ihr klar, wozu der kleine Samtbeutel diente, der, scheinbar fehl am Platz, seitlich an der Waffe hing – zum Auffangen der Patronenhülsen.
Um keine Beweisstücke zu hinterlassen, keine Spuren ihrer Mörder.
Die regenbogenfarbene Stickerei, die ihr Leben war, zusammengesetzt aus der Stärke ihrer Mutter, dem grenzenlosen Vertrauen ihrer Tochter, dem Mut ihrer Brüder, der Zärtlichkeit ihres Geliebten – ja selbst aus den schwarzen Knoten ihrer Zeit im Gefängnis, dem Tod ihres Vater und ihres Bruders Brand und der Grausamkeit ihres Ex-Ehemannes – alles, was einst miteinander verwoben gewesen war, Gutes und Schlechtes, um das prächtige Gewebe ihrer Existenz zu bilden, drohte sich jetzt in ein zerfleddertes Leichentuch zu verwandeln.
Jemand zerrte sie am Blusenärmel und peitschte ihr ein heißes Brandzeichen auf den linken Arm, aber als sie hinsah, erkannte sie, daß eine Kugel und nicht eine Hand ihr den Riß beigebracht hatte. Blut quoll aus der Wunde, aber als sie den Arm hob, um ihn sich genauer anzusehen, spürte sie, wie etwas sie an den Haaren zog, und wußte, daß er immer genauer zielte.

Das Herz klopfte ihr bis zum Hals, panische Angst erfüllte sie, und sie rannte aus der Wohnung, durch die Hintertür des Wohnblocks in die kalte, wilde, feuchte Nacht hinaus. Kleine Atemwolken drangen aus ihrem Mund. Sie versuchte mit einem großen Sprung über die nach unten führende Betontreppe zu setzen, aber der Versuch mißlang.

Hart landete sie auf der Straße und schlitterte mit dem Gesicht voran auf dem Aktenkoffer, den sie nach vorne gereckt hielt, als könnte er irgendwie ihren Sturz dämpfen. Sofort rappelte sie sich mühsam wieder auf, purpurrote Blutstropfen verspritzend. Im Schein der Straßenlampen schimmerte das Blut schwarz.

Der Sturz hatte ihr den Atem geraubt, und sie taumelte, nach Luft ringend, während weitere Kugeln die naßglänzende Straße trafen und kleine Asphaltbrocken aufstoben, die sich wie winzige Geschosse in ihren Körper bohrten. Sie würde sterben – diese plötzliche Einsicht brannte sich in ihr Gehirn –, sie würde sterben, hier und jetzt, sie würde erschossen werden, ohne Gaby noch einmal sehen zu können.

Der Gedanke zwang sie fast in die Knie.

Sie hörte das Auto erst, als es beinahe über ihr war. Es stieß wie ein dunkler Dämon aus der Hölle auf sie herab, raste mit einem markerschütternden Jaulen um die Ecke und die Straße entlang und erfüllte die Luft mit dem ohrenbetäubenden Kreischen der Bremsen.

Die Beifahrertür flog auf und augenblicklich krachte eine Kugel dagegen. Ein perfektes kleines Loch zierte die Mitte der Tür – ins Schwarze getroffen.

»STEIG EIN!«

Die windgepeitschten Bäume schoben die Lichtflecken zu irren Mustern zusammen, aber die Innenbeleuchtung des Wagens war hell genug, daß sie den Fahrer klar sehen konnte.

Doch das war nicht der richtige Zeitpunkt zu zögern. Den Aktenkoffer immer noch fest umklammernd, hechtete sie mit dem Kopf voran ins Auto und packte den Türknauf, während die Reifen rückwärts durchdrehten, in einem wilden Chaos aus Armen, Beinen, Blut und dem Geruch nach verbranntem Gummi.

TEIL 4

Cold Play

Cold play: *Situation, in der ein Spieler, der auf verlorenem Posten kämpft, gegen ein besseres Blatt einen verzweifelten Einsatz riskiert.*

Es gibt das Land der Lebenden und das Land der Toten, und die einzige Brücke ist die Liebe, die einzige Überlebenschance, der einzige Sinn.

THORNTON WILDER: *The Bridge of San Luis Rey*

26. KAPITEL

Liv war überrascht, als Garrett sie mit einem beeindruckenden, dunkelblauen Range Rover mit Vierradantrieb abholte. Es war das erste Mal, daß sie ohne Chauffeur irgendwohin fuhren, und das erste Mal, daß sie ein anderes Fahrzeug außer der Limousine benutzten. Das Wetter war naß und kalt. Garrett sah umwerfend männlich aus in der Jeans, dem in Naturfarben gehaltenen Flanellhemd, einem dazu passenden Pullover und der eierschalenfarbenen Lederjacke.

»Wir fahren statt zu fliegen?« fragte sie, während sie ihre Taschen im Kofferraum verstaute.

»Genau«, erwiderte Garrett. »Ich dachte, das wäre ganz nett zur Abwechslung. Der nördliche Teil des Staates New York beherbergt eine der schönsten Landschaften weit und breit. Die kann man gar nicht richtig würdigen, wenn man nur drüberfliegt.«

»Ist es sehr weit?«

»Nein, vielleicht fünf oder sechs Stunden Fahrt. New York ist bei weitem nicht so groß wie Texas, meine Liebe.« Er zwinkerte ihr zu. »Außerdem wolltest du doch, daß wir allein sind.«

»O ja«, stimmte Liv zu. »Ich war nur im ersten Augenblick überrascht, das ist alles.« Sie kletterte auf den Beifahrersitz des riesigen Gefährts und griff nach dem Sicherheitsgurt.

»Ich hab immer ein paar Überraschungen auf Lager«, erwiderte Garrett und stieg auf der Fahrerseite ein.

Für jemanden, der sich normalerweise überallhin kutschieren ließ, hatte er den Range Rover erstaunlich gut im Griff. Es schien ihm nichts auszumachen, daß viel Verkehr auf den Straßen war, und er kannte sich ganz offensichtlich aus. Also entspannte Liv sich und schaute die CDs in der Ablage durch, bis sie eine mit den bekanntesten Liedern von Andrew Lloyd Webber fand.

Während Betty Buckleys Sopranstimme »Melody« sang, wunderte sich Liv darüber, wie schnell sie die Stadt hinter sich ließen. Das Tal des Hudson River lag unter einem dichten Nebelvorhang verborgen, doch ab und an hob sich der Vorhang und gab den Blick auf bezaubernde Fleckchen Grün, in Dunst gehüllte Brücken und imposante Anwesen frei. Die Wälder auf den Hügeln erstrahlten in den feurigen Farben des Spätherbstes.

Zum erstenmal gestattete Liv sich den Gedanken, wie es wäre, mit Garrett Sharp verheiratet zu sein. Würden sie oft zu seiner Hütte fahren? Und würden sie mit der Zeit gemeinsame Lieblingsplätzchen entlang der Fahrtroute entdecken?

Die Gegend um Saratoga Springs fand sie besonders beeindruckend. Noch nie in ihrem Leben hatte Liv solch eine schöne Landschaft gesehen. Das Land schien unendlich weit zu sein, nur ganz selten fuhren sie an verstreuten Häuschen vorbei oder erhaschten einen schnellen Blick auf einen Rauchfaden, der aus einem Schornstein stieg. Das hier war so wohltuend anders als die Enge und der Lärm von New York City!

Als es immer später und dunkler wurde, verwandelten sich die Nebelbänke langsam in einen leichten Nieselregen. Als sie Essex County erreichten, war es schon empfindlich kalt, und Garrett ließ die Wagenheizung auf hoher Stufe laufen. Die Unterhaltung war immer mehr ins Stocken geraten, und Liv bemerkte, daß Garrett irgend etwas zu beschäftigen schien. Sie bekam langsam Hunger und fragte sich, ob sie wohl irgendwo anhalten würden, um zu essen oder etwas einzukaufen. Um ehrlich zu sein, war sie müde und keineswegs in der Stimmung, in der Hütte gleich mit dem Kochen loszulegen. Als das Autotelefon klingelte, zuckte sie zusammen.

Garrett hob ab. »Ja.«

Liv schaute sein Profil an, und sie sah, wie die Muskeln seiner Wangen sich anspannten. »Ich kann es kaum glauben«, sagte er, und dann: »Ja, wir sind unterwegs. Soll ich etwa einen kompletten Fluchtplan ausarbeiten?«

Die einseitige Unterhaltung verwirrte Liv ohnehin, aber die Bemerkung über einen Fluchtplan jagte ihr aus unerfindlichen Gründen einen Schauer über den Rücken. Vielleicht lag es daran, daß sie an das Wechselspiel der Stimmungen, die sich auf Garretts Gesicht abzeichneten, noch nicht gewöhnt war.

Als er sich ihr zuwandte, war sein Blick so eisig und tief wie das Wasser des Saranac Lake. »Hör zu«, bellte er in den Hörer, »ich kann mich sehr wohl um mich selber kümmern. Du bist derjenige, der Mist gebaut hat, also bist du auch derjenige, der die Sache wieder in Ordnung bringen wird.«

Damit donnerte er den Hörer so heftig auf die Halterung, daß diese bedenklich knarzte, und fluchte dabei lautstark vor sich hin. Liv fragte nicht nach, wer am anderen Ende der Leitung gewesen war. Sie hatte zwar schon des öfteren miterlebt, daß Garretts Launen schnell wechseln konnten, aber dies hier war dennoch neu für sie, und auf einmal verspürte sie eine dunkle Angst, ohne daß sie hätte sagen können, wo sie herrührte.

Hier waren sie nun, inmitten von Regen und Dunkelheit, nur sie beide ganz allein, und fuhren mit einem Range Rover tief in ein Gebirge hinein zu einem Ziel, das Liv nicht kannte und von dem sie auch niemandem erzählt hatte. Es hätte so romantisch werden sollen, aber Garretts Gesicht sprach im Augenblick eine ganz andere Sprache.

Als sie den Mirror Lake erreichten, hatte sich der Regen in einen Eisregen verwandelt. Obwohl Liv enttäuscht war, daß Garrett ein paar Big Macs, Kaffee und Pommes frites bei einem abgelegenen McDonald's Drive-In kaufte, statt an einem ordentlichen Restaurant anzuhalten, so konnte sie doch seinen Wunsch verstehen, so schnell wie möglich in der Hütte anzukommen, bevor das Wetter noch schlechter wurde.
»Alles in Ordnung?« fragte sie schüchtern, als sie bei McDonald's auf ihre Bestellung warteten.
»Alles bestens«, antwortete er, ohne sie anzuschauen.
»Es ist nur ... wir wollten doch ein schönes Wochenende verbringen, und jetzt ... scheinst du eine schlechte Nachricht erhalten zu haben und ...«
Den Blick immer noch starr geradeaus gerichtet, sagte Garrett: »Das geht dich nichts an, Liv.«
Seine Worte schmerzten, und sie wandte sich ab, um ihre Verletzung zu verbergen. Garrett war ein geheimnisvoller Mann, und manchmal fiel es ihr wirklich schwer, ihn zu verstehen. Richard war da ganz anders gewesen. Natürlich hatte auch er seine Fehler gehabt, aber er war immer offen und ehrlich zu seiner Frau gewesen. Er hatte ihr deutlich gesagt, wenn er wütend war, und hatte ihr nicht minder deutlich gezeigt, wenn sie ihn glücklich machte.
Aber bei Garrett wußte sie manchmal nicht, woran sie war. Das brachte sie immer wieder aus der Fassung.
Kurz darauf verließen sie den Highway und bogen auf einen schmalen Waldweg ein, der sich an einigen wenigen Landhäusern vorbei durch die Bäume schlängelte. Liv fühlte sich immer unbehaglicher. Das Wochenende zu zweit erschien ihr auf einmal gar nicht mehr so reizvoll wie noch bei ihrer Abfahrt. Der Range Rover war ein sportliches, kein bequemes Auto, und langsam begann Livs Rücken zu schmerzen, vor

allem, als Garrett nun auf einen holprigen, noch schmaleren Waldweg einbog. Dünne feuchte Zweige schlugen wie gierige Krallen übler Monster gegen die Windschutzscheibe und die Kotflügel des Wagens.

Schließlich erreichten sie eine kleine Lichtung, deren Boden mit einer Schicht feuchten Laubs bedeckt war. Garretts »Hütte« ragte zweistöckig zwischen den hohen Kiefern hervor. Warmes Licht war hinter den Fensterscheiben zu sehen, und aus dem Kamin kringelte sich eine Rauchfahne träge in den Himmel.

»Ich habe jemanden gebeten, alles für unsere Ankunft herzurichten«, erklärte Garrett, als Liv sich sichtlich positiv überrascht die Hand vor den Mund schlug.

Mit Garrett zusammenzusein war wie Achterbahnfahren, überlegte Liv, als sie aus dem Wagen stieg. Rauf und runter, immer wieder rauf und runter ging es – man wußte nie, was man erwarten sollte. Der kalte Wind trug ihre Atemwolke davon, und sie eilte zu den steinernen Stufen, die zum Haus hinaufführten. Garrett stieß die Tür auf.

»Willkommen in Hearthside«, verkündete er mit einem Lächeln.

»Oh!« stieß Liv hervor. Sie betraten einen riesigen Raum, der mit Möbeln aus verschiedenen teuren Hölzern ausgestattet war. Ein enormer, aus Stein gemauerter Kamin nahm die gesamte Breite der gegenüberliegenden Wand ein, auf beiden Seiten von raumhohen Fenstern flankiert, die auf den See hinausschauten. Geschmackvolle Teppiche bedeckten den auf Hochglanz polierten Boden. Schmiedeeiserne Kronleuchter hingen tief von der Decke herab und tauchten das Zimmer in einen warmen gelblichen Schein, und flauschige Decken lagen auf den mit Chintz bezogenen Stühlen und Couchs. Ein hübsches Feuer tanzte im offenen Kamin, Bücher und Zeitschriften standen im Überfluß zur Verfügung.

Dicke Holzpfeiler stützten die obere Etage, die sich über ihren Köpfen erstreckte, während die Galeriebrüstung und das Treppengeländer aus dünneren Holzstücken gezimmert waren. In einer Nische konnte Liv eine Küche sehen, die mit einem einladenden Kieferntisch und dazu passenden, handgeschnitzten Schränkchen ausgestattet war.

Überall hing der süße Duft nach Holz in der Luft.

Liv wandte sich zu Garrett um, um ihm ihre Bewunderung auszudrücken und ihm zu sagen, wie heimisch sie sich bereits nach wenigen Augenblicken in diesem Haus fühlte, wie froh sie darüber war, daß er sie hierhergebracht hatte, wie sie es kaum erwarten konnte, die umliegenden Wälder zu erkunden..., aber dann hielt sie inne, und jedes Wort erstarb ihr in der Kehle.

In der hintersten Ecke des oberen Geschosses stand Sebastian Taylor, die Ellbogen auf die Brüstung gestützt, die Hände gefaltet, als wäre er ein Hausbesitzer, der seine Gäste willkommen heißt. Sein blondes Haar glänzte im Schein des Feuers.

»Endlich sind Sie hier!« rief er Garrett fröhlich zu.

Liv wirbelte zu Garrett herum und sah ihn fragend an, aber er ignorierte sie.

»Holen Sie das Gepäck«, befahl er Taylor und warf die Autoschlüssel auf einen nahegelegenen Tisch. »Wo ist Evan?«

Taylor kam die Holztreppe herunter. »Er ist draußen, Feuerholz holen.«

Garrett durchquerte den Raum mit großen Schritten und blieb vor einem Schrank stehen, der neben Fernseh- und Musikanlage auch eine kleine Bar beherbergte. »Ich brauche einen Drink«, murmelte er.

Liv stand immer noch wie vom Donner gerührt in der Mitte des Zimmers. »Garrett?« rief sie leise.

Garrett wühlte mit dem Rücken zu ihr im Schrank und erwiderte kein Wort. Da ging eine Hintertür auf, die offenbar von der Küche nach draußen führte, und Evan Ryder kam herein. Eine eisige Böe drang mit ihm ins Haus. Er trug die mitgebrachten Holzscheite zum Kamin und stapelte sie in einem großen Weidenkorb, der daneben stand. Dann öffnete er den Reißverschluß seines Parkas und schälte sich heraus.

Über seinem Flanellhemd prangte ein Schulterhalfter mit einer Waffe darin. Die Vordertür schwang auf und Sebastian Taylor kam mit dem Gepäck von Garrett und Liv herein.

»Garrett!« rief Liv erneut aus. Wut und Verständnislosigkeit schwangen in ihrer Stimme mit.

»Was?« Er goß sich einen Whisky ein.

»Ich möchte jetzt endlich wissen, was hier los ist!« Liv reckte trotzig das Kinn vor.

»Wohin wollen Sie das Zeug haben?« fragte Taylor.

»Meine Sachen in mein Zimmer«, ordnete Garrett an, »und ihre in das Zimmer daneben.«

»Okay.« Leichtfüßig ging der Mann die Treppe hoch, als wären die Gepäckstücke nicht schwerer als eine Feder.

»Richter Griswold hat angerufen«, sagte Evan Ryder. »Er hüpft im Quadrat.«

Garrett warf Liv einen Seitenblick zu und bellte: »Klappe halten.«

Aber es war schon zu spät.

Es war zu spät, denn nun verstand Liv endlich, was hier los war. Sie verstand nur zu gut. Wie ein Blitz kam ihr die Erleuchtung – dies war die Krönung jeden Zweifels, den sie in bezug auf Garrett je gehabt haben mochte, die Erklärung für jedes Geheimnis, das ihre Tochter in den vergangenen Monaten mit sich herumgetragen hatte.

Livs erster Gedanke lautete: *O Gott, wie konnte ich nur so blöd sein?*

Ihr zweiter Gedanke galt Rebekah.
Bevor ihr ein dritter Gedanke durch den Kopf gehen konnte, wurde sie von solch einer Panikwelle erfaßt, daß alles andere in Livs Leben auf einmal unwichtig erschien. Ihr war, als würde eine eisige Wasserwoge ihr über die Fußknöchel und die Taille bis hoch zum Hals schwappen und sie zu ertränken drohen, noch bevor sie auch nur einen einzigen Hilfeschrei loslassen konnte.

Jack Underwood tauchte gerade in den Untiefen des Schlafes, als das Klingeln des Telefons die Nacht durchschnitt und ihn widerwillig zurück an die Oberfläche schwimmen ließ. Verschlafen griff er nach dem Hörer, ohne die Augen aufzumachen. »Hallo?«
»Jack?«
»Hm-hm.«
»Hier spricht David Young.«
»Häh?« Underwood kämpfte sich durch den scotch- und schlafbedingten Nebel in seinem Kopf und versuchte sich zu erinnern, woher er den Namen kannte.
»Abteilung Gewaltverbrechen.«
»Ach so, ja.« Er stützte sich auf einen Ellbogen, tastete mit einer Hand auf dem Nachttisch herum, bis er seine Brille fand, und setzte sie auf, obwohl seine Augen immer noch geschlossen waren.
»Der SAC meinte, ich soll Sie anrufen – es geht um eine Schießerei Ecke Vierundfünfzigste und Central Park. Es hieß, sie könnte etwas mit der Operation Lauschangriff zu tun haben.«
Underwood spürte, wie sein Körper eiskalt wurde. Abrupt setzte er sich auf und riß die Augen auf. »Was für eine Schießerei?«

»Es gab einen Schußwechsel im Keller eines Wohnhauses. Eine Bewohnerin, die gerade ihre Wäsche machen wollte, hat ausgesagt, sie hätte gesehen, wie zwei Männer eine Frau jagten, die sie als ... Rebekah Maxfield identifizierte. Die Männer haben mehrmals auf sie geschossen, aber offenbar ist sie entkommen. Ich hab mir ihre Wohnung angesehen, aber es war niemand zu Hause. Ich störe Sie damit nur ungern, wissen Sie, eigentlich fällt die Geschichte in die Zuständigkeit des NYPD, aber der SAC sagte ...«

»Sie haben es genau richtig gemacht, David. Also gut – wir treffen uns dort, in einer halben Stunde, okay?«

»Okay.«

Underwood schlüpfte mit zitternden Händen in seine Kleider und verfluchte sich selbst dafür, daß er am Abend zuvor soviel getrunken hatte. Er spülte zwei Aspirintabletten mit einem Glas Wasser herunter, rief sich ein Taxi, überprüfte die Smith & Wesson in seinem Schulterhalfter, zog sich seinen Trenchcoat an und eilte die Treppen hinunter.

Auf der Fahrt zu Max' Wohnung raste Underwoods Herz doppelt so schnell wie sonst, und kalter Schweiß lief ihm den Rücken hinab. Obwohl er es auf den Alkohol schob, wußte er nur zu gut, daß er Angst hatte – dieser verdammte Fall wurde immer komplizierter. Nun war Max in Lebensgefahr, und er war schuld daran.

Er wußte nur nicht, was er falsch gemacht hatte.

Young wartete schon zusammen mit dem Türsteher und dem Hausmeister im Hauseingang, als Underwood eintraf. Der Beamte vom NYPD war bereits gegangen. Während sie sich auf den Weg in den Keller machten, erklärte Young Underwood, daß es kein konkretes Opfer gab, und daß sie, da es weder Beschwerden noch eine Vermißtenanzeige gab, nur herzlich wenig unternehmen konnten.

»Haben Sie Max heute überhaupt schon mal gesehen?« fragte Underwood den Türsteher namens Ralph.
Der Mann nickte. »Heute morgen ist sie wie immer zur Arbeit gegangen, und ist dann ziemlich früh wieder zurückgekommen ...«
»Um wieviel Uhr?«
Ralph zuckte mit den Schultern. »Irgendwann nach fünf.«
»Haben Sie sie danach noch einmal weggehen gesehen?«
Er schüttelte den Kopf.
»Was ist mit ihrer Mutter?«
»Mrs. Maxfield? Ach, die macht einen romantischen Wochenendausflug mit dem netten Herrn, mit dem sie sich öfter trifft. Ich passe solange auf ihren Hund auf, Sarge – genau wie damals, als sie ...«
»Was soll das heißen, einen romantischen Wochenendausflug?« unterbrach ihn Underwood.
»Hat sie gesagt. Und sie war so angezogen, als wollte sie aufs Land fahren. Ich fand das interessant, weil sie nicht wie üblich mit der Limousine weggefahren sind. Nein, diesmal fuhr der Herr selber, und er hat Mrs. Maxfields Gepäck in einen blauen Range Rover gepackt.«
»Er fuhr selber? Sind Sie sicher?«
»Klar bin ich sicher.«
Sie hatten nun einen Flur im hinteren Teil des Hauses erreicht, von wo es entweder zum Waschkeller oder zum Hinterausgang ging. Es gab keine gelben Bänder, mit denen die Polizei normalerweise Tatorte absperrte, aber die Einschußlöcher waren mit schwarzer Kreide umrandet, was den Hausmeister, einen Mann namens Schneider, sehr erboste.
»Schlimm genug, daß da jetzt Löcher drin sind«, polterte er. »Aber müssen die auch noch schwarze Kreise drumrum machen? Jetzt muß ich alles neu streichen.«

Underwood ignorierte ihn und wandte sich an Young. »Patronenhülsen?«
»Keine. Entweder haben sie sie danach aufgehoben, oder sie haben ein Auffangsäckchen benutzt.«
»Was halten Sie davon?« Underwood untersuchte ein Loch in der Holztür.
»Ziemlich große Geschosse. Eine 45er, würde ich sagen, aber es ist schwer einzuschätzen. Die Zeugin sagt, die Waffe hätte nicht viel Lärm gemacht, und weiter oben hat's keiner gehört, also gehe ich davon aus, daß sie einen Schalldämpfer benutzt haben.«
»Was ist das?« Underwood kauerte sich nieder und deutete auf ein paar dunkle Flecken auf dem Linoleumboden. Vorsichtig fuhr er mit dem Finger darüber. »Sieht aus wie Blut!« rief er aus.
Young kniete sich neben ihn. »Wie kommt's, daß das den Cops entgangen ist?« stieß er wütend hervor. »Pfuscher!«
»Sie wurde also angeschossen«, schloß Underwood. Er knipste einen Lichtschalter an, der den Flur schwach erhellte, und folgte der Spur der Blutstropfen. »Aber wenn sie schwer verletzt worden wäre, müßte es mehr Blut geben, oder?«
»Wahrscheinlich.« Young zuckte mit den Achseln. »Kommt auf die Wunde an.« Er hatte eine starke Taschenlampe in der Hand und ließ den Strahl durch den Flur wandern. Dann verließen sie das Gebäude durch die Hintertür. »Sieht so aus, als wäre sie gestürzt und ein Stück weit geschlittert, um sich dann wieder aufzuraffen.« Er deutete auf zwei Spuren, die von Max' Sturz herrühren konnten. »Ich würde sagen, hier ist ein Wagen praktisch auf zwei Rädern um die Ecke gekommen, hat die Bremse reingehauen, damit die Frau einsteigen konnte, und ist dann wie der Blitz wieder abgedampft. Die Zeugin konnte nicht sagen, wer im Wagen saß, weil sie die ganze Zeit

in einer Ecke des Waschkellers gekauert hatte, aber es sieht so aus, als hätte die Lady Glück gehabt, daß sie jemand hier rausgeholt hat.«

»Was ist mit den Angreifern geschehen?«

»Weiß keiner.«

»Geben Sie mir mal die Lampe.« Underwood kniete sich neben die Schlitterspuren am Boden. »Hier kann ich kein Blut finden«, sagte er hoffnungsvoll.

»Es hat geregnet, Jack«, bremste Young seinen Optimismus.

Langsam setzte sich Underwood auf die oberste Stufe und saß schweigend da, starrte hinaus auf die regennassen Straßen von New York.

Seit dem Beginn der Operation Lauschangriff war dies das erste Mal, daß ihn der Fall Sharp nicht mehr interessierte. Irgendwo da draußen war Max auf der Flucht, blutend und vermutlich halb wahnsinnig vor Angst. Sie rannte um ihr Leben – rannte vor jemandem davon, der sie umbringen wollte.

»Ich habe ihr versprochen, sie zu beschützen«, murmelte er vor sich hin.

»Wen beschützen?« Young setzte sich auf die Stufe unter ihm und zündete sich eine Zigarette an.

»Meine Informantin. Ich hatte ihr versprochen, sie zu beschützen, und ich hab's vermasselt.« Ihm war so übel, daß er sich beinahe hätte übergeben können. Er wußte, er würde es sich nie verzeihen können, wenn Max etwas zustieß.

»Wir können doch nicht überall sein«, sagte Young und stieß eine Rauchwolke aus. »Es wird schon alles gutgehen«, fügte er hinzu. Unter den gegebenen Umständen gab es nicht viel mehr, was man hätte sagen können.

Aber es würde nicht gutgehen, und Underwood wußte das. Etwas war schiefgelaufen, entsetzlich schiefgelaufen. Irgendwo hatte er komplett den Anschluß verloren.

Er hatte Max im Stich gelassen. Kein Wunder, daß sie ihn haßte.

»Brauchen Sie sonst noch was?« fragte Schneider mit unverhohlener Verachtung von der Tür her.

»Jack?« sagte Young.

»Ja. Sagen Sie ihm, wir wollen uns in Max' Wohnung umsehen.«

Young warf den Zigarettenstummel auf den Bürgersteig, stand auf und ging auf den Hausmeister zu.

Underwoods Brille war beschlagen. Er sah zu, wie die Glut der Zigarette noch ein letztes Mal hell aufleuchtete und dann erstarb.

Dominics Hauptziel bestand darin, so viele Meilen wie möglich zwischen Max und die Leute zu legen, die sie umzubringen versucht hatten. Also fuhr er mit äußerster Konzentration und brach so ziemlich jede Verkehrsregel, während er den Mercedes aus der Stadt hinaus steuerte. Er führte sogar ein paar Ablenkungsmanöver durch, um sicherzustellen, daß sie nicht verfolgt werden konnten. Das Auto war stark und schnell, und sie kamen gut voran.

Max saß schweigend auf dem Beifahrersitz. Es dauerte eine gute halbe Stunde, bis Dominic zu ihr hinüberschaute und sah, daß sie aus einer Wunde am Arm blutete.

»Himmel, Max! Du bist verletzt! Warum hast du nichts gesagt?« Instinktiv griff er nach ihrem Arm, was Max einen Schmerzensschrei entlockte.

»Schon gut«, sagte sie und löste sich aus seinem Griff. »Es ist nur ein Kratzer, ich werd's schon überleben.«

»Laß mich trotzdem an einer Apotheke anhalten«, beharrte Dominic. »Da kann ich ein bißchen Verbandszeug kaufen und die Wunde versorgen.«

»Nein.«
»Sie könnte sich infizieren ...«
»Ich hab nein gesagt!«
Dominic musterte sie besorgt. Sie sah bleich aus, und ihre Augen waren vor Angst weit aufgerissen. *Sie traut mir nicht*, schoß es ihm durch den Kopf, und der Gedanke tat weh.
»Woher hast du gewußt, daß ich in Schwierigkeiten stecke?« fragte Max, die Stimme voller Mißtrauen. Sie hielt die Aktentasche auf ihrem Schoß fest umklammert. Über der einen Schulter hatte sie eine kleine Reisetasche hängen, die über dem Aktenkoffer lag. Beides ließ Max nicht aus den Augen.
»Ich bin nicht sicher«, erwiderte Dominic wahrheitsgemäß. »Ich hatte nur so eine Ahnung.« Als sie nichts dazu sagte, fuhr er fort: »Wer hat auf dich geschossen?«
»Das weißt du nicht?«
»Natürlich weiß ich das nicht! Was soll die Frage?«
Max seufzte. »Tut mir leid.« Eine Weile starrte sie nur durch die Windschutzscheibe, als versuche sie zu entscheiden, was sie erzählen dürfe und was nicht. Schließlich sagte sie: »Es war Hakeem. Er hatte eine Waffe. Und mein Ex-Mann war auch da.«
»O Gott.« Das waren gräßliche Neuigkeiten. Max hatte ja keine Ahnung, was für ein Mistkerl Hakeem wirklich war, oder was sie für ein Glück hatte, noch am Leben zu sein.
Aber wieso denn ihr Ex-Mann? Was hatte der denn mit der Sache zu tun?
»Max, laß mich dir helfen«, sagte Dominic.
»Dann sag mir, wo meine Mom ist.«
»Wieso, wovon redest du?«
»Sie hat mir einen Zettel hinterlassen. Da stand, sie mache einen *romantischen Wochenendausflug* mit Mr. Sharp. Aber sie hat nichts darüber geschrieben, wohin. Sie könnten sonstwo sein.« Ihre Stimme versagte, und sie wandte sich wieder ab.

Dominic überlegte fieberhaft. Wenn Griswold etwas mit Sharp zu tun hatte, dann würde das einige der Dinge erklären, die er während der vergangenen Monate nicht verstanden hatte. Und es würde die Sache ungemein komplizierter machen. »Der Boss hat am Saranac Lake eine Hütte in den Bergen. Manchmal … nimmt er Frauen mit hinauf.« Er warf Max einen Blick zu.

Max nickte. »Dann halten sie Mom bestimmt dort als Geisel.«

»Meinst du nicht, daß du überreagierst?« wandte er ein und versuchte dabei, seine Stimme möglichst frei von Vorwürfen zu halten. »Deine Mom weiß doch nichts. Wieso sollten sie sie als Geisel nehmen?«

»Mag sein, daß sie nichts über CovertCom weiß«, gab Max zu bedenken, »aber sie weiß, wo Gaby ist.«

»Oh.« Dominic umklammerte das Lenkrad fester. »Verdammt.«

»Ja.« Max begann zu zittern, und Dominic fragte sich, ob die Verletzung an ihrem Arm doch schlimmer war als angenommen, oder ob das Zittern eine Folgeerscheinung des Schocks war, den sie erlitten hatte.

Er drehte die Wagenheizung auf. »Ist es dir warm genug hier drin?«

»Meine Hände sind kalt.« Eine ihrer Hände war blutverkrustet, weil sie sich damit die Wunde am anderen Arm gehalten hatte.

Dominic war nicht sicher, was er nun tun sollte. Die Verletzung mußte versorgt werden, und Max brauchte Erholung, aber sie würde sich sicherlich weder um das eine noch um das andere kümmern, solange sie nicht wußte, was mit ihrer Mutter geschehen war.

Dominic glaubte nicht, daß Hakeem hatte sehen können, wer den Mercedes lenkte. Was er Max allerdings noch nicht erzählt hatte, war, daß der Boss den Spy Squad bereits in seine Berghütte beordert hatte. Also würde auch Dominic selbst dorthin fahren müssen, aber Max mitzubringen würde gleichzeitig bedeuten, sie vielleicht in Lebensgefahr zu bringen. Daß ihr Ex-Mann in der Geschichte aufgetaucht war, hatte alles verändert.

Als es im Wagen immer wärmer wurde, lehnte Max den Kopf gegen die Seitenscheibe und döste, beinahe gegen ihren Willen, langsam ein.

Während Dominic weiterfuhr, überlegte er angestrengt, wie er alles handhaben sollte. Er wußte einen sicheren Platz in Albany, wo er Max verstecken konnte, während er zur Hütte fuhr. Vielleicht konnte er die Situation doch noch retten. Aber erst würde er ein paar Anrufe erledigen müssen. Allerdings ging das nicht vom Autotelefon aus, nicht solange Max neben ihm saß.

Als sie noch etwa fünfzig Meilen südlich von Albany waren, wachte Max wieder auf, rieb sich den Nacken, streckte mit schmerzverzerrtem Gesicht den verletzten Arm aus und spähte durch die Windschutzscheibe. »Saugerties«, sagte sie schläfrig. »Hier hat das Woodstock-Festival in Wirklichkeit stattgefunden, nicht wahr?« Sie gähnte.

»Eigentlich war es ein Stück außerhalb von Bethel«, erwiderte Dominic. »Auf der Farm von Mr. Yasgar.« Er schenkte Max ein warmes Lächeln.

Sie lächelte nicht zurück. »Wohin fahren wir?«

»Ich kenne einen Ort, wo du sicher bist«, antwortete er vorsichtig. Er mußte immer noch aufpassen, wieviel er von sich verriet, auch Max gegenüber. »Und dann fahre ich zu der Hütte.«

Während er noch überlegte, wie er ihr seinen Plan genauer auseinandersetzen sollte, löste Max das Problem auf ihre Wei-

se. Dominic hatte leicht abbremsen müssen, weil vor ihm ein Wohnmobil aufgetaucht war, das einen Bootsanhänger hinter sich herzog. Es war ihm zwar aufgefallen, daß Max ihren Sicherheitsgurt aufgemacht hatte, aber er hatte angenommen, sie wolle es sich nur etwas bequemer machen.
Also war er vollkommen verblüfft, als sie plötzlich die Tür aufstieß und sich in die Dunkelheit der windgepeitschten Nacht hinausstürzte.

27. KAPITEL

Obwohl die Taschen ihren Fall etwas abfederten, landete Max hart auf den Knien, riß sich dabei die Jeans auf und schürfte sich die Haut von den Knien bis zu den Schienbeinen auf. Die beiden Taschen hielt sie so fest umklammert, daß sie sich beim Abrollen auch die Haut über den Fingerknöcheln und dem Handrücken abbrannte. Die Lederkappe flog ihr vom Kopf und kullerte in den Straßengraben. Auch wenn die dicke Jacke Max' Oberkörper vor schlimmen Verletzungen schützte, so brach doch die Schußwunde schmerzhaft wieder auf.
Die Rücklichter des Mercedes leuchteten auf, als Dominic auf die Bremse trat und mit quietschenden Reifen zum Stehen kam. Max rappelte sich mühsam auf und humpelte so schnell wie möglich weg, hin zu den Bäumen, die bis nahe an die Straße heranwuchsen. Als sie eine zuschlagende Autotür hörte, kauerte sie bereits atemlos im Gebüsch.
»Max!« schrie Dominic. »Max!«
Sie konnte ihn nicht sehen, denn sie wagte nicht den Kopf zu heben, um sich umzuschauen, aber sie konnte hören, wie er verzweifelt nach ihr rief und das Gebüsch durchsuchte.

»Um Himmels willen!« brüllte Dominic. »Ich würde dir nie etwas antun! Bitte, du mußt mir glauben!«
Ein brennender Schmerz pochte in ihrer Wunde, und Max biß sich auf die Lippe, um nicht aufzustöhnen. Tränen rannen ihr über die Wangen, aber das kam nicht von den Schmerzen.
Es begann zu regnen.
»Max!« schrie Dominic weiter. Seine Stimme hörte sich immer heiserer an. »Ich will dir doch nur helfen! Bitte komm raus!«
Seine Rufe wurden lauter, als er sich ihrem Versteck näherte. »Ich kann dich doch nicht hier draußen zurücklassen, Max!« Diesmal klang ihr Name wie ein Schluchzen.
Jede Faser ihres Körpers sehnte sich danach, ihr Versteck zu verlassen und zu ihm zu gehen, darauf zu vertrauen, daß dieser Mann sie beschützen würde, ihr helfen würde, alles versuchen würde, um ihre Mutter zu retten.
Die Versuchung war überwältigend, und Max hätte ihr beinahe nachgegeben.
Aber was sie in ihrem Versteck ausharren ließ, war die letzte Bemerkung, die Dominic im Auto gemacht hatte – daß er Max an einen sicheren Ort bringen und dann allein zur Hütte fahren wollte. Was sollte das alles?
Es gab rund um Dominic Antonio zu viele unbeantwortete Fragen, und Max konnte nicht das Leben ihrer Familie aufs Spiel setzen, solange Dominic sich weigerte, ihr die Antworten auf ihre Fragen zu liefern.
Zweige knackten unter seinen Schuhsohlen, als er immer näher kam. Auf einmal hörte es sich so an, als würde er stolpern, und dann polterte er los: »Verfluchte Batterien! Müssen die ausgerechnet jetzt schlappmachen?«
Er war jetzt so nah, daß Max nur den Arm hätte ausstrecken müssen, um ihn zu berühren. Mit klopfendem Herzen, steif

vor Kälte und Schmerz, kauerte Max im Gebüsch. Es wäre so einfach gewesen, aufzustehen und sich in Dominics Arme zu stürzen. Immerhin hatte er sie doch vor Hakeem gerettet, oder etwa nicht?

»Okay, schön!« brüllte er, und seine Stimme überschlug sich fast vor Wut und Enttäuschung. »Dann bleib meinetwegen hier und erfriere! Verdammt!«

Max hörte, wie er durch den Wald stapfte und ins Auto stieg, aber nicht wegfuhr, sondern den Wagen ein Stück zurückrollen ließ, als wollte er ihr eine letzte Chance geben, es sich doch noch anders zu überlegen und mit ihm zu gehen. Einen Augenblick lang huschte das Licht der Scheinwerfer über ihren Kopf hinweg. Schließlich fuhr der Wagen weg, langsam und widerstrebend.

Ein heftiges Gefühl des Verlassenseins schwappte über Max hinweg. *Was zum Teufel hab ich mir jetzt schon wieder eingebrockt?* dachte sie, kam langsam wieder hoch und begann mühsam zwischen den Bäumen hindurchzuhumpeln. Sie mußte eine Tankstelle oder eine Raststätte finden, irgendeinen warmen, trockenen Ort, wo sie sich waschen und einen Plan fassen konnte.

Sie wußte, daß Dominic krank war vor Sorge um sie, und der Gedanke daran machte ihr zu schaffen, aber sie versuchte ihn bewußt zu verdrängen. Es gab im Augenblick viel wichtigere Dinge, um die sie sich kümmern mußte. Sie brauchte Hilfe.

Wieder überlegte sie, ob sie Agent Underwood anrufen sollte, verwarf die Idee dann aber. Der würde ihr auch keine Hilfe sein.

Mit aller Macht versuchte sie den bohrenden Schmerz und die eisige Kälte zu ignorieren, den kalten Regen, der ihr in den Kragen lief. Sie umklammerte mit blutigen Händen ihre Ta-

schen und überlegte fieberhaft, wer ihr in dieser Situation wohl am besten würde helfen können.
Sie mußte ein Telefon finden. Sie mußte ihren Bruder anrufen.
Wie dumm von ihr, daß sie nicht schon vorher daran gedacht hatte.

Sobald Brett Maxfield die Stimme seiner Schwester hörte, war ihm klar, daß sie in ernsthaften Schwierigkeiten steckte. Er warf seiner Frau einen Blick zu, die neben ihm im Bett lag und sich eine Latenight-Show im Fernsehen anschaute. »Ich schalte mir den Anruf ins Arbeitszimmer«, verkündete er. »Legst du dann hier auf, wenn ich drüben bin?«
Sobald er am anderen Apparat war, versicherte er sich, daß es in der Leitung einmal klickte, was bedeutete, daß seine Frau wirklich aufgelegt hatte, und drängte Max dann, weiterzusprechen. Was sie ihm erzählte, klang unglaublich – und es wurde immer schlimmer. Schließlich mußte er sie unterbrechen. »Hast du Clark schon angerufen?«
»Nein, ich wollte erst mit dir reden.«
»Okay. Hör zu, Schwesterchen, ruf ihn nicht an. Jedenfalls noch nicht.«
»Warum nicht?«
»Weil wir ein paar Sachen werden tun müssen, die nicht ganz legal sind, wenn du verstehst, was ich meine. Und Clark würde nie damit leben können. Er würde diesen FBI-Typen anrufen oder so. Du kennst ihn doch.«
»Ja.«
Brett schürzte die Lippen. »Wo bist du jetzt?«
»In einem Holiday Inn in Saratoga Springs.«
»Gut. Hast du eine Kreditkarte benutzt?«
»Nein, ich hab bar bezahlt.«

»Hast du unter deinem richtigen Namen eingecheckt?«
»Nein, unter Linda Sullivan aus Boston. Hör mal, Brett, ich kenn mich mit so was aus.«
»Schon gut, ich weiß. Ich werde etwa... von Fort Bragg aus... Max, ich brauche mindestens zwölf Stunden, um zu dir zu kommen, und ich muß erst meinem Chef Bescheid sagen und so weiter. Also bleib einfach da und warte auf mich, okay?«
»Willst du mit dem Auto kommen?«
»Klar.«
»Du könntest auch fliegen. Ich glaube, für so kleine Chartermaschinen gibt's hier in der Nähe einen Flughafen.«
»Überleg doch mal, Max. Ich muß Waffen mitnehmen. Schon einen Wagen zu mieten dürfte am Flughafen ein Problem werden – wenn sie mich nicht gleich schon beim Sicherheitscheck hochnehmen.«
»Oh.«
Einige Sekunden sagte keiner etwas.
»Okay, wenn du einen anderen Vorschlag hast«, fuhr Brett dann fort, »sag's mir gleich.«
»Ich hab keinen anderen Vorschlag, Brett. Deswegen hab ich dich ja angerufen. Ich dachte, wenn mir jetzt einer helfen kann, dann entweder du oder die Pfadfinder.« Sie lachte gezwungen.
»Sehr weit würden die Pfadfinder in dem Fall nicht kommen, Schwesterherz«, widersprach Brett. »Das hier ist 'ne Familiensache.«
»Ja.« Ihre Stimme zitterte nicht mehr, also verabschiedeten sie sich und legten auf.
Brett überlegte, welche Waffen er mitnehmen würde. Seine Dienstwaffe, die 45er, war im Waffenraum der Army eingeschlossen. Kein Angehöriger der Army durfte an die Dienstwaffen ran, ohne gute Gründe dafür zu haben – und ohne eine

Unterschrift zu leisten. Nur bei konkreten Einsätzen hatten alle ihre Waffen dabei.

Aber er konnte die Waffen mitnehmen, die ihm privat gehörten. Brett ging zu dem Glasschrank hinüber, der in seinem Arbeitszimmer an der Wand hing, nahm den Schlüssel aus seiner Schreibtischschublade und schloß den Schrank auf.

Als erstes griff er nach dem alten Colt seines Vaters und wog ihn einen Augenblick in der Hand. In Erinnerung an seinen Vater wäre es ihm eine Ehre gewesen, seine Schwester und Mutter mit Hilfe dieser Waffe zu retten. Aber der Abzug war beschädigt, und er hatte schon seit langem Schwierigkeiten, an passende Ersatzteile zu kommen. Er konnte jetzt nicht das Risiko eingehen, sich mit einer beschädigten Waffe auf die Reise zu machen.

Also hängte er den Colt wieder auf und blieb mit verschränkten Armen eine Weile vor dem Glasschrank stehen. Er wollte, daß auch Max eine Waffe bekam. Es gab keinen Zweifel daran, daß sie in elektronischen Belangen ein Genie war, aber von Waffen verstand sie nicht die Bohne. Eine 45er würde in ihren unerfahrenen Händen viel zu riskant sein. Auch eine halbautomatische Waffe war noch zu gefährlich. Brett wollte nicht das leiseste Risiko eingehen, daß sie sich verletzte.

Schließlich entschied er sich für einen Revolver und holte auch die passende Munition heraus. Zur Sicherheit packte er auch ein Schnelladegerät mit ein. Es gab nichts Schlimmeres, als sechs einzelne Kugeln mit zittrigen Fingern nachladen zu müssen.

Bevor er den Waffenschrank abschloß, nahm er noch seine Mossberg-M500-Schrotflinte heraus und eine Schachtel Munition und ein zusätzliches Magazin für seinen halbautomatischen 45er-Colt.

Der schwierigste Teil des Unternehmens stand ihm noch bevor: Er mußte es seiner Frau sagen.

»Ich fühl mich nicht wohl, Garrett«, sagte Liv. »Ich möchte jetzt gern zu Bett gehen.«

»Gut.« Er nickte Ryder zu. »Bringen Sie sie nach oben und sorgen Sie dafür, daß sie es sich für die Nacht gemütlich macht. Ach, und ... Liv?«

»Ja?« Sie blieb stehen, die Taschen fest umklammert.

»An eine Flucht solltest du nicht einmal denken. Wir sind vom nächsten Haus meilenweit entfernt. Hast du mich verstanden?«

»O ja«, antwortete sie. »Bestens.«

Ryder packte sie am Arm und führte sie die Treppe hinauf. Sein Griff war leicht, und Liv kam es vor, als täte es ihm leid, daß er ihr so etwas antun mußte.

Gut. Sein Mitleid würde ihr später vielleicht mal nützlich sein. Liv hatte keine Ahnung, was als nächstes passieren würde. Aber wenn Gabe etwas mit der Sache zu tun hatte, brauchte es keine besondere detektivische Begabung, um sich zusammenzureimen, daß Max früher oder später auf die eine oder andere Weise mit hineingezogen werden würde. Im Moment hatten Gabe und Garrett eindeutig noch die besseren Karten in der Hand.

Ryder lieferte Liv in ihrem Zimmer ab, deutete auf das Badezimmer und den Schrank, wo die zusätzlichen Decken aufbewahrt wurden, und verließ den Raum schließlich wieder. Liv war entsetzt zu sehen, daß das Zimmer kein abgeschlossener Raum war, sondern eher eine nach unten offene Galerie. Aber trotzdem bot es im hintersten Winkel genug Platz, um sich einen Rest an Privatsphäre zu bewahren.

Sie sah sich um. Wie alle anderen Räume des Hauses war auch dieser nur mit den edelsten Möbeln ausgestattet. Überall standen Kerzen, bunte Teppiche bedeckten den Boden, und in einer Ecke stand ein Korb mit dicken Holzscheiten. Vor dem

Fenster raschelten die Zweige hoher Bäume im Wind. Es kam Liv vor, als flüsterten sie ihr zu, sie solle von hier fliehen, so schnell ihre Beine sie trugen.
Sie setzte sich auf das Bett. Die Laken waren aus dunkelgrünem Biber, die Tagesdecke ein sicher teures Stück in Grün und Rot, ganz ähnlich dem, das Garrett in seinem Penthouse-Schlafzimmer hatte.
Wie auf der Bühne, dachte Liv. *Alles in Garretts Leben ist eine einzige Ansammlung von Kostümen, Schauspielern und Kulissen, alle dazu gedacht, ihm den richtigen Rahmen für seinen Auftritt zu bieten.*
Wie hatte sie, eine erwachsene Frau, die durchaus schon einige Lebenserfahrung besaß, die Alarmsignale übersehen können? Wie hatte es ihr entgehen können, daß Garrett Sharp ein Schauspieler war, und sie nur eine kleine billige Nebendarstellerin in seinem Theaterstück?

28. KAPITEL

Max wachte am nächsten Morgen erst spät auf und taumelte ins Badezimmer. Die Streifschußwunde hatte sich entzündet und pochte entsetzlich. Auch die Schürfwunden, die sie sich beim Sturz aus dem Wagen zugezogen hatte, bedurften dringend einer Behandlung mit Antibiotikumsalbe, auch wenn Max sie vor dem Zubettgehen gründlich gesäubert hatte. Sie wagte es nicht, sich weit vom Hotel zu entfernen, aber im Erdgeschoß gab es einen Geschenkladen und gleich neben dem Holiday Inn eine Drogerie.
Sie stopfte sich das Haar unter die Ledermütze, die sie wieder aufgehoben hatte, nachdem sie ihr beim Sturz vom Kopf

gefallen war, setzte sich eine dunkle Sonnenbrille auf, griff nach ihrem Geldbeutel und verließ das Zimmer. Unglücklicherweise brachten ihre zerfetzten Kleider ihr mehr Aufmerksamkeit ein, als ihr lieb sein konnte. Die Risse in den Hosenbeinen gaben den Blick auf ihre aufgeschürften Knie frei, und der Ärmel ihrer Jacke war blutverkrustet und abgewetzt.
Max wußte, daß ihr nichts anderes übrigbleiben würde, als neue Kleider zu kaufen, also nahm sie sich ein Taxi und stattete einem großen Supermarkt, den sie am Tag zuvor im Vorbeigehen entdeckt hatte, einen schnellen Besuch ab. Sie kaufte neue Jeans, ein Sweatshirt und Socken, dazu eine bequeme Jogginghose, die sie im Hotelzimmer anziehen konnte, eine Daunenjacke und Verbandsmaterial. Dann nahm sie einen Hamburger und Pommes frites im McDonald's nebenan mit, schnappte sich wieder ein Taxi und hastete so schnell wie möglich zurück in ihr Hotelzimmer.
Die Salben und das Verbandszeug linderten den Schmerz an ihren Schürfwunden etwas, und das eingenommene Aspirin bekämpfte die Entzündung der Schußwunde, aber mehr konnte Max im Augenblick nicht für sich tun. Bis auf einen schnellen Besuch in der Hotelküche, wo sie sich etwas Eis zum Kühlen ihres Armes holte, verließ sie das Zimmer nicht mehr.
Sie machte sich große Sorgen. Um ihre Mutter, und um Dominic. Immer wieder erinnerte sie sich daran, wie er in der Dunkelheit der regengepeitschten Nacht nach ihr gerufen hatte. Wieso hatte sie ihm nicht vertraut?
Wie auch immer – jetzt mußte sie einen kühlen Kopf bewahren. Es stand viel auf dem Spiel, und sie hatte nicht gerade die besten Karten in der Hand. Sie hatte nicht vor, sich austricksen zu lassen, wenn es zum Showdown kam.
Dann wollte sie die Asse in der Hand haben.
Max hatte gerade aufgegessen, als es an der Tür klopfte. Das

mußte Brett sein. Aber dennoch spähte Max durch den Spion, bevor sie die Tür aufmachte und ihrem Bruder glücklich die Arme um den Hals schlang. Ihre Erleichterung, ihn endlich bei sich zu haben, war so groß, daß sie ihr beinahe zu Kopf stieg und sie sich schnell setzen mußte.

Brett sah sich im Zimmer um. »Zwei Betten?«

Max zuckte mit den Schultern. »Ich dachte, nach der langen Reise brauchst du vielleicht etwas Schlaf, und ... na ja, ich hatte zuviel Angst, um noch eine Nacht allein verbringen zu wollen.«

Er setzte sich neben sie und legte ihr einen Arm um die Schultern. »Keine Sorge. Die Kavallerie ist jetzt hier und wird die holde Prinzessin retten.«

»Au!«

»Was ist?«

»Mein Arm. Nein, nichts Schlimmes. Ich bin ein tapferes Mädchen.«

»Laß mich sehen. Max, ich will die Wunde sehen!«

Widerstrebend drehte sie ihm den Arm zu. Brett rollte ihr den Ärmel hoch und warf einen Blick unter den Verband.

»Hat sich infiziert«, verkündete er und schaute seine Schwester vorwurfsvoll an.

»Es war schon mal schlimmer. Ich sag doch, es wird schon wieder.«

Er seufzte. »Du warst schon immer der größte Haudegen von uns Kindern.«

Max grinste. »Und wessen Schuld war das?«

»Na, Zanes natürlich. Wir haben Zane doch immer für alles die Schuld in die Schuhe geschoben.« Brett grinste zurück. Aber einen Augenblick später wurde er wieder ernst und räusperte sich. »Okay, wie lautet der Plan?«

Max stand auf und ging zum Schrank hinüber, wo sie ihre Brieftasche herausnahm. »Nachdem ich wußte, daß Mom verfolgt wurde und man unsere Wohnung verwanzt hatte, hab ich Mom mit einem drahtlosen Mikro und einem Peilsender ausgestattet.«

»Was heißt das?«

Max setzte sich wieder auf das Bett und legte die Brieftasche in den Schoß. »Der Verkauf dieser Dinger ist in den USA nicht gestattet, und man kriegt sie nur im Rahmen hochgradiger Regierungsaufträge. Ich hab meine CovertCom-Beziehungen spielen lassen, um an eins ranzukommen. Das Ding heißt *Ghost* und ist nicht größer als eine Kreditkarte.«

»Wow.« Brett hatte selber keine Ahnung von solchen technischen Spielereien, aber er liebte es, Max zuzuhören, wenn sie davon sprach.

Sie nickte, öffnete die Brieftasche und ging die verschiedenen Ausweispapiere, Zettel und Karten durch. »Dank Dominic konnte ich Moms Aufenthaltsort schon einigermaßen eingrenzen – die Gegend um Lake Placid. Und mit dem Ding hier können wir sie ausfindig machen – sogar das Zimmer, in dem sie gefangengehalten wird.«

»Sie hatte bestimmt große Angst, als sie herausfand, daß jemand sie verfolgte«, sagte Brett.

»Na ja, sie hat sich schon sehr unbehaglich gefühlt, aber das Ding hier hat ihr geholfen, sich sicherer zu fühlen, und da es nicht größer ist als eine Kreditkarte, hatte sie nichts dagegen, daß ich sie damit ausrüste, auch wenn sie nicht ganz verstanden hat, wozu das gut sein soll. Das Problem ist nur . . .«

»Ja?«

»Na ja . . . mit Moms Aufspüren wird es nicht getan sein, weißt du.«

Brett nickte. »Schon klar.«

»Ich muß meinem Mistkerl von Ex-Mann und Garrett Sharp ein für allemal das Handwerk legen.«

»Ganz meine Meinung.«
Max überlegte und sagte dann: »Wir werden Zanes Hilfe brauchen, Brett.«
»Himmel!« Er stand auf und stemmte die Hände in die Hüften. »Dieser Kerl wird alles ruinieren, Max!«
»Nein, wird er nicht. Ich hab schon alles geplant. Na komm schon, Brett. Sei kein Sturkopf.«
»Ich bin kein Sturkopf. Ich bin ein Arschloch.«
Max brach in Gelächter aus.
»Es ist nur ... Man kann sich nicht auf ihn verlassen. Schon als wir Kinder waren ...«
»Wir sind aber keine Kinder mehr.«
»*Ich* weiß das, und *du* weißt das, aber weiß *Zane* das auch?«
»Brett.« Sie schürzte verzweifelt die Lippen. »Wir wissen doch, daß du der beste Indianer auf dem Kriegspfad bist.«
Ihr Bruder verdrehte stöhnend die Augen.
»Aber Zane ist ein Computerzauberer, und ich brauche seine Hilfe, um alle Teller in der Luft und in Bewegung zu halten.«
»Max. Wenn du Zane die Verantwortung überträgst, bleibt von deinen Tellern im Handumdrehen nur noch ein Scherbenhaufen übrig.«
Max zuckte mit den Schultern. »Wer hat was von Verantwortung übertragen gesagt? Er soll mir nur helfen. Ich sag ihm, was er tun soll, und er tut es, das ist alles.«
Brett hob eine Augenbraue. »Bist du sicher?«
»Ganz sicher.«
»Hier geht's um unsere Mutter, vergiß das nicht.«
»Hey!« Langsam wurde Max wütend. »Wer hat deiner Meinung nach in den vergangenen acht Monaten auf sie aufgepaßt? Ich hab seit dem Tag meiner Entlassung mit ihr zusammengelebt, und da kommst *du* daher und erinnerst *mich* daran, was auf dem Spiel steht?«

Brett riß theatralisch die Hände hoch. »Okay, nicht schießen, ich ergebe mich!«
Max nahm eine Verbandsrolle und warf damit nach ihrem Bruder.
Er fing die Rolle mit einer Hand auf. »Du hast noch nie besonders gut werfen können.«
Sie machte sich an einer seiner Taschen zu schaffen. »Sag mir einfach, wo du die Waffen hast, dann kann ich dich gleich erschießen und wir haben's hinter uns.«
Sie fingen beide an zu lachen. Es war die Sorte Lachen, die durch ein Soldatenlager hallt, bevor die Männer sich bewaffnen und mit Kampfgeschrei in die Schlacht ziehen.

Unter den gegebenen Umständen sah Jack Underwood nur eine Möglichkeit, die Operation Lauschangriff zu retten – und möglicherweise sogar Max, bevor jemand sie erschoß. Und die bestand darin, die genaue Verbindung zwischen Gabe Griswold und Garrett Sharp mitsamt seinem CovertCom-Unternehmen aufzuspüren.
Underwood konnte sich vorstellen, daß er Max mit Hilfe verschiedener Ermittlungsmethoden würde aufspüren können, und er konnte auch das gesamte FBI-Kontingent mitsamt eines hundert Mann starker Suchtrupps in Anspruch nehmen, aber eine innere Stimme sagte ihm, daß dies sicher nicht das richtige Mittel war. Geduld. Klare Überlegungen. Vorsichtige Schritte. Das war schon eher die angebrachte Vorgehensweise. Underwood wußte, daß es klüger sein würde, die flachen kleinen Entchen in einer Reihe anzuordnen, bevor er das Gewehr in die Hand nahm und darauf zielte.
Als allererstes beschloß er wieder auf diesen Dirk oder Pierce oder ... nein, er hieß Lance, das war's ... zurückzugreifen, damit sie alles nur Denkbare über diesen Bundesrichter Gris-

wold herausfanden. Sie arbeiteten gleich am ersten Tag zwanzig Stunden am Stück, bis Lance am Computer einschlief und Underwood so müde war, daß er sein eigenes Paßwort vergaß. Nach ein paar Stunden Schlaf und einer Rasur saßen die beiden am nächsten Tag wieder vor dem Bildschirm. Und an diesem Tag erfuhren sie so viel über Griswold, daß es Underwood schließlich wie Schuppen von den Augen fiel.

Griswold hatte die Angewohnheit, bestimmten auserwählten Angeklagten, deren Fall unter seinem Vorsitz verhandelt wurde, kleine Vorteile zu verschaffen – nicht genug, daß er damit Aufmerksamkeit auf sich gelenkt hätte, aber genug, damit die Angeklagten eine mehr als gute Chance auf einen Freispruch bekamen. Offenbar verfügten die von ihm Bevorzugten über besondere High-Tech-Fähigkeiten, waren für CovertCom also ausgesprochen nützlich. Sobald so ein Angeklagter freigesprochen war, wurde er von Griswold dessen Kumpel Garrett Sharp zur freien Verfügung zugeschubst – und der setzte den neuen Mann jeweils dazu ein, die CovertCom-Kunden nach Strich und Faden über den Tisch zu ziehen, ihnen Informationen zu stehlen und diese an Konkurrenten zu verkaufen. In der Zwischenzeit investierten Griswold und Sharp in Aktien eben dieser konkurrierenden Unternehmen, und zwar unter Zuhilfenahme diverser Decknamen und Kleinfirmen, und verdienten sich damit eine goldene Nase.

Also war Underwood nicht nur einem Betrugsfall auf der Spur, sondern gleichzeitig auch einem Fall von Korruption und Amtsmißbrauch. Er hegte keinerlei Zweifel daran, daß sein Fall auch etwas mit versuchtem Mord zu tun hatte.

Er lehnte sich in seinem Stuhl zurück, legte den Kopf in den Nacken, so daß er an die Decke schaute, und stieß ein lautes und ausgesprochen FBI-untypisches Kampfgeheul aus.

Underwoods erster Impuls bestand darin, Max anzurufen

und ihr zu sagen, daß er endlich alle Zusammenhänge aufgedeckt hatte. Aber das war natürlich unmöglich.
Doch obwohl Max verschwunden war, hatte Underwood das euphorisierende Gefühl, daß er soeben den Heiligen Gral entdeckt und jetzt nichts anderes mehr zu tun hatte, als einen kleinen alten Drachen zu töten, wenn er den Gral in seine Macht bringen wollte.

Brett holte Zane auf dem kleinen Flughafen ab, zu dem er mit einem kleinen Charterflugzeug gelangt war, nachdem er vorher einen Nonstopflug von L.A. nach New York hinter sich gebracht hatte. Wie üblich trug Zane die saloppen Klamotten, deretwegen Brett und Brand ihn schon immer auf den Arm genommen hatten, und sah mit dem riesigen Rucksack auf dem Rücken so aus, als kehre er gerade von einer Trekking-Tour der Army zurück. Nur der Laptop, den er in der einen Hand hielt, paßte nicht so recht ins Bild. Die andere Hand streckte er seinem Bruder entgegen, bevor sie langsam und wortlos zum Wagen gingen.
Als sie eingestiegen waren, durchbrach Brett das Schweigen. »Wie geht es Gaby?«
»Sehr gut«, erwiderte Zane und griff nach dem Sicherheitsgurt. »Ich hab die Warnung losgeschickt, alles bestens.«
»Okay.«
»Und wie geht's Max?«
»Es ging ihr schon mal besser.«
Zane schwieg einen Augenblick, dann fragte er: »Die Sache reibt dich auf, was?«
»Was?« Brett drehte am Heizungsknopf.
»Es macht dich krank, daß Max mich braucht. Du wolltest als Retter in der Not auf deinem weißen Pferd angeritten kommen und den großen Helden spielen – aber wen ruft die kleine

Schwester zu Hilfe? Ausgerechnet diesen liberalen, Clinton wählenden, Bäume umarmenden Friedensfreak, Waffenhasser und Computerhacker namens Zane.« Er kicherte.
Brett drehte die Heizung mit Blick auf die dünne Kleidung seines Bruders auf die höchste Stufe.
Nach einigen wortlosen Augenblicken verschränkte Zane die Arme vor der Brust und fragte: »Und, wie geht's Janice?«
»Gut.«
»Schön.«
Die Fahrt zum Holiday Inn verlief in völligem Schweigen. Max begrüßte Zane mit einer herzlichen Umarmung und einem warnenden Blick in Richtung Brett. Brett setzte sich in einen Sessel und wartete ab, bis seine Geschwister ein paar Minuten herumgealbert hatten, dann machten sie sich an die Arbeit.
»Erst mal muß ich ein paar Anrufe erledigen«, verkündete Max, »aber ich möchte verhindern, daß die Anrufe zurückverfolgt werden können.«
»Kein Problem«, erwiderte Zane und holte aus seinem Rucksack mehrere zerfledderte Schreibhefte heraus, die mit unleserlichen Notizen vollgekritzelt waren, dazu ein Handy und ein paar undefinierbare elektronische Geräte, die er wie Spielsachen auf dem Tisch ausbreitete.
Brett fiel auf, daß sein Bruder keine Kleider in seinem Rucksack hatte. *Igitt,* dachte er, *dieser schmierige Zwerg hat sich noch nicht mal Unterwäsche zum Wechseln mitgebracht.*
Max starrte bewundernd Zanes Laptop an. »Ein Hewlett Packard Palmtop mit einem Modem, das perfekt mit meinem Oki 900 Handy kompatibel ist«, erklärte Zane stolz.
»Brett und ich haben einen Plan ausgearbeitet«, verkündete Max. »Ich möchte wissen, was du davon hältst.«
Während sie ihm alles erzählte, nickte Zane immer wieder,

aber Brett kam es vor, als würde er seiner Schwester gar nicht richtig zuhören. Mal kroch er auf allen vieren unter den Tisch auf der Suche nach dem Telefonkabel, mal fuhrwerkte er auf dem Tisch herum, um irgendein elektronisches Kleinteil zu finden, mal probierte er irgendwo eine Steckverbindung aus. Brett hielt sich nicht gerade für einen Computeridioten; immerhin arbeitete er beruflich täglich mit Computern und hatte sich auch zu Hause einen PC installiert, aber er hatte dennoch nicht die leiseste Ahnung, was Zane mit all den Kabeln und Geräten machte, und es ärgerte ihn, daß sein kleiner Bruder mit seinem Spielzeug scheinbar zu sehr beschäftigt war, um Max die nötige Aufmerksamkeit entgegenzubringen.

»Zany!« rief er schließlich aus und benutzte dabei absichtlich den Spitznamen, den sein Bruder seit seiner Kindheit haßte. »Jetzt setz dich verdammt noch mal hin und hör Max gut zu! Das hier ist wichtig!«

Zane hielt inne und starrte ihn an. »Du hast mir keine Befehle zu erteilen. Ich bin keiner deiner hirnlosen Roboter-Untergebenen, Colonel *Arschloch*«, stieß er hervor.

»Mag sein, aber ich kann dich in Null Komma nichts wieder zurück nach L.A. verfrachten«, beharrte Brett.

»Oh, da hab ich aber Angst!« entgegnete Zane mit gespielt piepsiger Stimme. »Ich werde das nächste Mal daran denken, wenn ich mich in den Pentagon-Computer einklinke. Vielleicht nehme ich da ein paar kleine ... *Truppenverschiebungen* vor. Bosnien soll um diese Zeit des Jahres sehr hübsch sein.«

»Daß deine Möchtegern-Drohungen immer so pathetisch sein müssen«, sagte Brett.

»Na fein, Mister Besserwisser! Dann mach du das hier allein! Ich bin sicher, sie haben dir in deiner Mörder-Ausbildung alles über Computer beigebracht.«

»Scher dich zum Teufel, Zany!«
»Scher du dich zum Teufel!«
»Ihr haltet jetzt beide die Klappe!« brüllte Max auf einmal.
Ein schuldbewußtes, angespanntes Schweigen senkte sich über die drei Geschwister.
Familien, dachte Brett. *Sind wie Dienstpläne in einem Kriegs-Camp. Manchmal hast du den leichtesten Patrouillenjob, und manchmal erwischst du die Arschkarte. Und in beiden Fällen läufst du Gefahr, dir das Hirn wegpusten zu lassen.*
Während Max und Zane weiterarbeiteten, setzte Brett sich auf eines der Betten, um seine Waffen und die Munition durchzusehen, und begann seinen Teil der Mission zu planen.

29. KAPITEL

»Okay«, sagte Max und beugte sich näher zu Zane hinüber, wobei sie mehrere leere Pappteller und -schachteln vom Tisch fegte. »Ich hinterlasse Mr. Sharp eine Nachricht auf Band. Er soll mich ...«
»... auf dem Piepser anrufen.«
»Genau. Und wenn ich ihn dann wieder anrufe und er irgendeine Möglichkeit haben sollte, meinen Anruf zurückzuverfolgen, kriegt er ...«
»... den Zoo von San Diego an die Strippe.«
Sie nickte, dann warf sie Brett einen fragenden Blick zu, der sich gerade ein Footballspiel im Fernsehen anschaute. »Tu's«, sagte er, ohne aufzublicken.
Max wählte die Nummer und sprach auf Sharps Mailbox. »Mr. Sharp, hier ist Max. Ich hab da ein paar Neuigkeiten über meinen Ex-Mann, die Sie womöglich interessieren werden.

Rufen Sie mich über die folgende Nummer an.« Sie gab ihm die Nummer und legte auf.
Sharp rief seine Mailbox wohl ziemlich häufig an, denn der Rückruf auf dem Piepser kam nach weniger als einer halben Stunde.
»Was gibt's?« fragte er, als Max ihn wieder angerufen hatte. »Was wollen Sie mir über Gabe erzählen?«
»Das ist nicht so einfach, Mr. Sharp«, erwiderte Max unbehaglich. »Erst einmal: Ich werde nicht mit Ihnen sprechen, bevor ich mich davon überzeugt habe, daß es meiner Mutter gutgeht.«
»Natürlich geht es ihr gut.«
»Nicht gut genug für mich«, beharrte Max. »Lassen Sie mich mit ihr reden.«
Es gab eine lange Pause, dann kam Livs Stimme: »Rebekah?«
»Mom!« schrie Max. »Alles in Ordnung? Hat man dir weh getan?«
»Nein, Schatz. Man behandelt mich gut.«
»Mom, wir holen dich da raus. Brett und Zane sind hier. Halt durch, okay?«
»Ich muß jetzt gehen, Liebes. Ich hab dich lieb.«
»Ich hab dich auch lieb, Mom«, erwiderte Max und gab sich alle Mühe, ihre Stimme unter Kontrolle zu halten.
»Wie rührend«, spottete Sharp. Seine Stimme hatte die von Liv so plötzlich abgelöst, daß es Max vorkam, als hätte man ihr einen Eimer kaltes Wasser ins Gesicht geschüttet. »Wenn Sie noch mal mit Ihrer Mutter sprechen wollen, Max, würde ich vorschlagen, Sie hören mit den Spielchen auf. Sie sagen Gabe, wo Ihre Tochter steckt, und Sie kriegen sofort Ihre Mutter zurück.«
»Ich fürchte, so einfach wird das nicht gehen, Mr. Sharp. Immerhin steckt das FBI in der Sache mit drin.«

»Wovon reden Sie überhaupt?« Sharps Stimme klang überrascht und argwöhnisch.
»Hab ich doch gesagt. Es geht um Gabe und das, was Sie beide bei CovertCom laufen haben. Sagen wir mal: Sie vertrauen ihm zu unrecht.«
»Das ist doch alles Unsinn. Sie bluffen.«
»Meinen Sie?« entgegnete Max schnippisch. »Wenn wir in diesem Augenblick Poker spielen würden – würden Sie darauf wetten, daß ich bluffe?«
Eine lange Pause folgte auf ihre Worte. »Was wollen Sie?« kam es schließlich von Sharp.
»Ich möchte, daß wir uns in Ihrer Hütte treffen.«
»Ausgeschlossen. Wir können uns gern treffen, wenn Sie soviel Wert drauf legen, aber nicht hier.«
»Dann fürchte ich, daß wir nichts mehr zu besprechen haben«, sagte Max kurzangebunden und legte auf. Zitternd und hilfesuchend sah sie ihre Brüder an. »Und was mach ich jetzt?«
»Nichts«, antwortete Brett. »Er soll erst mal ein Weilchen im eigenen Saft schmoren. Er wird denken, daß du ihn wieder anrufst, und wird sich Sorgen machen, wenn du es nicht tust.«
Sie nickte und wandte sich an Zane. »Jetzt zu Gabe. Ich hab seine Piepser-Nummer nicht mehr. Vielleicht hat er sie auch gewechselt. Ich weiß nur, daß seine normale Telefonnummer geheim ist.«
»Kein Problem«, sagte ihr Bruder. Er rief bei der Auskunft an, ließ sich die Nummer von Griswolds Auftragsservice geben und rief dann dort an. Als er sprach, tat er es mit einer weichen, weiblichen Stimme und einem breiten texanischen Dialekt. »Kann ich bitte mit Richter Griswold sprechen?« Nach einem Augenblick bedeckte er den Hörer mit der Hand und sagte mit derselben affektierten Stimme: »O nein, er ist nicht in der Stadt.«

Max grinste kopfschüttelnd und sah Brett an, der die Augen verdrehte.
»Ich weiß jetzt wirklich nicht, was ich tun soll, Madam«, fuhr Zane fort. »Ich bin nämlich von der Polizei, Abteilung Kfz-Schäden. Es hat einen Unfall mit Fahrerflucht gegeben. Jemand hat Richter Griswolds BMW angefahren, der am Flughafen geparkt war, und ... Wie bitte? O ja, ich fürchte, der Schaden ist beträchtlich, und die Leute von der Flughafensicherung versuchen den Richter verzweifelt zu erreichen, um ... Ja, ich bleibe dran.« Er zwinkerte Max zu. Einen Augenblick später rief er aus: »Oh, vielen Dank! Ja, die Mailbox-Nummer reicht vollkommen. Einen schönen Tag noch!«
Er legte auf und reichte Max das Telefon, die sofort die neue Nummer wählte. »Gabe, hier spricht Max. Ich weiß einiges über Garrett Sharp, was dich interessieren könnte. Ruf mich unter der folgenden Nummer zurück.«
Diesmal mußten sie länger warten, und das machte Max zu schaffen. Es kam ihr vor, als würden die Zimmerwände immer näher kommen und sie zu erdrücken drohen. Es war wie ein Alptraum für Platzangstgeplagte – in einem kaputten Aufzug gefangen zu sein, der so schnell nach unten raste, daß man nicht einmal mehr Zeit hatte zu schreien.
Das Klingeln des Telefons ließ sie ängstlich zusammenfahren. Mit zitternden Fingern hob sie ab. »Ja?«
»Ich bin's, Gabe.«
Max klopfte das Herz bis zum Hals. Die Stimme ihres Ex-Mannes klang so vertraut und doch gleichzeitig so fremd.
»Tut mir leid, was in deinem Haus passiert ist«, sagte er.
»Nein, es tut dir nicht leid«, stieß Max hervor. »Glaubst du, du kannst mich mit deinen Lügen um den Finger wickeln?«
Die Angst hatte sich auf einmal in grenzenlose Wut verwandelt. *Ich könnte ihn umbringen,* dachte Max. *In diesem Augen-*

blick würde ich am liebsten eine von Bretts Waffen nehmen und ihm das Gehirn wegpusten, ohne mit der Wimper zu zucken.
Sie schüttelte den Kopf. Sie mußte jetzt einen kühlen Kopf bewahren. »Ich hab hier ein paar Informationen über Mr. Sharp, die dich ruinieren könnten, Gabe. Du und ich, wir wissen beide, daß dich Gaby keinen Dreck schert. Wenn ich dir diese Informationen liefere, läßt du Gaby und mich ein für allemal in Ruhe, sonst erzähle ich dem FBI alles, was ich weiß, und du bist am Ende. Oder würde es dir vielleicht gefallen, zu erfahren, wie es in einem Bundesgefängnis aussieht?«
»Wieso sollte ich auch nur ein Wort von dem glauben, was du sagst?« schnaubte er, aber sie konnte hören, daß seine Stimme leicht zitterte.
»Es wäre besser, du glaubst mir«, erwiderte sie. »Ich hab die besseren Karten in der Hand.«
Nach einer Weile sagte Griswold: »Also gut. Wo und wann sollen wir uns treffen?«
»Ich hab im Lakeside Motel am Saranac Lake ein Zimmer auf deinen Namen reserviert. Morgen abend, sechs Uhr – ich rufe dich an und gebe dir weitere Anweisungen durch.«
»Bis dahin komm ich doch nie dahin!« protestierte er.
Max legte auf, und obwohl sie voller Angst war, erlaubte sie sich, ihrem computerbegeisterten Bruder ein schwaches Lächeln zu schenken.
»Okay«, sagte sie. »Nur noch ein Anruf, und ich weiß, daß der zurückverfolgt werden wird.«
»Ich kümmere mich darum«, versprach Zane. »Gib mir nur ein paar Minuten...«

Als das Telefon auf seinem Schreibtisch klingelte, saß Underwood gerade zurückgelehnt in seinem Sessel, die Brille auf dem Bauch, und tröpfelte sich ein Mittel gegen Augentrockenheit in die Augenwinkel. Unbeholfen griff er nach seiner Brille und riß den Hörer hoch.

»Ja? Jack Underwood.«

»Underwood? Hier ist Max.«

Underwood schleuderte das Fläschchen Augentropfen beiseite, sprang auf die Füße und winkte Lance hektisch zu, bis dieser endlich zu begreifen schien, wichtigtuerisch nickte und davonstürmte, um dafür zu sorgen, daß der Anruf zurückverfolgt wurde. Underwood ließ sich wieder auf seinen Stuhl fallen. »Alles in Ordnung mit Ihnen? Sind Sie verletzt? Wir haben von der Schießerei gehört.«

»Wow, ich schätze, da mußte sich das FBI ganz schön anstrengen, um zwei und zwei zusammenzuzählen, was?«

»Na ja«, erwiderte Underwood. »Ich hatte so gehofft, Ihr freches Mundwerk hätte was abbekommen ...«

»Pech für Sie, Underwood. Ich hab nur einen Streifschuß am Arm.«

»Sagen Sie mir, wo Sie sind«, drängte Underwood. »Ich will Ihnen helfen.«

»Na, na, das wäre doch allzu einfach, finden Sie nicht?«

»Max, das hier ist kein Spiel.«

»Wieso sagt mir das jeder ständig?«

»Wer ist jeder?« Er runzelte die Stirn in Richtung Lance, der wieder ins Büro gekommen war und ihm gestenreich zu verstehen gab, er möge das Gespräch in die Länge ziehen.

»Oh, mein Ex-Mann, der Ehrwürdige Richter Gabriel Griswold, zum Beispiel. Und mein Chef, Garrett Sharp. Oder sind Sie mein Chef, Underwood? Ich bin etwas verwirrt in dem Punkt.«

»Wer hat auf Sie geschossen?«

»Ich glaube, es wird Zeit, daß wir ein paar Sachen klären, meinen Sie nicht? Man hat nicht nur auf mich geschossen, man hat versucht, mich umzubringen.«

»Wer hat versucht, Sie umzubringen?«

»Böse Jungs.«

Diese Frau trieb Underwood schier zur Verzweiflung. So würde er nie auf einen grünen Zweig kommen.

Wie ein Welpe mit riesigen Pfoten kam Lance durch den Raum auf ihn zugetappert. Underwood legte gerade noch rechtzeitig die Hand über den Hörer, als der junge Mann schon losplärrte: »Disney World! Sie haben den Anruf in Disney World lokalisiert! Soll ich in Tampa anrufen?«

Underwood schob seine Brille beiseite, rieb sich die Augen und seufzte. Dann nahm er die andere Hand wieder vom Hörer weg. »Nein, Lance, ich will nicht, daß Sie in Tampa anrufen.« Er konnte hören, wie Max kicherte. »Sehr witzig«, stieß er hervor, aber ein schwaches Lächeln huschte unwillkürlich über sein Gesicht. »Das sind ja echte Kinderspielereien, was Sie da veranstalten.«

»Ich halte es im Gegenteil für einen Geniestreich.«

»Okay, wollen Sie mir jetzt sagen, was Sache ist? Ich werde auch nicht jünger.«

»Ich werde Sie an einen Ort im Norden des Staates New York lotsen«, sagte Max, und ihre Stimme klang dabei auf einmal sehr ernst. »Besser, Sie schreiben sich meine Anweisungen auf, denn ich glaube nicht, daß jemand in Disney World weiß, wo dieser Ort liegt.«

»Ich bin bereit«, verkündete Underwood.

»Ach, und noch was ...«

»Ja?«

»Gehen Sie sachte vor, ja? Sharp hat meine Mom.«

Underwood wußte nicht, was er darauf sagen sollte. Max hatte sich schon lange Sorgen um die Sicherheit ihrer Mutter gemacht, aber er hatte sie immer vertröstet, und jetzt fühlte er sich schuldig. »Max ...« begann er.

»Schreiben Sie sich einfach meine Anweisungen auf«, unterbrach sie ihn, die Stimme voll von unausgesprochenen Vorwürfen.
Sobald Underwood sich alles notiert hatte, machte er sich schnurstracks auf den Weg zum SAC. Er würde Hilfe von den Kollegen in Albany brauchen. Und wenn er schon dabei war, konnte er auch gleich mal das Sondereinsatzkommando in Alarmbereitschaft versetzen.
Er hatte das dumpfe Gefühl, daß er in diesem Fall so ziemlich jede Hilfe brauchen würde, die er kriegen konnte.

»Du kleine dumme Hure!« brüllte Sharp, und seine Halsschlagader trat unter der Haut deutlich hervor. Liv saß neben dem Telefon, nachdem sie mit ihrer Tochter gesprochen hatte, und schwieg. Was hätte sie auch sagen können? Zum ersten Mal in ihrem Leben wurde ihr bewußt, wie stark man sich von Luxus und Reichtum blenden lassen konnte. *Selbst wenn die Instinkte einen warnen,* überlegte sie, *schlägt man doch jede Warnung in den Wind, weil das Glitzern des Geldes einem die freie Sicht auf das Wesentliche raubt.*
Kein Wunder, daß Rebekah so dagegen gewesen war, daß sie sich mit Garrett traf. Sie mußte von den kriminellen Machenschaften ihres Chefs gewußt haben, hatte aber nicht kündigen können, weil es zwischen Garrett und Gabe diese Verbindung gab.
Meine Tochter muß in dieser Zeit durch die Hölle und zurück gegangen sein.
Und was hatte sie getan, um Rebekah zu helfen? War trotzig wie ein Teenager weiter mit Garrett ausgegangen und hatte diese »Das-geht-dich-nichts-an«-Attitüde an den Tag gelegt, jedesmal wenn Rebekah versucht hatte, mit ihr darüber zu reden.

Warum hat sie mir nichts davon gesagt? fragte sie sich zum tausendsten Mal. Aber jetzt war es zu spät. Sie war hier, wurde von diesem verachtungswürdigen Menschen und seinen Kumpanen gefangengehalten, und Rebekah war irgendwo da draußen, trommelte ihre Brüder zusammen und versuchte sich einen Plan auszudenken. Erst jetzt verstand Liv, warum ihre Tochter in Dallas soviel Zeit mit Clark und Brett verbracht hatte. Schon damals mußten sie überlegt haben, wie sie aus der Situation am besten rauskommen konnten.

»Sie hat angedeutet, das FBI hätte irgendwie mit der Sache zu tun«, erklärte Garrett Evan Ryder, »und daß Gabe möglicherweise versucht, die Beweise gegen uns zu wenden, um selber mit heiler Haut davonzukommen.« Er sprach bemüht leise, und Liv mußte sich Mühe geben, um alles zu verstehen, während sie nach außen hin so tat, als läse sie eine Zeitschrift.

»Unmöglich«, widersprach Ryder. »Richter Griswold ist fürs FBI ein zu großer Fisch. Sie würden nie zulassen, daß er Ihren Fall verhandelt.«

»Also blufft sie«, schlußfolgerte Garrett.

Ryder zuckte mit den Achseln. »Ich hab die Frau Poker spielen gesehen.«

»Und was hat sie dann vor?«

Ein lautes Klopfen an der Tür ließ alle zusammenzucken.

»Was zum Teufel ...?« Ryder holte seine Waffe aus dem Schulterhalfter, rannte zur Tür und stellte sich seitlich davon auf.

»Aufmachen! Ich bin's, Dominic!«

Liv war so erleichtert, daß sie beinahe aufgeseufzt hätte.

Ryder sah Sharp fragend an, und der nickte. »Lassen Sie ihn rein.«

Die Waffe immer noch in der Hand, öffnete Ryder die Tür. »Ist dir jemand gefolgt?«

»Nein.« Dominic trat ein und ignorierte dabei Ryders Waffe, als wäre es das Normalste von der Welt, auf diese Weise begrüßt zu werden. Sein Blick fiel auf Liv, und er ging sofort auf sie zu. »Liv«, sagte er und griff nach ihren Händen. »Wie geht es Ihnen?«

»Ganz gut, danke.« Sie blinzelte verwirrt. Hatte Dominic etwa auch Dreck am Stecken? Wußte Rebekah davon? War das der Grund gewesen, daß sie sich von ihm getrennt hatte?

Als er sich wieder aufrichtete, erhaschte sie einen Blick auf eine Waffe, die er unter seiner offenen Jacke versteckt hatte.

Gibt es denn niemanden auf der Welt, dem man noch vertrauen kann?

Aber dann lautete auch schon der nächste Gedanke: *Doch, der Familie.*

Liv stammte selbst aus keiner besonders vertrauenswürdigen Familie. Ihr Vater war Alkoholiker gewesen und nie in der Lage, lange in einem Job zu bleiben. Ihre Mutter, die sich gezwungen gesehen hatte, die Bürde der gesamten Familie auf ihren Schultern zu tragen, war im Laufe der Jahre verbittert geworden und hatte sich ihren Kindern gegenüber immer kühler gezeigt, als wäre es deren Schuld gewesen, daß sie auf die Welt gekommen waren. Livs Bruder war dem Beispiel des Vaters gefolgt und zum Trinker geworden.

Also hatte Liv mit ihrem eigenen Ehemann und den Kindern einen zweiten Versuch gestartet, sich eine glückliche Familie aufzubauen. Sie hatte ihren Kindern das Heim geboten, das sie selbst nie gehabt hatte. Richard war in der Tat ihr Prinz gewesen, der auf einem weißen Pferd dahergeritten war und sie aus dem Elend ihres elterlichen Hauses herausgeholt hatte – und er hatte ihr die ganze Welt zu Füßen gelegt. Er war ihren Kindern ein perfekter Vater gewesen. In gewisser Hinsicht hatte er selbst Liv den Vater ersetzt, den sie nie gehabt hatte.

Aber nun war Richard nicht mehr da. Jetzt kam es auf sie selbst an. Sie mußte tapfer und aufmerksam sein und jeden Vorteil nutzen, der sich ihr bieten mochte, jede Schwäche des Gegners aufspüren, jede Achillesferse, jede Schwachstelle in seiner Rüstung.
Einer Sache war sich Liv jedenfalls sicher: Richard war nicht der einzige Kämpfer in der Familie gewesen.

»Wird auch Zeit, daß Sie kommen«, blaffte Sharp Dominic an. »Wo waren Sie so lange, zum Teufel?«
»Ich hab mich verfahren«, log Dominic.
»Warum haben Sie nicht angerufen?«
»Ich hab's versucht, aber mein Autotelefon hat irgendwie einen Knacks.«
»Hier gibt's ein Problem«, erklärte Sharp. »Ein großes Problem.«
Dominic zog seine Lederhandschuhe aus und stopfte sie in seine Jackentasche. »Was für ein Problem?«
»Max. Sie macht Ärger.«
Dominic versuchte seine Überraschung zu verbergen. »Sie hat von sich hören lassen?«
»Und wie sie von sich hat hören lassen. Sie will hier ein Treffen mit uns arrangieren. Sagt, sie hätte irgendwelche Informationen über Gabe, die uns das FBI auf den Hals hetzen könnten.«
»Infos über ihren Ex-Mann?« hakte Dominic mit gespielter Unwissenheit nach. »Was soll das?«
Sharp wedelte mit den Händen durch die Luft. »Er ist ein Geschäftspartner von uns, wußten Sie das nicht?«
»Nein«, antwortete Dominic vorsichtig. »Das war mir bisher nicht klar.«
Sharp zuckte mit den Schultern. »Muß ja auch nicht jeder wissen. Gabe ist so eine Art stiller Teilhaber, stimmt's, Evan?«

Ryder grinste.
»Wie auch immer. Jedenfalls hat Max angedeutet, Gabe könnte die Fronten tauschen wollen und ausplaudern, was er über CovertCom weiß, damit er selber fein rauskommt. Was halten Sie davon?«
»Ich denke, dem Mann kann man nicht über den Weg trauen«, erwiderte Dominic mit einem Seitenblick in Richtung Liv. Sie tat so, als würde sie eine Zeitschrift lesen.
Sharp griff sich den Schürhaken vom Kamin und wühlte hektisch in der Glut. »Max darf nicht hierherkommen«, sagte er. »Völlig ausgeschlossen. Wir müssen sie überreden, sich auf einen anderen Treffpunkt einzulassen.«
»Wieso soll sie nicht herkommen können?« beharrte Dominic. »Hier hätten Sie doch einen Heimvorteil.«
»Halten Sie das hier etwa für ein Fußballspiel, Antonio?« entgegnete Sharp und hielt den Schürhaken immer noch auf eine Weise in der Hand, die Dominic als bedrohlich empfand. »Ich hab hier keine Sicherheitsleute! Ich hab das Haus hier gekauft, um auf Frauen Eindruck zu machen, sonst nichts. Um sie aus der Stadt rauszulotsen und sie herzubringen.« Er sah Liv auf eine Art an, die man nur als beleidigend empfinden konnte, aber sie schien ihn nicht gehört zu haben.
Sharp hielt eine Hand hoch und begann an seinen Fingern abzuzählen. »Keine Alarmanlage, noch nicht mal einen verfluchten Zaun hab ich hier. Keine Überwachungskameras, keine Infrarotsensoren, keine Schleusen, keine Wachleute. *Nichts.*«
»Aber Mr. Sharp, es ist doch bloß Max! Glauben Sie etwa, die braust hier mit einem Sondereinsatzkommando rein und legt das Haus in Schutt und Asche?«
Sharp schleuderte den Schürhaken zu Boden. »Ich hab nicht den leisesten Schimmer, was ich glauben soll, verdammt!

Das ist doch genau das Problem! Sie kann doch diesen gesamten verfluchten FBI-Trupp mitbringen, wenn sie herkommt!«

Dominic schüttelte den Kopf. »Kann ich mir nicht vorstellen, Mr. Sharp. Sie hat doch für ihre Tochter schon viel zuviel geopfert, um jetzt irgendwas zu riskieren, was das Mädchen in Gefahr bringen könnte.«

»Verflucht, Dom, wir wissen doch schon, daß das Kind in der Schweiz ist!«

Dominic konnte nicht verhindern, daß er zusammenzuckte. »Hat sie Ihnen das gesagt?« fragte er mit einem Kopfnicken in Livs Richtung. Liv tat immer noch so, als sei sie in die Lektüre der Zeitschrift vertieft.

»Max weiß, daß wir es wissen«, erklärte Sharp mit einem verschlagenen Grinsen.

»Wenn Max weiß, daß ihr Ex-Mann den Aufenthaltsort des Kindes kennt, können Sie Gift drauf nehmen, daß das Mädchen längst nicht mehr in der Schweiz ist.«

Sharp schürzte die Lippen. »Möglich.«

»Nur so aus Neugierde, Sir«, fuhr Dominic fort. »Wie hat Max' Ex-Mann herausgefunden, wo ihre Tochter ist? Das war doch ihr größtes Geheimnis.«

»Wo das Mädchen genau ist, wissen wir nicht«, gab Sharp zu. »Wir wissen nur, es ist – oder war – in der Schweiz.« Er grinste wieder. »Tja, und wie haben wir das herausgefunden? Nun ja, Dom, da müssen Sie schon Dom *Perignon* fragen!« Er starrte vielsagend Liv an und lachte schmutzig.

Schnaubend griff Liv in ihre Tasche und holte ein Taschentuch heraus. Sie sah dabei nicht von ihrer Zeitschrift auf, aber ihr Gesicht war wutverzerrt und dunkelrot.

In diesem Augenblick hätte Dominic Sharp am liebsten dafür umgebracht, daß er eine Frau in solch eine erniedrigende

Situation gebracht hatte. Es tat ihm leid, das Thema überhaupt angesprochen zu haben.
»Was hat Max genau gesagt?« fragte er.
»Sie meinte, sie würde uns die Informationen über Gabe geben, wenn wir ihre Mutter dafür freilassen«, antwortete Sharp.
Dominic nickte. »Und als Sie abgelehnt haben, sich mit ihr hier zu treffen?«
Sharp wandte sich ab. »Sie hat aufgelegt.«
»Dann haben Sie jetzt das Spiel in der Hand, würde ich sagen. Wenn Sie wissen wollen, was sie zu sagen hat, haben Sie keinen besonders großen Einfluß auf die Frage, wo Sie sein werden, wenn Sie es zu hören kriegen. Max muß anrufen.« Es verschaffte ihm eine gewisse Befriedigung, seinem Boss das ins Gesicht zu schleudern.
»Und ich muß das Risiko eingehen, daß sie die FBI-Leute mitbringt«, stieß Sharp wütend hervor.
»Wie gesagt, ich glaube nicht, daß sie das tut«, wiederholte Dominic. »Aber ein gewisses Restrisiko bleibt. Sind Sie ein risikofreudiger Spieler? Wieviel ist Ihnen Max' Information wert?«
Sharp starrte ins Feuer. »Ich würde dafür töten«, sagte er schließlich mit gefährlich leiser Stimme. Dann drehte er sich zu Dominic um und funkelte ihn mit seinen kalten blauen Augen an. »Das steht fest.«
Dominic Antonio hatte in seinem Leben schon viele miese Schurken kennengelernt, aber dies war das erste Mal, daß er das Gefühl hatte, dem leibhaftigen Bösen ins Gesicht zu sehen. In diesem Augenblick wurde ihm klar, daß jemand sterben würde, noch bevor die Nacht zu Ende war.

30. KAPITEL

Sie bewegten sich so lautlos wie möglich zwischen den Bäumen hindurch, Schritt für Schritt, die vordere Truppe mehrere Meter vor der hinteren. Jede der beiden Gruppen – sie bestanden aus je sechs Sondereinsatz-Agenten – versuchte in Form eines A vorzurücken.

Underwood war sozusagen der A-Strich der hinteren Truppe. Die SWAT-Sondereinsatzleute mochten es normalerweise nicht, wenn irgendwelche Sterblichen sich in ihre ruhmreichen Aktionen einmischten, aber Underwood hatten sie zähneknirschend akzeptieren müssen, denn es war nun einmal eine Tatsache, daß niemand soviel wußte wie er – über den Fall im allgemeinen, und darüber, was man hier zu erwarten hatte, im besonderen. Als sie sich der Hütte immer mehr näherten, zog sich die vordere Gruppe auf Kommando in einer geraden Linie auseinander, immer weiter im Schatten der Bäume Schutz suchend.

Durch den Kopfhörer bekam Underwood mit, daß das Haus unbewohnt zu sein schien – nur ein einziges Fahrzeug würde draußen parken, hieß es. »Kommt mir komisch vor«, raunte er in sein Mikrofon. »Es müßten mehrere Fahrzeuge draußen stehen. Over.«

»Vielleicht sind noch nicht alle da«, sagte der Einsatzleiter. »Wir schicken einen Spähtrupp aus, der die Sache überprüfen soll. Over.«

Als Underwoods Gruppe sich verteilte, um ihren Kameraden vorne zu Hilfe zu kommen, nahm er seine Position hinter einem Baum ein. Er wußte, verteilt in der Nacht voller Schatten, umgeben vom Rauschen der Äste, die Nerven wie Drahtseile gespannt, warteten die Feinde, lautlos wie der Tod, die Nachtsichtgewehre im Anschlag. Obwohl Underwood gut bewaffnet und von FBI-Leuten flankiert war, kroch ihm die Angst eisig über den Rücken.

Es war bitterkalt, und eine dünne Schneedecke lag auf dem Boden. *Scheiß auf den Kick*, dachte Underwood. *Ein Königreich für ein warmes Büro und eine Tasse heißen Kaffee.*

Anders als die Sondereinsatzleute, die mit Nachtsichtgeräten ausgestattet waren und so die Hände frei hatten, verfügte Underwood nur über ein Nachtfernglas. Er nahm seine Brille ab und starrte durch das Fernglas. Ein paar Agenten schlichen auf den Hintereingang des Hauses zu.

Er wartete.

Als die Stimme des Einsatzleiters über Kopfhörer kam, zuckte Underwood zusammen. Er war in Gedanken sehr weit weg gewesen.

»Sieht so aus, als wäre nur ein Mann da drin, aber jede Menge elektronisches Überwachungszeugs. Was halten Sie davon, Underwood?«

»O nein«, stöhnte Underwood. In diesem Augenblick ging die Tür der Hütte auf und ein schlaksiger, offenbar unbewaffneter Mann erschien auf der Schwelle. Underwood setzte seine Brille wieder auf und kniff die Augen zusammen. Der junge Mann an der Tür legte sich die Hände wie einen Trichter an den Mund.

»Hallooooo! Ist da jemand namens Jack Underwood?«

Underwood vergrub das Gesicht in den Händen.

»Agent Underwood, wenn Sie da draußen sind ... Mein Name ist Zane Maxfield. Ich hab auf Sie gewartet. Kommen Sie rein!«

Als Max an der Hütte ankam, war Dominics Auto das erste, das sie erblickte. Daneben stand ein Range Rover, den sie nicht kannte, und mehrere Wagen, die den anderen Spy-

Squad-Leuten gehörten. Dazu ein Mietwagen, mit dem wahrscheinlich Gabe gekommen war.

Na fein, alle Halunken auf einem Haufen, dachte sie.

Sie versuchte sich an alles zu erinnern, was Brett ihr eingebleut hatte. Er hatte darauf bestanden, daß sie die .357er in einem Spezialhalfter trug, das unter ihrer Jeans versteckt war, und die Waffe behinderte sie ganz schön. Das Schrotgewehr lag auf dem Beifahrersitz unter einer Decke.

Es gab ein paar Dinge, die ihr die Sache einfacher machten als gedacht. Zum einen hatte Sharp eingewilligt, daß sie sich in seiner Hütte trafen. Zum anderen hatte Liv zum Glück daran gedacht, den Sender, den sie am Körper trug, zu aktivieren, was Max und ihren Mitstreitern die Suche erleichterte. Max sollte die Männer in der Hütte irgendwie abzulenken versuchen, damit Brett, der sich im Augenblick im Wald versteckte, ihre Mutter aufspüren und herausholen konnte.

Mit zitternden Fingern vergewisserte sich Max, daß ihr eigener Sender noch in der Jackentasche war, dann holte sie einmal tief Luft und stieg aus dem Wagen. Sie ließ den Zündschlüssel stecken und die Türen unverschlossen. Langsam schlich sie die wenigen Stufen zur Hütte hoch und klopfte an die Tür, nachdem sie die letzte Kleinigkeit erledigt hatte, die noch zu erledigen gewesen war.

Die Tür ging fast augenblicklich auf, und Hakeem erschien auf der Schwelle. Max zwängte sich an ihm vorbei und betrat das Zimmer. Alle außer ihrer Mutter und Sebastian Taylor waren um den Kamin herum versammelt – offensichtlich hatte Sharp Taylor als Bewacher von Liv abkommandiert.

Die Hütte war nur mit dem Besten vom Besten ausgestattet, aber das war typisch für Sharp. Es war einfacher, Menschen zu verführen, wenn sie nur die saftige, schöne Frucht sahen und nicht den faulen Kern. Max hatte das Zimmer schon zur

Hälfte durchquert, wobei sie sowohl Dominics als auch Gabes Blick zu ignorieren versuchte, als Hakeem auf einmal brüllte: »Halt!«

Er kam auf sie zu, ein tragbares VL-5000-P-Aufspürgerät in der Hand, und streckte den Arm nach ihr aus.

Instinktiv schoß Max' Hand hervor und schlug Hakeems Arm beiseite. »Fassen Sie mich nicht an!« zischte sie.

Hakeem packte sie trotzdem am Handgelenk. »Du miese kleine Hure ...«

»Hakeem!« dröhnte Sharps Stimme zu ihnen herüber. »Sie können sie auch abchecken, ohne sie anzufassen, klar?«

Widerwillig ließ Hakeem Max' Handgelenk los und fuhr ihr mit dem Gerät im Abstand von wenigen Zentimetern über den Körper. Sofort fing der Apparat an zu piepsen, als er in die Nähe ihrer Jackentasche kam. Noch bevor Max reagieren konnte, hatte Hakeem ihr in die Tasche gegriffen, holte den Sender heraus und hielt ihn triumphierend in die Höhe. Der Blick, den er Max zuwarf, war tödlich.

»Seht ihr?« schrie er. »Ich hab euch doch gesagt, daß die verdammte Schlampe uns verraten hat!«

»Her mit dem Ding«, befahl Sharp. Er nahm Hakeem den Sender aus der Hand und warf ihn ins Feuer.

»Vielleicht ist sie bewaffnet«, sagte Hakeem. »Ich kann gern eine Körperdurchsuchung machen.« Er wandte sich Max zu und rümpfte die Nase, als wäre sie ein stinkender Misthaufen.

»Mach dich nicht lächerlich«, ging Dominic dazwischen. »Max versteht nichts von Waffen. Ich glaube kaum, daß sie jemals eine abgefeuert hat.«

Hakeem fluchte auf Arabisch, packte Max und begann sie abzutasten.

Und schon einen Augenblick später hatte er die Waffe unter ihrer Jeans aufgespürt. »Na also!« brüllte er.

»Her damit«, ordnete Sharp an.
Zu Max' Entsetzen machte Hakeem ihr den Reißverschluß auf und zerrte an ihrer Jeans. Ohne zu zögern ohrfeigte sie ihn. Nachdem er die .357er herausgerissen hatte, schlug Hakeem Max mit dem Handrücken ins Gesicht.
»Das reicht!« bellte Sharp, und Hakeem trat, die Waffe in der Hand, einen Schritt zurück.
Max schleuderte das leere Halfter zu Boden und zog sich die Jeans mit der größtmöglichen Würde wieder an. Sie vermied es, irgend jemanden anzusehen.
»So«, sagte Sharp. »Hier sind wir, genau wie Sie es wollten. Ihr kleiner Plan, das Treffen mitzuschneiden, ist fehlgeschlagen, aber wir sind sehr gespannt, was Sie zu sagen haben. Also los.«
»Sie sind hintergangen worden, Mr. Sharp«, begann Max. »Von meinem Ex-Mann. Und du, Gabe, bist auch hintergangen worden – von Mr. Sharp.«
Wie Raubkatzen, die sich vor der Jagd versammeln, kauerte die Spannung in jeder Ecke der Raumes. In die Stille hinein fuhr Max fort: »Beide haben gedroht, als Kronzeuge gegen den anderen auszusagen. Ich weiß es genau, denn ich wurde von einem FBI-Agenten angegangen. Man hat mich gefragt, wie groß der Wahrheitsgehalt der jeweiligen Aussage des einen gegen den anderen wohl sein mag.«
»Das ist ja absurd!« rief ihr Ex-Ehemann. »Welche Beweise sollte er gegen mich in der Hand haben? Ich hab nichts Illegales getan.« Er drehte sich zu Sharp um. »Stimmt das? Hast du mit dem FBI gesprochen?«
»Natürlich nicht!«
»Nun, ich auch nicht.«
»Sagst du.«
»Was soll das heißen?« Gabe warf Max einen Blick zu. »Siehst du denn nicht, was mein hübsches Ex-Weibchen vorhat?«

»Glaub doch, was du willst«, erwiderte Max. »Aber das FBI hat ... sagen wir mal, großes Interesse an dem, was ich weiß.«
»Verdammte Schlampe ...«, setzte Sharp an.
Gabe hielt eine Hand hoch. »Keine Sorge. Um dir ans Leder zu können, brauchen sie handfeste Beweise.«
»Die kann ich auch beschaffen«, sagte Max.
Beide Männer schwiegen betreten. Max betete innerlich, daß sie sie so lange würde ablenken und beschäftigen können, daß Brett ihre Mutter rausholen konnte.
»Was willst du?« fragte ihr Ex-Mann schließlich.
»Ich will meine Tochter zurück«, antwortete sie wahrheitsgemäß. »Und ich möchte, daß ihr beide aus meinem Leben verschwindet.«
»Vergiß es.«
»Hör ihr doch mal zu!« ging Sharp dazwischen.
»Und ich will genug Geld, daß Gaby und ich gut davon leben können.«
»Ich wußte es«, stieß Sharp hervor.
»Was du nicht sagst«, sagte Gabe. »Das ist Erpressung. Strafbar. Und du bist ein Ex-Knacki.«
»Und du bist ein Scheißkerl«, gab sie zurück. »Na und?«
Sie starrten einander wortlos an.
Als das Schweigen schon schmerzhaft auf allen lastete, fragte Gabe: »Wieviel Geld willst du?«

»Das ist es!« schrie Underwood und riß sich die Kopfhörer herunter. »Gehen wir.«
Er wirbelte herum, packte Zane am Kragen und hob ihn mühelos hoch. Er ging so nahe an ihn heran, daß er seinen Atem spüren konnte, und zischte: »Sie sagen mir *sofort,* wo wir diese Kerle finden, sonst klebt das Blut Ihrer Schwester an Ihren Händen, das schwöre ich Ihnen!«

»Cool bleiben, Mr. FBI«, entgegnete Zane. »Alles bestens. Max wollte, daß wir warten, bis Sie und Ihre Leute alles Wichtige gehört haben. Jetzt geben Sie mir die Karte da drüben, und ich zeig's Ihnen. Ist nur ein paar Meilen von hier. Machen Sie sich bloß nicht in die Hosen, Mann.«

Brett hätte über die laschen Sicherheitsmaßnahmen rund um die Hütte beinahe gelacht. Kein Wunder – mächtige Leute wie Garrett Sharp verfügten normalerweise auch über eine enorme Selbstüberschätzung. Offenbar ging der Mann trotz seiner eigenen Tätigkeit nicht davon aus, daß jemand *ihn* ausspionieren könnte.

Sobald Brett das Haus erreicht hatte, überprüfte er den Sender, den Max vor ihrem Eintreten an der Tür befestigt hatte. Perfekt. *Braves Mädchen*, dachte Brett.

Dann schlich er um das Haus herum. Eine Tür führte in die Küche. Brett drückte die Klinke herunter. Nicht abgeschlossen.

Mit einem leichten Kopfschütteln schob er die Tür auf und schlüpfte in die Küche. Aus dem großen Zimmer konnte er Stimmen hören. Eine dunkle Treppe führte in den oberen Bereich, wo sich – wie Livs Sender ihm verriet – seine Mutter aufhielt. Die gesicherte 45er in der Hand, machte er sich lautlos wie ein Schatten auf den Weg dorthin.

Auf die Treppe folgte ein langer Flur, der L-förmig zu den Zimmern im oberen Bereich führte. Brett versuchte so weit wie möglich von der Galerie wegzubleiben, um von den Männern da unten nicht gesehen zu werden. Er hörte mehrere erregte Stimmen. Sehr gut. Das bedeutete, daß der Plan aufgegangen war; da unten würden alle so mit ihrem Streit beschäftigt sein, daß sie nicht nach oben schauen würden.

Vorsichtig warf er einen hastigen Blick um die Ecke und ins

nächstgelegene Zimmer. Ein bulliger, muskulöser Mann saß in einem Schaukelstuhl und blätterte ein Comic-Heft durch. Liv saß auf einem Bett, komplett angezogen, den Rücken gegen hochgestellte Kissen gelehnt. Sie hatte die Hände im Schoß gefaltet und schien auf den Streit zu lauschen, der von unten zu ihr heraufdrang.

Es gab keine Möglichkeit, das Zimmer zu betreten, ohne die Aufmerksamkeit des Mannes auf sich zu lenken, und der würde mit Sicherheit sofort seine Kumpels unten alarmieren. Max hatte ihren Bruder gewarnt, daß alle Männer bewaffnet sein würden, und nach allem, was sie ihm über diesen Kerl namens Hakeem Abdul erzählt hatte, ging Brett davon aus, daß sie auch wußten, wie man mit einer Waffe umging. Eines stand jedenfalls fest: Hier auf dem Flur konnte er nicht ewig bleiben. Er gab eine zu gute Zielscheibe ab.

Als er zum zweiten Mal um die Ecke spähte, begegnete er plötzlich dem Blick seiner Mutter, und er erstarrte. Es war, als wäre er dabei erwischt worden, wie er die Hand in die Keksdose steckte. Für einen Augenblick hatte Brett keine Ahnung, was er tun sollte.

Da legte sich seine Mutter eine Hand auf die Brust und raunte: »Oh, Sebastian, mein Herz! Ich hab Schmerzen!«

Sofort stand der Mann auf, ging zum Bett hinüber und beugte sich über Liv.

Wie eine große Katze schlich Brett ins Zimmer und schlug Sebastian mit dem Griff seiner Waffe heftig auf den Kopf. Der Mann fiel ohne ein Wort bewußtlos aufs Bett, das Gesicht nach unten.

Brett sah zu seiner Mutter hinüber. Sie lächelte, und Tränen glänzten in ihren Augen. »Danke«, hauchte sie und warf ihm eine Kußhand zu.

Tapferes altes Mädchen.

Brett winkte sie wortlos zu sich, und noch bevor er etwas sagen konnte, hatte sie ihn schon fest umklammert und drückte sich mit aller Kraft an ihn. Er strich ihr sanft über die Schultern, voller Wut auf die Männer, die seiner Familie schon soviel Schmerz zugefügt hatten.
Aber er würde seine Rachegefühle zügeln müssen. Im Moment ging es nur darum, seine Mutter heil hier rauszubringen.
Er packte sie sanft, aber bestimmt am Arm und führte sie auf den Flur hinaus.
Und in diesem Augenblick brach die Hölle los.

Die Jungs vom Sondereinsatzkommando begegneten bei Sharps Hütte einem regelrechten Empfangskomitee. Als sie durch den Wald auf das Haus zuschlichen, fiel plötzlich ein Schuß, und sofort erwiderte einer der Agenten das Feuer.
»Feuer einstellen!« schrie Underwood aus Leibeskräften. »FBI! Feuer einstellen! FBI!«
Einen Augenblick später kam die Antwort: »Stellen *Sie Ihr* Feuer ein, Arschloch! US-Einwanderungsbehörde!«

Als draußen Schüsse fielen, brach in der Hütte auch ein Chaos aus. Dominic, Hakeem und Evan Ryder zogen sofort ihre Waffen und hechteten schutzsuchend hinter die Möbel. Max, die wie erstarrt stehengeblieben war, sah, wie Hakeem Gabe mit zu Boden zerrte. Sharp kauerte hinter einem Sofa und brüllte: »Was ist hier eigentlich los?«
Das Durcheinander war aber erst vollkommen, als Max Dominic aus vollem Halse schreien hörte: »US-Einwanderungsbehörde! Waffen fallenlassen! Alle! Sofort!«
Max hatte keine Ahnung, was Sache war.
Jemand feuerte eine Kugel ab, und das Zimmer versank in

einer alptraumhaften Mischung aus Rauch und ohrenbetäubenden Schüssen.
Max kauerte sich auf den Boden und legte sich schützend die Hände auf den Kopf, als könnte sie sich dadurch in eine kleinere Zielscheibe verwandeln. Aber sie bemerkte gar nicht, daß der Schock jede ihrer Bewegungen verlangsamte.
Dann verspürte sie einen heftigen Schlag.
Zuerst dachte sie, eine Kugel hätte sie erwischt, aber dann wurde ihr klar, daß jemand gegen sie geprallt war. Brett packte sie heftig am Arm und zerrte sie hinter sich her in die Küche, wo er sie hinter dem schweren Kiefernholztisch, den er auf die Seite gekippt hatte, in Sicherheit brachte. Nur ein kleines Stück vor ihr krachte wieder ein Schuß.
Jemand berührte Max am Arm, und sie wirbelte erschrocken herum, aber es war ihre Mom. Sie packten sich bei den Händen und drückten sich fest.
»Ich dachte, Zane sollte die Sondereinsatzleute herschicken!« brüllte Brett.
»Hat er doch gemacht!«
Brett wandte sich verwundert zu seiner Schwester um. Und das erwies sich als fatal.
Wie ein Teufel, der aus einem diabolischen Nebel auftaucht, erschien plötzlich eine Gestalt über ihnen, die Brett die Waffe aus der Hand schlug. Die Pistole schlitterte mehrere Meter über den Boden, außerhalb seiner Reichweite.
Mit wutverzerrtem Gesicht packte Hakeem Abdul Brett mit beiden Händen am Hals und drückte zu. Die beiden Männer rollten in einer Umarmung auf Leben und Tod über den Fußboden.
Max sprang auf die Füße und griff nach der .45er ihrer Mutter. Breitbeinig baute sie sich über Abdul auf und rammte ihm die Waffe unter das Kinn.

»Sie lassen meinen Bruder sofort los, oder ich puste Ihr Gehirn bis ins andere Zimmer rüber, Sie verfluchter Hurensohn!« hörte sie sich schreien.
In diesem Augenblick schien die Zeit stehenzubleiben.
Eine vertraute Stimme brüllte: »Max! Nein!«
Es wäre so einfach gewesen, auf den Abzug zu drücken. So einfach.
Und dann hörte sie Dominics Stimme an ihrem Ohr. »Gib mir die Waffe, Liebling. Ich kümmere mich darum.«
Aber sie wollte nicht nachgeben. »Ich will ihn töten«, sagte sie. »Ich will sie alle töten.«
»Ich weiß. Und ich kann's dir nicht verdenken. Aber damit hilfst du deinem Bruder oder Gaby auch nicht weiter.«
Beim Klang des Namens ihrer kleinen Tochter ließ sie die Pistole sinken, aber Dominic mußte immer noch einiges an Kraft aufbringen, um sie ihr aus der Hand zu nehmen. Max wich einen Schritt zurück, aber ihre Knie fühlten sich plötzlich wie Watte an. Erst die sanfte Berührung ihrer Mutter verlieh ihr wieder Kraft, und sie trat noch ein paar Schritte zurück.
»Hakeem, mein Name ist Judson Heath, ich bin von der Einwanderungsbehörde. Sie sind verhaftet«, dröhnte Dominic in Richtung Hakeem Abdul. »Auf den Boden, Gesicht nach unten, sonst niete ich Sie um, ohne mit der Wimper zu zucken.«
In diesem Moment flogen Vorder- und Hintertür gleichzeitig auf, und bewaffnete, ganz in Schwarz gekleidete Männer stürmten schreiend das Haus. Einer von ihnen stürzte in die Küche, hielt eine der gräßlichsten Waffen in der Hand, die Max je gesehen hatte, und schrie Dominic an, er solle seine Pistole fallenlassen.
»Nicht!« brüllte einer seiner Begleiter mit tiefer Stimme. »Er ist einer von uns!«

Jemand zerrte Hakeem weg. Immer noch vollkommen geschockt, starrte Max Dominic an, als sähe sie ihn zum ersten Mal.

»Siehst du?« sagte ihre Mutter auf einmal. »Ich hab dir doch gesagt, er ist ein netter Kerl.«

Max sah sie verständnislos an. Liv lächelte. Max verdrehte die Augen.

Brett rappelte sich auf und rieb sich den Hals. »Danke, Schwesterherz«, sagte er mit einem Grinsen.

»War mir ein Vergnügen.«

»Natürlich wäre mir noch wohler gewesen, wenn du die Waffe vorher entsichert hättest«, fuhr Brett lächelnd fort.

»Was?« Sie starrte wieder Dominic an. Auch er grinste, und dann hielt er die Pistole hoch, damit sie sie sehen konnte.

Max seufzte. »Oje.«

»Na, da haben Sie Hakeem aber schön in den Arsch getreten, was?« ertönte eine weitere vertraute Stimme. Underwood betrat strahlend die Küche. »Meine Informantin«, verkündete er und zeigte dabei stolz auf Max.

Dominic – oder Judson? – schaute Max an und schenkte ihr das herrlichste Lächeln der Welt. »Informantin? Ich hätte es wissen müssen.«

Dann wandte er sich an Underwood. »Ich bin Special Agent Judson Heath von der US-Einwanderungsbehörde. Ich arbeite an diesem Fall schon seit über einem Jahr undercover. Ich war hinter diesem charmanten Herrn her.« Er deutete auf Hakeem, der mit gefesselten Handgelenken im großen Zimmer bäuchlings auf dem Boden lag. Drei stirnrunzelnde FBI-Leute bewachten ihn.

»Einwanderungsbehörde?« hakte Underwood nach. »Wäre nett gewesen, wenn ihr uns Bescheid gesagt hättet, daß ihr eure Finger mit im Spiel habt.«

»Was man von euch genauso behaupten kann«, entgegnete Dominic – Judson. »Wenn ich gewußt hätte, daß Max als Informantin für Sie arbeitet, hätte ich ein wesentlich leichteres Spiel gehabt.«

»Ich kann es kaum fassen – zwei Ermittlungen, die sich gleichzeitig auf dieselben Leute konzentrieren!«

»Und keiner von uns wußte vom anderen. Na wunderbar.« Dominic seufzte. »Nächstes Mal müssen wir da was dran ändern.«

Max wandte sich an Underwood. »Agent Underwood, ich möchte Ihnen meinen Bruder vorstellen, Major Brett Maxfield, US Army, Spezialeinheiten. Er ist uns zu Hilfe gekommen. Ohne ihn wären wir jetzt alle tot.«

Underwood lächelte und streckte Brett die Hand hin. »Schön, Sie kennenzulernen.« Nachdem sie sich die Hand geschüttelt hatten, fragte er Max: »Sie scheinen ja eine große Familie zu haben.«

»Dabei haben Sie noch nicht mal die Hälfte davon kennengelernt«, gab sie zurück. Aber dann wurde ihre Aufmerksamkeit von einem Anblick in Anspruch genommen, von dem sie schon seit Jahren geträumt hatte: Der Ehrenwerte Bundesrichter Gabriel Griswold wurde in Handschellen von zwei FBI-Agenten abgeführt.

»Einen Augenblick mal!« rief Max, aber die Agenten ignorierten sie.

»Bleibt mal kurz stehen!« kam Underwood ihr zu Hilfe, und die Männer befolgten seinen Befehl.

Max ging zu ihnen hinüber und schaute ihrem Ex-Mann lange in die Augen. Sie zitterte, und jede Faser ihres Körpers war angespannt.

Dann spuckte sie ihm mitten ins Gesicht.

TEIL 5

Jackpot

In einer wirklich gerechten Sache besiegt der Schwache den Starken.

SOPHOKLES

31. KAPITEL

Die FBI-Leute holten bei CovertCom ganze Lastwagenladungen an Beweismaterial heraus. Innerhalb weniger Tage war die arme Rose Peterson, die von den neuesten Entwicklungen völlig überrascht war, von jeder Mitschuld freigesprochen worden – was zum größten Teil auf Judsons Fürsprache zurückzuführen war.

Judson.

An den Namen würde Max sich erst gewöhnen müssen.

In den darauffolgenden Wochen sah Max nur wenig von ihrem ehemaligen Geliebten. Jack Underwood nahm sie rasend schnell unter seine Fittiche, und sie verbrachte etliche Tage damit, dem FBI zu erzählen, welche Rolle sie in der ganzen Angelegenheit gespielt hatte.

Wegen seines Beitrags zur Operation Lauschangriff war Underwood fast schon so etwas wie eine FBI-Legende geworden. Man hatte ihm mitgeteilt, er würde innerhalb kurzer Zeit ins Hauptquartier nach Washington versetzt werden.

Max wußte, daß Underwood seine Familie verloren hatte, weil er so stark in seiner Arbeit aufgegangen war. Für ihn würde der Job immer an erster Stelle stehen. *Hoffentlich ist es das wert,* dachte sie und wünschte ihm nur das Beste.

Thanksgiving ging vorbei, und danach auch die Weihnachtsfeiertage. Obwohl es vieles gab, was Max und ihre Mutter zu feiern hatten, und vieles, wofür sie dankbar sein konnten, gab es doch noch so einiges, was aufgearbeitet werden mußte.

Vor allem gab es da eine Kleinigkeit – eine gigantische, emi-

nent wichtige Kleinigkeit. Alles, wirklich alles, hing davon ab, daß diese Kleinigkeit erledigt wurde. Max wußte, wenn sie hierin versagen sollte, wäre alles verloren.
Aber wenn es ihr gelang, würde sie die ganze Welt gewinnen.
Doch eines hatte Max im Verlauf ihres Lebens mittlerweile gelernt: Um alles zu gewinnen, war es meistens nötig, alles zu riskieren. Und nichts war das Risiko mehr wert als die Liebe.

Im Januar konnte Dallas wirklich schrecklich sein, das wußte Liv, aber an diesem Tag hatten sich wohl alle Götter zusammengetan, um alles perfekt zu machen: Der Himmel strahlte im reinsten Blau, und die Temperaturen waren ungewöhnlich mild.
Alles war genauso wie an dem Tag, als Max aus dem Gefängnis entlassen worden war – oder jedenfalls sah es oberflächlich betrachtet so aus. Die ganze Familie hatte sich in Clarks Haus am See versammelt, aber was hatte dieses eine Jahr für Veränderungen mit sich gebracht!
Jedesmal, wenn Livs und Max' Blicke sich trafen, hatten beide Tränen in den Augen. Es war unfaßbar, aber ... wenn alles gutging, würde es heute endlich, endlich soweit sein! Liv wußte nicht, wer an diesem Tag nervöser war, sie selbst oder ihre Tochter. Brett konnte jeden Augenblick nach Hause kommen, und das Warten erschien allen unerträglich. Mit einemmal sprang Max auf, rannte aus dem Haus und marschierte zum See. Niemand folgte ihr. Jeder ging mit seiner Nervosität eben auf seine Art um.
Zum hundertsten Mal ging Liv zum Fenster, schob die Gardinen auseinander und spähte auf die Zufahrtsstraße hinaus. Brett, der zusammen mit seiner hübschen Frau Janice einen Tag zuvor aus Fort Bragg gekommen war, war nun mit Clarks

Cherokee-Jeep unterwegs, um die kostbare Fracht vom Flughafen abzuholen.
Als sie das Auto erblickte, machte ihr Herz einen Sprung. Wie im Traum sah sie zu, wie der Jeep verlangsamte und schließlich vor dem Haus anhielt. Als Brett ausstieg, löste sie sich aus ihrer Erstarrung und schrie: »Sie sind daaaaa!« Dann rannte sie zur Eingangstür, riß sie auf und stürzte sich in die Arme ihres Sohnes.
Er weinte, und sie weinte auch. Jedes Mitglied der Familie weinte.
»Mom«, flüsterte er. »Oh, Mom.«
»Mein lieber Junge«, schluchzte Liv. »Mein lieber, lieber Brand. Willkommen zu Hause.«
»Mom! Mom!«
Als sie die junge Stimme hörte, dachte Max zuerst, es wäre Clarks Tochter Hannah, die nach ihrer Mutter rief, und wirbelte herum, um zu sehen, ob etwas nicht stimmte.
Sie stand auf dem Rasen vor Clarks Haus, schmal und anmutig wie eine Gazelle, und das goldene Haar fiel ihr wie ein Wasserfall aus Sonnenstrahlen über die Schultern. Sie sah aus wie ein Traum, wie all die Träume, die Max während der vielen Jahre im Gefängnis heimgesucht hatten.
Und genau wie in den Träumen damals dachte Max auch jetzt: *Dies ist kein Traum. Es ist Wirklichkeit.* Und ihr war, als müßte ihr das Herz vor Freude zerspringen.
Denn diesmal war es tatsächlich Wirklichkeit. Diesmal hatte sich Max' schönster Traum erfüllt.
Max taumelte erst ein paar Schritte vorwärts, dann rannte sie los.
Sie mußte nicht weit laufen – ihre Tochter kam ihr entgegengerannt.
Mit ihren zehn Jahren war Gaby schon viel zu groß, um von

ihrer Mutter hochgerissen zu werden, aber Max tat es trotzdem, schwang ihr Kind überglücklich herum, küßte und drückte es an sich.
»Ich hab dich so vermißt, Mom«, flüsterte Gaby.
Aber Max konnte nicht sprechen. Für das, was sie empfand, gab es keine Worte.
Nach einer Weile schaute sie auf und sah Brett über den Rasen auf sich zukommen. Oder war es überhaupt Brett?
»Wenn du errätst, welcher Zwilling ich bin, verpaß ich dir keine Kopfnuß«, sagte er lächelnd.
In einer Mischung aus Weinen und Lachen erwiderte Max: »Von wegen. Wenn du Brand bist, verpaßt du mir so oder so eine Kopfnuß, ob ich's errate oder nicht.« Und damit schlang sie ihrem Bruder einen Arm um den Hals – aber nur *einen* Arm, denn nichts in der Welt würde sie dazu bringen, ihr kleines Mädchen jemals wieder loszulassen.

Judson Heath wartete so lange, bis beide Gerichtsverfahren abgeschlossen und sowohl Garrett Sharp als auch Gabe Griswold rechtskräftig zu Freiheitsstrafen verurteilt waren. Erst dann stattete er Max einen Besuch ab. Sie lebte immer noch in ihrer New Yorker Wohnung, mittlerweile zusammen mit ihrer Tochter. Auch Brand wohnte jetzt vorübergehend bei seiner Schwester, um Gaby die Übergangsphase so leicht wie möglich zu gestalten. Liv war nach Texas zurückgezogen.
Judson war außerordentlich nervös vor seinem ersten Besuch bei Max. Er hatte sie in den sechs Monaten seit CovertComs Auffliegen kaum zu Gesicht bekommen. Er konnte nur hoffen, daß sie dafür Verständnis hatte – und trotzdem mit ihm würde sprechen wollen.
Judson hatte dennoch versucht, Max nicht aus den Augen zu verlieren. Sie hatte während des vergangenen halben Jahres

hauptsächlich von ihren Ersparnissen gelebt und hatte einige Zeit Schwierigkeiten gehabt, eine neue Stelle zu bekommen, aber soweit er wußte, hatte sie nun etwas bei einem Radiosender in Aussicht. Brand arbeitete als Wachmann für die Wohnanlage, in der sie lebten. Besonders glänzend war ihre finanzielle Situation nicht gerade, und womöglich würden sie bald in eine günstigere Wohnung umziehen müssen, wovor Max allerdings zurückschreckte, weil sie Gaby nicht schon wieder einen Schulwechsel zumuten wollte.

Max hatte so viele Fähigkeiten, gerade im elektronischen Bereich – welch eine Verschwendung! Judson hoffte, er würde daran etwas ändern können – wenn Max ihn ließ. Nervös betrat er den Aufzug.

Zu seiner Überraschung erwartete Max ihn schon auf dem Flur. Die Tür zu ihrer Wohnung stand weit offen. Max trug Jeans und ein weißes Sweatshirt, dessen Ärmel sie bis zu den Ellbogen hochgekrempelt hatte. Sie war ungeschminkt, aber ihre Wangen strahlten rosig, ihr Haar glänzte, und sie sah hübscher und glücklicher aus als je zuvor – und als Judson sich in seinen kühnsten Träumen hätte ausmalen können.

»Hi«, begrüßte sie ihn schüchtern und küßte ihn auf die Wange. Sie duftete wie ein Blumengarten im Frühling.

Judsons Knie fühlten sich an wie Pudding.

»Komm rein, ich stell dir meine Familie vor«, fuhr sie fort und nahm seine Hand in ihre.

In der Wohnung streckte ihm ein Mann, der genauso aussah wie Brett, die Hand entgegen. Sein Händedruck war fest und entschlossen, sein Blick offen. Judson mochte ihn auf der Stelle.

»Das ist mein Bruder Brand«, verkündete Max. »Er hat sich um Gaby gekümmert, während ich im Gefängnis war.«

»Es ist mir eine Ehre, Sie kennenzulernen«, sagte Judson.

Max verschwand auf dem Flur, und Judson hörte, wie sie nach jemandem rief. Dann kam sie wieder ins Zimmer – von einem schlaksigen, schlanken Mädchen begleitet, das seiner Mutter wie aus dem Gesicht geschnitten war. Judson hatte keine Mühe, sich vorzustellen, daß Max als Kind genauso ausgesehen haben mußte.

»Darf ich dir meine Tochter Gaby vorstellen?«

Judson ging zu den beiden hinüber und kauerte sich hin, um auf Gabys Augenhöhe zu sein. Sie betrachtete ihn aus großen, klugen Augen. »Ich freue mich, so ein tapferes Mädchen wie dich kennenzulernen«, sagte Judson ernst und hauchte Gaby einen Kuß auf den Handrücken, was ihr ein leises Kichern entlockte.

»Sie sehen aus wie Tom Selleck«, sagte sie. »Ich schau mir gern *Magnum* an. Kennen Sie die Serie?«

»Na klar«, antwortete Judson.

»Vielleicht können wir sie uns ja mal zusammen anschauen«, schlug Gaby vor.

»Das wäre schön.«

»Okay. Onkel Brand? Können wir heute vielleicht in den Central Park gehen? Bitte ... Es ist so schön draußen.«

»Aber sicher, Schätzchen. Ich möchte nur zuerst ein paar Minuten mit deiner Mom und ihrem Gast sprechen, okay? Geh und mach deine Hausaufgaben fertig – auch Mathe! –, danach gehen wir los.«

Fröhlich wirbelte das Mädchen herum und tanzte aus dem Zimmer.

»Ich glaube, ich bin verliebt«, sagte Judson mit einem Lächeln.

»Sie und Gabys halbe Schulklasse«, erwiderte Brand.

Sie nahmen im Wohnzimmer Platz.

»Du bist bestimmt gespannt wie ein Flitzbogen, was?« begann Max.

»Wie meinst du das?«
»Du willst doch sicher wissen, wie Brand von den Toten auferstanden ist. Ich kenne dich doch. Du brennst vor Neugierde, bist aber zu höflich, um nachzuforschen.«
Judson grinste. »Ich bin nie zu höflich, um nachzuforschen.«
Max und ihr Bruder wechselten einen Blick. Brand zuckte mit den Schultern. »Okay, diesmal bist du dran. Na los.«
Max lächelte. »Also. Brand kam während des Golfkriegs bei einem Hubschrauberabsturz um. Jedenfalls dachten wir das.«
»Man muß dazu sagen«, fügte Brand hinzu, »Spezialkräfte gehen ohne Hundemarke oder Ausweispapiere oder so was in den Einsatz.«
»Was ist passiert?« fragte Judson.
»Nun«, begann Brand, »der Hubschrauber stürzte auf feindlichem Gebiet ab. Ich überlebte den Absturz als einziger, aber ich war ziemlich übel verletzt. Irakische Truppen waren bereits im Anmarsch, was bedeutet, daß ich sowieso bald Vergangenheit geworden wäre, aber ein mitleidiger Beduine griff mich vor ihnen auf.« Er seufzte. »Später hab ich erfahren, daß die Irakis den abgestürzten Hubschrauber in die Luft gejagt haben – einfach so, um den Familien der toten Soldaten zusätzlich weh zu tun.«
»Alles, was die Familien zurückbekamen, waren Leichenteile«, fügte Max leise hinzu.
»Und der Beduine...?« hakte Judson nach.
Brand nickte. »Er hat mir das Leben gerettet. Er hat mich vor den irakischen Soldaten versteckt und mich gesundgepflegt, und während ich da in seinem Zelt lag, bin ich viel zum Nachdenken gekommen – über Max und ihre kleine Tochter. Zu der Zeit war ihre Situation verzweifelt, um nicht zu sagen hoffnungslos. Ich hatte meine Mutter zwei Wochen vor dem Hubschrauberabsturz angerufen, und es hatte mir schier das

Herz gebrochen, was sie mir erzählte. Der Gedanke daran, daß dieser Mistkerl meiner Nichte etwas zuleide tat, machte mich rasend. Ich hätte Gabe am liebsten mit eigenen Händen umgebracht.«

»Also hat er sich etwas ausgedacht«, sagte Max. »Er hat die Army glauben lassen, er sei tot – und glaub mir, das war kein geringes Opfer.«

»Unsinn, das war doch nichts Besonderes«, wehrte Brand ab.

»O doch«, beharrte Max und warf Judson einen Blick zu. »Hör nicht auf ihn. Seine besten Freunde waren bei dem Hubschrauberabsturz umgekommen.« Sie drückte die Hand ihres Bruders.

»Also haben Sie zu Hause Bescheid gesagt?« nahm Judson nach einer Weile den Faden wieder auf.

»Genau. Und nachdem sich die allgemeine Aufregung gelegt hatte... Ich meine, sie waren gerade auf meiner *Beerdigung* gewesen...«

»Brand hat Mom vorgeschlagen, daß wir Gaby außer Landes bringen, wo er auf sie aufpassen konnte – zumindest so lange, bis sie alt genug wäre, selber zu entscheiden, ob sie mit ihrem Vater etwas zu tun haben will oder nicht«, erzählte Max.

»Unglaublich.« Judson schaute Brand bewundernd an. »Sie sind ein Held.«

Brand zuckte nur mit den Achseln.

»Natürlich mußte er dafür eine neue Identität annehmen«, fuhr Max fort. »Und zur Sicherheit installierte Zane die Computerverbindung, so daß wir mit Brand und Gaby in Verbindung bleiben konnten, ohne daß etwaige Telefonrechnungen oder irgendwelche anderen Beweise Gabys Aufenthaltsort verraten konnten.«

»Und dann haben wir eine Entscheidung getroffen«, sagte Brand. »Alle sollten so an mich denken, als wäre ich wirklich gestorben. Sie mußten mir versprechen, daß sie über mich, selbst innerhalb der Familie, nur in der Vergangenheit reden würden. Ich hatte furchtbare Angst, daß mich jemand aus meiner eigenen Familie aus Versehen verraten könnte. Es gab keine Briefe, keine Fotos, keine Kommunikation, welcher Art auch immer.«

Max nickte. »Für uns war er von diesem Augenblick an tot. Auch im Familienkreis. Und er hatte recht, das von uns zu verlangen. Ich meine, es wäre doch möglich gewesen, daß Gabe Moms Müll durchsuchen läßt oder Wanzen installiert oder was auch immer. Schon die kleinste Andeutung hätte Brand auffliegen lassen können.« Sie seufzte. »Gott, es war schwer, wirklich schwer.«

»Wem sagst du das«, erwiderte Brand.

Sie schwiegen einige Sekunden.

Dann sagte Judson: »Ich nehme an, Senator Kane hat seine Beziehungen spielen lassen, damit Brand wieder ins Land konnte?«

Max nickte wieder. »Ja. Aber Mom hatte das Geld, das wir als seine Hinterbliebenen bekommen hatten, seinerzeit angelegt und dem Staat sofort zurückbezahlt, so daß es nicht den leisesten Verdacht eines Betrugs geben konnte. Ich glaube, Senator Kane mußte sich im Pentagon ganz schön ins Zeug legen, aber er hat da ein paar mächtige Freunde. Er hat sie davon überzeugt, daß man Brand eher eine anständige Entschädigung geben müßte, statt ihn des Landesverrats anzuklagen und ihn ins Gefängnis zu stecken. Senator Kane hat auch dafür gesorgt, daß Brand und Gaby wieder einreisen konnten.«

»Nachdem er interveniert hatte«, fügte Brand hinzu, »ging alles ganz schnell. Gaby hat die amerikanische Schule in Genf nie besonders gut gefallen. Sie sagte immer, die anderen Kinder wären verzogene reiche Gören. Also fiel es uns nicht schwer, unsere Koffer zu packen und wieder nach Hause zu kommen.«

»Du kannst dir vorstellen, was für einen Stein Senator Kane deswegen bei Mom im Brett hat!« lachte Max.

»Gehen die beiden jetzt miteinander aus?« fragte Judson mit gespielter Unschuld.

»He, du bist aber schwer auf Zack!« rief Max aus und lachte glücklich. Judson betrachtete sie verwundert. In all der Zeit, die sie zusammen verbracht hatten, hatte er sie noch nie so erlebt. Er sehnte sich nach ihr – so sehr, daß es ihm regelrecht Schmerzen bereitete.

Er räusperte sich. »Nun, einer der Gründe, warum ich hergekommen bin, besteht darin, daß ich euch beiden einen Vorschlag machen möchte.«

Brand und Max wechselten einen Blick und sahen dann wieder Judson an.

»Ihr wißt vielleicht, daß ich den Dienst bei der Einwanderungsbehörde vorzeitig quittiert habe.«

»Nein«, sagte Max, »das habe ich nicht gewußt.«

»Ich hab so viele Jahre undercover gearbeitet, daß ich schon fast vergessen hatte, wer ich eigentlich bin«, fuhr Judson fort. Max errötete und senkte den Blick.

»Ich hab jetzt ein eigenes Geschäft eröffnet – Gerätschaften zur Abwehr von Abhöranlagen. Und ich hab mir schon einen Kundenstamm aufgebaut – hab ich dem vielen Staub zu verdanken, den CovertCom aufgewirbelt hat.«

Er hielt inne, aber als niemand etwas sagte, fuhr er fort: »Ehrlich gesagt gibt es so viel zu tun, daß ich Hilfe gebrauchen könnte. Einen Partner. Oder zwei.«

Max schaute verblüfft auf.

»Ich meine, die Arbeit wäre am Anfang sicher kein Zuckerschlecken. Ich habe nicht das Kapital, das CovertCom zur Verfügung gestanden hat. Aber meine Geschäfte laufen auf ehrlicher Basis.«

»Judson, ich verstehe nichts von Abhöranlagen«, wandte Brand ein.

»Nun, darauf wollte ich auch noch kommen«, erklärte Judson. »Ich möchte etwas expandieren – den Kunden auch eine Art Beratung in puncto Sicherheitsmaßnahmen anbieten. Und ich brauche jemanden, der fähig genug ist, diesen Bereich zu übernehmen.«

Brand sah seine Schwester an, sprach aber zu Judson: »Max und ich haben uns Gedanken gemacht ... Wir wollen eine Möglichkeit finden, daß ich in der Nähe bleiben und weiterhin eine gewisse Rolle in Gabys Leben spielen kann.«

»Na, dann wäre mein Vorschlag doch genau das Richtige«, wagte sich Judson vor.

Beide Männer schauten Max erwartungsvoll an.

Als sie nichts sagte, stand Brand auf. »Weißt du was? Ich geh mit Gaby in den Park, und ihr beide sprecht das Ganze durch. Einverstanden, Schwesterherz?« Max sah auf. »Wie auch immer du dich entscheidest – ich bin dafür.«

»Ich weiß.« Sie sprang auf und küßte ihren Bruder auf die Wange. Dann machte sich Brand mit Gaby auf den Weg, aber nicht bevor Judson ihm noch einmal die Hand geschüttelt hatte.

»Brand, ich würd mich sehr freuen, Sie an Bord begrüßen zu dürfen. Ich glaube, wir drei würden ein verdammt gutes Team abgeben.«

Brand nickte und dankte ihm für sein Angebot, dann schubste er Gaby zur Tür hinaus.

Max schloß die Tür hinter den beiden und wartete, bis Gabys Geplapper nicht mehr zu hören war.

Judson stand ihr gegenüber. Nur ein paar wenige Schritte trennten die beiden, aber es war, als wären es mehrere Meilen.

»Es gab zwischen uns so viele Lügen, *Dominic*«, sagte Max schließlich. »So viele Geheimnisse.«

»Ja.«

»Wie können wir uns darüber hinwegsetzen? Wie können wir jemals lernen, einander zu vertrauen?«

»Es ist ganz einfach«, antwortete er. »Wir fangen ganz von vorne an.«

»Das ist doch lächerlich! Man kann nicht ...«

Er kam einen Schritt näher. »Mein Name ist Judson Heath. Ich bin aus Evaston, Illinois. Ich bin in der Nähe des Lake Michigan aufgewachsen. Mein Dad ist gestorben, als ich noch aufs College ging, mein Bruder Tom fiel in Vietnam. Meine Mom lebt immer noch in unserem alten Haus, und ich versuche sie mehrmals im Jahr zu besuchen. Sie ist ganz anders als deine Mutter, aber ich glaube, die beiden würden einander mögen. Und ich bin mir sicher, Mom würde dich lieben.«

»Komm schon ...«

Wieder machte er einen Schritt auf sie zu. »Ich hab drei Jahre im Marine Corps gedient, dann bin ich zur Einwanderungsbehörde gegangen. Sechs oder sieben Jahre hab ich undercover gearbeitet – zu lange. Meistens war ich im Bereich organisiertes Verbrechen unterwegs. Es hat mich verändert, am Schluß wußte ich wirklich fast nicht mehr, wer ich bin. Ich hab kein richtiges Leben mehr geführt.«

»Aber ...«

Er trat ganz nahe auf sie zu – nahe genug, um ihr Parfüm zu riechen. »Bis letztes Jahr war ich nie wirklich verliebt, habe keine ernsthafte Beziehung gehabt. Meine Arbeit hat das nie zugelassen, aber vielleicht war das auch nur eine Ausrede. Ich

hab einfach nie eine Frau getroffen, in die ich mich überhaupt verlieben wollte.«
»Und was ist letztes Jahr passiert?« raunte Max.
»Ich hab dich kennengelernt, Baby, und mein ganzes Leben wurde auf den Kopf gestellt.«
»Ganz schön gefährlich, weißt du«, sagte Max. »Du baust ein neues Geschäft auf. Beginnst ein neues Leben. Ziemlich viel auf einmal.«
»Glaubst du, ich bluffe?« fragte er mit einem Grinsen.
»Es gibt nur eine Möglichkeit, das herauszufinden«, erwiderte sie. »Wir müssen bis zum Ende spielen.«
»Ich zeig dir meine Karten, wenn du mir die deinen zeigst«, schlug Judson vor. »Alles beruht auf Gegenseitigkeit.«
Sie schlang ihm die Arme um den Hals. »Gibt's in dem Spiel Joker?«
Er zog sie zu sich heran. »In dem Spiel gibt's alles, was du dir nur denken kannst.«
»In diesem Fall steige ich jetzt aus. Laß uns die Karten auf dem Bett aufdecken.«

DANKSAGUNG

So viele Menschen haben mir ihre Zeit und ihre Kenntnisse zur Verfügung gestellt, um sicherzustellen, daß dieses Buch bis ins letzte technische Detail stimmig ist, daß ich fast nicht weiß, wo ich anfangen soll, Dank zu sagen.

Für seine Hilfe im Bereich elektronischer Überwachungsabwehr bin ich Jeff Spivack von der Data Security Group in Norcross, Georgia, zutiefst dafür dankbar, daß er das Manuskript Seite für Seite gelesen und mich gestoppt hat, bevor ich mich vollkommen zum Narren machen konnte. Unsere wöchentlichen Telefonate waren mir ein großes Vergnügen, und ich bin sehr froh, daß ich Jeff mittlerweile als Freund betrachten darf.

Weiterhin danke ich meinem guten Freund John Bailey von der Interagency Task Force in Klamath Falls, Oregon, für seine Freundschaft, die technischen Ratschläge und seinen Beistand ganz allgemein. Sollten in diesem Buch technische Fehler auftauchen, entspringen diese gänzlich meinem Verschulden – Gott weiß, daß die genannten zwei Männer ihr Bestes getan haben, mir zu helfen.

Vielen, vielen Dank an alle im Federal Prison Camp in Bryan, Texas, die all meine Fragen beantwortet, mir eine Führung geboten und das Manuskript gelesen haben, um Fehler auszuschalten – ein ganz besonderes Dankeschön an die Anstaltsdirektorin Ann Beasley und ihren Stellvertreter Greg Thompson.

Ich danke auch meinem Freund Craig Anderson, Polizeibe-

amter aus Nyack, New York, der mit mir die Highways und Nebenstrecken im Norden des Staates New York abgefahren ist. Craig und all die anderen großartigen Leute, mit denen ich über das Polizeiforum bei Compuserve in Verbindung bin, sind mir mehr ans Herz gewachsen, als ich sagen kann. Ohren steif halten, Jungs, und bewahrt euch das Lachen!

Meine Freunde beim FBI haben auch diesmal darum gebeten, daß ich ihre Namen nicht nenne, und ich komme dieser Bitte gern nach, aber ich möchte sie wissen lassen, wie sehr ich ihre Sachkenntnis, ihre Erfahrung, ihre Hilfestellung und ihren Humor zu schätzen weiß.

Weiterhin möchte ich meinem lebenslangen Freund und Schwager Colonel Richard W. Mills von den US Army Special Forces danken, der durch sein Leben und seinen Charakter schon immer gezeigt hat, was der Slogan »Gib immer dein Bestes« wirklich bedeutet.

Das vorliegende Buch ist in allererster Linie ein Buch über die Familie, und darüber, wie wichtig es ist, zu wissen, daß immer jemand für einen da ist, wenn man in Schwierigkeiten ist, jemand, auf den man sich verlassen kann. Somit ist dieses Buch ein Geschenk an meine Eltern, meine Brüder und Schwestern und meine Schwager und Schwägerinnen. Es ist meine Art, mich dafür zu bedanken, daß sie immer für mich da waren und sind.

Mein Mann Kent, seit vierundzwanzig Jahren meine große Liebe und mein Leben, und meine beiden großartigen Kinder Dustin und Jessica waren schon immer mein Fels in der Brandung, die Quelle meiner Inspiration und meiner Kraft. Euch allen noch einmal alles Liebe und tausend Dank.